Sebastian Scheftschik

Ricon - Der Weg des Diebes

Fantasyroman

Sebastian Scheftschik

1. Auflage, 2021

Covergestaltung und Karte: Thilo Gebhardt
ISBN: 9798535952734

Ricon – Der Weg des Diebes

ist für

meine Söhne Ben und Tom

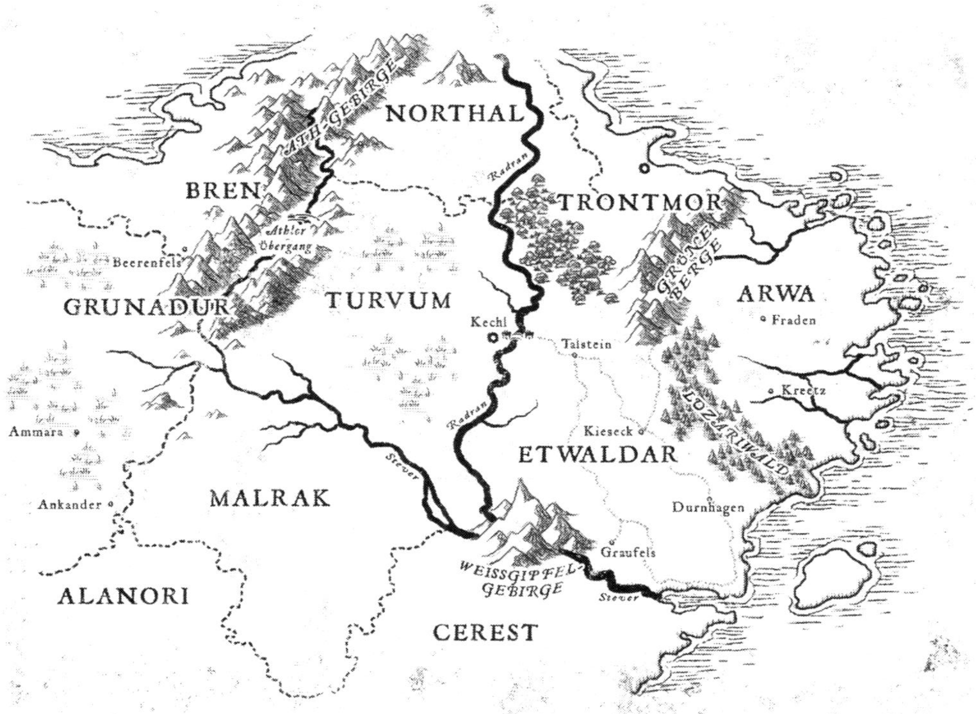
NORTHAL
ATH-GEBIRGE
BREN
Athler Übergang
Beerenfels
GRUNADUR
TURVUM
Radran
TRONTMOR
GRÜNE BERGE
ARWA
Fraden
Kechl
Taistein
Kreetz
LOZARIWALD
Kieseck
ETWALDAR
Ammara
Ankander
MALRAK
Stever
Durnhagen
Graufels
WEISSGIPFEL GEBIRGE
ALANORI
CEREST

1. Kapitel

Meine Geschwister Yda und Doran kauerten neben mir in der Ecke zwischen dem erloschenen Kamin und einigen Scheiten Feuerholz, das uns zum Heizen diente. Heute hatte Mutter jedoch kein Feuer entzündet. Zwar war es eine kühle, regnerische Sommernacht, doch sie wollte jegliches Licht aus unserem Haus verbannen. Lediglich eine schwache Öllampe flackerte auf dem Esstisch. Ungeduldig lief sie durch den düsteren Raum. Der faltige Rock wirbelte dabei über den knarrenden Holzboden unseres ärmlich eingerichteten Hauses. Ihr langes, braunes Haar umrahmte ihr sonst freundliches Gesicht und begann sich auf ihren Schultern leicht zu locken. Doch an diesem Abend zierten Sorgenfalten ihre Miene. Immer wieder schob sie einen der beiden Fensterläden zur Seite und spähte durch die Öffnung in die regnerische Finsternis hinaus. Die Nacht war mondlos und dunkle Wolken lagen bedrohlich über unserer Behausung.

Ich stand auf und ging zu Mutter ans Fenster, um einen Blick nach draußen zu werfen und zu erkennen, was sie beunruhigte. Wir lebten nicht weit von der Küste entfernt, sodass ich am Strand das Flackern großer Feuer erkannte, deren Flammen in die Schwärze der Nacht züngelten. Über ihnen stiegen Rauchschwaden auf, die von einem leichten Wind über die Felder getragen wurden. Der Gestank von Verbranntem lag in der Luft. Unser Nachbardorf schien zu brennen. Was ging dort vor sich? Ich rümpfte die Nase, um den Geruch loszuwerden.

«Warum brennt es da hinten?», fragte ich meine Mutter erstaunt.

«Rakkar», flüsterte sie nur leise und schob mich zurück zu meinen Geschwistern, die nun auch neugierig wurden.

«Setz dich bitte wieder hin, Ricon.»

«Was sind Rakkar?», fragte mein Bruder Doran interessiert und gleichzeitig eingeschüchtert, während er an meine Seite trat.

«Nicht jetzt, Kinder», erwiderte sie.

Eilig drängte Mutter uns zurück, bereits bereuend, dass sie uns überhaupt Spielraum für weitere Fragen gegeben hatte. Wir verstummten wieder und beobachteten geräuschlos unsere Mutter, die besorgt auf und ab schritt.

Gegen Mittag war mein Vater Belem mit meinem Onkel aufgebrochen, um Arwas Heer unter der Führung König Lendris zu unterstützen. Arwas Herrscher hatte alle Männer, die eine Waffe tragen konnten um Hilfe gebeten, um den einfallenden Fremden die Stirn zu bieten. Seitdem waren die beiden nicht zurückgekehrt. Vater hatte ein altes Schwert mitgenommen, was er sonst nie bei sich trug. Es hatte bereits Rost angesetzt und stammte noch von meinem Großvater, den ich allerdings nie kennengelernt hatte. Zeit zum Schärfen hatte er keine mehr gehabt, denn er war eilig aufgebrochen.

Während ich dort auf dem Boden hockte, erinnerte ich mich zudem an ein Gespräch zwischen einem Nachbarn und meinem Vater zwei Tage zuvor. Ich flippte gerade ein paar Kiesel über das stille Wasser des Teichs hinter unserem Haus.

Nicht weit von mir entfernt stand ein großer Baumstumpf auf dem mein Vater gerade Holz hackte, sodass in regelmäßigen Abständen ein lautes «Klock» ertönte. Vater warf die gespaltenen Scheite auf einen Haufen neben sich und griff den nächsten Pflock. Als das gewohnte Geräusch ausblieb, drehte ich mich zu Vater um und sah, dass einer unserer

Nachbarn aufgeregt und wild gestikulierend bei ihm stand. Das Gespräch weckte mein Interesse, denn normalerweise waren die Bewohner in unserem beschaulichen Dörfchen namens Kreetz eher gemächlich und nicht so schnell aus der Ruhe zu bringen. Ich hörte nur einige kurze Sätze, in denen es um gelandete Schiffe vor der Küste und gefährliche Eindringlinge ging, ehe Vater mich ins Haus schickte.

Die aufgeschnappten Worte und die Unruhe meiner Mutter, sowie diese geheimnisvollen Rakkar hatten etwas miteinander zu tun. Obwohl unsere Mutter uns nicht verraten wollte, was in unserem Nachbardorf passierte, hatten Doran und ich uns längst zusammengereimt, was vor sich ging. Die Rakkar griffen Arwa an und Vater war einer der Männer, die unsere Heimat verteidigen mussten.

Mein Bruder saß neben mir und schwieg. Er war ein hagerer Junge mit braunem, ungezähmtem Haar, einem eckigen Gesicht und schmalen Lippen. Er war fünfzehn Jahre alt, ein Jahr älter als ich. Im Gegensatz zu mir war er ein nachdenkliches Kind, überlegte bevor er Dinge tat und geriet selten in Situationen, aus denen er keinen Ausweg wusste. Obwohl wir so verschieden waren, verstanden wir uns blendend und waren fast nie ohne den anderen anzutreffen.

Neben ihm hockte Yda und drückte sich an ihn. Meine kleine Schwester war gerade erst sechs Jahre alt geworden und sehr verängstigt. Sie rührte sich kein bisschen und gab auch keinen Laut von sich. Ihr lockiges, blondes Haar hing wild über ihre Schultern und war ebenso schwer zu bändigen wie Yda selbst. Sie war ein sehr aufgewecktes Kind, deren kindliche Gesichtszüge nicht verrieten, wie temperamentvoll sie bereits in diesen jungen Jahren war. Doch die beklemmende Stimmung ließ sie an diesem Abend geradezu erstarren.

Auf einmal stieß Yda einen kurzen, schrillen Schrei aus. Jemand hatte heftig die Tür aufgestoßen. Ängstlich drückte sie sich in den Schatten des Kaminsims. Auch ich hatte mich erschrocken, als die Tür aufschlug, doch Angst empfand ich keine, eher Neugier. Der Großteil meiner Kindheit lag hinter mir und ich war ein selbstbewusster, vorlauter und rotznäsiger Junge mit kurzem, schwarzem Haar, der entgegen seiner eigenen Einschätzung noch einige Lektionen des Lebens zu lernen hatte.

Mutter hatte sich blitzschnell umgedreht, um die dunkle Gestalt im Türrahmen zu erkennen. Erschrocken riss sie die Öllampe vom Tisch und schwenkte sie vor das Gesicht des Eindringlings.

«Otis, du bist es!», sagte sie voller Erleichterung und stellte die Lampe zurück auf den Tisch.

Onkel Otis war der Bruder meines Vaters. Er wohnte nicht weit entfernt und half häufig bei Reparaturen am Haus und anderen Kleinigkeiten, sodass er auch uns Kindern wohl bekannt war. Als Doran und ich noch etwas jünger waren, hatte er oft mit uns gespielt. Mittlerweile beschränkte sich dieses Spiel eher auf das Rangeln miteinander. Ich mochte Otis.

«Wo ist Belem? War er nicht bei....»

Otis schüttelte den Kopf und ich erkannte die Trauer in seinem Gesicht.

«Er ist gefallen!», sagte er leise. Doch bevor meine Mutter ein Wort sagen konnte, wechselte er den Tonfall und fügte rasch hinzu: «Ihr müsst hier sofort weg! Sie haben uns einfach überrannt. Arwas Verteidigung ist zusammengebrochen, die Rakkar plündern unsere Dörfer!»

Nervös blickte er sich um.

Zwar verstand ich Onkel Otis Worte, wirklich begreifen konnte ich sie jedoch nicht. Seit ich denken konnte war Arwa ein friedliches Königreich am östlichsten Zipfel unserer Welt. Im Westen grenzte der Luzariwald wie eine Mauer und an der Küste hielten Händler, brachten Waren aus fernen Ländern und kauften ein paar Vorräte ein. Auf einmal sollte diese Ordnung erschüttert, mein Vater plötzlich tot und wir in größter Gefahr sein?

Solche Ereignisse überstiegen meine Vorstellungskraft und ich war kaum in der Lage eine Reaktion darauf zu zeigen. Stumm blickte ich auf meinen Onkel und meine Mutter, die ihn hilfesuchend anblickte.

«Belem ist tot?», stammelte sie ungläubig.

Onkel Otis packte Mutter an der Schulter.

«Sarey! Ihr müsst so schnell wie möglich verschwinden! Schnapp dir die Kinder, draußen ist ein Karren, wir müssen hier sofort...»

Ein knirschendes Geräusch ertönte und Otis Stimme erstarb, als eine Speerspitze sich aus seinem Rachen bohrte. Mit weit aufgerissenen Augen starrte er Mutter an. Unverständliches Röcheln drang aus seinem Mund, während Blut über sein Kinn rann.

Mutter schrie aus vollem Halse und stolperte rückwärts. Auch Yda schrie in Panik, als Otis kraftlos auf die Knie sank. Das Schwert rutschte aus seinem Griff und polterte auf den Holzboden. Wie gelähmt saß ich da, unfähig mich zu bewegen.

Jemand stemmte seinen Fuß gegen Otis Rücken und riss mit voller Kraft den Speer aus seinem Hinterkopf. Der leblose Körper meines Onkels wurde nach vorne getreten und prallte geräuschvoll auf den Boden, wo sich eine Lache roten Blutes unter seinem Kopf bildete.

Mein Herz donnerte wie wild und ich hatte das Gefühl, es könne jeden Moment aus meiner Brust springen.

Mutter schrie panisch gegen den massigen Mann an, der nun aus dem Schatten auf sie zu trat. Er war einfach riesig, zweifellos einen Kopf größer als Onkel Otis es gewesen war. Sein Oberkörper war entblößt, mit Narben übersäht und vor Muskeln strotzend. Seinen Kopf hatte er kahl geschoren, was den Blick noch mehr auf sein hässliches Gesicht zog.

Ein gewaltiger Krieger hatte Onkel Otis ins Jenseits befördert. Lächelnd ließ er den Speer und einen Schild neben sich auf den Holzboden fallen. Ich erkannte ein schwarzes Schwert, das auf den blutroten Schild gemalt worden war.

Verängstigt trat Mutter einige Schritt rückwärts, bis der Tisch hinter ihr den Weg versperrte. Doch der Hüne lächelte nur durch seine wenigen, schiefen Zähne und packte sie grob am Arm. Mutter schrie aus vollem Halse: «Lass mich los, du Scheusal!»

Noch immer starrte ich mit aufgerissenen Augen auf die Geschehnisse vor mir. Ydas Schrei war verstummt und einem leisen Wimmern gewichen. Tränen rannen über ihr Gesicht.

Der Riese lachte hämisch und drückte Mutter auf die Tischplatte. Er schien uns Kinder gar nicht bemerkt zu haben, wie wir regungslos und starr vor Angst in der Ecke kauerten. Noch immer hatte ich das Gefühl mich nicht bewegen zu können. Yda klammerte sich so stark an meinen Arm, dass es wehtat, doch ich war nicht in der Lage ihren Griff zu lösen, da meine Arme wie taub waren.

Mutter weinte, zappelte und schrie: «Lass mich los, lass mich los!»

«Wer wird sich denn so fürchten, kleines Täubchen.»

Schallend verpasste ihm Mutter mehrere Ohrfeigen.

«Nanana, dir werde ich wohl mal Gehorsam beibringen müssen», höhnte der Rakkar-Krieger überheblich.

Mutter wehrte sich aus Leibeskräften, doch sie war ihrem Angreifer hoffnungslos unterlegen, als sich dieser laut lachend über sie her machte. Mit einer Hand drückt er ihren Hals auf den Tisch, mit der anderen hatte er ein Messer aus seinem Gurt gezogen und zerschnitt ihre Kleidung. Sie strampelte und schrie immer wieder auf vor Schmerzen, denn die scharfe Klinge erwischte weit mehr als nur den Rock.

Obwohl ich mich in diesem Alter oft für unbesiegbar hielt, spürte ich wie die Angst Besitz von mir ergriff. Dennoch musste ich etwas unternehmen, nur was? Ich schaffte es nicht mehr den Gedanken zu Ende zu führen.

Ein Schmerzensschrei erfüllte den Raum. «Was zum...?», brüllte der Krieger mit wütender Stimme. Er packte sich an die Schulter und umgriff den eisernen Schürhaken, der darin steckte. Doran hatte ihn mit all seiner jugendlichen Kraft tief in das Fleisch des Rakkar getrieben. Mit beiden Händen hing er noch immer an dem spitzen Eisenhaken und versuchte ihn wieder herauszureißen. Der tobende Krieger ließ von Mutter ab, wirbelte herum und schüttelte meinen Bruder ab, während der Haken weiterhin in seinem Rücken steckte. Unsanft landete Doran auf seinem Hintern. Mutter sackte kraftlos zu Boden, die heftigen Schläge gegen ihren Kopf hatten sie halb bewusstlos werden lassen. Unbeirrt sprang Doran zurück auf die Füße und schwenkte mutig die Fäuste vor sich.

«Lass meine Mutter in Ruhe oder ich bringe dich um!», drohte er.

Der Rakkar-Krieger lachte nur hämisch, die Wunde an seiner Schulter schien ihn kaum zu kümmern. Er betrachtete sein Messer, lächelte böse und trat einen Schritt auf Doran zu.

«Wie du willst, Kleiner», lachte er.

«Verschwindet! Lauft zur Spinne! Schaff Yda hier raus!», brüllte mir Doran zu und riss mich dadurch aus meiner Benommenheit. Ich schnappte meine kreidebleiche Schwester, wuchtete sie auf das Fensterbrett neben mir und drückte mich ebenfalls nach oben.

«Du musst hier weg, Yda. Lauf zur Spinnenhöhle im Wald.»

Ein Nachbarsjunge hatte in dieser Höhle einst eine riesige Spinne gesehen, deren Körper fast die Größe einer Hand hatte und man musste nicht sonderlich tief in den Luzariwald hineingehen, der gleichzeitig Arwas Grenze markierte, um besagte Höhle zu finden. Wir Kinder nutzten ihren Eingangsbereich bei unseren täglichen Streifzügen gelegentlich zum Spielen. Jedes Kind in unserem Dorf kannte sie und die Geschichte von der riesigen Spinne, die in unseren Erzählungen noch bedeutend an Größe gewonnen hatte. Die Erwachsenen dagegen kannten den Ort unter diesem Namen nicht, daher war es immer ein guter Treffpunkt, wenn man sich außerhalb der elterlichen Reichweite sammeln wollte. Auch Yda war bereits dort gewesen und wusste, wo diese Höhle lag.

Aus dem Augenwinkel erkannte ich, wie Doran einen mutigen Schlag nach vorne ausführte, aber der Riese ließ den Hieb ins Leere gleiten und Doran geriet ins Taumeln.

Mit der Faust schlug der Rakkar Doran heftig gegen den Hinterkopf. Mein Bruder fiel nach vorne, prallte mit dem Kopf auf und rollte auf den Rücken. Wehrlos rutschte er rückwärts von seinem Gegner weg, als dieser auf ihn zutrat. Doch der Rakkar hielt plötzlich inne. Sein bösartiges Grinsen verformte sich zu einem grotesken Lächeln.

«Mal sehen was du kleiner Hosenscheißer jetzt machst.»

Schreie drangen von draußen an mein Ohr, aber uns blieb keine Zeit. Mit einem kräftigen Schubser stieß ich Yda aus dem Fenster, weiches Gras fing ihren Sturz auf.

«Lauf zur Höhle so schnell du kannst!», rief ich ihr hinterher und Ydas kurze Beine wirbelten durch das Gras.

Dann wandte ich mich dem Krieger, Doran und meiner Mutter zu und Entsetzen stand in meinem Gesicht.

Der Rakkar packte hinter sich und riss Mutter an den Haaren nach oben.

Ihr Gesicht war geschwollen, Blut strömte aus ihrer Nase und lief auch von ihren Beinen herunter. Aus ihrem Mund kam nur ein unverständliches Wimmern. Der Rakkar ließ das Messer zwischen seinen Fingern kreisen, stoppte plötzlich und hielt die glänzende Klinge fest an ihren Hals.

Doran sackte auf die Knie und flehte: «Bitte, tu das nicht.»

«Na, jetzt bist du gar nicht mehr so mutig, was?», höhnte der Rakkar.

«Bitte nicht!»

Doran beendete den Satz nicht, da entwich dem Gesicht seines Gegners jegliches Lächeln und die Klinge zischte durch Mutters Hals. Er ließ ihr Haar los und gurgelnd brach sie zusammen. Das Blut schoss aus der Wunde und färbte den Boden in rasender Geschwindigkeit rot. Der Rakkar ließ Doran keine Zeit zur Trauer.

«So, genug damit, jetzt bist du dran, du kleiner Scheisser!», sagte er zornig.

In diesem Moment brach Dorans Widerstand, er hatte Mutters Leben nicht retten können. Er stand nicht mehr auf, sondern blieb auf den Knien. Mein großer Bruder war auf einmal wieder ein Kind und weinte bitterlich. Fassungslos blickte er auf Mutters reglosen Körper und wartete auf seinen sicheren Tod.

«Kein Widerstand? Keine Gegenwehr? Ich hatte mehr erwartet, Hosenscheißer.»

Der Rakkar säuberte grinsend das Messer an seiner Hose, während er langsam auf meinen Bruder zuschritt.

Auch ich konnte meine Tränen nicht zurückhalten. Sie flossen in Strömen und behinderten meine Sicht, doch mein Schmerz wandelte sich nicht in Trauer und Hoffnungslosigkeit, sondern in blanke Wut. Ich hatte das Gefühl, pures Feuer fließt durch meine Adern. Ich spürte die Hitze in mir, wie immer wenn die Wut Besitz von mir ergriff und ballte die Fäuste.

Ich war durchschnittlich groß für mein Alter und weder außergewöhnlich kräftig, noch besonders gut im Kämpfen. Ein solcher Krieger war mir in allen Belangen überlegen, doch der Rakkar beachtete mich nicht und das war sein Fehler. Vielleicht wähnte er mich schon draußen auf der Flucht, doch ich war Yda nicht gefolgt.

Mich interessierte nicht, dass selbst Doran, der fast einen Kopf größer war als ich, dem Krieger nichts entgegenzusetzen hatte. Mich interessierte auch nicht, dass der Rakkar nur mit ihm gespielt hatte, wie eine Katze mit einer zum Sterben verdammten Maus. Diese Bestie würde nicht noch ein Leben nehmen.

«Das wird sicher etwas wehtun», sagte der Rakkar mit ruhiger Stimme, als er Doran am Kragen hochhob.

Doran antwortete nicht. Sein Blick war leer, als wäre das Leben bereits vor seinem Tod aus ihm gewichen.

«Was starrst du denn so? Vielleicht sollte ich dir zuerst die Augen nehmen.» Der Rakkar zielte mit dem Messer auf Dorans Gesicht, holte aus und ging in einem gewaltigen Feuerball in Flammen auf. Mein Bruder und die Klinge fielen augenblicklich zu Boden, während der Riese versuchte, seinen brennenden Körper zu löschen. Ich hatte die Öllampe vom Tisch gegriffen und mit aller Kraft gegen den Eindringling geschleudert.

Das Glas war zersplittert und der Mann schrie, als die Flammen sich durch seine Haut fraßen. Er wirbelte herum, warf sich auf den Boden und wälzte sich, doch das Feuer ließ nicht von ihm ab.

Verwirrt starrte Doran auf den brennenden Krieger. «Steh auf, steh auf, wir müssen hier raus!», brüllte ich Doran an, dessen aufgerissene Augen noch immer auf dem laut schreienden Mann klebten.

Endlich sprang er auf die Füße und hastete mit mir zur Tür. Wir rannten hinaus und schlugen die Tür hinter uns zu. Erst jetzt erkannten wir das wahre Grauen, das unser Dorf heimgesucht hatte.

Für einen winzigen Augenblick standen wir regungslos da und starrten auf die Geschehnisse um uns herum. Gewaltige Feuer erhellten die Dunkelheit. Häuser und Felder ergaben sich einem alles verzehrenden Flammenmeer. Schreie hallten durch die Nacht. Menschen rannten panisch umher und versuchten vor den angreifenden Rakkar-Kriegern zu fliehen, die sie brüllend vor sich hertrieben. Zahlreiche Angreifer hatten das beschauliche Dorf heimgesucht und ermordeten jeden, der sich näher als eine Armlänge an sie heranwagte. Ihre muskulösen Körper waren den verbliebenen Bewohnern, die fast ausschließlich aus Frauen, Kindern und Alten bestanden, bei Weitem überlegen und ihre tödlichen Äxte und Schwerter richteten ein Blutbad an. Auf der matschigen Erde lagen bereits etliche tote Menschen, die, wie Mutter und Onkel Otis, durch die feindlichen Klingen den Tod gefunden hatten. Ich erkannte einen Nachbarsjungen, der mit zertrümmertem Schädel auf dem durchnässten Boden lag. Eine helle Flüssigkeit trat aus der Wunde und vermischte sich mit Blut und Regenwasser zu einer hellroten Pfütze unter seinem Kopf. Die weit aufgerissenen Augen starrten in den wolkigen Himmel.

Zu meiner Rechten hatte ein Krieger eine schreiende Frau an den Haaren gepackt und zerrte sie rückwärts über den aufgeweichten Boden. An ihrer Hand zog ein Kleinkind aus Leibeskräften und schrie den Namen seiner Mutter. Der Rakkar-Krieger ließ sein Schwert durch die Luft zischen und durchtrennte den Hals des Jungen mit einem Hieb. Sein abgeschlagener Kopf kullerte durch den Matsch wie eine mit Luft gefüllte Schweinsblase, mit der die Kinder sonst spielten. Die Frau schrie mit schmerzerfüllter Stimme, bis ihr Schrei hinter einer Hütte verstummte.

Ein alter Mann mit einem weinenden Baby auf dem Arm humpelte hastig an uns vorbei, ehe ihn ein Axtwurf in den Rücken direkt vor uns niederstreckte und er in den morastigen Boden auf den Säugling stürzte, wo er regungslos liegen blieb.

Ich wischte hastig die Tränen aus meinen Augen. Mein Herz raste noch immer und ich versuchte dennoch, einen klaren Kopf zu bekommen. Hinter uns brüllte der brennende Rakkar-Krieger markerschütternd. Sein Geschrei machte einen weiteren Angreifer auf uns aufmerksam.

Ich erblickte einen langhaarigen Krieger, bewaffnet mit einem mächtigen Kriegshammer. Seine wilde Mähne umrahmte tropfend sein bärtiges Gesicht. Der nackte Oberkörper war mit Blut bespritzt. Es vermischte sich mit dem Regen, lief seinen Körper hinunter und färbte den Bund seiner triefnassen Lederhose. Finster und gierig blickten die dunklen Augen auf Doran und mich.

«Gorn!», rief er mit rauer Stimme einem anderen Krieger zu, während der schwingende Hammer eine flüchtende Frau niederstreckte und ihr den Schädel zertrümmerte. Tot stürzte sie auf den durchnässten Boden. Er riss die Waffe aus den geborstenen Knochensplittern und schritt lächelnd auf uns zu.

Gorn war nicht weniger furchteinflößend, aber im Gegensatz zu seinem Kampfgenossen ziemlich fett. Dennoch wusste er sicher genauso gut mit seiner gewaltigen Axt umzugehen, wie sein kriegshammerschwingender Kampfgefährte.

Meine Angst, die ich eben noch besiegt hatte, drohte mich erneut zu übermannen, als Doran mir heftig in die Seite stieß: «In den Wald, weg hier!»

Ich schreckte auf und rannte hinter Doran her. Der tiefe Matsch machte es meinen kürzeren Beinen schwer schnell zu laufen, aber auch Doran, der etwas größer war, hatte seine Mühe. Hinter mir hörte ich nur einen unserer Verfolger rufen:

«Schnapp du dir den Linken, Errek, ich kümmer mich um den anderen.»

Doran war nur ein paar Schritte vor mir, als der schlankere der beiden mich einholte und wuchtig zu Boden schubste. Platschend fiel ich in den Matsch. Der Krieger beachtete mich jedoch nicht, rannte direkt an mir vorbei und verfolgte Doran. Er überlies mich seinem hinter ihm laufenden Kumpel. Hastig versuchte ich mich aufzurappeln. Noch während ich versuchte auf dem schmierigen Untergrund wieder auf die Beine zu kommen, packte mich der Andere am Kragen und riss mich in die Luft.

«Hab ich dich, Bürschchen!»

Ich zappelte aus Leibeskräften, aber die Kraft meines Widersachers war enorm. Mühelos hielt er mich an dem Fetzen Stoff, den ich trug, hoch in die Luft. Durch sein zahnloses Lächeln roch ich seinen widerlichen Atem.

«Lass mich los», schimpfte ich widerspenstig.

«Na, du bist ja ein wildes Kerlchen!», höhnte der Dicke und lachte laut.

Er hob seine Axt und drückte sie seitlich gegen mein Gesicht.

«Ich werde dich in kleine Scheibchen schneiden, du kleiner Hosenschei...!»

Er hatte den Satz noch nicht zu Ende gesprochen, da schlüpfte ich nach unten aus meinem Hemd und landete vor ihm auf dem Boden. Verdutzt blickte er auf das leere Stück Stoff in seiner Pranke. Als ihm bewusst wurde was passiert war, war es bereits zu spät. Flink griff ich nach einem großen Stein, der vor mir im Matsch lag und schleuderte ihn mit aller Kraft gegen sein Knie. Er trug nur eine dünne Lederhose, sodass er laut aufschrie.

«Du kleiner Mistkerl, ich mach dich fertig!», fauchte er, aber ich rannte bereits Richtung Waldrand. Während meiner Flucht blickte ich immer wieder eilig um mich, aber von Doran war nichts zu sehen. Ich würde ihn im Wald an der Höhle treffen, aber dafür musste ich zuerst meinen Verfolger abschütteln. Glücklicherweise war es mitten in der Nacht und dort wo der Schein der Feuer nicht hinreichte, noch immer sehr dunkel, sodass mein kleiner Vorsprung genügte, um vor dem Rakkar den Waldrand zu erreichen. Soweit ich das mit meinen flüchtigen Blicken über die Schulter erkennen konnte, hatte der Fettsack die Verfolgung noch nicht aufgegeben und humpelte fluchend hinter mir her.

«Ich krieg dich, Hosenscheißer!», und «Komm her, kleiner Mistkerl!», schallte es hinter mir. Doch ich dachte nicht daran zu gehorchen. Das war meine Chance zu entkommen.

Es war stockdunkel zwischen den Bäumen, denn das spärliche Licht drang kaum durch das dichte Blätterdach. Das matschende Geräusch des morastigen Bodens unter meinen Füßen, war dem Rascheln und Knacken von Blättern und Stöcken gewichen, die den Waldboden bedeckten. Meine Schritte waren weniger kraftraubend auf diesem Untergrund, aber die Dunkelheit bremste meine Geschwindigkeit gewaltig. Mühevoll tastete ich mich voran, um nicht gegen Äste oder Bäume zu stoßen. Mein Vorsprung war nicht groß, doch der Rakkar-Krieger hatte ebenso Mühe vorwärtszukommen. Seine Flüche wurden mittlerweile von wildem Gebrüll abgelöst, da er nicht vorgehabt hatte, mich derart weit verfolgen zu müssen.

«Wo bist du, du widerlicher kleiner Mistkerl? Du wirst mir ganz sicher nicht entkommen. Ich höre dich doch!»

Drohend donnerte er seine Axtschneide in jeden Baumstamm an dem er vorüberhinkte. Ich musste tiefer in den Wald. Eilig sprang ich durch das Unterholz. Die Geräusche, die ich machte, verrieten zwar meine Position, doch ich rechnete damit, dass der Krieger recht bald keine Lust mehr haben würde, mich noch tiefer in den Wald zu verfolgen.

Ich blickte über die Schulter, um zu sehen, wo der Dicke war, doch es war zu dunkel. Stattdessen trat ich plötzlich in eine Unebenheit und stürzte. Ich knallte mit dem Kopf auf einen harten Gegenstand, einen Stein oder einen Baumstumpf, fiel seitlich auf den Boden und rollte in einer Lawine aus Blättern und Geäst einen Abhang hinunter, den ich zuvor nicht gesehen hatte. Die Büsche peitschten gegen mein Gesicht und Dornen zerkratzten meine Haut, bis ich schließlich reglos liegen blieb. Mein Kopf schmerzte wie wild und auch alles andere pochte oder brannte. Doch ich traute mich nicht, einen Ton von mir zu geben. Ich hielt den Atem an und gestattete mir nicht einmal ein Wimmern. Er musste meinen Sturz gehört haben und nun wissen, wo ich in etwa lag.

«Bist du hingefallen? Na das ist aber schade, hast dir sicher weh getan. Aber keine Angst, ich komme dir zur Hilfe», lachte der Widerling und seine Stimme schallte durch die Dunkelheit.

Ich spürte, wie etwas Warmes seitlich an meinem Kopf herunterlief, vermutlich Blut. Er war nah und ich hörte das Rascheln der Blätter unter seinen Füßen.

«Komm raus, Kleiner, du hast sowieso keine Chance», rief er mit merkwürdig singender Stimme.

Ich lag regungslos in einem Berg von Blättern und Gestrüpp. Auf dem Rücken liegend war es mir nicht möglich aufzustehen ohne dabei Lärm zu verursachen. Bis ich auf den

Beinen wäre, hätte er mich längst entdeckt. Also blieb ich stumm und bewegungslos liegen und hoffte, dass die Dunkelheit des Waldes mich schützen würde.

Immer wieder sprach er hämisch mit mir und lauschte danach, ob ich wohl ein verräterisches Geräusch von mir gab.

«Na los, komm raus kleiner Mann, es ist vorbei. Ich weiß doch wo du bist.»

Gar nichts wusste er, ich war mir mittlerweile sicher, dass er keine Ahnung hatte wo ich lag, denn seine Schritte gingen mal in die eine und mal in die andere Richtung. Angestrengt lauschte ich jedem Geräusch, um ausmachen zu können, ob die Gefahr größer wurde entdeckt zu werden. Es dauerte eine Ewigkeit. Gorn hatte eine unglaubliche Geduld, weit mehr, als ich ihm zugetraut hatte. Doch irgendwann hörte ich tatsächlich, wie sein Rufen verstummte, seine Schritte leiser wurden und letztendlich in der Dunkelheit verschwanden. Dennoch wagte ich noch eine ganze Weile keine Bewegung.

Erst als es anfing zu dämmern, versuchte ich vorsichtig aus meinem Versteck zu kriechen. Mein Kopf fühlte sich furchtbar an und ich musste mich sehr zusammenreißen, um vor Schmerzen nicht laut aufzuschreien. Kniend tastete ich nach meinem Gesicht. Das Blut an meiner Schläfe hatte mein Haar verklebt, war aber großteils bereits getrocknet. Dennoch fuhr meine Hand vor Schmerz zurück, als ich versehentlich die verkrustete Wunde berührte.

Ich stützte mich ab und arbeitete mich auf die Füße. Vorsichtig blickte ich mich erneut um. Der Waldrand war nicht zu sehen. Ich musste schon vor meinem Sturz tief im Wald gewesen sein. Zwar hatten Doran, die anderen Kinder des Dorfes und ich oft am Waldrand gespielt und die Höhle war über einen Trampelpfad erreichbar, aber tief in den Wald waren wir dabei nie vorgedrungen. Böse Kreaturen bewohnten die tiefen Teile des Waldes, zumindest hatten uns die Erwachsenen, besonders meine Großmutter, immer davor gewarnt. Auch den Abhang, den ich in der Nacht hinuntergestürzt war, kannte ich nicht. Ich wusste nicht wo ich war, mein Kopf dröhnte und ich war allein. Dennoch musste ich zur Höhle kommen, koste es, was es wolle. Ich musste Doran und Yda finden.

2. Kapitel

Meine Vorsicht war mit dem Sonnenaufgang nicht gewichen und so schleppte ich mich so geräuschlos wie möglich über den mit Blättern und Geäst überzogenen Waldboden. Ich versuchte mich zu orientieren, was mir jedoch schwerfiel, da ich so tief im Wald noch nie zuvor gewesen war. Zwar war der Himmel nahezu wolkenlos und die wärmende Sonne spürbar, doch sie durchbrach das dichte Blätterdach nur an wenigen Stellen, wodurch es trotzdem relativ finster war. Dennoch war es merklich wärmer geworden, was mir sehr entgegenkam, denn die Sommernächte in Arwa waren häufig kühl und mein Hemd hatte ich während meiner nächtlichen Flucht zurücklassen müssen.

Bei jedem Knacken erschrak ich und hielt inne, um lauschen zu können, ob ich eine potenzielle Gefahr ausmachen konnte. Außer zwitschernden Vögeln und einem aufgeschreckten Hasen machte ich jedoch keine außergewöhnlichen Bekanntschaften. Nach einer Weile entdeckte ich einen, ruhig vor sich hinplätschernden, Bachlauf und erinnerte mich, dass in der Nähe der Höhle eine Quelle entsprang. Ich entschloss mich, dem Gewässer stromaufwärts zu folgen. Mit etwas Glück war diese Quelle der Ursprung des kleinen Bachs.

Tatsächlich erreichte ich nach einigen Stunden einen bekannten Fleck und nur wenig später erblickte ich die Höhle. Ich war stolz mich in diesem Dickicht zurechtgefunden zu haben. Vater hatte oft mit uns geübt, in der Wildnis zu überleben und sich mit Hilfe von Sternen, Mond und Sonne zu orientieren. Das dichte Dach des Waldes machte dieses Unterfangen allerdings unglaublich schwierig.

Plötzlich hörte ich Stimmen. Ich hielt inne und lauschte. Waren das Doran und Yda? In mir stieg ein Gefühl der Freude auf und mein Herz begann wie wild zu schlagen.

«Doran? Yda?», zischte ich leise, in die Richtung aus der ich die Stimmen vernommen hatte. Keine Antwort ertönte. Lediglich das entfernte Hämmern eines Spechts konnte ich ausmachen. Möglichst geräuschlos ging ich einige Schritte weiter in Richtung der Höhle, bis ich letztendlich direkt davor stand. Der Eingang lag vor einer kleinen Lichtung, auf der zahlreiche Wildblumen um die Vorherrschaft kämpften. Bienen und Hummeln summten emsig von Blume zu Blume. Niemand war hier. Jedoch lag der Geruch eines Feuers in der Luft. Ich drehte mich zum Höhleneingang und konnte eine winzige Rauchschwade erkennen, die sich kräuselnd aus einem Häufchen Asche schlängelte. Ein paar kleine Äste glimmten noch, das Feuer musste erst vor kurzem erloschen sein. Hatten Doran und Yda hier die Nacht verbracht und waren weitergezogen? Warum hatten sie nicht gewartet? Sie konnten unmöglich weit sein, eben hatte ich sie schließlich noch gehört und auch das Feuer musste vor Kurzem noch gebrannt haben. In welche Richtung waren sie verschwunden? Aufmerksam musterte ich die Gegend um mich herum. Wo waren die beiden nur?

«Doran? Yda? Wo seid ihr?», zischte ich nun schon etwas lauter, aber wieder erwiderte niemand mein Rufen.

Ich kniete mich neben die Feuerstelle und inspizierte den Boden darum, um vielleicht einen Hinweis zu finden. Vorsichtig zog ich einen glimmenden Stock aus der Glut und starrte ihn an, als könne dieser mir sagen, wer ihn entzündet hatte.

Plötzlich ertönte ein lautes Krachen! Vor Schreck kippte ich hinten über und ließ den Stock fallen. Eilig rutschte ich auf dem Hosenboden rückwärts weg von der Glut. Erschrocken starrte ich auf die Lichtung, von der das laute Geräusch gekommen war. Dann sah ich ihn. Ein gewaltiger Hirsch war aus dem Unterholz gebrochen und rannte nun schnaubend über die eben noch idyllische Wiese. Er kam nicht in meine Richtung, sondern verschwand auf der anderen Seite wieder im Wald. Ich atmete auf während ich noch eine Weile auf die Stelle blickte, an der das mächtige Tier zwischen den dichten Bäumen verschwunden war. Erneut kehrte Stille ein. Ich war so erleichtert, dass ich sogar lächeln musste.

Doch da waren sie wieder, die Stimmen. Nicht weit vom Höhleneingang entfernt traten auf einmal zwei Gestalten aus dem Dickicht. Eine gestikulierte wild schimpfend, die andere deutete mit einer entschuldigenden Geste an, dass er den Hirsch wohl versehentlich aufgeschreckt hatte. Zu meinem Entsetzen erkannte ich weder Doran, noch Yda, sondern zwei mit Speeren bewaffnete Männer. Rakkar-Jäger!

Bloß weg, bevor sie mich entdecken, dachte ich mir, doch noch während ich mich auf die Beine kämpfte, stellte ich entsetzt fest, wie einer der beiden auf mich aufmerksam wurde und in meine Richtung zeigte. Sie waren ziemlich schnell, sodass mir keine Zeit blieb nach einem geeigneten Fluchtweg Ausschau zu halten. Ich wirbelte einfach herum und rannte in die vermeintlich schützende Dunkelheit der Höhle. Die Steine knirschten unter meinen Füßen, als ich hinter mir hörte, dass einer meiner Verfolger bereits den Eingang erreicht hatte.

«Schnapp dir den Bengel! Der muss aus dem Dorf abgehauen sein! Rofug wird zufrieden sein, wenn wir wenigstens einen weiteren Sklaven mitbringen, wenn wir dir schon zu verdanken haben nichts Essbares bieten zu können», brüllte der Langsamere dem Anderen hinterher. Eilig hastete ich tiefer in die Dunkelheit und schreckte versehentlich einen Schwarm Fledermäuse auf. Kreischend fegten die geflügelten Blutsauger über mich hinweg. Hastig duckte ich mich und hielt schützend die Hände über meinen Kopf.

«Mistviecher!», fluchte einer meiner Verfolger hinter mir.

Das Licht wurde nun immer schwächer, aber gleichzeitig gewöhnten sich meine Augen langsam an die Dunkelheit. Ich konnte geradeso erkennen, dass der Gang sich in mehrere kleinere Gänge aufteilte. Ohne zu überlegen, wählte ich einen von ihnen. Am Eingang war es noch einfach gewesen über die vielen Steine zu springen, doch schon wenige Schritte nach der Abzweigung war es stockdunkel und ich erkannte die Hand vor Augen nicht mehr. Ich konnte mich nur noch sehr langsam vorantasten, doch glücklicherweise ging es meinen Verfolgern nicht anders.

«Komm raus, Kleiner, du sitzt in der Falle», tönte der Eine.

«Wo willst du denn hin? Du kommst hier doch sowieso nicht raus», rief der Andere.

Immer tiefer und tiefer stieß ich in die Dunkelheit des steinernen Labyrinths vor. Manchmal musste ich über kleine Felsen klettern. Die Schmerzen, die die vielen blauen Flecken an meinem Körper verursachten, erschwerten das Vorankommen, aber lieber blieb ich für den Rest meines Lebens in dieser Höhle, als mich diesen Mistkerlen zu ergeben. «Aua!», entfuhr es mir, als ich mir heftig den Kopf stieß. Genau an der Stelle, an der ich mich bereits in der Nacht zuvor verletzt hatte, spürte ich die Wärme meines Blutes und den brennenden Schmerz. Die Wunde musste wieder aufgerissen sein. Die Dunkelheit verschluckte mich regelrecht und ich ertastete, dass die Decke immer niedriger wurde. Falls die beiden Rakkar an der Abzweigung den richtigen Weg nehmen sollten, konnten sie mir ohnehin nur noch gebückt folgen, sodass ich mich mit jedem kleinen Stück, das ich hinter mir ließ, sicherer fühlte. Dennoch hörte ich weiter ihre Stimmen über die Höhlenwände hallen.

«Es ist zu dunkel! Wir brauchen Fackeln!»

«Verdammt! Du schaffst es nicht mal einen kleinen Jungen zu fangen! Und so einer will ein Jäger sein! So eine Scheiße!», fluchte einer.

Dann hörte ich wieder die Stimme des anderen: «Lass uns am Eingang auf den Hosenscheisser warten! Der kommt schon raus wenn er Hunger kriegt», schlug er zuversichtlich vor.

Sie schienen die Verfolgung vorerst aufzugeben. In der Nacht zuvor hatte ich erfahren, wie geduldig Gorn mich im Wald gesucht hatte, bis er die Suche letztendlich abbrach. Daher war ich mir sicher, dass auch diese beiden Rakkar viel Zeit verstreichen lassen würden, bevor sie den Rückweg antraten. Hunger oder Durst würden mich früher oder später hinaus treiben. Doch allein dieser Gedanke trieb mich an. Ich durfte nicht zurück, ich durfte nicht aufgeben. Es musste weitere Zugänge in diese Höhle geben. Zwar wusste ich nichts dergleichen, aber ich hoffte es inständig.

Der Gang wurde immer enger. Es war nun selbst mir nicht mehr möglich gebückt zu laufen, sodass ich auf dem Bauch durch die finsteren Tunnel kroch. Ich spürte wie die harten und scharfkantigen Steine sich in meine Haut bohrten, doch es gab kein Zurück. Wo würde mich die Höhle hinführen? Gab es überhaupt einen weiteren Ausgang? Oder würde ich irgendwann stecken bleiben und jämmerlich verhungern? Ich war bereits so tief in das Gestein vorgedrungen, dass ich die Jäger nicht mehr hören konnte. Flach auf dem Boden liegend, hielt ich kurz inne. Es war stickig. Die Luft roch alt und verbraucht. Etwas krabbelte über meinen Handrücken. Ich kniff Augen und Lippen zusammen. War das die Riesenspinne? Was immer da über meine Hand gekrabbelt war, verschwand so schnell, wie es gekommen war. Vorsichtig tastete ich mich weiter. Kurz bevor ich im Begriff war stecken zu bleiben, wurde die Höhle auf einmal wieder breiter und höher. Es erschien mir wie ein Wunder, als ich hinter einem Überhang plötzlich ein schwaches Licht ausmachen konnte. Nur wenig später stand ich in einer imposanten steinernen Halle. Der unterirdische Saal war hoch wie ein Baum und durch einzelne Spalten in der Decke funkelten Lichtstrahlen, die von den feuchten Wänden auf eine Wasserfläche gelenkt wurden. Umsäumt von einigen niedrigen Farnen lag dieser kleine, unterirdische, flache See kristallklar in der Mitte des Raumes und tauchte das Gewölbe in ein mystisches, bläuliches Licht. Kleine Rinnsale liefen vereinzelt über die mit Flechten bewachsenen Wände und speisten den See, der aber nicht über die Ufer trat, sondern irgendwo unter der Erde seinen Weg fortzusetzen schien.

Ich wähnte mich mittlerweile in Sicherheit, da der Gang zeitweise so eng gewesen war, dass ich mir unmöglich vorstellen konnte, dass einer meiner Verfolger dort hindurch gekommen wäre.

Meine halsbrecherische Flucht durch die staubigen Gänge der Höhle hatte mich durstig gemacht. Ich formte meine Hände zu einer Schale und trank das kühle, klare Wasser mit hastigen Zügen, ehe ich begann mir den Dreck von der Haut zu waschen. Das Wasser war sehr kalt, aber auch unglaublich erfrischend.

So froh ich über das frische Wasser und den herrlichen Anblick dieser unterirdischen Grotte war, so aussichtslos war meine Situation aber dennoch, denn aus dieser Kammer führte kein Gang hinaus, außer dem, aus dem ich gekommen war. Sofern ich also nicht den Rückweg antreten wollte, blieb mir nichts anderes übrig, als eine der Spalten in der Decke der Höhle zu erklettern.

Mit den anderen Kindern war ich häufig auf Bäume geklettert und hätte mich daher damals schon als guten Kletterer bezeichnet, aber die Wände waren steil und feucht und stellten eine gewaltige Herausforderung dar. Allerdings gab es nur diesen einen Ausweg.

Ich blickte mich um, um eine geeignete Stelle für meinen Aufstieg zu finden. Tatsächlich erspähte ich eine Wurzel, die sich aus der Decke an der Höhlenwand nach unten schlängelte. Ich packte nach dem Holz und zog mich ein Stück nach oben, bis ich mit der anderen Hand nach einem kleinen Vorsprung greifen konnte. Sofort merkte ich, dass die Wurzel morsch war und kein Leben mehr in ihr steckte. Erdklumpen und kleine Steine rieselten nach unten. Das war beunruhigend, änderte aber nichts an meiner Lage und so nahm ich die Gefahr eines Absturzes in Kauf und kletterte einfach weiter. Recht schnell hatte ich ein erstes kleines Stück hinter mich gebracht, aber abgesehen von der Wurzel, boten die Wände, je höher ich mich hangelte, nicht viele Möglichkeiten für einen festen Griff. Ich versuchte daher immer eine Hand an der Wurzel zu halten, die aber jedes Mal, wenn ich Gewicht auf diesen Arm legte, verräterisch knackte und ein paar Gesteinsbrocken aus der Felswand löste.

Als ich die Decke erreicht hatte und einen Blick nach unten riskierte, wurde mir erst wirklich klar, in welcher Höhe ich mich befand und mein Herz rutschte mir in die Hose. Ein Sturz aus dieser Höhe war sicher mein Ende, da war ich mir sicher. Selbst wenn ich ihn überleben sollte, würde er mir so viele gebrochene Knochen bescheren, dass ich an einen zweiten Kletterversuch nicht zu denken brauchte. Ein falscher Griff und ich würde abrutschen und hinunter in die wunderschöne Idylle der Höhle stürzen. «Konzentrier dich!», befahl ich mir selbst und musterte die Decke nach geeigneten Griffmöglichkeiten. Die Wurzel brach an einer Stelle durch das Gestein. Die Öffnung war jedoch zu eng für einen Körper meiner Größe und bot kein Durchkommen. Nur eine Armlänge von dort klaffte eine größere Öffnung. Dort muss ich hindurch, dachte ich.

An der Wurzel hangelnd bewegte ich mich vorwärts. Kleine Fasern rissen aus der Decke und Steine prasselten dort nach unten, wo das Holz mein Gewicht nur mit Mühe hielt. Ich hatte die Öffnung fast erreicht, als das morsche Holz auf einmal nachgab und eine halbe Körperlänge absackte. Mit einem Arm schaffte ich es mich festzukrallen. Um ein Haar hätte der Ruck mich den Halt verlieren lassen und ich wäre gefallen. Die Wurzel ächzte unter meinem Gewicht und drohte vollständig aus der Decke zu reißen. Eilig kletterte ich nach oben und mit jedem Griff brach das Holz fast dieselbe Höhe nach unten, die ich mich nach oben zog. Mit einem letzten ruckartigen Sprung hechtete ich mit einer Hand an eine markante Felskante. Direkt unter der Öffnung klammerte ich mich fest, ehe die Wurzel knackend aus der Decke riss und mit einem Gemisch aus Geröll und Erde in die Tiefe sauste. Mit einem letzten Kraftakt quetschte ich mich durch das Loch nach oben, stützte mich auf die Arme und rollte mich seitlich auf den weichen Waldboden.

Tief zog ich die frische Luft in meine Lungen. Vogelgezwitscher drang in meine Ohren und ich konnte das leuchtende Blätterdach über mir erkennen. Ich musste weit weg vom ursprünglichen Eingang der Höhle sein, denn von den beiden Rakkar-Jägern war nichts zu sehen oder zu hören. Vielleicht entfachten sie gerade das Lagerfeuer neu, um sich Fackeln anzuzünden und mich in der Höhle zu suchen. Für den Moment schien ich in Sicherheit zu sein.

Erschöpft drehte ich meinen Kopf zur Seite und beobachtete eine Biene, die eifrig Nektar aus einer Löwenzahnblüte sammelte. Ich liebte Bienen und ihren leckeren Honig.

Mich faszinierte, wie sie Tag ein und Tag aus ihrer Aufgabe nachgehen, ohne sich darüber zu beschweren. Nie wagen sie es, den Sinn ihrer Tätigkeit zu hinterfragen. Nie haben sie den Willen, ihren eigenen Status zu verbessern oder eine andere Aufgabe zu übernehmen. Ihrer Königin zu widersprechen, eigene Interessen oder Machtansprüche zu entwickeln, steht für sie außer Frage. Und Erbfolgen zu missachten, Intrigen zu spinnen oder gar eine Revolution zu planen, sind zu ihren Lebzeiten nie ein Thema. Sie besitzen ein unglaubliches Durchhaltevermögen und dennoch keinerlei Ehrgeiz. Neben dem der Ameisen ist ein Bienenstaat das einzige Königreich, das nie eine Gefahr aus den eigenen Reihen zu befürchten hat. In dieser Hinsicht ist dieses Insekt dem Menschen weit voraus. In diesem Moment wirkte das

Treiben der Biene aber einfach nur beruhigend auf mich, wie sie mit staubigem Körper ihrer Arbeit nachging. Mittlerweile bewundere ich ihre Art für weitaus mehr.

Ich lag einfach nur da. Die frische Luft zirkulierte durch meine Brust und ich spürte, wie die Anspannung von mir abfiel. Zwar war ich auf mich allein gestellt, aber ich war am Leben!

3. Kapitel

Den Moment der Ruhe genießend lag ich da und lauschte den Geräuschen des Waldes. Ich hörte das entfernte Hämmern eines Spechts, das Summen der nahen Bienen und das leichte Rascheln der Blätter, wenn der schwache Wind durch sie hindurchwehte. Vereinzelt nutzte die Sonne die sanfte Brise und blitzte durch die dichten Baumkronen. Ihrem ungefähren Stand nach musste es bereits Nachmittag sein.

Plötzlich drang ein leises Stöhnen an mein Ohr. Sofort kehrte meine Aufregung zurück. Regungslos blieb ich liegen und lauschte, aber außer dem Rauschen des Windes im Blätterdach der hohen Bäume und dem Zwitschern der Vögel war nichts zu hören. Hatte ich mich getäuscht? Langsam richtete ich mich auf und spähte durch das dichte Unterholz, um sicherzugehen, dass auch wirklich niemand in meiner Nähe war. Doch dann hörte ich das Geräusch erneut. Es war eindeutig ein Stöhnen. Ich war nicht allein. Jemand war ganz nah, sofern mich meine Ohren nicht täuschten. Vielleicht waren die beiden Rakkar-Jäger doch nicht so weit entfernt, wie ich vermutet hatte. Dennoch hatte ich auch die Hoffnung, dass das Stöhnen von einer bekannten Person stammte. Doran?

Vorsichtig krabbelte ich in die Richtung, aus der ich das Geräusch gehört hatte und drückte mich hinter einen Baum. Als ich um ihn herumblickte, erkannte ich nur ein paar Schritte entfernt tatsächlich eine Gestalt, die gekrümmt in einer Senke lag. Das dichte Blätterdach über ihr tauchte sie in ein schummeriges Licht. Ich kniff die Augen zusammen und erkannte, dass sie mit dem Rücken zu mir lag. Das kurze, dunkle Haar ließ darauf schließen, dass es ein Junge oder ein junger Mann war. Vollkommen überzeugt war ich nicht, aber ich vermutete, dass dort tatsächlich mein Bruder lag.

Ich flüsterte ihm zu: «Psst! Hey Doran!», aber er reagierte nicht.

Meine Aufregung hatte sich zwar keineswegs gelegt, dennoch kroch ich langsam auf ihn zu, wobei mein Blick die Gegend um ihn herum stets im Auge behielt. Die Senke lag geschützt und uneinsichtig, die Bäume in diesem Teil des Waldes wuchsen sehr dicht.

Ein Ast knackte, als ich mich über ihn hinweg bewegte. Der junge Mann schreckte auf und sah in meine Richtung. Vor mir lag nicht mein Bruder. Ich blickte in ein mir unbekanntes, verängstigtes Gesicht. Er war blass und zitterte sehr. Mit großen Augen starrte er mich an. Er schien älter zu sein als ich, fast schon ein Mann. Als ich näher kam, erkannte ich erst den Ernst seiner Lage. Der Fuß des jungen Mannes steckte in einer rostigen Bärenfalle. Das alte Metall hatte sich tief in das Fleisch gebohrt.

Bei genauerem Betrachten kam ich zu dem Schluss, dass er nicht aus Arwa stammte. Seine harten Gesichtszüge wirkten durch den Kampf mit den Schmerzen verkrampft. Am Meisten fiel mir allerdings seine untypische Kleidung auf, die aus feinen pflanzlichen Fasern gewebt war. Lediglich ein Hemd und eine ausgefranste, kurze Hose hatte er an und er war barfuß.

Wenn ich nicht die Fessel von seinem Fuß löse, wird er hier zweifelsfrei den Tod finden, dachte ich. Zudem schien sein Zustand schlecht, denn sein Bein sah sehr entzündet aus. Der Fuß war angeschwollen und um die blutverkrustete Wunde stark gerötet. Das dunkle Haar klebte auf seiner schweißnassen Stirn. Er schien bereits begonnen zu haben zu fiebern. Vermutlich lag er hier schon eine ganze Weile.

Als ich die Falle anfassen wollte, versuchte er ängstlich von mir wegzurutschen, doch das massive Metallgestell hielt seinen Fuß fest umschlungen und verursachte bei jeder Bewegung sichtlich starke Schmerzen.

«Hab keine Angst, ich will dir helfen», sagte ich.

Der junge Mann schaute mich skeptisch an, schien aber recht schnell zu verstehen, dass ich sein einziger Ausweg war, aus der rostigen Falle zu entkommen. Ich hatte das verrostete Metall kaum berührt, da ertönte ein schnaufendes Geräusch. Erschrocken fuhr ich herum. Zuerst erkannte ich nichts, lediglich das Knacken von Ästen war zu vernehmen. Der verletzte Junge war verängstigt und stöhnte immer wieder bei dem Versuch, den Fuß aus der Falle zu ziehen.

Auch mein Herz schlug wie verrückt. Panisch blickte ich um mich, als weitere Geräusche ertönten. Diesmal war es schon näher als beim letzten Mal. Ich legte eine Hand auf die Schulter des Jungen, um ihn zu beruhigen, und hielt einen Finger auf meine Lippen.

«Verhalte dich ganz ruhig», flüsterte ich.

Er befolgte meine Anweisung und es vergingen einige Augenblicke, ohne dass wir weitere Geräusche hören konnten. Die Senke, in der wir uns befanden, war vereinzelt von Gebüsch umgeben und schwer einsehbar. Genauso schwierig war es aber auch, aus ihr hinaus zu blicken. So gut es ging, lugte ich in das Dickicht, erkannte aber nichts Ungewöhnliches. Auch weitere Geräusche vernahm ich keine.

Aufatmend drehte ich mich wieder zu dem Jungen um. Doch kaum hatte ich meine Aufmerksamkeit erneut der Falle gewidmet, wurde er unruhig. Er schaute angestrengt über meine Schulter, als würde er nach etwas Ausschau halten. Zitternd hob er die Hand und deutete auf einen Busch direkt hinter mir. Nervös blickte ich mich um.

«Da ist etwas in dem Gebüsch», flüsterte der Junge verängstigt.

Er hatte seinen Satz kaum beendet, da hörte ich erneut ein Schnaufen und das Knacken einiger Äste, diesmal sehr nah.

Es dauerte nur einen Wimpernschlag, bis auf einmal ein großes Tier aus dem Unterholz trat. Knackend barsten Zweige und Äste und entblößten ein Monstrum von einem Bären.

Als er uns entdeckte, ließ er ein ohrenbetäubendes Brüllen ertönen. Ich zuckte zusammen und der Junge stieß einen schrillen Schrei aus. Die Bestie musste das Blut gerochen haben, das aus dem verletzten Bein sickerte. Augenblicklich stürzte er auf uns zu. Ich hatte schiere Panik und war einen Moment wie angewurzelt. Dann wurde mir klar, dass es unseren sicheren Tod bedeuten würde, wenn ich neben dem Jungen hocken blieb. Ich sprang auf die Füße und griff einen Ast, der in Reichweite lag. Das Ungetüm war jetzt nur noch einige Schritte entfernt. Geschwind bewegte ich mich ein Stück zur Seite und zum Glück konzentrierte sich der Bär auf mich und nicht auf den am Boden liegenden und schreienden Jungen. Zugegeben, das geschah zum Glück des Jungen, denn ich hatte nicht die geringste Ahnung, wie ich diesem riesigen Bären Paroli bieten konnte. Mit einem Satz sprang er, seine großen Pranken nach vorne gerichtet, auf mich zu. Ich hechtete zur Seite und schlug dabei mit dem Ast in Richtung des zotteligen Tiers. Wie durch ein Wunder traf ich ihn mitten auf der Nase, was mir einen Augenblick verschaffte mich wieder aufzurappeln. Durch die Wucht des Aufpralls verlor ich jedoch meine provisorische Waffe.

Der Bär rieb sich mit einer Tatze die Nase. Ich hatte ihn noch zorniger gemacht. Laut brüllend stürmte er hinter mir her. Zu meinem Glück war ich ein klein wenig wendiger als das Ungetüm und ich witterte meine einzige Chance, um seinen spitzen Klauen zu entkommen, darin eifrig Haken zu schlagen. Nur wo sollte das hinführen? Er war immer noch schneller, kräftiger und ausdauernder als ich und das Einzige, was ich damit erreichen würde, wäre meinen Tod und den des Jungen hinauszuzögern. Brüllend donnerte der Bär durch das Unterholz hinter mir her und ich rannte, so schnell ich konnte, im Zickzack. Dabei versuchte ich möglichst um große Bäume einen engen Haken zu schlagen, da der Bär so nicht seine volle Geschwindigkeit erreichen konnte. Zu meiner eigenen Überraschung funktionierte das ganz gut. Es verstrich nur wenig Zeit, bis ich merkte, dass es den Bären zu ermüden schien. Schnaubend stürmte er zwar weiter hinter mir her, doch er kam nur langsam näher an mich heran. Dennoch wurden auch meine Beine müde, denn der überwucherte Waldboden mit all seinen Stolperfallen machte es mir schwer, ein Tier dieser Größe auf Abstand zu halten. Unweigerlich würde er mich früher oder später einholen. In meiner Panik beging ich einen gewaltigen Fehler.

Als ich den dicken Stamm eines Baumes umrundete, entdeckte ich die tief hängenden Äste und ergriff einen, um mich an ihm nach oben zu ziehen. Im Nu hatte ich mich auf den Ast geschwungen und kletterte nach oben. Dabei hatte ich völlig außer Acht gelassen, dass Bären, auch wenn sie eine solche Größe haben, ausgezeichnete Kletterer sind. Sofort begann das massige Tier mir hinterher zu steigen. Die

Rinde spritzte unter seinen scharfen Klauen in alle Richtungen. Eilig kletterte ich höher und höher. Das Knacken der Äste unter mir und das Schnauben der Bestie, trieb mich immer weiter nach oben. Mir wurde schnell klar, dass die Spitze des Baumes gleichzeitig mein Ende bedeuten würde, und entschied daher auf einem der dünneren Äste nach außen zu klettern. Der Bär würde merken, dass das dünne Holz sein Gewicht nicht tragen konnte und mir nicht folgen. Zumindest war das meine Hoffnung. Als der Ast an Dicke verlor, hangelte ich mich mit den Händen weiter, bis zu dem Punkt, an dem ich mir sicher war, dass jeder weitere Griff zum Brechen des Astes führen würde.

Hilflos baumelte ich in der Luft, wie ein aufgehängter Schinken. So musste es auch auf den Bären wirken, der sich in diesem Moment noch an den Stamm klammerte. Es schien, als würde er abwägen, ob er mir hinterherklettern sollte oder nicht.

Sein zotteliges, dichtes Fell hing wild an seinem kräftigen Körper herunter. Die langen, vor Speichel tropfenden Eckzähne ragten aus seinem Maul und ließen mich erschauern.

Plötzlich hob er eine Tatze und stellte sie auf den Ast, an dem ich baumelte. Er prüfte, ob er sein Gewicht tragen würde, wenn er mir folgte. Der Ast ließ ein angestrengtes Knacken vernehmen und der Bär krallte die Tatze wieder an den Stamm. Der Ast war zu dünn und der Bär schien zu verstehen, dass er mir nicht folgen konnte. Dennoch würde er so schnell nicht aufgeben. Zur Not würde ich mich die ganze Nacht an den Ast klammern, dachte ich. Irgendwann würde das Vieh schon die Lust verlieren. Oder er kletterte womöglich herunter und holte sich den Jungen, der mit weit aufgerissenen Augen am Boden zu uns herüberstarrte. Zumindest hätte ich dann alles mir Mögliche getan, aber das Schicksal hätte einfach kein Mitleid mit ihm gehabt. Wenigstens würde ich am Leben bleiben.

Ich wähnte mich in zweifelhafter Sicherheit, doch dann geschah etwas Unerwartetes, was mich zusammenzucken ließ. Der Bär stellte seine Tatze erneut auf den Ast. Mit einem Ruck wuchtete er seinen pelzigen Körper nach oben und stemmte sich auf den Ast. Stück für Stück schob er sich vorwärts. Das Holz ächzte und mit jedem kleinen Stückchen, dass das massige Tier hinter sich brachte, bog sich der Ast weiter nach unten. Panik stieg erneut in mir auf. Die scharfen Klauen waren nur noch ein winziges Stück von mir entfernt und obwohl ich zuvor aus Angst der Ast könnte brechen, nicht weitergeklettert war, hangelte ich mich nun noch weiter nach außen. Das Holz zwischen meinen Fingern war nun nur noch ein klein wenig dicker, als meine Finger selbst und bog sich gefährlich nach unten. Weiter konnte ich einfach nicht mehr klettern. Immer wieder knackte es, als würde der Baum vor dem Unvermeidlichen warnen.

Doch der Bär gab nicht auf. Schnaubend schob er sich immer weiter in meine Richtung. Die kleineren Äste senste er einfach mit seinen scharfen Klauen aus dem Weg. Er war nur noch eine Nasenlänge entfernt, als der Ast erzitterte, ein lautes Knacken ertönen ließ und sich unserem Gewicht ergab. Krachend brach er nah am Stamm und schickte sowohl mich als auch die Bestie in die Tiefe. Mein einziges Glück war, dass der Baum sehr dicht bewachsen war und die vielen kleineren Äste unter mir meinen Fall auf schmerzhafte Weise bremsten. Die Zweige schlugen gegen meine Rippen, meine Arme, meine Beine und in mein Gesicht. Brüllend stürzte auch der Bär nach unten, jedoch war sein Gewicht so groß, dass kein Ast seinen Fall hätte verlangsamen können. Donnernd rauschten wir nach unten. Mein Sturz endete auf dem moosigen Waldboden, der sich trotzdem ungeheuer hart anfühlte, als ich auf ihm aufschlug. Der Bär krachte nur zwei Schritte neben mir aus dem Geäst. Sein Fell und seine Muskeln hatten ihn sicher vor ernsten Verletzungen bewahrt, denn sein Brüllen klang noch immer zornig. In Windeseile rappelte er sich auf und drückte sich auf die Hinterbeine. Er war unglaublich groß, überragte leicht zwei erwachsene Männer. Er ließ ein weiteres markerschütterndes Brüllen ertönen und war im Begriff seine Pranken auf mich niedersausen zu lassen, als die Erde auf einmal nachgab und der Bär vor meinen Füßen im Boden verschwand. Brüllend stürzte er mit einer Lawine aus Geröll und Waldboden in die Tiefen der unterirdisch verlaufenden Höhle, durch die ich gekommen war. Einen Augenblick lang lag ich völlig unbeweglich da, dann hörte ich einen Aufprall und der Lärm verstummte. Vorsichtig drehte ich mich auf den Bauch und lugte über die Kante nach unten. Der Lichtstrahl, der durch das entstandene Loch in das Innere der Höhle fiel, erhellte den Raum so weit, dass ich auf dem Boden den leblosen Körper des Bären erkennen konnte. Er lag vollkommen regungslos da, halb bedeckt von Schutt und Geröll. War er tot? War er wirklich tot? Ich konnte es kaum fassen. Vorsichtig schob ich meinen Körper von der Kante weg, um nicht auch noch hinunter zu stürzen. Meine Rippen, Arme, Beine und mein Gesicht schmerzten von den peitschenden Ästen und zahlreiche Kratzer zierten meine Haut, aber es schien, als hätte ich mir wie durch ein Wunder nichts gebrochen. Ungläubig blickte ich zu dem Jungen hinüber, der mit aufgerissenen Augen in meine Richtung starrte. Wir konnten beide kaum begreifen, was gerade passiert war.

Ich kämpfte mich zurück auf die Füße und atmete tief durch. Humpelnd ging ich wieder zu dem Jungen. Ich hockte mich hin und lächelte ihn gequält an.

«Wie heißt du?», fragte ich den Jungen.

«Sakri», wimmerte er.

«Ich werde dir helfen, Sakri.»

Als ich auf sein Bein deutete, nickte er schwach, die Augen immer noch weit aufgerissen und ich widmete mich erneut der rostigen Bärenfalle. Mit aller Kraft versuchte ich, die beiden gezackten Bügel auseinanderzuziehen, doch sie bewegten sich nicht im Geringsten. Auch das Hebeln mit einem dicken Stock brachte keine Abhilfe. Im Gegenteil, ein Schmerzensschrei entfuhr dem Jungen. Seine Augen weiteten sich, als der Schmerz durch sein Bein schoss.

«Tut mir leid», versuchte ich ihn, zu beruhigen.

Er stemmte sich gegen den Schmerz und krallte seine Finger in den Waldboden.

«Versuch es noch einmal, bitte», flüsterte er. Seine Stimme war dünn und schwach.

«Ich hole dich da raus, halte durch.»

Einige Tränen liefen über sein blasses Gesicht. Ob vor Angst oder vor Schmerz vermochte ich nicht zu sagen. Er nickte, wurde aber merklich schwächer.

Die Zugkraft der Falle war einfach zu stark, sodass ich sie nicht aufdrücken konnte, doch plötzlich dämmerte mir etwas. Ich hatte ein solches Gerät doch schon einmal auf dem Markt in Fraden gesehen.

Mein Vater hatte mich damals mitgenommen und wir schlenderten über den menschenüberfluteten Marktplatz, um die vielen verschiedenen Waren zu betrachten. Vor einem Stand mit Jagdgeräten machten wir Halt. Ein Verkäufer hatte damals die Brillanz seiner Erfindung vorgeführt. Zuerst hatte er einen muskulösen Mann aus der Menge gebeten, die Bügel der Falle mit aller Kraft zu öffnen, doch die Vorrichtung hatte sich keine Fingernagelbreite bewegt.

Als Rufe aus der versammelten Menschentraube laut wurden, es handle sich lediglich um Schauspielerei, ließ er jeden einzelnen Menschen aus dem Publikum, der gewillt war sein Glück zu versuchen, Hand an die Falle legen, doch sie alle scheiterten. Zum krönenden Abschluss nahm er einen Stock, den er vorsichtig durch die Bügel schob und auf einen Punkt am Fallenboden drückte. Wie durch ein Wunder sprang die Vorrichtung aus eigener Kraft auseinander. Die Leute waren außer sich und beklatschten den Mann und sein Gerät lautstark. Viele drängten daraufhin an den Verkaufsstand des Mannes, um eines seiner technischen Meisterstücke zu erwerben.

Wenn diese Falle der Falle von damals also ähnelte, musste es diesen einen Punkt geben, der den verletzten Fuß freigäbe. Geschwind griff ich nach einem fingerdicken Stock, der neben mir lag und schob ihn vorsichtig, am verwundeten Bein entlang, durch die Bügel. Der Junge starrte mich mit bleichem, verschwitzten Gesicht an. Ich konnte die Angst in seinen Augen sehen. Wieder und wieder wiederholte ich in beruhigendem Ton: « Alles wird gut, hab keine Angst.»

Er sagte nichts, doch ich spürte, dass er langsam anfing, mir zu vertrauen. Er rutschte nicht mehr hastig von mir weg, sondern blieb ruhig sitzen und beäugte mein Handeln mit zunehmender Neugier.

So sehr ich auch mit dem Stock gegen den Boden der Falle drückte, sie rührte sich nicht. Entweder traf ich den korrekten Punkt nicht, da ich ihn aufgrund des Rosts, der die Falle bereits angefressen hatte, nicht erkennen konnte oder die Vorrichtung verfügte nicht über den mir bekannten Mechanismus. Immer wieder drang das Stöhnen des Jungen an mein Ohr, wenn ich versehentlich mit dem Stock gegen seinen Fuß stieß. Meine aufkeimende Verzweiflung versuchte ich mir nicht anmerken, zu lassen, dennoch war ich am Ende meiner Ideen. Stoisch unternahm ich einen weiteren, vielleicht letzten Versuch. Ich drückte den Stock diesmal etwas senkrechter durch den Spalt und presste ihn gegen den Fallenboden. Gerade als ich den fingerdicken Zweig enttäuscht zurückziehen wollte, passierte es. Die rostigen und blutverschmierten Bügel schnalzten auseinander und gaben den verwundeten Fuß frei. Der Junge schrie laut auf, als die Eisen aus der Wunde rissen und verlor augenblicklich das Bewusstsein. Vorsichtig hob ich den verletzten Fuß aus der Falle und legte ihn in meinen Schoß. Dann zerrte ich das rostige Gerät von ihm weg. Ich griff nach dem Stock und löste den Mechanismus erneut aus, auf dass er ab jetzt nie wieder jemandem das Bein zerquetschen würde. Knirschend bohrten sich die Bügel in das morsche Holz, das unter dem Druck des Eisens entzweibrach.

Der Junge lag in tiefer Ohnmacht, als ich begann seine tiefe Wunde zu begutachten. Man konnte auf den blanken Knochen schauen. Ein flaues Gefühl zog durch meinen Magen, als ich die Schwere der Verletzung feststellte. Meine Kenntnisse von Heilkräutern waren gering. Ich kannte Fenchel, der gut gegen Krämpfe wirkte, auch Fieberkraut das, wie der Name sagt, als Umschlag auf der Stirn ein probates

Mittel zu Fiebersenkung war. Es würde sicher sein Fieber senken können, jedoch würde dieses Kraut in keiner Weise die Wundheilung begünstigen. Und dass eine Senkung des Fiebers, bei der Schwere dieser Verletzung, den Tod nicht verhindern würde, war selbst mir in meinen jungen Jahren vollkommen klar. Dennoch würde es mir Zeit verschaffen. Zeit, die ich brauchte, um mir etwas einfallen zu lassen, wie man die Wunde des Jungen versorgen konnte. Ich senkte vorsichtig sein Bein ab, bettete es auf einen weichen Flecken Moos und war gerade im Begriff aufzustehen, als plötzlich eine Speerspitze nur eine Fingerbreite entfernt zwischen meine Augen gerichtet wurde. Noch bevor ich aufblicken konnte, gesellten sich drei oder vier weitere Metallspitzen hinzu und zielten auf meinen Kopf. Wortlos hob ich den Kopf und starrte die Gestalten um mich herum an, die sich vollkommen geräuschlos angeschlichen hatten.

Ihre Kleidung ähnelte der des Jungen in seiner Beschaffenheit. Die meisten der zehn Krieger, die ich insgesamt zählte, waren kräftig gebaut und trugen ihr durchgehend dunkles Haar lang, bis über ihre muskulösen Schultern fallend.

Mein Blick fiel auf den hochgewachsenen Mann, der seinen Speer als erstes auf mich gerichtet hatte. Aufgrund des Kopfschmucks, der aus einem einfachen Ranken- und Blättergeflecht bestand, machte ich ihn als Anführer aus. Flehend blickte ich ihn an: «Ich wollte nur helfen», stammelte ich.

Seine grünen, leuchtenden Augen schauten mich durchdringend an, ehe sich sein Gesicht zu einer bizarr grinsenden Grimasse verzog.

«Mensch», sagte er wegwerfend, während sein überlegenes Grinsen seine großen, scharfkantigen Zähne entblößte.

In diesem Moment dämmerte mir, dass die Männer, die vor mir standen, keine Menschen waren. Einige ältere Bewohner in unserem Dorf hatten uns Kindern immer wieder von einem Waldvolk erzählt, das zwar menschlich aussieht, aber rein gar nichts für sie übrig hat. Angeblich würden sie Menschen sogar ihren Göttern opfern und sie verspeisen. Was wir Kinder einst als Geschwätz abgetan hatten, das uns vom Spielen weit abseits des Dorfes abhalten sollte, wurde plötzlich Wirklichkeit. Vor mir standen zehn Krieger der Dryadrim.

4. Kapitel

«Fesseln!», rief der anführende Dryadrim seinen Männern zu und zeigte auf mich.

«Ich wollte nur helfen!», schrie ich und versuchte mich loszureißen, als mich zwei der Krieger packten. Doch all meine Gegenwehr hatte keinen Erfolg. Unsanft wurde ich mit lianenartigen Seilen verschnürt und mit Armen und Beinen gen Himmel hängend an einen starken, langen Ast gebunden.

Zwei kräftige Krieger packten die beiden Enden, hievten mich in die Höhe und schon setzten wir uns in Bewegung. Die eng geschnürten Fasern rieben auf meiner Haut und bei jedem ruckartigen Schritt, den die Männer machten, breitete sich ein brennender Schmerz von meinen Hand- und Fußgelenken aus.

Neben mir lief der Mann, den ich als Anführer ausgemacht hatte. Sein Haar war pechschwarz mit einem leichten Grünstich und zu mehreren kunstvollen Zöpfen geflochten, die ihm über die Schultern fielen. Seine muskulösen Arme waren mit allerlei Bemalungen verziert. Pflanzenartige Wesen, Vögel und Symbole, die ich noch nie zuvor gesehen hatte, schmückten seine Haut. Er hatte den Mund geschlossen, wodurch seine scharfen Zähne nicht sichtbar waren und sein Aussehen einem Menschen sehr ähnelte.

Angestrengt drehte ich den Kopf, um mich umzuschauen. Das war aufgrund meiner hängenden Position gar nicht so einfach, aber ich erkannte hinter mir den noch immer ohnmächtigen Jungen, der auf einer behelfsmäßigen Trage weitaus sanfter transportiert wurde als ich.

Kraftlos ließ ich den Kopf wieder sacken.

«Lasst mich gehen, ich bin kein Feind», forderte ich, doch der Krieger zeigte keine Regung. Stur blickte er geradeaus und ignorierte mich. Ich ließ nicht locker.

«Wohin bringt ihr mich?»

Doch diesmal widmete der Krieger mir mehr Aufmerksamkeit. Ohne Ankündigung schlug er mir heftig ins Gesicht. Seine Faust traf mich direkt auf der Wange, trieb die Tränen in mein Auge und vernebelte meine Sicht. Der Schmerz zog durch meinen Kopf und ein Wimmern entfuhr mir. Ich kniff das Lid zu, um die Flüssigkeit aus dem Auge zu drücken.

«Mistkerl!», glitt es mir leise über die Lippen.

Wieder holte er aus und ich zuckte zusammen, doch er schlug nicht zu, sondern hielt die Faust nur drohend geballt.

«Lass ihn am Leben, Mok», sagte ein anderer Krieger, «Alruun wird sich sicher mehr über ihn freuen, wenn er noch nicht halb tot ist.»

Er lächelte und ließ die Faust sinken. Dennoch verstand ich seine Aufforderung, keinen Ton mehr von mir zu geben, sehr deutlich und zog es vor, seiner Anweisung Folge zu leisten. Mir fiel auf, dass die Dryadrim sich fast geräuschlos über den mit Blättern und Geäst gesäumten Waldboden bewegten.

Nach einer Weile passierten wir eine stark bewachsene Steigung. Durch meine Fesseln konnte ich meinen Kopf nicht weit drehen und die Schwellung an meinem Auge erschwerte mir die Sicht noch mehr. Dennoch fiel mir die Größe der Bäume in diesem Teil des Waldes auf. Alleine der Durchmesser der Stämme überstieg den, der mir aus meiner Heimat bekannten Baumriesen, um ein Vielfaches.

Es dauerte nicht lange, bis wir plötzlich an einem umgestürzten Baumstamm anhielten. Der Anführer hob einen

Ast auf und trommelte ein merkwürdiges Klopfzeichen auf dem hohlen Holz. Erstaunt beobachtete ich eine Art Fahrstuhl, der auf einmal raschelnd durch das dichte Blätterdach nach unten gesenkt wurde. Erst jetzt erkannte ich, dass zwischen den Baumkronen zahlreiche Hängebrücken gespannt waren.

Der Aufzug war so groß, dass mühelos dreißig Männer in ihm Platz fanden. Nachdem wir ihn betraten, schloss einer der Krieger die beiden großen Flügeltüren. Ruckartig erhob sich die Konstruktion in die Höhe und bewegte sich knarzend vorwärts. An den Seiten verfügte er über schmale Sehschlitze, durch die etwas Licht einfiel. Erst hoch oben, über der dichten Belaubung der Baumriesen, hielten wir an. Die Türen öffneten sich und ich sah zwei Männer von einer Kurbel zurücktreten. Sie mussten den Aufzug in die Höhe gehoben haben.

Trotz meiner misslichen Lage bot sich mir ein überwältigender Anblick. Vor mir erstreckte sich eine gewaltige Anzahl großer, runder Holzplattformen. Manche waren mit prachtvollen Gebäuden bebaut, andere waren leer oder wurden von Kindern zum Spielen genutzt. Die Fassaden der hölzernen Behausungen säumten kunstvolle Ornamente aus Gold und verspielte Schnitzereien. Hängebrücken aus dicken Fasern verbanden die einzelnen Plattformen miteinander. Vor mir lag ein ganzes Dorf hoch oben in den Baumkronen, direkt unter dem blauen Himmel. Ich traute meinen Augen kaum und noch während ich staunte, hörte ich eine Stimme.

Die Männer um mich herum versperrten meine Sicht, sodass ich nur zuhören konnte.

«Mok! Da bist du ja endlich! Habt ihr Sakri-Tar gefunden?», sagte eine männliche Stimme besorgt.

«Ja, mein Trar, das haben wir, aber es geht ihm schlecht. Er ist bewusstlos und hat eine schwere Verletzung an seinem Bein», antwortete der Anführer des kleinen Trupps.

Ich hörte wie der Mann zu dem Jungen an die Bahre heranstürzte.

«Bringt ihn sofort zu Gulgar. Er soll alles in seiner Macht stehende tun ihn zu heilen. Na los!»

Ich hörte, wie die Männer mit der Trage davon hetzten.

«Wer hat Sakri-Tar das angetan?», polterte die mir unbekannte Stimme wütend.

«Wir haben einen Menschen bei ihm gefunden.»

«Einen Menschen? Wo ist dieser Mistkerl!», sagte der aufgebrachte Mann und seiner Stimme war anzuhören, dass er sehr zornig war.

Die Krieger um mich herum traten einen Schritt zur Seite. Mok, der Anführer des Trupps, deutete in meine Richtung. Aus dem Augenwinkel erkannte ich einen Dryadrim, der wütend auf mich zu kam.

Wie Mok verfügte auch er über eine Kopfbedeckung aus Ranken und geflochtenen Fasern. Hinzu kamen zwei eingeflochtene Hirschgeweihe, die bedrohlich darauf thronten. Sein aufwändiger Kopfschmuck kennzeichnete ihn unmissverständlich als Häuptling.

Der Schlag gegen meine Wange hatte mich gelehrt, still zu sein und so zog ich es vor regungslos in den Himmel zu starren.

Rüde ergriff der Mann, den die anderen Dryadrim Alruun-Trar nannten, mein Haar und riss meinen Kopf ruckartig herüber, sodass ich ihm mitten ins Gesicht blicken musste. Ich unterdrückte den Schmerz und starrte ihn an. Seine Halskette, an der ein paar Knochen eingefädelt waren, klapperte, als er sich über mich beugte und mich durchdringend musterte. Seine Haut war blass und wettergegerbt, aber er wirkte nicht wirklich alt. Den Bart hatte er zu einem fingerlangen Zopf geflochten und seine Ohren mit kunstvollen goldenen Ringen durchstochen.

«Wo habt ihr ihn gefunden?», fragte er Mok, als er meine Haare endlich losließ.

«Er saß direkt bei Sakri-Tar. Als wir eintrafen hat er ihn gerade aus seiner Falle geholt», entgegnete dieser.

«Das stimmt nicht, ich wollte nur....»

Ein weiterer heftiger Schlag traf mich ins Gesicht, als mich einer der Krieger zum Schweigen brachte. Benommen verstummte ich. Meine Meinung spielte hier offensichtlich keine Rolle.

«Du kleines Scheusal!», giftete der Häuptling.

Er fuhr heftig herum und starrte mich mit bösartigem Blick an. Seine spitzen Zähne traten hervor und in seinem Gesicht stand der blanke Hass.

«Du wirst dafür bezahlen!», brüllte er.

«Ich...».

Ein gewaltiger Tritt, mit der Wucht eines Pferdehufs, traf meine Rippen. Er traf mich so kraftvoll, dass den beiden Kriegern der starke Ast, an dem ich vertäut war, aus den Händen gerissen und ich schmerzvoll auf den Boden geschleudert wurde. Durch meine Fesseln hatte ich keinerlei Möglichkeit meinen Sturz zu bremsen, sodass mein Kopf auf dem Boden aufschlug und der Aufprall mir die Sinne raubte.

5. Kapitel

Als ich erwachte, war es bereits dunkel. Ich hatte rasende Kopfschmerzen und mein ganzer Körper wurde von Schmerzen geplagt. Auf dem Rücken liegend sog ich die kühle Waldluft in meine Lungen, doch jeder Atemzug verursachte ein Stechen, als würde jemand ein Messer in meinen Brustkorb treiben. Der Tritt des Dryadrim hatte meinen Rippen schwer zugesetzt.

Massive, hölzerne Gitterstäbe lagen zwischen mir und dem klaren Sternenhimmel. Ich wagte nicht aufzustehen und musterte vorsichtig die Umgebung, indem ich nur meine Augen bewegte. Der Käfig war aus kräftigen, dicken Holzstangen gebaut, die einzelnen Schnittpunkte mit stabilen Fasern verbunden und unter meinen Händen spürte ich, dass er mit dünnem Stroh ausgelegt war. Auch ohne die beiden Fackeln, die an der Eingangsseite des Käfigs loderten, spendeten die Sterne und der Mond mir genug Licht, um ein ungefähres Bild meiner Umgebung zu bekommen. Einige Glühwürmchen tanzten aufgeregt um das flackernde Feuer und immer wenn eines zu nah heranflog, erstarb ein schwirrendes Licht und man konnte ein leises Zischen vernehmen.

Der Käfig stand am Rand einer der großen Holzplattformen, die in den Baumkronen erbaut worden waren. Außer meinem Gefängnis war auf dem weitläufigen Holz aber wenig zu sehen. Lediglich ein paar Kisten, einige entastete Baumstämme und drei oder vier Fässer konnte ich ausmachen. Wenn ich die Augen zusammenkniff, konnte ich zudem noch die Silhouette einer Hängebrücke erkennen, die scheinbar weitere Plattformen mit dieser hier verband.

Es war still. Ab und zu konnte ich Rufe einer Eule in der Ferne hören, doch diese verstummten nach einer Weile. Ich wagte, mich zu bewegen. Meine Fesseln waren mir abgenommen worden, doch meine Hand- und Fußgelenke waren wund gescheuert und brannten noch immer. Es fiel mir schwer, mich auf meinen Händen abzustützen. Ich brauchte eine ganze Weile bis ich es auf die Knie schaffte, ohne unter den Schmerzen meiner Rippen oder meiner Gelenke zusammenzuzucken. Der Käfig war recht geräumig, sodass ein erwachsener Mann geduckt darin stehen konnte, doch ich unternahm gar nicht erst den Versuch aufzustehen.

Seit meiner Flucht hatte ich das erste Mal einen Augenblick Zeit, um das Erlebte zu begreifen. Mein Magen knurrte, doch ich hatte keinen Hunger.

In diesem Moment fühlte ich mich winzig klein, hilflos und verloren. Ich begriff erstmals, dass ich nicht nur meine Eltern verloren hatte, sondern auch meine Geschwister. Hätten sie überlebt, wären sie an der Höhle aufgetaucht. Beide hätten vor mir dort sein müssen, Doran weil er schneller laufen konnte als ich und Yda, weil sie einen großen Vorsprung gehabt hatte. Doch keiner der beiden war dort gewesen. Arwa war erobert worden und die Rakkar hatten ganz sicher niemanden am Leben gelassen.

Tiefe Trauer überkam mich. Trauer über den Verlust meiner Eltern, meines großen Bruders Doran, der mir so viel bedeutete, meiner kleinen Schwester Yda, die ich viel zu kurz gekannt hatte und meines Onkels Otis. Ich gab mir keine Mühe meine Tränen zurückzuhalten. Sie traten in Strömen aus meinen Augen, kullerten über meine Schläfen und verloren sich irgendwo zwischen meinen Haaren. Ich schluchzte und all die Tapferkeit, die ich in den Tagen zuvor bewiesen hatte, war plötzlich verschwunden.

Was sollte ich nur tun? Ich hatte alles verloren, was für mich von Wert war, und darüber hinaus war ich nun auch noch in die Fänge dieser Dryadrim geraten. Warum kämpfte ich überhaupt gegen mein Schicksal an? Der Gedanke des Aufgebens strich durch meinen Kopf, doch plötzlich vertrieb ihn ein grunzender Laut.

Mein Schluchzen verstummte. Vorsichtig rollte ich mich auf den Bauch, um mich besser umsehen zu können. Mit dem Arm wischte ich die Tränen aus meinen Augen. Dabei unterdrückte ich den Schmerz, der meinen geschundenen Körper durchfuhr.

In der dunklen Ecke gegenüber des Käfigeingangs entdeckte ich eine Gestalt, die zusammengesunken an den Gitterstäben lehnte und leise schnarchte. Sie war mir mit ihrer grauen Kleidung gar nicht aufgefallen und ich erkannte zuerst nicht, ob es sich um einen Mann oder eine Frau handelte. Das halblange, verfilzte, schwarze Haar hing über das Gesicht, aber das herausschauende, schlampig gestutzte Kinnbärtchen verriet mir letztendlich, dass es sich um einen Mann handeln musste. Er war barfuß und seine Kleidung hatte mehrere Löcher.

«Psst!», zischte ich in seine Richtung, doch er rührte sich nicht.

Ich versuchte es noch einmal, doch erneut vergebens. Stöhnend krabbelte ich zu ihm herüber und berührte ihn leicht am Arm. Ich schien ihm einen gewaltigen Schrecken eingejagt zu haben, denn er zuckte erschrocken zusammen.

«Lasst mich in Ruhe!», stieß er erschrocken hervor, schlug meinen Arm weg und wich zur Seite aus.

Dann starrte er mich mit weit aufgerissenen Augen an und atmete durch. Scheinbar hatte er mich verwechselt.

«Mach das nie wieder, hörst du?», sagte er, «ich dachte sie kommen mich holen.»

Er spuckte auf den Boden. Seine gerötete Nase verriet eine leichte Erkältung oder aber seine Liebe zum Bier. Von was redete er da? Ich konnte ihm nicht folgen.

«Wer kommt dich holen?», fragte ich.

«Na, die Dryadrim», antwortete er nur leicht kopfschüttelnd, «oder hast du vergessen, wer dich hier eingesperrt hat?»

«Nein, das habe ich nicht», und ich ärgerte mich augenblicklich über mein unvorsichtiges Verhalten kurz vor meiner Gefangennahme.

Der Mann rieb sich verschlafen die Augen.

«Wie heißt du, Kleiner?», fragte er.

«Mein Name ist Ricon, Ricon aus Arwa», stellte ich mich vor, «und wer bist du?»

«Ich heiße Mort. Was machst du hier, Ricon aus Arwa? Soweit ich weiß liegt deine Heimat ein gutes Stück entfernt.»

«Die Rakkar haben uns angegriffen. Sie sind über Arwa hergefallen. Sie haben alle abgeschlachtet, nur ich bin in den Wald gelaufen und entkommen», schoss es aus mir heraus, «doch dann wurde ich gefangen genommen und...!»

«Junge, Junge, eins nach dem anderen», versuchte Mort meine wasserfallartige Erklärung zu stoppen. Ich verstummte, schöpfte aber insgeheim Hoffnung, dass dieser Mann mir vielleicht helfen konnte.

«Rakkar? Was soll das denn sein? Nie davon gehört», sagte Mort schulterzuckend und zerdrückte eine Laus in seinem Haar.

«Das sind fürchterliche Krieger. Sie kamen übers Meer und haben jeden getötet, den sie in ihre Finger bekamen!», erklärte ich den Ernst meiner Lage, doch Mort schien unbeeindruckt und unterbrach mich.

«Das ist jetzt nicht mehr wichtig», wandte er ein.

«Nun kriegen dich eben nicht diese Rakkar, sondern die Dryadrim.»

Ich schüttelte den Kopf.

«Das ist ein Missverständnis. Ich wollte nur helfen!»

Doch wieder unterbrach mich Mort.

«Wem auch immer du helfen wolltest, spielt hier keine Rolle. Die Dryadrim hassen Menschen, völlig egal, aus welchen Gründen man hier ist. Sie fangen uns ein und sie bringen uns um. So gehen sie seit Ewigkeiten vor und daran wird sich auch nichts ändern», sagte Mort gleichgültig, «also find dich einfach damit ab, Kleiner.»

«Du tust gerade so, als wäre dir das alles egal, aber als ich dich eben angestoßen habe, bist du zusammengezuckt, wie ein Pferdehintern, den eine Mücke sticht», unterstellte ich ihm trotzig, «und außerdem willst du mir nur Angst machen.»

Mort fing an zu lachen.

«Du gefällst mir! Und du hast Recht. Natürlich ist mir nicht egal, ob ich umgebracht werde oder nicht, aber was das angeht vertraue ich auf meine Fähigkeiten.»

Er hielt einen Moment inne, dann wurde er ernst.

«Angst machen wollte ich dir aber keine. Was ich gesagt habe, sind nichts als Tatsachen. Die Dryadrim sind Menschenfresser. Jeder der mit mir in diesem Käfig saß, wurde geholt und kam nicht zurück.»

«Und wer saß hier mit dir im Käfig?», fragte ich ungläubig.

«Meron, Eltris, Astron, sie alle haben hier im Stroh gehockt», zählte er auf.

«Wohin wurden sie gebracht?», fragte ich und langsam überkam mich ein mulmiges Gefühl.

«Sie haben sie gefressen, was denkst du denn? Hast du nicht ihre Zähne gesehen?»

Er strich sich die zerzausten, schwarzen Haare aus dem Gesicht, blickte mir tief in die Augen und sprach mit leiser Stimme.

«Sie werden auch uns holen. Du solltest also besser einen Plan haben, wie du ihren scharfen Zähnen entkommst.»

«Und was ist dein Plan?», hakte ich nach.

«Das kann ich dir leider nicht verraten, falls sie dich zuerst holen», sagte Mort und setzte eine entschuldigende Miene auf.

Was für ein eingebildeter Kerl! Ich rollte die Augen und wollte mich genervt wieder auf meinen Platz setzen.

«Erzähl mir von Arwa», sagte er da plötzlich.

Ich blickte ihn skeptisch an.

«Du kennst Arwa?»

«Na klar, ich habe dort mal eine Weile gelebt, ist aber schon lange her. Ich bin ein Viehhirte musst du wissen und saftiges Gras gibt es in Arwa eine ganze Menge. Es war eine hübsche Gegend da zwischen den Flüssen und den grünen Wiesen, soweit ich mich entsinne.»

Ich ließ meinen Hintern in das weiche Stroh plumpsen und vergaß meine schmerzenden Rippen, die mich für meine Vergesslichkeit postwendend mit einem stechenden Schmerz straften.

«Das ist es», bestätigte ich, «warum bist du fortgegangen?»

«Ich halte es nie lange am selben Ort aus, wollte mal wieder was anderes sehen», sagte er knapp und warf mir einen harten Kanten Brot herüber. «Hier, iss was.»

Ich verspürte noch immer keinen Hunger, doch ich hatte den ganzen Tag nichts gegessen und nagte an dem, trockenen Gebäck.

«Und jetzt erzähl mal, um meiner Erinnerung ein bisschen auf die Sprünge zu helfen.»

Und so berichtete ich von saftigem Gras, den Flüssen und Bächen, die das Land durchzogen und dem kleinen Blockhaus, in dem ich mit Doran, Yda und meinen Eltern gewohnt hatte.

Mort hörte aufmerksam zu, doch als meine Erzählung sich dem Ende neigte, wandte er ein:

«Du solltest an Arwa denken, wenn sie kommen, um dich zu holen. Dann wird es erträglicher für dich», riet er mir.

Ich verstummte. Mort hatte mich aus der Vergangenheit zurückgeholt. Eine Weile schwieg ich und auch Mort sagte nichts. Er bohrte in der Nase, begutachtete den Fund und schnippte den Popel mit dem Finger weg.

«Wie bist du hierher gekommen?», fragte ich ihn.

Mort stand auf und setzte sich neben mich ins Stroh.

«Sie haben mir aufgelauert als ich gerade Vieh am Waldrand grasen ließ. Haben mich geschnappt wie ein unaufmerksames Karnickel.»

«Und deine Freunde?»

«Meine Freunde?»

Mort blickte für einen Moment verwirrt drein, doch dann fielen sie ihm wieder ein.

«Ach ja, meine Freunde. Du meinst Meron, Eltris und Astron. Ja, die auch. Wir waren alle dort um Vieh grasen zu lassen.»

Mir kam es komisch vor, dass vier erwachsene Männer Vieh grasen ließen, wo doch einer alleine diese Arbeit verrichten konnte, aber es schien auch nicht weiter wichtig zu sein.

«Habt ihr gute Wirtshäuser bei euch in Arwa?», fragte Mort und wechselte plötzlich wieder das Thema.

Ich zögerte mit meiner Antwort, da ich erst einmal ein Wirtshaus von innen gesehen hatte, jedoch außerhalb des täglichen Betriebs. Ich war damals mit meinem Vater dort gewesen, der dem Schankwirt eine Lieferung Kaminholz gebracht hatte. Während er seine Bezahlung entgegennahm, hatte ich mich umgesehen und die leeren Bänke und Tische bestaunt.

In einer Ecke hing eine Zielscheibe an der Wand, in deren Mitte ein Messer steckte. Auf den Tischen standen einige leere Krüge und Teller mit Essensresten. Ich erinnerte mich auch an eine Leiter, die auf einen Heuboden führte. Mehr war von dieser Erinnerung aber nicht übrig.

«Ich glaube schon», antwortete ich schließlich knapp.

«Ach, ich liebe gute Wirtshäuser», schwärmte Mort. «Ein gutes Bier, die Weiber..., warst du schon einmal in einem Wirtshaus?»

«Nur einmal, aber da war gerade kein Betrieb», gab ich zu.

Mort kniff die Augen zusammen.

«Wie alt bist du Ricon?»

«Ich bin vierzehn.»

«Vierzehn? Und du hast noch nie richtig in einem Wirtshaus gefeiert? Wirklich schade, dass dir das verwehrt bleiben wird. Manchmal ist das Leben grausam.» Er zuckte mit den Schultern.

Damit hatte Mort natürlich Recht, auch wenn ein versäumter Wirtshausbesuch für mich nicht die wahre Grausamkeit ausmachte. Das Leben hatte es in den letzten Tagen aber tatsächlich nicht gut mit mir gemeint.

Mort war mir zuerst unsympathisch, aber irgendwie fing ich an, seine unkomplizierte und direkte Art zu mögen.

«Wie ist das so in einem Wirtshaus?», fragte ich nach einem Moment des Schweigens. Mit dieser Frage hatte ich einen Nerv getroffen und Mort blühte regelrecht auf. Seine Beschreibungen sprudelten geradezu aus ihm heraus. Pingelig beschrieb er jede Einzelheit, die er schätzte und wollte gar nicht mehr aufhören zu schwärmen. Es dauerte eine ganze Weile, bis er zum Ende seiner ausschweifenden Erzählung kam.

«Und dann wird Bier getrunken und gesungen, bis die Sonne aufgeht oder der Wirt dich hinausschmeißt», beendete er seinen Bericht. Mort lachte und ich konnte ihm ansehen, dass er zu jedem Detail das passende Bild vor Augen hatte.

«Hast du schon einmal Bier getrunken?», fragte er schließlich. Ich schüttelte den Kopf.

«Weißt du was? Wenn wir es beide hier raus schaffen, geb ich dir eins aus!» Er lächelte mich an und setzte sich zurück in die Ecke, wo ich ihn zuerst erspäht hatte. Kurz darauf sackte er wieder zusammen und begann schon rasch zu schnarchen.

Mein Ansporn hier raus zu kommen um ein Bier zu trinken, war zwar gering, aber Morts Einstellung gab mir zu denken. Er hatte nach seiner Gefangennahme nicht aufgegeben und war sich sicher, aus den Fängen der Dryadrim entkommen zu können. Und irgendwie hatte er recht. Ich war nicht vor den Rakkar geflohen, um dann von diesem Waldvolk verspeist zu werden, sofern sie tatsächlich Menschenfresser waren, was ich noch immer nicht glauben wollte. Ich musste mir an Mort ein Beispiel nehmen. Seine Träume strichen nur um Wirtshäuser und Saufgelage mit seinen Kumpels, dennoch schienen diese Gedanken ihn soweit zu erfüllen, dass sie seinen Wunsch zu überleben ausreichend nährten.

Meine Heimat war in die Hände der Rakkar gefallen. Mein Zuhause und meine Familie gab es nicht mehr. Ich schloss einen Moment die Augen. Bilder von Arwas saftig grünen Marschen kreisten in meinem Kopf. Das Rascheln des Schilfs, das Plätschern der Bäche und das Klappern der Störche und Reiher, die durch die seichten Gewässer stolzierten, trat an meine Ohren. Irgendetwas tief in meinem Inneren wollte nicht aufgeben. Wenn ich jemals meine Heimat wiedersehen wollte, dann musste ich überleben. Ich musste den Dryadrim entkommen, den Luzariwald durchqueren und nach Westen ziehen. Irgendwann würde ich sicher auf Menschen treffen und eines Tages würde ich nach Arwa zurückkehren.

Und während ich diesen wundervollen Tag herbeisehnte, nickte ich ein.

Wir verbrachten drei Tage gemeinsam in dem Käfig, in denen uns nichts blieb, als uns miteinander zu unterhalten. Mir gefielen die Gespräche mit Mort, denn er hatte vieles zu erzählen. Er schien viel herumgekommen zu sein für einen

Viehhirten und berichtete bereitwillig von etlichen Orten, an denen er bereits gelebt hatte. Meine Geschichten bezogen sich meist auf Arwa und meine Erinnerungen an meine Familie. Nicht selten flossen dabei auch Tränen, doch Mort hatte ein gutes Gespür dafür, mich mit einem Themenwechsel abzulenken.

Am Abend des dritten Tages wurde ich von lautem Geschrei geweckt. Vor dem Käfig standen vier Dryadrim-Krieger. Mort schrie und fluchte wie ein Rohrspatz.

«Lasst mich in Ruhe, ihr Baumaffen! Verschwindet! Fasst mich nicht an!», brüllte er.

Die Tür stand bereits offen und einer der vier Krieger griff nach Morts Fuß, doch dieser sprang zurück. Er drückte sich in die Ecke gegenüber der Tür, durch die der Dryadrim ihn zu packen versuchte, trat nach seinem Arm und warf immer wieder mit Stroh nach ihnen. Erst lachten sie, aber als sie merkten, dass Mort nicht so einfach zu fassen war und nicht daran dachte sich ihrem Willen zu unterwerfen, wurden sie aggressiver und versuchten dem Theater ein Ende zu bereiten.

Mort schrie immer noch aus voller Kehle und schlug und trat nach allem, was ihm zu nahe kam.

«Verschwindet! Lasst eure dreckigen Griffel von mir, ihr Scheusale!»

Ich klammerte mich an die hölzernen Gitterstäbe in meiner Ecke. Aufgeregt beobachtete ich das Geschehen. Einer der Krieger, mit einem Speer bewaffnet, trat um den Käfig und trieb Mort durch die Stäbe Richtung Eingang. Bei jeder leichten Berührung der Speerspitze quiekte er, fuhr herum und versuchte die spitze Waffe zu greifen, doch die Stiche des Dryadrim waren zu schnell. Letztendlich gelang es einem der Wachen Mort von hinten am Kragen zu packen und aus dem Käfig zu zerren. Sofort wurde die Tür wieder zugeschlagen und verschlossen.

Doch Mort gab dennoch nicht auf.

«Ich bringe euch alle um, ihr räudigen Bastarde!», schrie er.

Wie ein Wilder schlug er um sich und erwischte den Dryadrim, der ihn von hinten gepackt hatte, mit dem Ellenbogen mitten im Gesicht. Benommen sackte der Krieger zu Boden. Geschwind wie ein Hase schlüpfte Mort aus dem Griff des verdutzten Mannes und versuchte zu entkommen. Doch um ihn herum standen immer noch drei weitere Krieger, die in vollem Besitz ihrer Kräfte waren.

«Jetzt passt mal auf, ihr Baumaffen!», begann er seine Schimpftirade aufs Neue und trat und schlug in die Richtung der drei verdutzten Krieger, die ihn ungläubig anstarrten.

Einer der drei holte mit seinem Speer aus, um ihn damit aufzuspießen, doch ein anderer hielt ihn zurück.

«Keine Waffen! Du hast gehört was Alruun gesagt hat. Er darf nicht bluten, bevor das Ritual beginnt!»

«Ich werde euch euer Ritual in eure räudigen Ärsche schieben, ihr Missgeburten!», schimpfte Mort angriffslustig, «kommt mir bloß nicht zu nah!»

Die drei verbliebenen Krieger versuchten Mort, der mit dem Rücken zum Käfig stand, einzukreisen. Dieser nutzte seine Rückendeckung aber sehr geschickt, sodass keiner der drei Angreifer sich um ihn herum stehlen konnte. Mir schien, als wäre er ein durchaus guter Kämpfer, auch wenn er mir erzählt hatte, nur ein gewöhnlicher Viehhirte zu sein. Seine Wirtshausschlägereien, von deren Erzählungen er mehr als eine zum Besten gegeben hatte, schienen gewisse Spuren hinterlassen zu haben.

Der Krieger zu seiner Linken trat einen Schritt vor und versuchte Mort an der Schulter nach unten zu drücken. Doch kaum hatte er ihn nur berührt, fuhr dieser herum und versetzte ihm einen harten Schlag gegen die Schläfe. Rückwärts taumelnd wich er zurück. Mort drehte sich erneut und fegte mit einem schnellen Tritt einen weiteren Krieger von den Füßen, der krachend auf dem Rücken landete. Der dritte Dryadrim jedoch nutzte die Gelegenheit und packte Mort am Hals, wodurch er ihm langsam die Luft nahm. Die beiden kämpfenden Männer taumelten vor dem Käfiggitter hin und her. Irgendwie musste ich Mort helfen, nur wie? Die Gegenwehr des Viehhirten ließ zunehmend nach und er röchelte nach Luft, während er verzweifelt versuchte, sich aus dem festen Griff zu befreien. Doch seine herumwirbelnden Arme und Beine fanden ihr Ziel nicht. Die beiden Krieger, die er bereits zu Boden geschickt hatte, rappelten sich mittlerweile wieder auf. Nur der Speerträger, der ihn anfangs aus dem Käfig getrieben hatte, lag noch reglos da. Der Dryadrim, der Mort gepackt hatte, wankte unter Morts Gezappel etwas rückwärts, bis er schließlich mit dem Rücken an der verschlossenen Käfigtür lehnte, um seinen Stand zu festigen.

«Schlaf schön», höhnte er Mort zu, während er spürte, wie dessen Kräfte schwanden.

In diesem Moment witterte ich meine Chance und sprang zur Gittertür. Mit beiden Händen griff ich hindurch und während ich meine Füße fest in das Gitter gestellt hatte, riss ich mit aller Kraft an den Ohren des Dryadrim. Dieser schrie und wandte sich von Mort ab, um meine Hände loszureißen. Er packte meine Arme und riss diese ruckartig nach vorne, sodass mein Gesicht in das Gitter geschleudert wurde. Donnernd schlug ich auf den Boden auf und versuchte durch meine tränenden Augen zu sehen. Meine Nase begann sofort zu bluten und mein Schädel schmerzte. Benommen blieb ich liegen.

Mein Eingreifen hatte jedoch Erfolg gehabt, denn Mort hatte den Moment genutzt und das Knie in den Magen seines Gegenübers gerammt. Gleichzeitig traf er den zweiten Dryadrim mit dem Ellenbogen und schickte ihn erneut zu Boden.

«Ist das alles, ihr schäbigen Grünkuschler?», höhnte er, als er sich umdrehen wollte, um den Dryadrim vor dem Käfig zu attackieren. Dieser hielt noch immer seine beiden Ohren und erwartete nun seinen Niederschlag, doch er kam nicht.

Mit dem Ärmel wischte ich das herauslaufende Blut von meiner Nase.

«Mort, hinter dir!», rief ich.

Dann gab es ein dumpfes Geräusch. Mort kippte nach vorn über und fiel kraftlos zu Boden.

Der Krieger mit dem Speer hatte ihm den Schaft seiner Waffe heftig auf den Schädel gedonnert und so seinen Widerstand gebrochen.

Stöhnend richteten sich die geprügelten Dryadrim auf. Einer von ihnen trat dem bewusstlosen Mort kräftig in den Rücken.

«Verdammter Scheißkerl!», fluchte er.

Der Dryadrim mit den roten Ohren klopfte dem Speerträger auf die Schulter.

«Der ist wirklich zäher als er aussieht.»

Die beiden anderen Krieger packten Mort unter den Armen und schleiften ihn über eine Hängebrücke davon. Die zwei verbliebenen Dryadrim waren gerade im Begriff zu gehen, als sich der mit den geröteten Ohren nochmal zu mir umdrehte. Er entblößte seine spitzen Zähne und fauchte mich furchteinflößend an, bevor er den anderen folgte. Erst jetzt erkannte ich ihn als den Dryadrim, der bei meiner Gefangennahme das Kommando hatte und den seine Leute Mok nannten. Er trug seinen Kopfschmuck nicht, daher fiel es mir zuvor schwer, ihn von den anderen Wächtern zu unterscheiden.

Mir war klar, dass es nicht sonderlich clever gewesen war, sich in den Kampf einzumischen, aber ich konnte nicht zulassen, dass Mort von diesen Mistkerlen einfach davon gezerrt wurde. Dennoch hatte ihm meine Hilfe am Ende nichts genutzt. Sie hatten ihn trotzdem überwältigt und ich sank traurig zusammen. Zwar hatte ich Mort nicht lange gekannt und obwohl ihn mein Schicksal wenig kümmerte, mochte ich den Kerl irgendwie.

Ich verbrachte den Rest des Tages in meinem Käfig, ohne dass sich jemand um mich scherte.

Mort kam nicht zurück. Vermutlich hatte er den Tod gefunden und war von den Dryadrim verspeist worden, wie es auch das Schicksal seiner Freunde gewesen war. Ich hatte ihn eigentlich kaum gekannt, dessen ungeachtet vermisste ich seine Gesellschaft. Noch viel häufiger aber dachte ich an Doran, Yda und meine Eltern. Sie fehlten mir so unendlich und mehrmals am Tag hatte ich Schwierigkeiten meine Tränen zurückzuhalten. Sie alle waren tot. Es fiel mir schwer, mich mit diesem Gedanken abzufinden, doch mir blieb nichts anderes übrig.

Am nächsten Tag erschien ein junges Mädchen und brachte eine kleine Schüssel mit einem widerlichen Brei und einen Becher Wasser.

An den Tagen zuvor, als mich Morts Gesellschaft noch ablenkte, hatte ich sie nicht beachtet. Doch nun, da ich alleine war, war jede Abwechslung willkommen. Sie schien etwas älter zu sein als ich, vielleicht fünfzehn oder sechzehn Jahre alt. Mir fiel auf, dass ihr Äußeres dem der anderen Dryadrim weniger glich. Zwar trug sie die gleiche Kleidung, doch ihre dunkelblonden Haare zeigten nicht den eigenartigen grünen Schimmer. Dazu waren sie noch sehr zerzaust und hingen strubbelig über ihr Gesicht. Ein helles, schmutziges und mit zahlreichen Löchern durchsiebtes Kleid hing über ihrem schlanken Körper. Sie wirkte wie eine Sklavin auf mich. War sie etwa ein Mensch? Ich war mir nicht sicher.

Ohne mich anzublicken, schob sie die hölzerne Breischüssel und den Becher durch die Gitterstäbe.

«Danke», sagte ich leise und versuchte in ihr Gesicht zu blicken.

Sie schreckte zurück, zögerte einen Augenblick und nickte dann ohne mich dabei anzusehen, ehe sie vom Gitter zurücktrat.

Mit ihrer offenen Hand signalisierte sie mir, dass sie den leeren Holzteller haben wollte, der noch in Morts Ecke lag, vermied aber weiterhin jeglichen Augenkontakt. Ich reichte ihr den verkrusteten Teller.

«Wie heißt du?», wollte ich wissen, doch sie schüttelte nur kaum wahrnehmbar den Kopf. Leicht verwundert sprach ich sie erneut an.

«Warum sagst du mir nicht deinen Namen? Ich heiße Ricon. Ich komme aus Arwa.»

Doch bevor sie antworten konnte, fuhr eine Wache zu ihr herüber, schlug mit dem Speerschaft gegen das Gitter und scheuchte das Mädchen zurück.

«Du sollst nicht mit den Gefangenen sprechen, sondern lediglich den Fraß bringen!», fauchte er sie an.

Sie fiel vor Schreck auf den Hintern und kroch ein paar Schritte rückwärts. Rasch rappelte sie sich jedoch wieder auf. Eilig griff sie die zu Boden gefallene Holzschale und ging mit gesenktem Kopf davon, ohne sich nur ein einziges Mal umzudrehen.

«Und du hältst gefälligst deine Schnauze!», keifte er und funkelte mich mit bösem Blick an.

Ich schaute ihr noch einen Moment nach, dann ergriff ich die Schüssel, hockte mich in eine Ecke und kostete den Brei. Er schmeckte wie an den Tagen zuvor furchtbar, leicht säuerlich und auch ein wenig ranzig, aber mein Magen knurrte und schmerzte fast ununterbrochen. Also würgte ich die widerliche Masse hinunter und sparte das Wasser bis zum Schluss auf, um den ekelhaften Geschmack wieder loszuwerden.

Als das Mädchen an den folgenden Tagen auftauchte, sprach ich sie nicht an. Wortlos beobachtete ich sie, aber sie erwiderte keinen meiner Versuche Blickkontakt herzustellen. Noch begriff ich nicht was es war, aber irgendetwas faszinierte mich an ihr.

6. Kapitel

Seit Morts Verschwinden waren einige Tage vergangen und ich hatte bereits merklich an Gewicht verloren. Früh am Morgen, ich döste noch in meinem zweckmäßigen Bett aus Stroh, erreichte ein Trupp von vier Dryadrim meinen Käfig. Es waren dieselben Männer, die auch Mort ein paar Tage zuvor abgeholt hatten und ich erkannte, dass einer von ihnen ein nicht zu übersehendes Veilchen im Gesicht trug. Obwohl der Vorfall schon einige Zeit zurücklag, hatte Morts Ellenbogen scheinbar seine Spuren hinterlassen.

Sie mussten mich nicht wecken, denn ich war ohnehin schon wach. An das Nächtigen unter freiem Himmel war ich noch immer nicht gewöhnt und der helle, abnehmende Mond hatte mich schlecht schlafen lassen. Ich erkannte Mok, der mich Tage zuvor bedroht hatte. Er führte den Trupp, wie vor ein paar Tagen, an.

«Aufmachen!», befahl er einem anderen Krieger, der einen Schlüssel in der Hand hielt. Bereitwillig öffnete dieser die Käfigtür.

Die Erinnerung an Morts verzweifelten Kampf hatte mich zu dem Entschluss kommen lassen, dass ich keinen Widerstand leisten würde. Wenn selbst ein erwachsener Mann mit durchaus guten kämpferischen Fähigkeiten nicht den Hauch einer Chance hatte, wie sollte dann ein vierzehnjähriger Junge, wie ich einer war, in einem Kampf gegen vier Gegner bestehen? Außer blauen Flecken und einer blutigen Nase würde dabei nichts für mich herausspringen. Und das wäre sicher noch eine gute Ausbeute einer solchen Auseinandersetzung. In den vergangenen Tagen hatte ich mir immer wieder den Kopf zerbrochen, wie ich aus den Fängen der Dryadrim entkommen konnte. Ich war zu dem Entschluss gekommen, dass mir nichts anderes übrig blieb, als auf einen günstigen Moment zu warten und dann einfach loszurennen. Ob dieser Moment kam, stand jedoch auf einem anderen Blatt, denn ich wusste weder wohin sie mich bringen würden, noch wie ich das hoch oben in den Bäumen erbaute Dorf unbeschadet verlassen könnte. Zweifellos würde es aber hilfreicher sein bei vollem Bewusstsein zu bleiben, als halb ohnmächtig weggezerrt zu werden, wie es Mort zuvor ergangen war.

Als das Schloss klickte, stand ich bereits an der Gittertür. Einer der Krieger packte mich fest am Arm und zog mich ruppig aus dem Käfig. Ich leistete keinen Widerstand. Bereitwillig hielt ich meine Hände entgegen, als diese mit einem faserigen Seil gefesselt wurden.

«Vorwärts!», befahl Mok und schlug mir heftig mit der Faust gegen den Rücken. Er hatte scheinbar nicht vergessen, dass ich ihm fast die Ohren abgerissen hatte. Meine mangelnde Gegenwehr ärgerte ihn, denn er hätte sich sicher gerne für meine Frechheit revanchiert.

Keuchend fühlte ich den Schmerz meinen Rücken hinunterziehen, gab aber keinen Laut von mir und ging weiter artig vorwärts.

«Na, sieh mal einer an. Haben wir den Willen des Rotzbengels am Ende doch noch gebrochen?», lachte er laut auf, doch ich ignorierte seine Provokation. Sie hatten mich in die Mitte genommen, sodass zu meiner Linken und Rechten, sowie vor und hinter mir, jeweils ein Krieger lief. Ich hielt den Kopf oben, um mir jedes Detail um mich herum gut einzuprägen. Wer weiß, ob mir nicht irgendetwas davon auf meiner Flucht nützlich sein könnte, dachte ich.

Wir gingen über mehrere Hängebrücken, die die einzelnen großen Holzplattformen miteinander verbanden. Jede von ihnen schaukelte leicht und die Taue knarzten, als wir darüber schritten. Erst jetzt erkannte ich die wahre Pracht dieses Ortes in den Bäumen. Es war ein Irrgarten aus Plattformen. Auf manchen standen kleine Häuser, die mit Blättern und Moos gedeckt waren. Feine, unglaublich detaillierte Schnitzereien säumten ihre hölzernen Fassaden. Es war ein unwirklicher Anblick, so weit oben in den Baumkronen. Die Dryadrim waren perfekt an das Leben im, oder besser gesagt, über dem Wald angepasst. Es herrschte bereits so früh am Tag ein reges Treiben in dem Dorf, von dem ich bisher kaum etwas gesehen hatte. Leder wurde gegerbt, Kleidung genäht und Fleisch und Fisch geräuchert. Letzteres ließ einen bekannten Geruch in meine Nase steigen, den ich schon einige Zeit nicht mehr gerochen hatte. Meine Mutter hatte im Herbst oft Fisch geräuchert, um in den Wintermonaten, in denen kaum ein Schiff auf die vereiste See hinausfahren konnte, entsprechende Vorräte zu haben. Mein Magen begann protestierend zu knurren, als wir an den Räuchergestellen vorbeigingen.

Vor einem Aufzug zu einer höher gelegenen Plattform spielten ein paar Kinder. Als wir davor halt machten, hielten sie inne und starrten mich neugierig an. Eins führte eine Geste aus, als würde man ihm den Kopf abtrennen, und deutete auf mich. Sie lachten und rannten davon, als einer der Krieger sie verscheuchte, doch das flaue Gefühl, das diese Geste in mir erzeugt hatte, blieb.

Polternd setzte der Aufzug auf der Plattform auf. Ich erhielt einen weiteren Stoß in den Rücken und ging bereitwillig hinein. Auch er war kunstvoll mit Schnitzereien verziert, die verschiedene Tiere und Pflanzen zeigten. Ich war mir sicher, dass die Kunst der Holzverarbeitung der Dryadrim, die der Menschen um Längen übertraf. All diese Details faszinierten mich so sehr, dass ich kurz vergaß, worauf ich eigentlich achten wollte.

Mit einem Ruck stieg der Aufzug in die Höhe. Knarzend bewegte sich die Konstruktion nach oben und durchstieß einen sehr dünnen Nebel. War das der Moment, auf den ich gewartet hatte? Schnell blickte ich um mich, um eine Fluchtmöglichkeit auszumachen, als mich eine kräftige Hand an der Schulter packte.

«Denk nicht mal darüber nach», sagte Mok mit tiefer Stimme. Er war sehr aufmerksam und erkannte zu meiner Überraschung blitzschnell, dass mein Lebenswille noch nicht erloschen war. Scheinbar hatte ihn der Vorfall mit Mort vorsichtig gemacht.

Einen Augenblick später lichtete sich der dünne Nebel. Der Baum, auf dem die über uns liegende große Holzplattform gebaut war, war riesig und überragte den restlichen Wald um ein beträchtliches Stück. Vor mir erstreckte sich ein gigantischer Ausblick und erst jetzt erkannte ich, dass der Nebel zuvor eigentlich eine durchbrochene Wolke war. Doch wie schon in der Nacht war der Himmel am frühen Morgen fast wolkenlos und die Sicht über den Wald wurde nur an wenigen Stellen von weißem Flaum überdeckt. Ich staunte mit offenem Mund, bis ich wieder einen harten Schlag in den Rücken bekam. Dieser signalisierte mir, dass es an der Zeit war den Aufzug zu verlassen.

«Aussteigen!», schnauzte mich Mok an.

Ich gehorchte.

Vor mir erkannte ich eine große hölzerne Ebene, größer als die, auf der mein Käfig gestanden hatte. Mok trat vor mich, nachdem unser Trupp aus dem Aufzug marschiert war und ich versuchte an ihm vorbei zu spähen.

Ich befand mich auf einer Art Festplatz. Vor mir führte ein Gang auf eine Bühne zu, auf der ein in roten Stoff gehüllter Mann vor einer großen Feuerschale stand, in der die Flammen nervös vor sich hin tänzelten.

Zu beiden Seiten waren Tische und Stühle aufgestellt worden, auf denen zahlreiche dieser scharfzahnigen Gestalten Platz genommen hatten. Die meisten von ihnen trugen rote Kleidung.

Der Mann auf der Bühne streckte seine Hände in den Himmel. Kaum erkannten die übrigen Dryadrim diese Geste, wurde es mucksmäuschenstill.

Niemand sprach ein Wort, nicht einmal ein Husten war zu hören. Obwohl es hell war und die Sonne ihre warmen Strahlen über den Horizont schickte, lief mir ein Schauer den Rücken hinunter.

Auf einmal ertönte ein merkwürdiger tiefer Gesang. Die Stimme sang in einer mir unbekannten Sprache und keiner der Töne schien zueinander zu passen. Ich sah, dass der Mann auf der Bühne der Ursprung dieses Gesangs war. Begleitet wurde er von einigen Instrumenten, die ich noch nie zuvor gesehen oder gehört hatte. Die Melodie war geradezu hypnotisierend und wirkte gleichzeitig unheimlich verstörend. Die Klänge waren hart und die Musik versprühte eine spürbare Aggressivität.

Wir schritten zwischen den voll besetzten Tischen hindurch auf das hohe Podest zu. Als wir das Ende des Gangs erreichten, erkannte ich zwei frisch abgetrennte Köpfe auf

Pfählen zu beiden Seiten der Bühne. Die Augen waren aus den Höhlen entfernt und durch goldene Kugeln ersetzt worden. Auch sonst sahen die Schädel aus, als wäre ihnen vor ihrem Tod übel mitgespielt worden. Zahlreiche Verbrennungen zierten die verbliebene Haut und die wenigen Haare waren stark angesengt. Zu meinem Erstaunen erkannte ich in ihnen die beiden Rakkar-Jäger, die mich vor einigen Tagen in die Höhle verfolgt hatten. Übelkeit stieg bei ihrem Anblick in mir auf und ich wendete den Blick schnell von ihnen ab.

Mok trat einen Schritt zur Seite, sodass die hochgewachsene Gestalt, die nach dem Verstummen der Musik die Bühne betrat, freie Sicht auf mich hatte. Mok verbeugte sich tief.

«Sei gegrüßt Alruun-Trar, Trar der Dryadrim.»

Wie im Chor wiederholte die Menge hinter mir den Gruß.

Ich wusste sofort, dass es der Häuptling war, der mir meine schmerzenden Rippen beschert hatte. Der Mann trat einen Schritt vor und blickte von der Bühne aus auf mich herab. Mit offenem Mund starrte ich ihn an und bestaunte seine prachtvolle Erscheinung. Die Kleidung bestand, wie bei den Dryadrim üblich, aus natürlichen Materialien, wie Leder, Fasern, Ranken und Blattwerk. Am heutigen Tag war sie jedoch dunkelrot gefärbt worden. An seinen Armen und um seinen Hals trug er prächtigen Goldschmuck, der in der Sonne glänzte.

Am meisten faszinierte mich sein Kopfschmuck, in den ein schaufelähnliches Geweih eingearbeitet worden war. Dieses wiederum war ebenfalls mit Gold und sogar einigen Edelsteinen verziert worden. Seine ohnehin schon hohe Gestalt, wurde durch den Kopfschmuck und die Erhöhung auf der er stand noch betont. Seine Erscheinung war atemberaubend und einschüchternd zugleich.

«Knie nieder, Menschenjunge!», herrschte Mok mich von der Seite an. Er trat mir heftig in die Kniekehle, sodass ich auf ein Knie fiel und schlug mir gegen den Hinterkopf, damit ich ihn senkte.

Ich wagte nicht, mich zu bewegen, geschweige denn den Häuptling erneut anzuschauen. Mit gesenktem Kopf blickte ich auf den Holzboden und lauschte den Worten von Alruun-Trar, wie die anderen Dryadrim ihren Anführer nannten.

«Menschenabschaum!», polterte er mit kraftvoller, lauter Stimme los, «nicht, dass es schon genug wäre, dass dieses Ungeziefer unseren Wald schändet, unsere Bäume fällt und unsere Tiere erlegt, nun töten sie auch noch unseresgleichen! Diese Abscheulichkeit wurde dabei ertappt wie er meinen Sohn, Sakri-Tar, mit einer eisernen Waffe einfing und schwer verletzte.»

Das ist eine verdammte Lüge, ich wollte dem Jungen helfen, dachte ich, aber mein Einwand hatte mir bereits bei meiner Ankunft nichts Gutes gebracht. Ich hörte den Zorn in seiner Stimme, also widersprach ich nicht.

Mok zerrte mich währenddessen zurück auf die Beine und schleifte mich einige Stufen hinauf auf die Bühne. Alruun stand nun nur wenige Schritte von mir entfernt.

«Das Leben meines Sohnes wird versiegen.»

Er machte eine kurze Pause. Der Junge, den ich befreit hatte, schien im Sterben zu liegen.

«Doch auch wenn das Leben von Sakri-Tar nicht gerettet werden kann, so konnte mein geschätzter Freund Mok zumindest seinen Mörder einfangen, sodass wir ihn nun seiner gerechten Strafe zuführen können. Solaris wird ihn richten!», rief er laut und die Menge jubelte und trampelte mit den Füßen, wodurch ein regelrechter Donner ertönte.

Der Wundbrand würde den Jungen vermutlich das Leben kosten. Damit wäre die einzige Person, die wusste, dass ich nichts Böses im Schilde geführt hatte, tot.

«Was glaubt ihr Menschen eigentlich wer ihr seid?», brüllte der Häuptling nun außer sich vor Wut. «Du hast es gewagt meinen Sohn anzugreifen? Den Sohn von Alruun-Trar, dem Trar der Dryadrim?»

Seine Stimme überschlug sich nun schon fast.

«Ich wollte...», doch meine Worte wurden sofort erstickt, als mir der Häuptling so fest gegen die Schläfe trat, dass ich fast das Bewusstsein verlor. Krachend donnerte ich auf den Boden. Der Schmerz schoss durch meinen Kopf und Tränen traten aus meinen Augen.

«Du wagst es mich zu unterbrechen?», schrie er mich an. Der Zorn stand in seinem Gesicht, als er über mich trat und mich am Hals packte. Mühelos riss er mich in die Höhe.

«Du wirst Solaris ein willkommenes Opfer sein, Menschenabschaum.»

Seine grünen Augen blickten tief in meine und der Druck auf dem Hals nahm zu, bis ich begann zu würgen und nach Luft zu schnappen. Boshaft beobachtete er wie ich um Atem rang, um mich dann, kurz bevor ich zu ersticken drohte, einfach fallen zu lassen. Schmerzhaft schlug ich auf dem harten Holzboden auf, wo ich auf dem Rücken liegen blieb und keuchte.

«Holt den Sonnengreifer», befahl er an Mok gerichtet, der noch immer vor der Bühne stand.

Die Menge grölte laut: «Trar, Trar, Trar!»

Mok nickte, schnippte einem weiteren Wächter mit dem Finger zu und verschwand.

Als sie wenige Augenblicke später zurückkamen, schoben sie ein großes, hölzernes Konstrukt vor sich her. Es sah aus wie ein hochkant aufgestellter Tisch mit zwei dicken Lederriemen an der Unterkante und zweien an der Oberkante. Auf der Rückseite war ein großes Rad mit einem Griff montiert, auf den das Lederband aufgerollt werden konnte. Die Wächter platzierten das schwere Gerät neben mir, wodurch die übrigen Dryadrim gute Sicht auf den Tisch hatten.

«Der Mord an Sakri-Tar wird gesühnt werden. Solaris wird sehr zufrieden sein, wenn wir ihm den Mörder eines Tars schenken!», polterte Alruun der Menge zugewandt.

Kurz darauf wurde ich ruppig nach oben gezogen. Ein Wächter riss mir die Kleiderfetzen vom Leib, die ich trug. Zwei Männer drückten mich gegen den Tisch. Die Lederriemen wurden um meine Knöchel gebunden und die Knoten fest zugezogen. Dann wurden meine Handgelenke mit den Lederbändern an der Oberkante des Tisches vertäut, sodass es aussah, als würde ich tatsächlich nach der Sonne greifen. Diese stand mittlerweile hoch am Himmel und schickte ihre wärmenden Strahlen auf meinen entblößten Körper hinunter.

«Solaris! Wir schenken dir dieses Opfer, den Mörder eines der Unseren, um deinen Schutz zu erbitten! Labe dich an ihm und stehe uns bei! Solaris et proteris!», brüllte Alruun in den Himmel.

«Solaris et proteris!», wiederholte die Menge.

Dann wandte sich der Häuptling mir zu.

«Niemand greift meinen Sohn an, Mensch!»

Dabei sagte er das Wort Mensch so abfällig, dass mir fast das Blut in den Adern gefror. Dennoch brachte ich den Mut auf, ihm zu antworten.

«Ich habe deinen Sohn nicht angegriffen.»

Trotzig blickte ich ihn an, doch Alruun-Trars Miene verzog sich zu einem Grinsen. Es folgte eine rotierende Handbewegung und ich hörte, wie das Rad an der Rückseite des Geräts sich zu drehen begann. Die Lederriemen zogen an meinen Armen und Beinen und streckten meinen Körper bis es schmerzte. Ich stöhnte hörbar auf, als das Rad zum stehen kam. Nun verstand ich, wozu dieser Tisch diente. Ich bekam es mit der Angst zu tun, denn diese Vorrichtung war einzig und allein dazu geschaffen worden, einem Menschen die Gliedmaßen aus dem Körper zu reißen.

Alruun-Trar drehte sich zu den versammelten Dryadrim um und sprach laut und deutlich, sodass die ganze Menge ihn gut hören konnte. Er sprach jedoch in einer mir unbekannten Sprache, daher konnte ich kein Wort verstehen. Wieder johlten die Dryadrim ihm zu.

Die Streckung meiner Arme und Beine schmerzte so sehr, dass ich kaum in der Lage war zu sprechen. Doch noch brachte ich ein paar Worte hervor.

«Ich habe deinen Sohn befreit.»

Böse blinzelte er mich an.

«Das spielt keine Rolle!», sagte er leise, sodass nur ich ihn hören konnte. Erneut folgte eine rotierende Handbewegung und das Rad wurde gedreht. Diesmal schrie ich laut auf. Ich hatte das Gefühl meine Arme und Beine würden jeden Moment aus den Gelenken springen. Die Lederriemen ächzten vor Anstrengung. Dann trat Alruun-Trar ganz nah vor mich und bückte sich. Er packte mich am Kinn und drückte meinen Kopf gegen die Holzplatte, um mir ganz tief in die Augen schauen zu können.

«Du wirst nicht sofort sterben, wenn deine Arme und Beine aus deinem Körper reißen», flüsterte er mir zu. «Das Feuer von Solaris wird sich den Rest von dir holen.»

Er nickte in die Richtung der Feuerschale, die ebenfalls auf der Bühne stand. Ich war nicht in der Lage ihm zu antworten, denn außer einem Wimmern, kam nichts mehr aus meinem Mund. Es folgte eine weitere Umdrehung und mit einem hörbaren Knacken spürte ich, wie meine Arme aus den Gelenken sprangen. Ich wollte vor Schmerz laut schreien, doch die Luft wurde durch die Streckung regelrecht aus meiner Lunge gedrückt und aus meinem Mund kam kein Laut. Die Schmerzen in meinem Körper waren kaum auszuhalten. Innerlich hoffte ich, einfach das Bewusstsein zu verlieren, doch es passierte nicht. Tränen liefen in Strömen über mein Gesicht. Krampfhaft versuchte ich an Arwa zu denken, wie Mort es mir geraten hatte, doch es wollte mir nicht gelingen. Es war unmöglich, einen gezielten Gedanken zu fassen.

Alruun war unglaublich zornig und so folgte eine weitere Umdrehung. Ich hatte das Gefühl an jeder Stelle meines Körpers in Stücke zu reißen, als es erneut knackte. Zuerst in meinem linken, dann in meinem rechten Bein. Die Schmerzen waren unerträglich. Ich weinte und wimmerte.

«Ich gratuliere dir, Mensch!», höhnte Alruun.

Dabei war seine Abneigung gegen mein Volk deutlich herauszuhören, aber meine Sinne schwanden und es fiel mir schwer seinen Worten zu folgen.

«Sechs Umdrehungen hat noch niemand vor dir geschafft! Du bist ein würdiges Opfer für die Flammen von Solaris.»

Mein Körper war so gespannt, dass ich keinen Zweifel hatte, dass keine meiner Gliedmaßen eine weitere Umdrehung zulassen würde. Nun würde es also doch zu Ende gehen. Letztendlich würden die Flammen meinen Körper verzehren und das Letzte bisschen Leben in mir verbrennen.

Vor mir wurde inzwischen das Feuer in der großen metallischen Schüssel angefacht und die hohen Flammen schossen durch das morsche Holz, das darin aufgestapelt worden war.

Ich schloss die Augen, bereit den letzten schmerzenden Schritt zu gehen und diese Welt zu verlassen. Jeden Moment musste der Ruck erfolgen, der meine Gliedmaßen von meinem Körper trennen würde und plötzlich konnte ich Arwa sehen. Ich sah meine Eltern vor unserem bescheidenen Häuschen in Kreetz, meinen Bruder Doran, der mit einem Messer einen Stock schnitzte und ich sah Yda, die ein paar Margeriten für einen Blumenstrauß pflückte. Bald sehen wir uns wieder, sagte ich zu mir. Nur noch ein Ruck und die Flammen bringen mich zu euch. Doch der Ruck blieb aus. Stattdessen ertönte eine laute Stimme.

Ich öffnete die Augen.

«Aufhören!»

Und dann noch einmal.

«Sofort aufhören!»

Die Tränen in meinen Augen erschwerten mir die Sicht und ich konnte nicht scharf sehen, aber ich erkannte die Gestalt eines jungen Mannes.

«Was willst du?»

Der Häuptling fuhr herum und ich hörte in Alruuns Stimme, dass ihn die Unterbrechung sehr verärgerte.

«Der Junge ist kein Mörder. Nehmt ihm die Fesseln ab!», befahl die jüngere Stimme eindringlich.

«Wie kannst du es wagen, diesen heiligen Moment zu stören?», brüllte Alruun. Ich sah, wie er direkt vor mir dicht an die etwas kleinere Gestalt herantrat.

«Diesen Jungen zu töten, wird Sakri nicht wieder lebendig machen, Vater», sagte der junge Mann eisern.

«Nehmt ihm die verdammten Fesseln ab!», brüllte er den Wachen erneut zu, als diese sich nicht rührten. Die Stimme klang jung, aber hart und bestimmt.

«Er ist der Mörder von Sakri-Tar. Er wird Solaris geopfert!», schrie Alruun die Wächter an, bevor diese sich bewegen konnten.

«Das wird er nicht! Während du deine Zeit mit Folter und Opferungen verschwendest, war ich an Sakris-Tars Seite.»

«Ich war auch bei ihm!», herrschte Alruun den jüngeren Mann an.

«Aber nicht, als er uns verließ!», fiel ihm die andere Person vorwurfsvoll ins Wort, «dieser Junge ist nicht der Mörder von Sakri-Tar. Er rettete sein Leben, wenn auch nur für einen Moment.»

«Das macht ihn noch lange nicht zu einem Freund unseres Volkes. Solaris verlangt nach Opfern!»

Alruun war außer sich.

«Rette den Jungen! Das waren Sakri-Tars letzte Worte! Willst du den letzten Wunsch deines Sohnes missachten, Vater?»

Die beiden Gesichter waren kaum eine Handbreite voneinander entfernt und es herrschte einen winzigen Augenblick absolute Stille. Die andere Gestalt war mindestens genauso wütend wie Alruun, aber die Schmerzen vernebelten meine Sinne zusehends.

«Sakri-Tar war mein Sohn!», knurrte Alruun.

«Und er war auch mein Bruder! Dieser Mensch ist der Einzige, der uns Antworten zu seinem Tod geben kann!», schrie der junge Mann zurück, «und daher steht dieser Junge unter meinem persönlichen Schutz!»

Dann wandte er sich an die Wachen, die teilnahmslos um ihn herum standen.

«Und wenn der Junge jetzt nicht augenblicklich von diesem grässlichen Gerät genommen wird, werde ich jeden Einzelnen von euch in Stücke schneiden.»

«Unter deinem persönlichen Schutz? Du berufst dich tatsächlich auf dieses alte Recht der Dryadrim, um einen Menschen zu retten?», rief Alruun verächtlich. «Du bist ein verdammter Narr, Nirtik! Und das warst du schon immer! Ein verdammter Narr», schrie er zornig. Doch der junge Mann schien seinen Vater nicht weiter zu beachten.

Plötzlich drehte sich das Rad in die andere Richtung und der Zug auf meinen Armen und Beinen ließ schlagartig nach. Die Schmerzen waren kaum auszuhalten. Die Tränen liefen in Strömen über mein Gesicht. Als die Fesseln gelöst wurden, kippte ich, unfähig mich abzufangen, einfach nach vorne, doch einer der Wächter hatte damit gerechnet, und fing mich auf. Ich spürte wie ich auf eine Bahre aus Ranken und frischen Blättern gebettet wurde.

«Bringt ihn zu Gulgar, er soll sich seine Verletzungen ansehen», hörte ich Nirtiks Stimme sagen. Er war noch immer erbost und knurrte seinem Vater etwas Unverständliches entgegen. Dann wurde die Bahre angehoben und fortgetragen.

Ich war nicht in der Lage zu sprechen oder mich zu bewegen. Die Schmerzen in meinen Armen und Beinen raubten mir die Sinne, aber ich war noch immer bei Bewusstsein.

Unbeweglich starrte ich in den verschwommenen Himmel. In meinem Inneren herrschte eine unglaubliche Leere und das Einzige, was mein Körper noch zu tun schien, war atmen. Die beiden Wächter trugen mich in eine dunkle Hütte und senkten die Bahre auf einem großen Tisch ab. Meine Tränen waren inzwischen versiegt und ich konnte etwas besser sehen. An der Decke hingen allerhand getrocknete Kräuter, an den Wänden stapelten sich Gläser mit Flüssigkeiten und auf einem wärmenden Feuer in der Ecke brodelte etwas in einem rostigen Kupferkessel. Mehr konnte ich aus den Augenwinkeln nicht erkennen, doch ich fühlte mich nicht in der Lage meinen Kopf zu drehen. Verschiedenste Gerüche stiegen in meine Nase. Sie waren derart intensiv, dass ich es nicht schaffte sie etwas mir Bekanntem zuzuordnen.

Plötzlich trat ein alter, weißhaariger Dryadrim an mich heran. Er kniff die Augen zusammen, um mich zu begutachten, wodurch sein ohnehin schon faltiges Gesicht noch mehr Falten bekam. In sein zerzaustes Haar waren kleine Knochen eingeflochten und um seinen Hals trug er eine Kette aus Muscheln, an dessen Ende ein Tierschädel befestigt war.

«Kannst du ihn retten?», hörte ich Nirtiks Stimme. Doch der alte Mann antwortete nicht und schickte Nirtik und die Wächter mit einer beiläufigen Handbewegung hinaus, während er ein Sträußchen rötlicher Blätter von der Decke pflückte. Im Augenwinkel erkannte ich ein kleines, dicknasiges, dürres Männlein. Sein dünner, schwarzer Schopf glich dem Haar, welches kurz vor der Ernte aus einem Maiskolben wuchert. Ergeben platzierte es mit seinen blassen, knochigen Händen einen Mörser neben mir.

«Danke, Mirk», sagte der Alte und die faserigen Haare wippten, als es sich ehrfürchtig verbeugte.

Der Alte begann eine Hand voll Kräuter zu zermahlen und murmelte dabei einige leise Worte, von denen ich aber keines verstand. Nach einem Augenblick kam er wieder zu mir, öffnete meinen Mund und goss eine warme Flüssigkeit hinein.

Ich verschluckte mich heftig, doch er presste seine kalte Hand auf meinen Mund, wodurch ich das Gebräu nicht ausspucken konnte. Wenig später breitete sich eine wohlige Wärme in meinem Körper aus. Langsam wanderte sie von meinem Bauch in meine Glieder. Die Schmerzen ließen nach und ich hatte das Gefühl, als begänne ich leicht zu schweben. Die Wärme erreichte mein Gesicht. Sie fühlte sich an, wie ein lauer Sommerwind, der sanft über meine Haut streichelte. Meine Augenlider wurden schwer und ich spürte, wie meine Pupillen nach hinten kippten. Dann verlor ich das Bewusstsein.

7. Kapitel

Vogelgezwitscher weckte mich. Vorsichtig öffnete ich die Augen und blickte mich um. Mein weiches Bett stand in einer Laube aus hellem Holz, dessen Dach mit dichtem Blattwerk gedeckt war. Einige Sonnenstrahlen schoben sich durch die grünen Baumkronen. Ein Weißkardinal zwitscherte seine facettenreichen Melodien und tänzelte dabei, nicht weit von mir entfernt, durch das Geäst eines Baumes. Ich hatte einen solchen Vogel nur ein einziges Mal zuvor gesehen und das nur aus der Ferne. Mein Vater hatte mir damals erklärt, dass diese Vögel sich nur in den höchsten Bäumen wohlfühlen und ihr wunderschöner Gesang daher nur selten von Menschen gehört werden kann. Ich lauschte den melodischen Strophen und verfolgte die verspielten Tänzeleien des Vogels. Als ich versuchte mich aufzurichten, bemerkte ich, dass meine Arme und Beine in dicken Verbänden aus Blättern lagen. Die Schmerzen in meinen Gliedmaßen machten es unmöglich, mich aufrecht hinzusetzen.

«Wie schön. Du bist aufgewacht», hörte ich eine Stimme nicht weit von mir entfernt sagen.

Ich drehte den Kopf zur Seite und erkannte einen jungen Dryadrim. Er trug sein schwarzes, grün schimmerndes Haar sehr kurz. Seine Gesichtszüge waren hart, seine Haut eher blass und ich schätzte ihn nur wenig älter, als ich es war. Ich erkannte eine gewisse Ähnlichkeit zu dem Jungen, den ich aus der Bärenfalle befreit hatte. Er kam einige Schritte auf mich zu und blieb vor meinem Bett stehen.

«Ich bin Nirtik», stellte er sich vor.

«Ricon. Ricon aus Arwa», sagte ich leise. Meine Stimme klang schwach und dünn.

«Freut mich dich kennenzulernen, Ricon.»

Der junge Mann war freundlich, blieb aber auf Distanz. Nirtik musste der Dryadrim sein, dem ich zu verdanken hatte, dass ich überhaupt noch am Leben war. Zumindest falls ich noch lebte, denn so richtig sicher war ich mir nicht.

«Wo bin ich?», fragte ich.

«In Sicherheit», antwortete Nirtik.

Ich bezweifelte, dass das der Wahrheit entsprach, aber ich lag in einem Bett in einer Laube, was die beste Behandlung war, die ich seit meiner unfreiwilligen Ankunft bei seinem Volk erfahren hatte. Dennoch war ich skeptisch und fragte mich, was er wohl von mir wollte.

«Du hast mich gerettet. Warum?», wollte ich wissen.

Der junge Mann schwieg einen Augenblick und ich erkannte, dass sein Gesicht traurige Züge annahm.

«Sakri hat vor seinem Tod gestern noch einmal kurz das Bewusstsein erlangt. Er sagte ein paar Dinge, die mich haben aufhorchen lassen und er sagte auch ein paar Dinge, die ich nicht ganz verstanden habe. Ich hoffe du kannst mir Antworten auf meine Fragen geben. Ich denke nicht, dass Sakri im Fieber gesprochen hat, wie mein Vater annimmt. Und daher darfst du nicht für seinen Tod bestraft werden.»

Sakri musste der junge Mann sein, den ich vor einigen Tagen aus der Bärenfalle befreit hatte. Ich erinnerte mich an seinen furchtbar entzündeten Fuß und seinen schlechten Zustand, als ich ihn entdeckte. Es stimmte mich trotz allem traurig, dass er den Kampf verloren hatte.

«Über was hat Sakri denn gesprochen?», fragte ich unsicher.

«Sakri war mein älterer Bruder. Kurz vor seinem Ableben erzählte er mir, was sich im Wald zugetragen hat. Seine Geschichte klang ganz anders als das, was Mok meinem Vater erzählt hat.»

«Und was hat er deinem Vater erzählt?»

Mein Tonfall war unfreundlich und distanziert, doch Nirtik ließ sich nicht beirren.

«Nun, das hat er gestern vor dem Ritual sicher schon zum Besten gegeben. Du hättest Sakri mit einer Falle erlegt und warst im Begriff ihn mitzunehmen. Dabei hätten sie dich erwischt.»

«So ein Unsinn», entgegnete ich schwach und blickte ins Leere.

Nirtik setzte sich auf einen abgesägten Baumstamm, der als Hocker diente.

«Erzähl mir was wirklich passiert ist», sagte er, lehnte sich nach vorne und stütze die Unterarme auf die Oberschenkel.

Stumm blickte ich Nirtik an. Konnte ich ihm vertrauen? Nach kurzer Überlegung kam ich zu dem Entschluss, dass das keine Rolle spielte, da mein Leben ohnehin in den Händen dieser Waldbewohner lag. Nirtik hatte mich gerettet, aus welchem Grund auch immer. Daher begann ich ihm von dem Tag zu erzählen, an dem ich seinen Bruder entdeckte. Ich berichtete, wie ich Sakri fand, mehr tot als lebendig und mit hohen Fieber. Ich berichtete von seinem entzündeten Fuß in der rostigen Bärenfalle, dem plötzlich angreifenden Bären und letztendlich über meine Gefangennahme durch Mok und seine Leute.

Einen Augenblick starrte er mich wortlos an.

«Du musst zugeben, dass sich diese Geschichte ziemlich unglaubwürdig anhört für jemanden, der nicht dabei gewesen ist. Ein Junge von», er kniff die Augen zusammen und wackelte schätzend mit dem Kopf hin und her, «wie alt bist du? Elf?»

«Ich bin vierzehn», sagte ich und versuchte meiner Stimme einen kühlen Tonfall zu verleihen. Stattdessen klang sie aber eher dünn und schwach, denn die Schmerzen in meinen Gliedmaßen nahmen langsam zu.

«Ein Junge von vierzehn Jahren erledigt einen Bären mit bloßen Händen.»

Nirtik runzelte die Stirn und schwieg einen Moment. Ich sagte ebenfalls nichts, denn die Erfahrung hatte mich gelehrt, dass die Dryadrim meine Vehemenz nicht sonderlich zu schätzen wussten und diese mit harten Schlägen vergüteten.

«Was mich aber erstaunt ist», begann Nirtik nach einem Moment, «dass sich Sakris Geschichte mit deiner gleicht wie ein Wachtelei dem anderen. Daher denke ich du sprichst die Wahrheit, so unglaublich sie auch zu sein scheint.»

«Das tue ich», stöhnte ich.

«Ich habe meinem Bruder geglaubt und ich glaube auch dir. Das bestärkt meine Entscheidung dich vor meinem Vater gerettet zu haben. Ich bin froh, dass du mein Gast bist.»

Ein Gast war in meinen Augen zwar jemand, der freiwillig einen Ort aufsucht, aber Nirtik schien tatsächlich auf meiner Seite zu sein. Dennoch witterte ich eine Falle.

«Das heißt, wenn ich wieder gesund bin, kann ich einfach gehen?»

«Nun ja, nicht ganz», druckste Nirtik herum, «du bist mein Gast und wirst mit allen Ehren behandelt, aber zugleich bist du auch ein Gefangener meines Vaters. Ein Gefangener der Dryadrim.»

So war das also! Ich war solange ein Gast, bis ich gehen wollte, dann war ich plötzlich ein Gefangener.

«Und wenn ich bei der nächsten Gelegenheit davonlaufe?», fragte ich herausfordernd.

Nirtik blickte mich etwas ratlos an.

«Ich denke, allein dein Zustand wird das verhindern. Aber angenommen du liefst tatsächlich davon, dann würde man mich zur Rechenschaft ziehen und ich würde bestraft werden. Da du mein Gast bist, trage ich die volle Verantwortung für dein Handeln.»

Nirtik hatte recht. In meiner momentanen Verfassung wäre ich selbst aus der Gefangenschaft einer Schildkröte nicht entkommen, geschweige denn aus einem Dorf, was hoch oben in den Baumkronen lag und über diverse Wachen und Krieger verfügte. Dennoch machte ich mir bewusst, dass Nirtik ein Risiko eingegangen war, um mich zu retten. Vielleicht war es klüger dieses Vertrauen zu erwidern, dachte ich.

Ich stöhnte leise auf. Der weißhaarige Dryadrim musste mir ein schmerzlinderndes Mittel gegeben haben, dessen Wirkung langsam nachließ, denn aus meinen Armen und Beinen strahlten zunehmend stärkere Schmerzen aus. Nirtik erhob sich von seinem Baumstumpf.

«Deine Schmerzen nehmen wieder zu, oder?»

«Ja», stöhnte ich, denn gerade zuckte ein ganz besonders unangenehmes Gefühl durch meine Beine.

«Ich werde Gulgar zu dir schicken. Er wird dir ein Mittel dagegen geben.»

Dann verließ er den Pavillon und verschwand. Es dauerte nicht lange, bis der weißhaarige Dryadrim und das merkwürdige kleine Männlein an meinem Bett erschienen. Der Alte verabreichte mir wieder die wärmende Flüssigkeit, die mich kurz darauf erneut ins Land der Träume schickte.

Es musste bereits der nächste Tag sein, als ich erwachte. Ein schwacher Nieselregen tröpfelte beruhigend auf das Dach meiner Unterkunft. Ich blickte mich um und erkannte Nirtik, der wieder auf dem Stumpf in der Ecke saß und mich beobachtete.

«Du bist sicher hungrig, Ricon. Ich habe dir etwas bringen lassen», sagte er, als er Notiz davon nahm, dass ich aufgewacht war.

Lieber würde ich sterben als noch mehr von diesem widerlichen grünen Brei zu essen, den ich die letzten Tage bekommen hatte. Doch Nirtik deutete auf ein reich gefülltes Tablett auf einem Nachttisch neben meinem Bett. Auf der glatt geschliffenen Holzplatte prangten rote Früchte, geräucherter Fisch, eine Schale mit verschiedenen Nüssen, Eichelbrot, wie es meine Mutter manchmal gebacken hatte, ein großer runder Schimmelkäse und einige Stücke kaltes, gebratenes, helles Fleisch. Mir lief das Wasser im Mund zusammen. Es war offensichtlich, dass er versuchte mein Vertrauen zu gewinnen und ich war versucht das Mahl abzulehnen, doch ich hatte gewaltigen Hunger. Am Liebsten hätte ich mich sofort darauf gestürzt, aber als ich nach kurzem Zögern nach dem Tablett griff, hielten mich die dicken Verbände an meinen Armen und Beinen zurück.

«Verzeih mir, ich werde dir helfen.»

Nirtik sprang auf und stellte das Tablett mit dem Festmahl vorsichtig auf meinen Schoß.

Gierig begann ich zu essen, was sicherlich merkwürdig aussah, da meine Arme dick verbunden waren und ich den Kopf weit nach vorne recken musste, doch Nirtik sagte nichts. Genüsslich biss ich in den Laib Eichelbrot. Es schmeckte fantastisch. Seit Tagen hatte ich kaum etwas Richtiges mehr in meinen Magen bekommen. Hastig schlang ich die Fleischstücke hinunter und vergaß dabei fast das Kauen. Doch plötzlich hielt ich inne und schaute Nirtik an.

«Danke», sagte ich. Ich war mir nicht sicher warum ich das sagte, ob für das Essen oder dafür, dass er mein Leben gerettet hatte. Aber ich spürte, dass Nirtik irgendwie anders war als die anderen Dryadrim, deren Bekanntschaft ich bisher gemacht hatte.

Nirtik zog den Mund zu einem schwachen Lächeln.

«Gern.»

«Du vermisst deinen Bruder», stellte ich fest.

Nirtik senkte den Kopf.

«Ja, sehr sogar. Ich habe zu ihm aufgesehen. Es ist so furchtbar, dass er weg ist.»

Ich sah, dass seine Augen feucht wurden.

«Ich vermisse meinen großen Bruder auch», sagte ich und hatte augenblicklich Dorans Bild vor mir.

«Du hast deinen Bruder auch verloren?», fragte Nirtik.

Ich nickte.

«Dann verbindet uns ihr Verlust», stellte Nirtik fest.

Ich hatte mir fest vorgenommen den jungen Dryadrim ebenso wie die anderen seines Volkes zu verabscheuen, nach all dem, was sie mir angetan hatten, doch er machte mir dieses Unterfangen nicht leicht. Auf wundersame Weise hatte er sogar recht. Wir hätten nicht unterschiedlicher sein können, er war ein Dryadrim und ich ein Mensch und dennoch spürte ich in diesem Moment eine merkwürdige Verbundenheit mit ihm. Wir beide schwiegen eine Weile. Es schien, als würde das Teilen des Schmerzes die Last von unseren Schultern nehmen. Doch dann stand Nirtik plötzlich auf.

«Ich muss jetzt gehen», sagte er zerknirscht und ich sah, dass er mit den Tränen kämpfte.

Auch ich war traurig und dachte an Doran, Yda und meine Eltern, die so plötzlich aus meinem Leben gerissen wurden. Auch über meine Wangen kullerten einige Tränen.

Einen Moment lang weinte ich leise vor mich hin, doch auf einmal kletterte nicht weit entfernt an einem Baumstamm ein Eichhörnchen empor. Als hätte es mich gehört, musterte es mich und huschte dann weiter. Es war klein und ich mutmaßte, dass es wohl noch ein recht junges Tier war. Vermutlich stand diesem kleinen Geschöpf sein erster Winter bevor, das erste Mal alleine und getrennt von seiner Mutter. Emsig huschte es auf der Suche nach Nahrung den dicken Baumstamm hinauf, verharrte, lauschte und verschwand blitzschnell hinter einem kräftigen Ast. Einen Wimpernschlag später tauchte es wieder auf, nur ein kleines Stück weiter oben. Etwas an mir schien seine Aufmerksamkeit geweckt zu haben, denn es starrte regungslos in meine Richtung. Mir wurde schnell klar, dass es eigentlich auf mein Tablett blickte.

Vorsichtig schnippte ich eine Nuss auf den Boden. Neugierig beobachtete das Eichhörnchen die Haselfrucht, als würde es das Risiko abwägen, so nah an mich heranzukommen um den Leckerbissen zu erbeuten. Nachdem es einen Moment regungslos dagesessen hatte, machte es plötzlich einen Satz, sprang auf die Holzplattform, auf der mein

Bett stand und stibitzte die Nuss. So schnell wie es gekommen war, war es auch schon wieder verschwunden und huschte raschelnd in die Baumkronen des Waldes.

Ich wischte mir die angetrockneten Tränen von der Wange, denn dieser kleine rotpelzige Nager hatte mir gerade eine Lehre erteilt. So klein wie er war, war er noch nicht lange alleine und dennoch arbeitete er emsig daran, die kommende kalte Jahreszeit zu überleben. In diesem Moment wurde mir klar, dass es mir nicht anders ging. Vielleicht wäre meine Wahl eine andere gewesen, doch das Schicksal hatte mich in diese missliche Lage manövriert. Ich war alleine und ich vermisste meine Geschwister und meine Eltern, aber das war noch lange kein Grund aufzugeben. Es war Zeit nach vorne zu schauen und alles daran zu setzen zu überleben. Nirtik hatte mir die Hand gereicht und es war töricht sie nicht zu greifen, denn es war die einzige Hand, die mir seit meiner Flucht aus dem Dorf überhaupt jemand entgegen gestreckt hatte.

Gegen Abend erschien ein Mädchen an meinem Bett. Ich erkannte die Dienerin, die mir in den Tagen zuvor den Brei und das Wasser durch das Gitter gereicht hatte. Jetzt wo ich sie besser anschauen konnte, fiel mir auf, dass ihre Gesichtszüge weicher waren als bei den meisten anderen Dryadrim. Je genauer ich sie betrachtete, während sie still ihre Arbeit verrichtete, desto mehr hielt ich sie für einen Menschen. An ihrem Arm baumelte ein großer Flechtkorb mit Blättern, die leicht über den Rand hingen. Wortlos stellte sie den Korb auf die Bettkante und begann den Verband an meinem Arm zu wechseln. Es ist schwer zu beschreiben, aber irgendetwas an ihr erinnerte mich an Zuhause.

Wir waren allein, dennoch blickte ich mich prüfend um, um ihr Ärger zu ersparen.

«Wer bist du?», fragte ich sie vorsichtig, doch sie ignorierte mich. Vielleicht hatte sie mich nicht gehört? Ich sprach sie erneut an.

«Wie ist dein Name?»

Das Mädchen hielt kurz inne, dann hob sie den Kopf und blickte mich durchdringend an. Ihre eisblauen Augen waren wunderschön, sahen aber traurig aus. Sie schüttelte den Kopf und gab mir so zu verstehen, dass ich sie nicht ansprechen sollte. Dann setzte sie ihre Arbeit fort. Ich erinnerte mich an den Moment im Käfig, als ich sie angesprochen hatte und ein Wächter direkt energisch dazwischen gegangen war. Selbst hier, wo wir offensichtlich alleine waren, verweigerte sie mit mir zu reden. Warum durfte sie nicht mit mir sprechen?

Ratlos beobachtete ich, wie ihre Finger behutsam den Verband von meinem Arm entfernten. Meine Haut war blass und hatte einige Druckstellen. Anschließend trug sie eine dünne Salbe auf und umwickelte meinen Arm mit einem frischen Verband. Sie wiederholte die Prozedur bei meinem anderen Arm und meinen Beinen. Ohne mich ein weiteres Mal anzublicken, stand sie nach getaner Arbeit auf, verneigte sich kaum merklich, griff den Korb und ging davon.

Sie hatte etwas Faszinierendes an sich. Aber warum sprach sie nicht mit mir und warum wurde sie von den anderen Dryadrim so schlecht behandelt? Während die Gedanken durch meinen Kopf schossen, beobachtete ich die untergehende Sonne, die ihre letzten Strahlen über die Baumspitzen schickte, ehe sie am Horizont verschwand.

Am nächsten Morgen erschien das Mädchen erneut, doch diesmal war sie nicht allein. Nirtik begleitete sie. Vorsichtig stellte sie das Tablett mit den leckeren Speisen auf meinen Nachttisch und öffnete den großen Vorhang meines Pavillons. Es war ein dichter Vorhang aus getrocknetem, eng gewobenem Farn. Als sie ihn zur Seite schob, ließ mich die plötzliche Helligkeit blinzeln. Nirtik trat währenddessen an mein Bett und wartete, bis das Mädchen das Zimmer verlassen hatte.

«Wie war die Nacht? Konntest du gut schlafen?»

Wie immer klang er freundlich und ich beschloss seine Freundlichkeit an diesem Morgen zu erwidern. Zwar war es nicht so einfach mit den verbundenen Armen und Beinen gemütlich zu schlafen, da ich nur auf dem Rücken liegen konnte, aber unter diesen Umständen hatte ich hervorragend geschlafen.

«Ja, sehr gut», sagte ich noch etwas schläfrig und lächelte.

Es kostete mich noch ein wenig Überwindung, so mit Nirtik zu sprechen. Einerseits behandelte er mich sehr zuvorkommend und ich verdankte ihm mein Leben, andererseits war er der Sohn desjenigen, der mich vor einigen Tagen fast zu Tode gefoltert hatte. Es fiel mir schwer, Nirtik von Alruun zu trennen.

«Schön».

Er lächelte und einen Moment sah ich seine scharfen Zähne. Nirtik, der meine Unsicherheit bemerkte, schloss rasch den Mund.

«Kann ich dich was fragen?»

«Selbstverständlich», sagte er mit ruhiger Stimme.

Durch meinen Kopf schossen endlos viele Dinge, doch ich war mir nicht sicher, wie Nirtik generell auf meine Fragen reagieren würde und begann vorsichtig.

«Was ist aus Mort geworden?»

«Mort?»

«Der Mann, der mit mir in dem Käfig gesessen hat. Er wurde eines Abends abgeholt. Was ist aus ihm geworden?»

Nirtik schien über den Inhalt des Gesprächs ein wenig enttäuscht.

«War er ein Mensch?», fragte Nirtik.

Ich bejahte seine Frage.

«Dann wird er tot sein. Mein Vater hasst Menschen, er hat noch keinen am Leben gelassen, der sich in unser Dorf verirrt hat», sagte Nirtik schulterzuckend.

Mort war also tot. Ich hatte mit dieser Antwort gerechnet, dennoch tat die Bestätigung weh. Obwohl ich Mort kaum gekannt hatte, war er doch so etwas wie ein Anker gewesen. Seine widerspenstige Art hatte mir Kraft gegeben. Traurigkeit machte sich in mir breit.

«Vielleicht hat er ihn Lunaris geopfert», fügte Nirtik hinzu.

«Lunaris?»

«Der Gott der Nacht. So wie Solaris der Gott des Tages ist. Du erinnerst dich sicher an das Fest, an dem du ihm geopfert werden solltest. Mein Vater stellt diese Götter über alles. Für ihn sind sie der einzige Grund, weshalb unser Volk existiert. Er unterstellt alles ihrer Gnade, daher ist er sehr darauf bedacht, ihnen zur Ehre regelmäßig Feste zu feiern und Opfer zu bringen.»

Nirtiks Stimme klang wütend und es war schwer zu überhören, dass er die Meinung seines Vaters nicht teilte.

«Du scheinst euren Göttern nicht dasselbe Gewicht beizumessen wie dein Vater», sagte ich und mir wurde erst in dem Moment, in dem ich den Satz aussprach bewusst, wie gewagt diese Unterstellung war, doch Nirtik verzog nur den Mund.

«Das tue ich tatsächlich nicht. Mein Vater isoliert mein Volk und unterwirft es dem Willen der Götter. Doch die Welt steht nicht still. Die Dryadrim werden eines Tages untergehen, wenn sie sich weiter an alte Traditionen klammern, während die Menschen sich weiterentwickeln. Wir werden untergehen, weil wir nicht gewillt sind, uns mit der Welt zu verändern.»

Er klang plötzlich sehr erwachsen, regelrecht weitsichtig.

«Mein Volk war nicht immer so abgeschottet. Es gab Zeiten, in denen die Dryadrim in einem Königreich ähnlich denen der Menschen gelebt haben. Die Ausbreitung der menschlichen Reiche hat uns nach und nach zurückgedrängt und wie viele andere nicht-menschliche Völker leben wir nun nur noch in den Tiefen des Waldes. Wir sind ein Mythos geworden.»

Ich konnte mich nicht daran erinnern, je von nicht-menschlichen Königreichen gehört zu haben. Nicht einmal meine Großmutter hatte mir etwas darüber erzählt.

«Woher weißt du das?», fragte ich erstaunt.

«Gulgar hat mir davon erzählt.»

Ich wusste nicht wie alt Dryadrim werden können, aber der weißhaarige Heiler schien bereits ein fürstliches Alter erreicht zu haben, um über ein derartiges Wissen zu verfügen.

«Jetzt wo mein Bruder nicht mehr unter uns weilt, werde ich eines Tages den Posten meines Vaters übernehmen. Doch unsere Meinungen, in welche Richtung unser Volk zu führen ist, gehen weit auseinander.»

Nirtik blickte entschlossen in die sanft im Wind wogenden Äste.

«Wie hat dein Bruder darüber gedacht?»

«Sakri-Tar war alles für mich und er war mein bester Freund, aber im Hinblick auf dieses Thema lag seine Meinung etwa zwischen meiner und der unseres Vaters, Alruun-Trar. Er war immerzu damit beschäftigt zwischen uns zu vermitteln.»

Nirtik klang zerknirscht. Die stetigen Auseinandersetzungen mit seinem Vater schienen ihn nicht sonderlich zu freuen.

«Was bedeutet Trar?»

«Der Trar ist bei euch Menschen so etwas wie ein Anführer, oder König», erklärte Nirtik, «und der Tar ist sein geborener, lebender Nachfolger.»

«Du bist sehr mutig, deinem Vater so offen die Stirn zu bieten», stellte ich fest.

Nirtik lächelte unsicher.

«In erster Linie ist es töricht. Normalerweise ist der älteste Sohn des Trars bestimmt, ihn zu beerben. Mein Vater jedoch würde, jetzt wo Sakri-Tar tot ist, lieber meinen jüngeren Bruder Jorki in diesem Amt sehen. Da bin ich mir sicher. Unser Verhältnis war noch nie gut, aber ich denke Sakris Tod hat es noch angespannter werden lassen. Und dich unter meinen Schutz zu stellen, hat das Fass vermutlich fast zum Überlaufen gebracht.»

«Dennoch bin ich dir dafür sehr dankbar», sagte ich.

«Es wird nicht einfach, den Rat an Lunar von deiner Unschuld zu überzeugen, dennoch bin ich zuversichtlich.»

Ich konnte Nirtik nicht folgen. Welcher Rat? Und was hatte das mit meiner Unschuld zu tun? Er wusste doch, dass ich unschuldig am Ableben seines Bruders war.

«Der Rat? An Lunar? Ich verstehe nicht.»

«Na, das Vollmondfest», erklärte Nirtik.

«Ja, aber was in aller Welt hat denn der Vollmond mit meiner Unschuld zu tun?»

Der junge Dryadrim holte tief Luft.

«Du weißt nicht viel über unser Volk oder?»

Er lächelte wieder, dann begann er zu erklären.

«Die Vollmondnacht ist für die Dryadrim eine heilige Nacht. In dieser Nacht huldigen wir dem mächtigen Lunaris, dem Gott, der die ersten Dryadrim auf diese Welt schickte. Es wird ausgiebig getanzt und gefeiert, Ehen werden geschlossen und Kinder bekommen ihre Namen.»

Dann wurde Nirtiks Blick ernst.

«Wie bereits erwähnt, klammert sich mein Vater aber auch an die weniger schönen Dinge, die das Fest mit sich bringt. Es ist auch eine Nacht, in der wir Lunaris Opfer bringen und es ist die Nacht der Entscheidungen. Wenn ein Dryadrim jemanden unter seinen persönlichen Schutz stellt, so wie ich es getan habe, dann endet dieser Schutz mit dem Ende des Mondfestes. Der Ältestenrat wird dann über sein Schicksal entscheiden.»

«Warum nimmst du diese Risiken auf dich? Wenn der Rat mir nicht glaubt, besiegelt es vielleicht auch dein eigenes Schicksal», wunderte ich mich.

Nirtik wirkte erstaunt.

«Es war der letzte Wunsch meines Bruders und den werde ich ihm nicht absprechen. Er wollte, dass du lebst, also werde ich alles in meiner Macht stehende tun, um seinem Wunsch nachzukommen.»

«Meinst du, du kannst deinen Vater und den Rat überzeugen?», fragte ich unsicher.

Nirtik schaute sich um und sprach nun leiser.

«Es genügt den Rat zu überzeugen. Er allein bestimmt dein Schicksal. Mein Vater würde deine Unschuld ohnehin nicht anerkennen, selbst wenn er wüsste, dass es die Wahrheit ist. Er hasst Menschen aus ganzem Herzen. Während Sakri-Tar seinen letzten Atemzug tat, war er damit beschäftigt dich an Solaris zu opfern, statt bei seinem ältesten Sohn zu sein. Er ist ein starker Dryadrim, aber ein schwacher Vater.»

Das waren harte Worte von einem Sohn, der über seinen Vater spricht, dachte ich. Leichte Zornesfalten standen auf Nirtiks Stirn.

«Sein Hass auf Menschen macht ihn blind für die Wahrheit und die wahre Zukunft der Dryadrim. Für ihn ist jeder Mensch eine Gefahr für unser Fortbestehen, aber ich bin überzeugt, dass das nicht stimmt. Wenn es nach ihm ginge, würden wir in tausend Jahren noch genauso leben wie heute. Aber ich sage, unsere Zukunft liegt dort draußen.»

Aufgeregt deutete er in eine willkürliche Richtung.

In diesem Moment wurde mir klar, dass Nirtiks Verbundenheit mit seinem verstorbenen Bruder nicht der einzige Grund für meine Rettung war. Er war unzufrieden mit der Führung seines Vaters. Er hielt ihn für zu abhängig von alten Gewohnheiten und Bräuchen. Nirtik war ihm in dieser Hinsicht kein bisschen ähnlich. Die Welt dort draußen machte ihn neugierig und ließ ihn fortschrittlicher denken. Er hatte vor, mit mir ein Exempel zu statuieren und so zu beweisen, dass Menschen nicht um jeden Preis gemieden werden mussten. Er strebte nach neuen Zielen für das Volk der Dryadrim.

Zwar war er der rechtmäßige Thronfolger, doch sein Vater Alruun würde seinen Platz nicht freiwillig räumen und das war ihm bewusst. Und ich glich einer Schweinsblase, die zwischen zwei aneinandereckenden Generationen hin- und hergeschossen werden konnte. Mein Schicksal war zu einem großen Teil Politik. Das Letzte was ich wollte, war in einem solchen Konflikt eine Rolle zu spielen. Aber wenn ich am Leben bleiben wollte, musste ich mitspielen und Nirtik so gut ich konnte dabei unterstützen. Denn während Alruun mich tot sehen wollte, nutzte ich Nirtik nur lebend.

Nirtik machte eine kurze Pause und seine Züge wurden wieder unaufgeregter.

«Wenn der Rat zu deinen Gunsten entscheidet, wirst du nicht länger hier verweilen können. Man wird dich aus dem Dorf geleiten und in die Wildnis entlassen. Dann wirst du alleine zurechtkommen müssen. Du solltest also alles dafür tun, bis dahin vollends zu genesen. Bis Lunar hast du dafür genug Zeit. Gulgar ist ein guter Heiler.»

Nirtik stand auf und lächelte.

«Iss etwas, damit du wieder zu Kräften kommst.»

Er stellte mir das prall gefüllte Tablett auf den Schoß, welches das Mädchen kurz zuvor gebracht hatte und ging davon.

8. Kapitel

Einige Tage vergingen und ich war nach wie vor an das Bett gefesselt. Gulgar hatte mir murrend erklärt, dass die Knochen in meinen Armen und Beinen durch den Sonnengreifer sehr gelitten hätten.

Seine Heilkunst war allerdings, was Knochenheilung betraf, unübertroffen, sodass ich mich bereits nach wenigen Tagen bedeutend besser fühlte. Die Schmerzen ließen nach und waren, auch ohne das Mittel, das mir Gulgar anfangs verabreicht hatte, sehr bald erträglich. Meine Knochen schienen deutlich schneller zu heilen, als normal, was auf Gulgars mysteriöse Salben zurückzuführen sein musste.

Nirtik besuchte mich ebenfalls täglich um nach mir zu schauen und sich mit mir zu unterhalten. Er interessierte sich sehr für meine Heimat Arwa, das Leben der Menschen und meine Kindheit. Jedes meiner Worte saugte er in sich auf. Er war unglaublich wissbegierig. Von den Rakkar erzählte ich jedoch nichts. Ich hatte mir fest vorgenommen, diese Ereignisse aus meiner Erinnerung zu verbannen, um endlich nach vorne blicken zu können. Natürlich holten mich die Gedanken an meine Familie von Zeit zu Zeit ein, aber ich behielt diese dunklen Stunden lieber für mich.

Ich genoss die Gespräche mit Nirtik, der stets freundlich zu mir war. Ganz anders als sein Vater, der keinen Hehl daraus machte, wie sehr ihm mein Dasein missfiel.

In den letzten Tagen hatte ich Alruun nur einmal kurz gesehen, als er, nicht weit entfernt, ein hitziges Gespräch mit Nirtik führte. Als er mich erblickte, spie er wütend auf den Boden und ging davon.

Das Verhältnis zu Nirtik nahm jedoch rasch freundschaftliche Züge an. Ich vertraute ihm. Nirtik war der einzige Dryadrim, mit dem ich Kontakt hatte. Von dem Mädchen, dass mir das Essen servierte und Gulgar, der grummelnd meine Genesung verfolgte, einmal abgesehen.

An diesem Morgen erwachte ich früher als sonst. Ich blinzelte und sah, dass sich nur wenig Licht durch den dichten Vorhang schob. Die Morgendämmerung hielt noch an. Plötzlich drangen leise Stimmen an mein Ohr. Aufgrund der Vorhänge konnte ich niemanden sehen, doch ich war mir ziemlich sicher, dass die beiden Personen, die ich hörte, Gulgar und Nirtik waren. Sie sprachen leise, flüsterten fast, als redeten sie über etwas, was nicht für jedes Ohr bestimmt war. Ich verhielt mich ruhig und lauschte. Ein hitziger Unterton lag in den beiden Stimmen.

«Ich kann nicht offen gegen deinen Vater rebellieren! Alruun beseitigt seine Gegner. Da spielt es auch keine Rolle, ob ich derjenige bin, der ihm Widerstand leistet!»

«Aber du weißt, dass seine göttliche Besessenheit unserem Volk nicht dienlich ist!»

Ich spürte ein leichtes Kitzeln in meiner Nase und hielt die Luft an.

«Das weiß ich, aber dennoch sind viele Dryadrim der Meinung, dass wir an unseren Bräuchen festhalten sollten! Eine offene Rebellion würde das Volk nicht von deinen guten Absichten überzeugen. Ich denke du solltest abwarten, bis deine Zeit gekommen ist, Nirtik!»

«Wenn es nach meinem Vater geht, wird meine Zeit gar nicht kommen und das weißt du. Jetzt wo mein Bruder tot ist, will er Jorki auf dem Thron sehen, weil er ihn noch nach seinen Wünschen formen kann. Und da Jorki noch ein Kleinkind ist, bleibt ihm somit noch eine Menge Zeit dafür.»

Angestrengt unterdrückte ich einen drohenden Nieser, der quälend meine Nase kitzelte.

«Niemand wird offen gegen deinen Vater sprechen, selbst, wenn er deiner Meinung ist. Das ist viel zu riskant.»

«Ich weiß», Nirtik klang verzweifelt, «selbst du würdest dann dein Leben riskieren.»

«Überzeuge das Volk von deinen Ideen. Wenn der Junge wirklich deinen Bruder retten wollte, dann könnte er der Schlüssel sein.»

«Das schaffe ich nicht ohne dich. Wenn er nicht wieder vollends gesund wird, verliere ich mein einziges Argument, um das Volk davon zu überzeugen, dass nicht alle Menschen schlecht für uns sind.»

«Er wird wieder rennen können, wie ein junges Reh, vertrau mir. Ich werde alles in meiner Macht stehende tun, ihn wieder gesund zu pflegen!», knurrte Gulgar in seinem unnachahmlichen, schlecht gelaunten Tonfall.

«Ich schaffe das alles nicht alleine», jammerte Nirtik.

«Nirtik, ich habe schon viele Dryadrim heranwachsen sehen. Wenn es je einen gab, der die Gabe hatte etwas für unser Volk zu verändern und ihm zurück zu altem Glanz verhelfen konnte, dann bist du es. Ich werde dich unterstützen so gut ich kann, aber wenn mich dein Vater als Verräter ausstößt, bin ich dir keine Hilfe mehr. Wir müssen vorsichtig sein.»

In diesem Moment entfuhr mir ein lautes: «Hatschi!» Die Stimmen verstummten augenblicklich. Leise Schritte entfernten sich außerhalb des verdunkelten Pavillons und außer dem Wind, der durch die Baumkronen strich, wurde es still. Doch ich hatte genug gehört. Meine Annahme, dass ich ein Instrument in einem Generationenkampf war, bestätigte sich. Verärgert war ich dadurch nicht. Schließlich bedeutete es, dass mein Leben für Nirtik einen Wert hatte, der sogar über unsere junge Freundschaft hinaus ging und man daher viel Mühe in meine Genesung stecken würde. Dennoch war ich Alruun ein Dorn im Auge. Ich musste also äußerst vorsichtig sein. Gulgars Beteiligung an dieser geheimen Revolte überraschte mich jedoch. Vor allem die Tatsache, dass er auf Nirtiks Seite stand. Meiner Einschätzung nach, war er eher den alten Bräuchen zugewandt, aber da hatte ich mich offensichtlich getäuscht.

Später an diesem Tag, als Nirtik mal wieder bei mir saß und sich angeregt mit mir unterhielt, erschien das Mädchen mit einem großen Tablett voller Essen. Ich hatte keine Anstalten mehr gemacht sie anzusprechen, da sie all meine Versuche mit ihr zu sprechen abgelehnt hatte.

Wir hielten einen Moment inne und warteten, bis sie alles auf einem kleinen Tisch neben meinem Bett deponiert hatte. Die Haare des Mädchens waren zu einem straffen Dutt gebunden, aus dem sich einige Strähnen befreit hatten und ihr Gesicht umrahmten.

Wie immer senkte sie ehrfürchtig den Kopf, nickte Nirtik kaum merklich zu und verschwand, ohne ein Wort zu sprechen.

«Wer ist das?», wollte ich von Nirtik wissen.

«Sie?»

Nirtik zeigte in die Richtung, in der das Mädchen verschwunden war. Ich nickte.

«Das ist Kata.»

Ich griff nach einem Stück Eichelbrot.

«Ist sie stumm?», fragte ich ratlos.

«Kata? Nein, sie ist nicht stumm.»

«Aber sie spricht nicht mit mir», sagte ich verwundert.

«Kata hat nicht das Recht mit dir zu sprechen. Kata ist eine Sklavin», erklärte Nirtik, als wäre es selbstverständlich.

«Eine Sklavin? Ich wusste nicht, dass die Dryadrim Sklaven halten, noch dazu ihresgleichen. Sie ist doch auch eine Dryadrim, oder nicht?», fragte ich neugierig.

Ich biss in den Brotkanten und kaute gierig, während ich Nirtik anblickte und auf eine Antwort wartete. Nirtik wirkte verlegen.

«Nun ja, das ist kompliziert», entgegnete er, als würde er noch überlegen, wie er sich um eine Antwort herumwinden konnte.

«Weißt du, das ist eine sehr lange Geschichte.»

Ich blickte mich auffordernd um.

«Nun, ich denke wir haben Zeit», grinste ich.

«Und ich kenne auch nicht alle Einzelheiten», druckste Nirtik herum.

«Erzähl mir einfach was du weißt.»

Nirtik zuckte mit den Schultern.

«Was soll's, wenn es dich so sehr interessiert.»

«Ist sie keine Dryadrim? Sie sieht anders aus als ihr», leitete ich fragend ein.

Nirtik räusperte sich.

«Doch, ich glaube schon», er runzelte die Stirn und suchte nach den passenden Worten, «aber sie ist anders als wir übrigen Dryadrim.»

Ich blickte ihn stumm an um ihm zu signalisieren, dass ich zuhörte und er fortfahren solle. Nirtik sprach nun leiser.

«Aber ich habe gehört, in ihren Adern fließe auch menschliches Blut. Ich weiß jedoch wirklich nicht genau, wie es dazu kam. Ich habe meinen Vater einst gefragt was mit ihr ist, da wurde er sehr böse und sagte nur, dass ich mich um andere Dinge kümmern sollte.»

Er zuckte mit den Schultern.

«Ich kenne die Gründe für ihr Dasein nicht, ehrlich. Ich habe nie mehr danach gefragt, nachdem ich merkte, dass meinen Vater diese Frage so aufgeregt hatte und mich einfach damit abgefunden. Ich weiß nur, dass sie in etwa genauso alt ist wie ich. Seit ich denken kann ist Kata bei uns. Sie wurde hier geboren, aber ich kenne ihre Eltern nicht. Mein Vater hat sie nie gemocht, aber dennoch in seinem Haus groß gezogen.»

«Findest du das nicht merkwürdig?», fragte ich erstaunt.

«Natürlich finde ich das merkwürdig, aber ich habe aufgegeben Antworten auf diese Fragen zu suchen. Wen ich auch fragte, entweder bin ich auf Schulterzucken gestoßen oder wurde an meinen Vater verwiesen. Es scheint, als möchte niemand darüber reden.»

Er hielt kurz inne und schaute mir in die Augen. Er las in mir wie in einem offenen Buch.

«Mein Vater ist damals sehr böse geworden. Sprich dieses Thema lieber nicht an», riet mir Nirtik. «Denk daran, dass mein Schutz an Lunar endet und ich ihn kein weiteres Mal aussprechen kann. Du solltest meinen Vater besser nicht unnötig verärgern, wenn du nicht doch am Sonnengreifer enden willst.»

«Ja, ist ja schon gut», sagte ich, während ich den Mundwinkel verzog, weil es mir unmöglich war Nirtik etwas vorzumachen.

Nachdem er gegangen war, grübelte ich noch eine ganze Weile. Was war der Grund dafür, dass Kata so schlecht behandelt wurde? Ob es stimmte, dass sie zu einem Teil menschlich war? Es würde zumindest ihr Äußeres erklären, was weniger an eine Dryadrim erinnerte, als eher an jemanden meinesgleichen.

Vielleicht war ich zu neugierig und mischte mich in Dinge ein, die mich nichts angingen, aber es ließ mir einfach keine Ruhe. Nirtiks Rat, das Thema ruhen zu lassen, würde mich jedenfalls nicht davon abhalten, meine Ohren offen zu halten.

In den folgenden Tagen konnte ich weder in meinen Gesprächen mit Nirtik, noch in den Momenten in denen Kata meine Verbände wechselte oder mir etwas zu essen brachte, wirklich mehr erfahren. Sie sprach nach wie vor nicht mit mir, obwohl ich sie mittlerweile immer mal wieder ansprach, wenn wir allein waren. Doch sie hielt sich eisern an ihre Schweigepflicht.

Jedes Mal wenn ich sie ansah, erkannte ich mehr einen Menschen und weniger eine Dryadrim in ihr. Ihre Gesichtszüge, ihr dunkelblondes Haar, ihre Haut, alles glich keinem der anderen Dryadrim. Zwar wirkte ihr Haar oft zerzaust, wodurch sie meist einen großen Teil ihres Gesichts verdeckten, dennoch erkannte ich, dass sie schön war. Irgendetwas an ihr fesselte mich und ich ertappte mich mehrfach, wie ich sie mit offenem Mund anstarrte.

Gulgar war kein Mann vieler Worte. Wenn er sprach, dann nuschelte er meist etwas Unverständliches in seinen Bart, ohne dass ich eine konkrete Frage gestellt hatte. Er verabreichte mir einige Kräuter oder andere Arzneien und verschwand wieder. Auf Schritt und Tritt begleitete ihn dabei das kleine Männlein, dass er Mirk nannte und das scheinbar jedes Wort von Gulgars Lippen ablesen konnte. Es war schwierig, ein richtiges Gespräch mit Gulgar zu führen. Zwar antwortete er mir im Gegensatz zu Kata, doch seine Antworten waren stets knapp und oft einsilbig. Zumindest erfuhr ich auf diese Weise, dass sein sonderbarer Begleiter Mirk ein Whiil war, ein merkwürdiges Wesen, das nicht mal in den Erzählungen meiner Großmutter vorgekommen war. Es schien, als wäre er Gulgar treu ergeben. Was auch immer den Whiil an den alten Dryadrim band, er wich ihm nicht von der Seite.

Gulgar tauchte jeden Tag auf, um mich zu begutachten. Sein schneeweißes Haar hing ihm bis auf den Rücken und sein dichter Bart war zu einem langen Zopf geflochten. Er wirkte kühl, distanziert und machte den Eindruck, als würden ihn die Dinge um ihn herum nur wenig interessieren. Dennoch hatte ich auch das Gefühl, dass ihm nichts entging und er trotz seines geheuchelten Desinteresses sehr gut über die Geschehnisse im Dorf Bescheid wusste. Ich hatte ihn viel beobachtet und war überzeugt, dass er ungeheuer aufmerksam war. Obwohl er versuchte, genau das zu kaschieren. Natürlich konnte ich das nicht beweisen, aber ich hatte den Eindruck, als würde Gulgar absichtlich älter wirken wollen, als er eigentlich war.

Trotz meiner Einschätzungen hatte der Dryadrim aber auch etwas Furchteinflößendes an sich. Der Tierschädel, der stetig über seine Brust klapperte, die Knochen, die er in seinen Bart geflochten hatte, die tief liegenden dunklen Augen, der bucklige Gang, seine grummelige, immer schlecht gelaunte Art und nicht zuletzt sein skurriler Begleiter Mirk bewirkten, dass ich immer ein flaues Gefühl im Magen hatte, wenn er in meiner Nähe war.

Mirk tapste unterwürfig neben ihm her. In den Händen trug er Gulgars Tasche, die halb so groß war wie sein eigener Körper. Wie immer war er komplett nackt, was aber niemanden groß zu stören schien und zog dabei eine schlecht gelaunte Grimasse, als würde er sich seinem Meister anpassen.

Kata begleitete Gulgar ebenfalls an diesem Tag und wurde nun von ihm angewiesen, meine Verbände zu entfernen.

«Das reicht», befahl er ihr mit seiner rauen Stimme, sobald Kata den letzten Verband gelöst hatte, «besorg warmes Wasser, Mädchen.»

Kata nickte und ging rasch davon.

Vorsichtig begann Gulgar jede meiner Gliedmaßen nacheinander zu untersuchen.

Mir fiel auf, dass er Kata nicht schlechter behandelte, als jeden anderen. Seine Stimme war rau und versprühte die gleiche miese Laune wie immer, aber während andere Dryadrim, wie die Wache damals vor meinem Käfig, Kata oft grundlos anschnauzten, machte Gulgar scheinbar keinen Unterschied.

Mirk hievte die schwere Tasche neben meine Beine und Gulgar nahm auf einem Baumstumpf vor meinem Bett Platz.

«Tut das weh?», fragte er, als er mein Handgelenk bewegte.

Ich schüttelte den Kopf.

Dann drehte er mein Ellenbogengelenk in alle möglichen Richtungen.

«Und das?»

Zwar spürte ich keinen Schmerz, doch seine ledrigen, faltigen Finger waren kalt wie die Nacht und ich hielt die Luft an, als sie mich abtasteten.

«Nein, es fühlt sich gut an», entgegnete ich.

Er grummelte seinem Diener etwas zu und Mirk kramte eine Art Maßstab aus der Tasche, wobei sein Oberkörper so tief hineintauchte, dass nur sein blanker Hintern hinausschaute. Ich unterdrückte ein Grinsen.

Gulgar legte das Gerät an meinen Arm, murmelte einige unverständliche Worte, schien aber zufrieden zu sein. Dann wiederholte er die Prozedur an meinen Beinen.

«Tut das weh?», begann er von Neuem.

Wieder verneinte ich.

«Aufstehen.»

Mit einer Handbewegung untermauerte er seine Aufforderung. Mirk stemmte die Hände in die Hüfte und grunzte, als würde er Gulgars Aussage damit mehr Gewicht verleihen. Durch das Nicken seines Kopfes schwang sein Penis aufgeregt hin und her. Wieder unterdrückte ich ein Lachen. Etwas unbeholfen richtete ich mich auf, stellte beide Beine auf den Boden und drückte mich langsam nach oben.

Seit fast zwanzig Tagen berührten meine Fußsohlen das erste Mal den Holzboden vor meinem Bett. Dementsprechend zögerlich ging ich vor. Nach einem Augenblick stand ich jedoch aufrecht und wagte es sogar ein paar kleine Schritte zu gehen. Ich verspürte keinerlei Schmerzen.

«Das leichte Ziehen kommt vom langen Liegen. Das verschwindet, sobald du dich wieder mehr bewegst», erklärte er mir, ohne dass ich ihm signalisiert hatte, dass meine Muskeln spannten. Gulgar nickte zufrieden.

«Ab heute machst du täglich zwei kurze Spaziergänge», sagte er befehlend und Mirk grunzte erneut beipflichtend. Sein Ton war unfreundlich wie immer.

«Jawohl.»

Wortlos stand er auf und packte seine Instrumente ein.

«Leg dich wieder hin. Kata wird deine Arme und Beine noch waschen und frische Salbe auftragen», grummelte er im Gehen.

Auch wenn ich ihm insgeheim unterstellte, dass er nicht wirklich so alt war, wie er die meiste Zeit tat, so war Gulgar zweifellos älter, als die meisten anderen Dryadrim. Wenn jemand wusste, worin Kata sich zu den übrigen ihres Volkes unterschied, dann er. Ich weiß nicht woher ich in diesem Moment den Mut nahm, Gulgar so unverhohlen anzusprechen, doch aus irgendeinem Grund leistete ich Nirtiks Rat, das Thema ruhen zu lassen, keine Folge.

«Warum wird Kata als Sklavin gehalten?», fragte ich gerade heraus.

Gulgar blieb stehen. Er schaute mich nicht an und blickte stur geradeaus.

«Du solltest dich nicht in Angelegenheiten einmischen, die dich nichts angehen», zischte er und auch Mirk fauchte feindselig in meine Richtung.

Gulgars Reaktion verriet mir, dass ich auf der richtigen Spur war. Er wusste etwas und obwohl ich seine Drohung verstanden hatte, lies ich nicht locker.

«Warum ähnelt sie einem Menschen?», stellte ich direkt die nächste Frage, bevor ich überhaupt eine Antwort auf meine erste bekommen hatte.

Gulgar drehte sich zu mir um und funkelte mich böse an. Ein mulmiges Gefühl breitete sich in mir aus, als er zurück zu meinem Bett kam. Plötzlich ging er aufrecht, von seinem Buckel keine Spur. Bedrohlich trat er ganz dicht an mich heran, sodass seine buschigen Augenbrauen fast meine Stirn berührten und packte mich am Kragen.

«Hör zu, Fliegenschiss, du stellst zu viele Fragen. Wenn ich Alruun-Trar davon erzähle, endest du schneller wieder am Sonnengreifer als du gucken kannst.»

Zwar verspürte ich ein Gefühl von Angst und seine Art machte mir sehr wohl klar, dass ich mich auf äußerst dünnem Eis bewegte, doch mein jugendlicher Übermut stemmte sich ihm entgegen.

«So wie ich Alruun von deinem Gespräch mit Nirtik erzählen könnte?», forderte ich ihn heraus.

Er starrte mir tief in die Augen, doch ich hielt seinem Blick mit aller Kraft stand. Ich konnte spüren wie wütend und gleichzeitig erstaunt er über die Tatsache war, dass ich Kenntnis von diesem Gespräch genommen hatte.

«Wenn irgendjemand davon erfährt, werde ich dir die Zunge herausschneiden», drohte er.

Dann ließ er ruckartig von mir ab und verschwand. Seine Aussage war unmissverständlich. Gulgar zu konfrontieren war nicht klug gewesen, doch es war geschehen und nicht rückgängig zu machen. Ich ärgerte mich über meine vorlaute Art, die mir rein gar keine Antworten, sondern vermutlich nur weitere Schwierigkeiten gebracht hatte.

Wenig später erschien Kata um meine Arme und Beine zu waschen. Ich sprach sie nicht an. Vielleicht ging ich in dieser Sache wirklich zu weit. Meine Position war mehr als wackelig. Vor ein paar Wochen noch, hatte man mich fast zu Tode gefoltert und ich hatte Glück gehabt, dass Nirtik mir das Leben gerettet hatte.

Doch welche Probleme sollte es einem König wie Alruun schon bereiten, einen Rat zu beeinflussen, den er selber einsetzte und so mein Schicksal ein für alle mal zu besiegeln?

Ich sprach mit niemandem von dem Konflikt mit Gulgar, auch nicht mit Nirtik, der später am Tag bei mir vorbeischaute. Ich hielt es für besser, die Sache auf sich beruhen zu lassen und nicht das Risiko einzugehen eventuell auch noch meinen einzigen Fürsprecher zu verlieren. Darüber hinaus war Nirtik auch der Einzige, der meine Unschuld überhaupt bestätigen konnte. Ohne ihn wäre ich längst tot, das war sicher.

«Was hat Gulgar gesagt? Verheilen deine Verletzungen gut?», wollte er wissen.

«Ja, ich denke schon. Er ist leider meist nicht sehr gesprächig», gab ich zu.

«Das stimmt.»

Nirtik lachte und setzte sich auf die Bettkante.

«Er ist ein grummeliger, alter Kauz, aber er ist ein fantastischer Heiler und daher zu Recht sehr hoch angesehen.»

Ich ärgerte mich noch immer über meine Dummheit bezüglich des Streits mit Gulgar und versuchte rasch auf andere Gedanken zu kommen.

«Ich soll ab heute kleinere Spaziergänge machen. Willst du mich begleiten?», fragte ich Nirtik.

«Klar, lass uns ein kleines Stück gehen.»

Natürlich war ich nicht sonderlich schnell unterwegs, denn etwas Angst vor einem Schmerz, der plötzlich durch die heilenden Beine schießen könnte, war noch immer vorhanden. Zwar war ich noch etwas wackelig auf den Beinen, doch meine Bedenken waren unbegründet. Wir gingen eine Weile schweigend nebeneinander her. Dryadrim, die wir passierten, nickten Nirtik freudig zu, mich dagegen ignorierten sie meistens. Einige von ihnen jedoch zeigten mir deutlicher, dass sie Menschen in ihrem Dorf nicht sonderlich schätzten. Manche verzogen ihr Gesicht zu einer hässlichen Fratze oder spien auf den Boden. Natürlich nahm das auch Nirtik zur Kenntnis.

«Nimm dir das nicht zu Herzen. Viele Dryadrim sind nicht gut auf Menschen zu sprechen, das ist bei uns auf gewisse Weise schon eine Tradition», sagte er, als er Notiz davon nahm.

«Du dagegen scheinst Menschen gegenüber aber aufgeschlossener zu sein! Du bist doch sicher genauso aufgewachsen wie er.»

Ich deutete auf einen schnitzenden Mann, der mich ebenfalls mit einer Grimasse belegte.

«Ich fürchte die Welt außerhalb des Waldes, genauso wie die anderen Dryadrim. Aber ich glaube, es ist falsch sich in einem Wald zu verstecken, während die Menschen die ganze Welt erobern und sich zu eigen machen. Wir sind genauso hoch entwickelt wie dein Volk und sollten einen Teil davon abbekommen.»

Er lächelte mich an.

Nirtik war ganz anders. Ich mochte ihn. Er war hilfsbereit, beantwortete mir jede Frage so gut er konnte und war eine Art Freund für mich geworden. Sicher beruhte seine Zuneigung auch darauf, dass ich ein Instrument für das Erreichen seiner Ziele war, aber dennoch hatte er auch etwas an sich, was mich seine Gesellschaft schätzen ließ. Deshalb freute ich mich immer, wenn ich in seiner Nähe sein konnte. Aus einer politischen Entscheidung, war eine Freundschaft geworden.

Außer Nirtik gab es nur eine weitere Dryadrim, die eine ähnliche Wirkung auf mich hatte. Kata. Noch immer hatte ich nichts über ihr Schicksal in Erfahrung bringen können. Meine Möglichkeiten etwas herauszufinden, was selbst andere Dryadrim größtenteils nicht zu wissen schienen, waren außerdem sehr begrenzt. Dennoch ließ mir die Sache einfach keine Ruhe.

Neben ihrer geheimnisvollen Vergangenheit hatte sie aber auch etwas Anziehendes an sich, das jedes Mal ein leichtes Herzklopfen in mir auslöste, wenn sie in meiner Nähe war. Ich war mir nicht sicher, was genau mein Herz mir damit sagen wollte, aber ohne jemals ein Wort mit ihr gewechselt zu haben, genoss ich ihre Anwesenheit.

Auf einmal blieb Nirtik stehen, blickte mir ins Gesicht und riss mich somit aus meinen Gedanken.

«Menschen und Dryadrim sollten keine Feinde sein, Ricon! Wir sind doch das beste Beispiel, dass unsere Völker gemeinsam existieren können.»

Ich nickte, dachte aber, dass die meisten Menschen vermutlich noch nie etwas von einem Dryadrim gehört hatten, geschweige denn diesen Waldbewohnern sonderlich aufgeschlossen entgegentreten würden.

«Meine Großmutter hatte uns früher immer Gruselgeschichten von den Dryadrim erzählt», gab ich zähneknirschend zu, «ich denke, die Menschen sind nicht alle so aufgeschlossen, wie du denkst.»

«Mein Volk ist da doch nicht anders», sagte Nirtik, «genau deshalb liegt es ja an unserer Generation diese Zweifel zu zerstreuen.»

Er packte mich an beiden Schultern und strahlte über das ganze Gesicht. Ich versuchte, sein Lächeln zu erwidern, doch es fiel mir schwer.

«Was ist?», fragte Nirtik.

Ich befürchtete, seine Träume könnten vielleicht nicht in Erfüllung gehen, da Menschen seinem Vater vermutlich ähnlicher waren, als ihm lieb war.

«Nun, weißt du...», druckste ich herum.

«Du hast Angst wie es mit dir weitergeht, oder? Mach dir keine Sorgen, Ricon, ich werde den Rat überzeugen dich frei zu lassen.»

Das war nicht ganz, was ich in diesem Moment dachte, aber natürlich spielten meine Sorgen ebenfalls eine tägliche Rolle. Er klang unglaublich zuversichtlich, aber ich teilte seinen Optimismus nicht. Nirtiks Pläne waren gut gemeint, großteils aber auch einfach naiv. Und genau deshalb waren sie auch unrealistisch. Er rechnete damit, dass die Menschen sein Volk mit offenen Armen empfangen würden, aber ich war mir sicher, dass das nicht der Realität entsprach. Menschen sind Fremden gegenüber sehr zurückhaltend, manche gar feindselig. Nur wenige haben das gleiche gute Wesen, welches Nirtik ihnen entgegenbringen wollte. Er war schlicht und ergreifend zu gut für diese Welt. Seine Absichten waren durchweg gutherzig und ohne jedes Vorurteil, aber so war die Welt bei Weitem nicht. Schwierig war nur, ihm das verständlich zu machen, denn seine eigenen Visionen blockierten sein Gespür für Gefahr.

«Im Westen verläuft eine Straße, die von Menschen genutzt wird. Wenn der Rat bei Lunar deine Freiheit beschlossen hat, bringe ich dich dorthin», sagte er euphorisch und lenkte mich erneut von meinen Gedanken ab.

«Einverstanden?»

Nirtik streckte mir seine Hand entgegen.

Nickend, aber innerlich voller Zweifel, erwiderte ich den Handschlag. Nirtik konnte ich vertrauen, mehr als jedem anderen Dryadrim. Im Augenblick gab es niemanden, in dessen Händen mein Leben besser aufgehoben war und ich musste alles in meiner Macht stehende tun, um ihm zu helfen. Schließlich bedeutete es auch für mich zu überleben. Nirtik war mir mittlerweile ans Herz gewachsen. Ich hatte das Gefühl, je mehr ich ihn ermutigte seine Ziele zu verfolgen und das Amt des Trars anzustreben, und so mein Leben zu retten, desto mehr gefährdete er sein eigenes und das Fortbestehen seines Volkes. Wie gerne hätte ich ihm ausgeredet den Kontakt zu den Menschen zu suchen und vielleicht ein kleines Bisschen auf seinen Vater zu hören, doch damit hätte ich mein eigenes Todesurteil gefällt. Trotz allem konnte ich ihn nicht blindlings in sein Unglück marschieren lassen und so beging ich den Fehler ihn etwas einbremsen zu wollen.

«Ich bin mir nicht sicher, ob du den Kontakt zu den Menschen suchen solltest», wandte ich ein.

«Warum nicht?», fragte Nirtik erstaunt.

Wie sollte ich ihm bloß klarmachen, dass man ihm vermutlich nicht freundlich gegenübertreten würde, ohne ihn als Fürsprecher für meine Befreiung zu verlieren?

«Menschen sind recht schwierig im Umgang mit Neuem», begann ich vorsichtig, doch Nirtik unterbrach mich.

«Du zweifelst also an mir? Denkst du wirklich ich wäre nicht in der Lage mein Volk zu führen, wie es ein echter Trar tun könnte?»

Nirtik war plötzlich unverhältnismäßig verärgert. Scheinbar hatte ich versehentlich einen wunden Punkt angesprochen.

«Nein, das meine ich nicht», versuchte ich ihn zu besänftigen und griff seinen Arm.

«Ich werde dir beweisen, dass ich dazu in der Lage bin!»

Wütend schüttelte er mich ab und ließ mich stehen.

«Nirtik! Warte!», doch er war schon hinter einer Häuserecke verschwunden. Mir dämmerte, dass Nirtik sich mit dieser Kritik wohl häufiger auseinandersetzen musste, da sein Vater seine Meinung nicht teilte.

Was war ich bloß für ein dämlicher Idiot, dachte ich. Wenn Nirtik nicht an seinen visionären Vorhaben festhielt und der Rat nicht zu meinen Gunsten stimmte, war ich so gut wie tot. Ich riskierte mein eigenes Leben für ein Volk, das, bis auf wenige Ausnahmen, geschlossen auf meiner Leiche tanzen würde. Ich musste Nirtik erklären, dass er mich missverstanden hatte und ich nicht an seinen Fähigkeiten als Anführer zweifelte, sondern am reinen Herzen der Menschen. Verärgert über meine eigene Dummheit ging ich zurück zu meinem Pavillon und wartete auf Nirtiks Rückkehr. Doch er kam nicht.

Zu meinem Erstaunen erschien er auch am nächsten Morgen nicht, obwohl er mich sonst ausnahmslos um diese Zeit aufsuchte. Wir hatten nie zuvor eine Meinungsverschiedenheit, aber dennoch verwunderte mich, dass er die Wut so lange mit sich herumtrug ohne mit mir sprechen zu wollen. Doch was ich anfangs als bedeutungslosen Zwist einschätzte, schien ernster zu sein, als zuvor angenommen. Zwei volle Tage fehlte von Nirtik jede Spur. Am Morgen des zweiten Tages erschien Alruun in meinem Pavillon und herrschte mich an, ob ich etwas über den Verbleib seines Sohnes wisse. Ich verneinte, da ich ihm nicht von den Gründen für unseren Streit berichten konnte. Ich begann aber augenblicklich mir ernste Sorgen zu machen. Ich hatte bis dahin nur gedacht, dass er mich mied, aber scheinbar hatte Nirtik auf eigene Faust das schützende Dorf verlassen. Er kannte die Umgebung gut, er war schließlich im Wald aufgewachsen - dennoch lauerten dort auch Gefahren, was Sakris Unfall deutlich gezeigt hatte.

Abgesehen von der Sorge um Nirtik, machte sich in meinem Kopf noch eine weitere breit: die Sorge um mein eigenes Leben. Während seiner Anwesenheit schützte mich bisher der Status des Gastes, falls Nirtik aber nicht zurückkehrte, war ich nur noch ein Gefangener. Und was einem solchen blüht, hatte ich einige Zeit zuvor bereits erleben können.

Mein Zustand hatte sich in den letzten Tagen deutlich verbessert. Die Beine schmerzten weniger und ich konnte wieder recht gut laufen. Längere Strecken aber würde ich sicher noch nicht bewältigen können. Im Laufe des Vormittags spielten meine Gedanken ein wildes Spiel und drängten mich immer weiter dazu aus dem Dorf zu flüchten, um nicht wieder in Alruuns Fängen zu landen. Grundsätzlich waren diese Hirngespinste unüberlegt, aber dennoch trieb mich die Angst an. Am sinnvollsten wäre es sicher gewesen bei Nacht zu versuchen, aus dem Dorf zu entkommen. Doch sobald es dunkel wurde, stellten sich Wachen vor meinem Pavillon auf, sodass ich keine Möglichkeit sah, es unentdeckt zu verlassen.

Und so beschloss ich mich nach dem üppigen Mittagessen aus dem Staub zu machen.

Mit gefülltem Bauch schlenderte ich durch das Dorf und ließ es wie einen meiner Spaziergänge aussehen. Allerdings war mein Ziel der große Aufzug, über den ich bei meiner Ankunft bereits in das Dorf transportiert worden war. Zwar gab es im Dorf zahlreiche Leitern, die auf den Waldboden führten, jedoch traute ich meinen Beinen eine solche Belastung über so viele Sprossen noch nicht zu. Irgendwie musste ich die Wächter überzeugen mich nach unten zu fahren und dann verschwinden. Einen richtigen Plan hatte ich jedoch nicht. Meine Flucht war von der Angst getrieben, nicht von meinem Verstand.

Es dauerte nicht lange bis ich die Plattform mit dem Aufzug erreichte. Zwei mit Speeren bewaffnete Wächter standen davor. Ich täuschte vor außer Atem zu sein und hockte mich auf einen prall gefüllten Sack, der nicht weit von den beiden entfernt auf dem Boden lag. Auf der Plattform herrschte ein reger Betrieb, denn hier wurde der größte Teil der Dinge gelagert, die zur Versorgung des Dorfes notwendig waren. Und so wurden immer wieder prall gefüllte Säcke und Kisten weggekarrt oder leere Behälter gestapelt, um sie zeitnah erneut mit Inhalten zu füllen.

Mein Blick schweifte eine Weile umher, doch es fiel mir schwer eine andere Fluchtmöglichkeit auszumachen als den Aufzug. Selbst wenn es mir gelänge mich an den Wachen vorbeizuschleichen, würden sie schnell mitbekommen, wenn jemand den Fahrstuhl in Betrieb nahm. Sie würden aufhören die große Kurbel zu betätigen, der Aufzug würde zum Stillstand kommen und mein Vorhaben wäre gescheitert.

Verzweiflung stieg in mir auf und mir wurde klar, dass es unmöglich war, einfach so aus diesem Dorf zu spazieren.

Noch während ich angespannt nachdachte, sammelten sich plötzlich einige bewaffnete Dryadrim auf der Plattform vor dem Fahrstuhl. Alruun folgte nicht viel später. Scheinbar hatte er einen Suchtrupp aus seinen kräftigsten Kriegern zusammengerufen, denn er redete lautstark auf die Männer ein, sodass ich jedes Wort mithören konnte.

Mok hatte die Führung über den etwa zehn Mann starken Trupp und hörte aufmerksam zu, während der Trar seine Männer in ihre Aufgabe einwies.

«Ich habe bereits einen Sohn verloren. Lasst mich keinen zweiten verlieren! Durchkämmt den Südhang, er muss dort irgendwo sein!», polterte er. Einer der Wächter hatte einen Einwand.

«Die Wache am Aufzug meinte, euer Sohn sei Richtung Osten aufge....»

«Ich weiß wo mein Sohn hin ist. Ihr geht nach Süden!»

Alruun war sehr aufgebracht und duldete keine Widerworte.

Nirtik hatte ihn herausgefordert, dennoch wurde mir klar, dass er noch immer sein Sohn war und Alruun ihn liebte, auch wenn er oft nicht in der Lage war, ihm diese Zuneigung zu zeigen.

«Jawohl, mein Trar!», antwortete die Wache. Plötzlich ertönte ein mechanisches Knacken und die versammelten Männer drehten sich verwundert um. Jemand hatte den Aufzug in Bewegung gesetzt.

«Hatte ich schon den Befehl gegeben?», schnauzte Alruun einen der beiden wachhabenden Dryadrim an der Aufzugskurbel an.

«Das Signal kam von unten», sagte die Wache entschuldigend, während sie weiterkurbelte. Verwirrt blickten die anwesenden Dryadrim über den Rand der Plattform und beobachteten den Aufzug, der sich stetig nach oben bewegte. Es knarzte und das Seil wickelte sich Stück für Stück über die große Trommel.

«Waffen ausrichten!», brüllte Mok seinen Männern zu, die daraufhin geschwind in Formation sprangen.

Klirrend zog Mok ein Schwert aus der Scheide und zehn Speere richteten sich auf den Ausgang des Fahrstuhls, der unentwegt in die Höhe kletterte. Alruun trat einige Schritte zurück.

Wie erstarrt blickte ich auf den Aufzug, gespannt wer oder was sich im nächsten Moment zu erkennen geben würde. Mein Herz klopfte und ich ging vorsichtig hinter ein paar Fässern in Deckung.

Das knarzende Geräusch verstummte, der Aufzug machte einen erneuten Ruck und stand plötzlich ganz still. Dann ertönte ein Klacken und von innen wurde ein Sicherungshebel umgelegt. Es quietschte und die beiden großen Flügeltüren wurden langsam aufgedrückt. Die Männer versteiften ihren Stand und die Speerspitzen glitzerten in der Sonne.

Alle starrten gebannt auf die sich öffnenden Türen, bis plötzlich Sonnenlicht durch den entstehenden Spalt fiel und den Blick auf eine Gestalt freigab. Nirtik trat aus dem Aufzug. Er war gut gelaunt.

«Was ist denn hier los?», rief er Mok und den zehn, bis in den kleinsten Muskel angespannten, Männern zu, als er aus der Öffnung schlenderte und lächelte. In der Hand trug er einen zusammengerollten Stofffetzen.

«Nirtik!»

Alruun stürzte seinem Sohn entgegen und drückte ihn fest an sich.

Etwas verdutzt erwiderte Nirtik die Umarmung seines Vaters und ließ dabei das Stück Stoff aus der Hand gleiten.

So schnell wie die Zuneigung gekommen war, so schnell verschwand sie auch wieder, als Alruun seinen Sohn energisch von sich schob.

«Wo in aller Welt bist du gewesen?», herrschte er Nirtik an.

Nirtik hob den Stofffetzen auf, der ihm aus der Hand gefallen war. Stolz wedelte er ihn durch die Luft.

«Ich war bei den Menschen und habe ihnen einen Handel vorgeschlagen!»

«Du hast was?», fragte Alruun verwundert.

«Die Menschen haben hervorragende Schmiede und niemand arbeitet besser mit Holz als wir Dryadrim. Das schreit doch geradezu nach einem Handel», sagte Nirtik feierlich.

Wie erstarrt stand ich da, meinen Blick auf das Stück Stoff gerichtet, was Nirtik durch die Luft wirbelte. Mir war, als hätte mein Herzschlag einen Moment ausgesetzt! War das wirklich möglich? Das Banner zeigte ein schwarzes Schwert auf rotem Grund!

«Du warst bei den Rakkar?», schoss es so lautstark aus mir heraus, dass selbst Alruun und die Wachen erschrocken herumfuhren und mich anblickten.

«Ich war bei den Menschen», erwiderte Nirtik nur stirnrunzelnd als er mich auf sich zukommen sah.

Ich riss ihm das Stück Stoff aus der Hand, um es genau betrachten und zog es mit beiden Händen stramm auseinander. Ohne Zweifel war es ein Banner der Rakkar.

«Wo bist du gewesen? Osten? Westen? Sag schon!», fuhr ich ihn an. Ich war ziemlich aufgebracht und Nirtik wirkte überrumpelt, während die anderen Dryadrim schlicht und ergreifend noch nicht verstanden, was gerade vor sich ging.

«Osten», sagte Nirtik kleinlaut.

Ein Gefühl von Übelkeit stieg in mir auf.

«Ein Wunder, dass du noch lebst! Was hast du mit ihnen vereinbart?»

Er schaute mich verdutzt an und ich packte Nirtik am Kragen und schüttelte ihn.

«Was habt ihr vereinbart?»

«Wir werden handeln, nichts weiter. Beruhig dich, Ricon. Was ist denn los mit dir?»

Nirtik schüttelte meinen Griff ab.

«Wo? Wo werdet ihr handeln?»

Ich sprach nun sehr laut, schrie ihn regelrecht an.

«Na hier.»

Nirtik breitete die Arme aus und deutete um sich herum.

Ich konnte es nicht fassen. Er hatte die Rakkar direkt in sein Dorf eingeladen. Ich war mir sicher, dass sie nicht vorhatten mit den Dryadrim zu handeln, sie würden sie überfallen, ausrauben und plündern, wie sie es mit Arwas Bewohnern getan hatten.

«Nirtik, du verdammter Narr, sie werden euch alle töten!», brüllte ich, «die Rakkar sind keine Händler! Sie sind Räuber, Vergewaltiger und Mörder!»

Nirtik war durch meinen Gefühlsausbruch sehr eingeschüchtert, aber Alruun, der sich bis eben zurückgehalten hatte, ging plötzlich dazwischen.

«Wie redest du mit meinem Sohn, Fliegenschiss?», herrschte er mich an und verpasste mir eine schallende Ohrfeige, die mich von den Beinen fegte. Ich rieb meine Backe, auf der Alruuns Hieb einen brennenden Schmerz zurückgelassen hatte.

«Wer sind diese Rakkar, von denen du sprichst?»

Erst jetzt fiel mir ein, dass ich nie einem Dryadrim von den Rakkar und Arwas Verwüstung erzählt hatte. Nicht einmal Nirtik hatte ich berichtet, was vorgefallen war.

«Die Rakkar sind grausame Krieger, die meine Heimat erobert haben. Sie haben mein Dorf regelrecht ausgelöscht. Ich bin als Einziger entkommen», erklärte ich, «sie sind euch zahlenmäßig überlegen. Wie Bestien werden sie über euch herfallen!»

«Halt den Mund, Fliegenschiss!», brachte Alruun mich zum Schweigen.

Er war sehr wütend, aber das war er meistens, wenn er mich sah. Diesmal war ich mir nicht sicher, ob der Grund das unkluge Handeln seines Sohnes, meine aufbrausende Anprangerung oder lediglich meine Anwesenheit war. Er drehte sich zu Nirtik um.

«Das war dumm! Wenn es stimmt was der Fliegenschiss sagt», er zeigte über seine Schulter auf mich, «dann kannst du froh sein heil wieder zurückgekommen zu sein.»

Dann fuhr er zu mir herum und riss mich mit seinem kräftigen Griff zurück auf die Beine.

«Wenn ich noch einmal erlebe», zischte er, «dass du so mit einem meines Volkes sprichst, dann werde ich dich ohne Vorankündigung in Stücke schneiden, völlig egal, ob du unter dem Schutz irgendeines Dryadrims stehst oder nicht.»

Bösartig funkelte er mich an und zeigte seine scharfen Zähne. Mir gefror fast das Blut in den Adern. Der Hass, den er für mich empfand, war nicht zu übersehen und die Drohung erfüllte ihren Zweck. Er ließ mich los und stieß mich ein Stück zurück.

«Unser Dorf ist sicher!», sprach er laut, damit jeder um ihn herum es hören konnte. «Die Aufzüge werden vorsichtshalber nach oben gefahren, die Leitern gesichert. Kein Rakkar oder wie auch immer diese schwächlichen Menschen sich nennen mögen, wird unser Dorf betreten. Das Dorf ist sicher», wiederholte er noch ein weiteres Mal.

Dann wandte er sich wieder Nirtik zu.

«Ein Dryadrim steht zu seinem Wort. Du hast den Handel ausgemacht, also wirst du ihn auch durchführen, aber unten im Wald. Sollte dieser Handel fehlschlagen, wie es der Fliegenschiss vorausgesagt hat, dann ist das dein Problem.»

Nirtik wirkte eingeschüchtert, fand aber dennoch seine Stimme wieder.

«Vielleicht kommen sie auch gar nicht», sagte er beschämt.

Alruun schnippte mit dem Finger und Mok und die übrigen Krieger folgten ihm. Einige belegten mich mit einem bösen Blick oder spuckten auf den Boden, als sie an mir vorübergingen.

Selbst Nirtik blickte mich böse an.

«Danke», sagte er vorwurfsvoll und ließ mich ohne ein weiteres Wort alleine zurück.

Einen Moment schaute ich Nirtik betreten hinterher. Natürlich hatte ich das nicht gewollt. Mein Ausbruch war meinen Erlebnissen geschuldet und es war die nackte Verzweiflung und Angst vor einer erneuten Begegnung mit diesen grausamen Kriegern, die mich derart aufbrausend hatte reagieren lassen. Als ich meinen Blick abwandte, erkannte ich Gulgar und Mirk, die mich nicht weit entfernt prüfend anblickten. Scheinbar hatte Gulgar die ganze Zeit dort gestanden und das Gespräch zwischen Nirtik, Alruun und mir mitangehört. Sein Blick bohrte sich regelrecht in meinen Kopf, dann wandte er sich plötzlich ab und verschwand ebenfalls.

9. Kapitel

Sicher war das Dorf hoch oben in den Baumwipfeln schon aufgrund seiner Lage schwer einnehmbar, aber sich darauf zu verlassen, dass diese Tatsache Schutz genug sei, war schlicht und ergreifend arrogant.

Kern des Dorfes war eine gewaltige Plattform, die zentral ausgerichtet war und von der viele Hängebrücken abzweigten. Hierher führte auch der große Aufzug und von diesem Punkt ließ sich der ganze Ort in alle Richtungen erkunden. Diese Bauart hatte ich mir auf meinen Spaziergängen häufig zu Nutze gemacht, jedoch würden auch eventuell heraufströmende Rakkar schnell verstehen, wie das Dorf aufgebaut war.

Die zentrale Plattform bestand zudem aus einer großzügigen Freifläche, die von einigen Lagerhäusern flankiert wurde. Zwar gab es den großen Aufzug, der bevorzugt genutzt wurde, um in das Dorf zu gelangen, jedoch verfügte es auch über etliche weitere Zugänge. An vielen Stellen gab es kleinere Flaschenzüge oder Leitern, die zwar nach oben gezogen und arretiert werden konnten, aber dennoch von unten gut erkennbar blieben.

Ich war damals beim besten Willen niemand, der Ahnung vom Kriegshandwerk hatte, aber selbst mir war klar, dass die Verteidigung dieser zentralen Plattform essentiell sein würde.

Bis Lunar waren es noch zwei Tage. Zwei Tage, in denen ich noch etwas bewirken konnte, um die Dryadrim auf die Rakkar vorzubereiten. Zwar verlor ich bisweilen mein eigenes Schicksal aus den Augen, denn ein Angriff der Rakkar würde auch mein Leben gefährden, völlig egal, was der Rat eventuell entschied. Doch frei von diesen Gedanken war ich nicht.

Ich hatte das Gefühl Nirtik als meinen Fürsprecher verloren zu haben und schätzte meine Chance, lebend in die Freiheit entlassen zu werden, mittlerweile eher gering ein. Vielleicht würde ich den Angriff der Rakkar gar nicht mehr mitbekommen, weil ich schon vorher am Sonnengreifer enden würde.

Doch selbst wenn Lunar zuerst stattfand und der unwahrscheinliche Fall eintreten würde, dass der Rat sich tatsächlich für meine Freiheit ausspräche, was würde dann aus mir werden?

Denn so sehr mich die Tatsache schützte, dass ich ein, wenn auch allgemein nicht sonderlich beliebter, Gast Nirtiks war, so war dieser Status mit dem Ende des Lunarfests erschöpft. Wohin würde ich gehen? Nirtik hatte mir vor ein paar Tagen versprochen, mich nach Westen zu einer Straße zu führen. Aber galt dieses Versprechen noch? Er mied mich nach wie vor und mein aufbrausendes Verhalten ihm gegenüber hatte unsere Freundschaft nicht gefördert. Im Gegenteil, in meinem Kopf herrschte ein regelrechter Krieg zwischen Sorgen, Problemen und Eventualitäten, die allesamt um die Vorherrschaft kämpften. Auch die Gedanken an einen Fluchtversuch streiften immer wieder durch meinen Kopf. Nur wie sollte ich das anstellen? Selbst, wenn ich hinunter in den Wald gelangen sollte, würden meine Beine eine lange Belastung, die ein Marsch nach Westen mit sich bringen würde, überhaupt aushalten? Tief in mir drin hielt mich aber auch davon ab, dass ich, trotz aller Unstimmigkeiten, Nirtik nicht in Schwierigkeiten bringen wollte.

Unser Verhältnis hatte gelitten, doch Nirtik spielte dennoch eine große Rolle in all diesen Überlegungen. Die Entscheidung, dass er den Handel wie vereinbart durchführen sollte, wie sein Vater bestimmt hatte, war blanker Irrsinn. Allerdings war es nicht irrsinniger, als mein Versuch, Alruun von diesem absurden Vorhaben abbringen zu wollen. Weder Mok, noch andere Wachen, ließen mich mit dem Trar sprechen und blockten mich frühzeitig ab. Es war mir einfach nicht möglich mit ihm in Kontakt zu treten. Allerdings rechnete ich mir ohnehin keinen großen Erfolg eines solchen Gesprächs aus.

«Der Trar hat keine Zeit mit dir zu sprechen», war ein Satz, den ich mir mehrfach am Tag anhören musste.

Im Dorf ließen sich dennoch einige Veränderungen ausmachen. So wurde sehr streng darauf geachtet, dass der große Aufzug stets bewacht war und die vielen kleinen Zugänge nach dem Gebrauch wieder arretiert wurden. Auch bei Nacht patrouillierten mehr Wachen über die Plattformen, als an den Tagen zuvor.

Am Nachmittag, einen Tag nachdem Nirtik zurückgekehrt war, schlenderte ich durch das Dorf. In meinem Kopf drehte sich alles um den bevorstehenden Überfall der Rakkar, von dem ich fest ausging. Ich ertappte mich immer wieder, dass ich Halt machte und über ein Geländer beunruhigt hinunter in den Wald spähte. Wenn die Rakkar tatsächlich hier auftauchten, dann würden sie nicht einfach nur handeln wollen. Ich war überzeugt, dass das Schlimmste bevorstand.

Wie in den letzten Tagen spazierte ich alleine durch das Dorf. Meine Muskeln fühlten sich wieder sehr gut an und hätte ich es nicht gewusst, wäre ich nicht auf den Gedanken gekommen, dass meine Gliedmaßen vor Kurzem noch so schwer in Mitleidenschaft gezogen worden waren. Gulgar war wirklich ein Meister seines Fachs, wenn auch ein ausgesprochen grummeliger und mir nicht sonderlich wohlgesonnener.

Ich ging gerade an einer der unscheinbareren Hütten vorbei, als mich plötzlich eine Hand am Ärmel griff und mich mit einem Ruck hineinzog. Eine kalte Hand drückte auf meinen Mund, um zu verhindern, dass ich laut schrie. Hinter mir wurde ein dichter Vorhang zugezogen und hüllte das Innere des Gebäudes in Dunkelheit. Es gab keine Fenster und die Hütte wurde vermutlich nur als Lagerraum für verschiedene Nahrungsmittel genutzt. Zumindest verriet das der intensive Geruch von Kräutern und Ölen.

Ich zappelte, um mich aus dem festen Griff zu befreien, doch es gelang mir nicht und so entschied ich, vorerst keine weiteren Kräfte zu verschwenden. Blinzelnd versuchte ich meine Augen an die finstere Umgebung zu gewöhnen, als hinter mir eine bekannte Stimme ertönte.

«Ich werde dir deine Fragen über das Mädchen beantworten. Im Gegenzug wirst du mir einige Antworten geben. Verstanden?»

Sofort erkannte ich, dass es Gulgar war, der sprach. Seine rauchige, heisere Stimme war unverkennbar.

Ich nickte und der feste, kalte Griff auf meinem Mund löste sich vorsichtig. Langsam drehte ich mich um und sah, wie Mirk seinem Meister eine Kiste hinschob, auf die sich Gulgar sacken ließ. Ein dunkler Schatten lag auf seinem Gesicht, sodass ich seine Züge kaum erkennen konnte.

«Alruun hatte einst eine Zwillingsschwester, ihr Name war Araare», begann er ohne Umschweife zu erzählen.

«In ihrer Kindheit waren Alruun und Araare unzertrennlich und hatten ein sehr inniges Verhältnis. Oft zogen sie gemeinsam durch den Wald und erkundeten die Umgebung.»

Mirk hatte sich inzwischen auf den Boden neben seinen Meister gesetzt und popelte in der Nase. Ich dagegen hockte mich gegenüber Gulgar auf einen weichen Sack und lauschte gespannt seinen Worten.

«Als beide erwachsen waren und Alruun auf seine Zukunft als Trar vorbereitet wurde, entschied sich Araare zu einer, für Frauen ungewöhnlichen, Ausbildung zur Jägerin. Ihre Beziehung zueinander war weiter innig, aber beide verfolgten mittlerweile verschiedene Wege. Alruun hätte Araare lieber in seinem näheren Umfeld gehabt und sie einer Tätigkeit in unserem Dorf nachgehen lassen, denn als Trar lag sein Aufgabengebiet hauptsächlich dort. Aber Araare hatte die Erkundungslust aus ihrer Kindheit nie abgelegt und liebte es im Wald umherzuziehen und auf die Jagd zu gehen.»

Gulgars Stimme klang nun noch rauer als zuvor. Er räusperte sich und fuhr fort.

«Eines Tages, nachdem Araare von der Jagd kam, begann sie sich zu verändern. Sie ging häufiger zur Jagd als zuvor, kehrte aber immer seltener mit reicher Beute zurück. Sie war häufig gereizt oder fühlte sich kränklich. Alruun war sehr besorgt, denn seine Schwester schien ihn mehr und mehr zu meiden. Mittlerweile war er zum Trar aufgestiegen. Seine Aufgabe als Trar war und ist es sicherzustellen, dass jeder unseres Volkes seinen Beitrag zum Überleben dieser Gemeinschaft leistet.»

Mirk hatte einen Popel erbeutet, schob ihn genüsslich in den Mund und begann leise zu schmatzen.

«Je mehr Alruun seine Schwester mit der wachsenden Distanz konfrontierte, desto weniger einsichtig war sie und distanzierte sich zunehmend. Immer weniger brachte sie sich in die Gemeinschaft ein und oft kam sie mit leeren Händen von der Jagd zurück. Schließlich tat er was sein Amt von ihm verlangte und entband sie von ihrer Tätigkeit als Jägerin. Araare war außer sich und ein heftiger Streit entbrannte zwischen den beiden, bis Araare plötzlich zusammenbrach. Starke Krämpfe plagten sie, so stark dass sie sich vor Schmerzen krümmte. Sie wurde zu mir gebracht und ich stellte fest, dass Araare kurz vor der Entbindung stand. Einen ganzen Sommer hatte sie verheimlicht, dass sie ein Kind erwartete, was nicht verwunderlich war, denn Araare war unverheiratet. Als es schlecht um sie stand, ließ ich Alruun rufen, der sofort herbeieilte. Araare verriet, dass der Vater ein Mann sei, der kein Teil dieser Gemeinschaft war. Er war nicht einmal ein Dryadrim, er war ein Mensch!»

Gulgar schwieg einen Moment, um die Wichtigkeit dieser Aussage zu unterstreichen, sodass Mirk verwundert den Finger aus der Nase zog und zu ihm aufblickte.

«Alruun war außer sich», fuhr er fort, «und wollte sofort gegen die Menschen in den Krieg ziehen und jeden einzelnen töten. Der Vergewaltiger seiner Schwester würde das grausamste Ende finden, was je einem Wesen widerfahren war. Araare dagegen war schwach, ihre Wehen wurden immer stärker, das Kind konnte jeden Moment kommen. Mit ihren letzten Kräften offenbarte sie ihm, dass sie nicht vergewaltigt worden war, sondern diesen Mann liebte. Sein Name sei Vigor und sie wollte unser Dorf verlassen und ihr Kind mit ihm großziehen. Ich erinnere mich an Alruuns fassungsloses Gesicht, als ihm Araare diesen Wunsch offenbarte. Dryadrim können nicht einfach ihr Volk verlassen, um sich mit anderen Rassen zu vermischen. Seit tausend Jahren hatte kein Dryadrim es gewagt diese Regel in Frage zu stellen und nun war es ausgerechnet Araare, die Schwester des Trars, die sich dieser alten Tradition widersetzte.

Doch Alruun hatte keine Zeit darüber nachzudenken. Wenige Augenblicke später kam das Kind. Es riss Araare regelrecht entzwei und Alruuns Schwester starb bei der Geburt. Ich konnte sie nicht retten, sie war zu schwach und der Blutverlust zu groß. Mit ihrem letzten Atemzug offenbarte sie den Namen des kleinen Mädchens, das schreiend in ihren Armen lag, als sie unsere Welt verlies.»

Ich sah, wie Gulgar den Kopf senkte und tief Luft holte. Das erste Mal sah ich von ihm eine andere Emotion, als schlechte Laune. Er war traurig und seine Stimme wurde hörbar dünner.

«Das Kind überlebte. Ihr Name ist Kata.»

Ich war sprachlos. Kata war also Alruuns Nichte. Ich hatte nicht nur Katas Geschichte erfahren, ich wusste nun auch, woher Alruuns furchtbarer Hass auf meinesgleichen stammte. Er gab diesem Vigor die Schuld am Tod seiner geliebten Schwester. Kata war also halb Mensch und halb Dryadrim.

«Warum lässt er Kata nicht einfach gehen?», wollte ich nach einer kurzen Pause wissen.

«Sie mag nicht reinrassig sein, aber in ihren Adern fließt dennoch das Blut einer Dryadrim und das macht sie zu einer Angehörigen unseres Volkes, ob wir wollen oder nicht», sagte Gulgar mit wiederkehrender, rauchiger Stimme.

«Er kann sie nicht einfach wegschicken, ihre Gesundheit obliegt seiner Verantwortung, auch wenn sie ihn ununterbrochen an den schmerzhaften Verlust von Araare erinnert.»

«Aber kann sie diese Entscheidung nicht selber treffen? Ist ihr Vater nicht auch verantwortlich für sie?», fragte ich.

Gulgar grummelte missmutig.

«In Alruuns Augen ist sie ein Bastardkind, dazu die Mörderin seiner Schwester! Ehrlich gesagt kann sie froh sein, am Leben zu sein. Der Trar wollte sie ursprünglich zu seiner Schwester ins Grab legen, lebendig! Es war mein Hinweis, der Araares Wunsch erwähnte, dass sie ihr Kind lieber lebend sehen würde, als tot in ihrem Grab.»

Mirk hatte inzwischen begonnen, den Dreck unter seinen zu langen Fußnägeln mit einem Stöckchen zu entfernen.

«Also verdankt sie ihr Leben einzig und allein dir», stellte ich fest.

«Ich konnte Alruun damals überzeugen, dass sie uns als Sklavin dienen könnte. Sie lebt nur aus diesem einen Grund. Darüber hinaus weiß niemand etwas über ihren Vater, noch den verdammten Fleck Erde auf dem er sein Dasein fristet. Alruun würde niemals auch nur einen seiner Leute losschicken, um mit Menschen zu verhandeln.»

Mirk schien mit seiner Arbeit zufrieden und schnippte das Stöckchen in die Dunkelheit, wo es klappernd verschwand.

«Aber Nirtik würde es tun», wandt ich ein, doch Gulgar unterbrach mich energisch.

«Mag sein, aber Nirtik ist nicht Bestandteil unserer Abmachung. Ich habe dir deine Fragen über das Mädchen beantwortet, jetzt beantwortest du meine.»

Gulgar funkelte mich böse an. Mirk war aufgesprungen und zog seine Augenbrauen nach unten, um es seinem Meister gleichzutun.

«Schon gut, was möchtest du wissen?», fragte ich nachdenklich, und wunderte mich drüber, was ich Gulgar wohl erzählen konnte.

«Ich will alles über diese Rakkar wissen, von denen du gesprochen hast», sagte Gulgar bestimmt, «wer sind sie und woher kommen sie?»

«Die Rakkar?»

«Ganz genau, du sagtest, sie hätten dein Land überfallen. Im Gegensatz zu allen anderen in diesem Dorf, möchte ich wissen was uns bevorsteht.»

Ein verächtlicher Tonfall lag in seiner Stimme.

«Wie du weißt, stamme ich aus einem Land östlich des Luzariwalds namens Arwa», begann ich meinen Bericht.

Gulgar hörte mir schweigend zu, sodass auch Mirk sich wieder setzte, das Nasenloch wechselte und mit dem Popeln fortfuhr.

«Vor einiger Zeit legten Schiffe an unserer Küste an, die Rakkar kamen über das Meer. Eine große Anzahl an Kriegern strömten an Land. Krieger, die unser Dorf niederbrannten, meine Eltern und meine Geschwister töteten und Arwa in kürzester Zeit eroberten. Es ging alles sehr schnell und Arwas Armeen waren überrascht und machtlos. Als mein Dorf geplündert wurde, gelang mir die Flucht in diesen Wald, wo ich Mok und seinen Leuten in die Arme lief.»

Gulgar hustete und räusperte sich.

«Du bist also sicher, dass sie nicht handeln wollen, auch wenn sie Nirtik diese Absicht versichert haben?»

«Ich könnte nicht sicherer sein, nicht nach all dem was ich gesehen habe. Die Rakkar werden nicht handeln, die Rakkar sind Mörder und Plünderer. Niemals würden sie etwas tauschen, wenn sie es sich einfach nehmen können. Ich denke, sie werden euer Dorf angreifen, sobald sie eine Möglichkeit dazu sehen.»

Gulgar brummte und dachte nach, während er seinen langen Kinnbart durch die Finger gleiten ließ.

Ich blickte zu Mirk, der angestrengt schielte, da sein Zeigefinger bis zum Anschlag in seinem Nasenloch steckte.

«Wie sind sie vorgegangen? Welche Waffen haben sie benutzt?», fragte Gulgar nach einer kurzen Unterbrechung des Nachdenkens.

Ich versuchte, mich zu erinnern. Während meiner panischen Flucht hatte ich auf solche Dinge wenig geachtet.

«Sie sind einfach über uns hergefallen. Sie sind nicht gezielt vorgegangen.»

«Also ungeordnet?», wollte Gulgar wissen.

«Ja.»

«Und die Bewaffnung? Welche Waffen trugen sie?»

«Mein Onkel wurde von einem Speer getötet.»

Das hässliche Bild, wie die Speerspitze aus seinem Mund trat, schob sich direkt vor meine Augen.

«Ich erinnere mich auch an Morgensterne und Äxte»

«Was ist mit Bogenschützen?», fragte Gulgar weiter, «hatten sie Bogenschützen?»

Ich überlegte angestrengt und raufte meine Haare, als würde ich in meinem Gedächtnis kramen, aber an Bogenschützen erinnerte ich mich nicht.

«Nein, ich glaube nicht.»

Gulgar schwieg einen Augenblick und dachte wieder nach.

«Gut, ist dir sonst irgendetwas aufgefallen?», wollte er wissen.

Ich schüttelte den Kopf.

Gulgar erhob sich.

«Geh und erfülle dein Schicksal», grummelte er leise und deutete auf den Vorhang, um mir deutlich zu machen, dass unser Gespräch nun beendet war. Ich verstand den Sinn seiner Worte nicht, schenkte ihnen aber keine weitere Aufmerksamkeit. Als ich gerade durch die Öffnung schlüpfen wollte, ertönte jedoch noch einmal seine Stimme und er hielt mich am Arm fest.

«Du wirst mit niemandem über das reden, was wir hier gesprochen haben. Hast du mich verstanden?»

«Werde ich nicht», sagte ich und er ließ mich los.

Statt der Sorgen über die Rakkar, die Vollmondnacht Lunar und den ganzen grauen Schleier, der über meiner Zukunft lag, nahm Kata nun meine Gedanken vollständig ein. Ich hätte über das Gespräch mit Gulgar nachdenken sollen, seine Fragen und seine möglichen Gründe dafür, doch es war verrückt. Katas Bild verdrängte plötzlich all die anderen Dinge in meinem Kopf.

Sie war Alruuns Nichte und halb Mensch und halb Dryadrim. Das erklärte, warum ihre Gesichtszüge viel weicher waren, als die der anderen Dryadrim. Ich mochte Kata, sehr sogar, auch wenn ich mir nicht erklären konnte, weshalb. Ich mochte ihr Gesicht, ihre Hände und ihre Art sich zu bewegen.

Ich ging an den Rand der Plattform und blickte über das Geländer in die Ferne.

Die Abenddämmerung hatte eingesetzt und ich ließ die letzten warmen Sonnenstrahlen, die über die höchsten Baumkronen blitzten, auf meine Haut scheinen. Ich hatte die Aussicht im Dorf zu schätzen gelernt, denn egal von wo man an das nächste Geländer trat, offenbarte sich ein atemberaubender Ausblick. Zudem näherte sich der Sommer dem Ende und die ersten Bäume begannen ihre Blätter bereits in leichte Orangetöne zu tauchen, sodass sie im Licht der untergehenden Sonne aussahen, als würden sie in Flammen stehen.

Als die letzten Sonnenstrahlen verschwanden, wurde es spürbar kälter und ich ging zurück in meine Unterkunft. Wenig später erschien Kata, servierte das Abendessen und kehrte einige verdorrte Blätter aus dem Pavillon, die der Wind hineingeweht hatte. In den Tagen zuvor hatte ich sie zwar häufig bei ihren Tätigkeiten beobachtet, aber sie erwiderte keinen meiner Versuche Blickkontakt herzustellen.

Mein Herz begann wieder schneller zu klopfen. Ich konnte mir nicht erklären, warum das jedes Mal passierte, wenn Kata in meiner Nähe war, aber es war ein schönes Gefühl und ich war gerne in ihrer Gesellschaft, auch wenn sie nie ein Wort mit mir wechselte. Fühlte ich mich zu ihr hingezogen, weil sie menschlicher war, als die anderen Dryadrim? Ich war mir nicht sicher, warum das geschah, aber in meinem Kopf formte sich plötzlich der Wunsch, sie aus ihrer Lage zu befreien. Wenn ich in die Freiheit entlassen werden würde, könnte ich sie mitnehmen und ihr so ein besseres Leben bescheren. Woher diese verrückte Idee kam, wusste ich nicht. Noch viel weniger, wie ich das anstellen wollte. Ehrlich gesagt wusste ich nicht mal, ob Kata überhaupt diesen Ort verlassen wollte, denn sie hatte sich nie über ihre Lage beklagt. Dennoch wirkte ihre Körpersprache tagtäglich unglücklich und ich konnte mir auch nicht vorstellen, dass jemand mit der Art, wie sie behandelt wurde, zufrieden sein konnte.

Ich schaute sie an. Wie immer hatte sie den Blick demütig gesenkt, während sie ihre Arbeit verrichtete. Ihr Haar hing nach einem arbeitsreichen Tag wild über ihr Gesicht und verdeckte ihre Augen. Vorsichtig vergewisserte ich mich, dass wir wirklich allein waren und niemand uns hören konnte und beging eine weitere Dummheit.

«Ich weiß jetzt wer du bist», flüsterte ich ihr zu.

Wie ich es schon so oft erlebt hatte, reagierte sie nicht auf meinen Versuch mit ihr zu sprechen.

«Kata! Bitte sprich mit mir»,, sagte ich flehend, doch das Mädchen machte keine Anstalten, obwohl ich sie erstmals mit ihrem Namen ansprach.

«Ich möchte dir helfen deinen Vater zu finden.»

In diesem Moment bekam ich ihre Aufmerksamkeit. Sie stockte, schaute sich unauffällig um und fuhr mit dem Fegen fort.

«Kennst du ihn?», fragte sie leise.

Ihre Stimme war zart und klar und strahlte eine unglaubliche Wärme aus.

«Nein, das nicht, aber ich weiß wo wir nach ihm suchen können.»

Nirtik hatte von einer Straße im Westen gesprochen. Sie musste entweder in südlicher oder in nördlicher Richtung auf eine Stadt oder ein Dorf treffen. Die Wahrscheinlichkeit war hoch, dass Katas Vater aus diesem Dorf stammte oder zumindest, dass jemand dort ihn kannte, dachte ich. Es waren die Gedanken eines vierzehnjährigen Jungen und sie hätten nicht einfältiger sein können.

«Wir?»

Kata schüttelte schwach den Kopf, während sie stetig Blätter aus dem Raum fegte.

«Der Trar allein bestimmt mein Schicksal. Er würde niemals erlauben, dass ich fortgehe.»

«Wir werden gemeinsam fliehen», versprach ich ohne wirklich zu wissen, wie ich das überhaupt anstellen wollte. Einen Augenblick blickte sie mich an und strich das Haar aus ihrem Gesicht. Ihre eisblauen Augen schimmerten wie Edelsteine. Mein Herz begann schneller zu schlagen, als jemals zuvor und ich hatte das Gefühl, dass es jeden Moment aus meiner Brust springen würde. Dann schüttelte sie den Kopf und öffnete den Mund. Ich sah, dass ihre Zähne weit weniger spitz waren, als die einer reinblütigen Dryadrim.

«Das wird nicht klappen», stellte sie fest und erstickte ihre eigene Neugier, ehe sie mit dem Fegen fortfuhr.

«Du kannst doch nicht für immer als Sklavin hier festsitzen.»

Kata seufzte.

«Warum nicht? Ich bin seit meiner Geburt als Sklavin hier, warum sollte ich das nicht können?», herrschte sie mich an. In der Angst gehört worden zu sein blickte sie sich ängstlich um.

Ich weiß nicht, weswegen ich so vehement war. Vielleicht tat sie mir einfach leid.

«Niemand ist glücklich so zu leben. Du hast etwas besseres verdient», sagte ich bestimmt.

Kata verzog die Mundwinkel, während sie unaufhörlich den bereits blätterfreien Pavillon fegte. Wieder blickte sie mich an.

«Und du wirst mir dieses Etwas geben, Ricon aus Arwa?», fragte sie herausfordernd. Ihre Stimme klang abwehrend, regelrecht verärgert. Doch sie hatte mich beim Namen genannt. Sie hatte nicht die elenden Schimpfworte benutzt, die mir Alruun und die anderen Dryadrim tagtäglich entgegen warfen, sondern meinen richtigen Namen. Innerlich tanzte ich vor Glück. Ich war mir sicher, dass ich ihr etwas bedeuten musste. Warum sonst hätte sie sich merken sollen, wie ich hieß? Ich stand auf, ging ein paar Schritte auf sie zu und ergriff ihre Hand.

«Du hast ein Leben in Freiheit verdient, ein Zuhause, wo man dich schätzt. Jemanden, der dich vermisst, wenn du nicht da bist und dich umarmt, wenn du nach Hause kommst», sagte ich gerade heraus.

Kata lehnte den Besen an einen Pfosten des Pavillons und blickte mich streng an. Sie musterte mich von oben bis unten, dann plötzlich lachte sie und zog ihre Hand weg.

«Du bist ein Narr, Ricon aus Arwa! Ein verdammter Narr!»

Sie griff erneut nach dem Besen und verließ den Pavillon. Enttäuscht trat ich zurück. Das laute Pochen in meiner Brust verebbte und ein überwältigendes Gefühl von Trauer machte sich in mir breit, denn Kata hatte absolut recht. Ich war ein Narr. Wie konnte ich, ein vierzehnjähriger Junge, Sohn eines Holzfällers, noch dazu angeklagt den Sohn des Königs getötet zu haben, einer Sklavin das Versprechen geben, sie aus ihrer Knechtschaft zu befreien? Was hatte ich mir nur dabei gedacht? Hatte ich nicht genug damit zu tun mich selbst zu retten?

Auf einmal drangen Schritte an mein Ohr und einen Augenblick später betrat Nirtik den Pavillon. Ich war überrascht ihn zu sehen und einen Moment lang blickten wir uns stumm an.

«Tut mir leid», sagte Nirtik plötzlich und streckte mir versöhnlich die Hand entgegen.

Damit hatte ich beim besten Willen nicht gerechnet.

«Mir tut es auch leid», entgegnete ich und erwiderte den Händedruck.

Nirtik ließ meine Hand los und wir umarmten uns.

«Ich dachte, ich hätte deine Freundschaft verspielt», gab ich kleinlaut zu. Er schob mich von sich.

«Warum? Weil wir verschiedener Meinung waren? So ein Blödsinn, Ricon.»

Nirtik lächelte und klopfte mir auf die Schulter.

Ich war glücklich seine Zuneigung nicht verloren zu haben. Dennoch war ich, aufgrund des bevorstehenden Kontakts mit den Rakkar, um Nirtiks Wohlergehen besorgt.

«Wie werdet ihr euch jetzt auf den Angriff vorbereiten?», wollte ich wissen.

«Den Angriff?»

Nirtik grinste.

«Es wird keinen Angriff geben, Ricon. Der Handel wird wie geplant stattfinden.»

«Ist das dein Ernst? Du glaubst noch immer die Rakkar werden die Abmachung erfüllen?»

Nirtik hielt tatsächlich an seinem Plan fest, trotz all meiner Warnungen.

«Ich habe mit meinem Vater gesprochen, ob wir den Handel abblasen, aber er besteht darauf, dass ich mein Wort halte und ich sehe das ausnahmsweise so wie er. Wir werden den Handel aber unten im Wald stattfinden lassen. So ist unser Dorf sicher und ich werde euch allen beweisen, dass ich kein Dummkopf bin.»

Er grinste mich an und ich blickte fassungslos zurück.

«Nirtik, du bist kein Dummkopf und das musst du niemandem beweisen, aber du bist...»

Ich suchte das passende Wort.

«Du bist ein bisschen leichtgläubig. Du kennst die Menschen nicht.»

«Ich kenne dich», sagte Nirtik zuversichtlich.

«Ich bin nicht wie die Rakkar!», sagte ich entschlossen.

«Mach dir keine Sorgen, Ricon», sagte Nirtik besänftigend. Erneut zeigte er ein Lächeln und klopfte mir auf die Schulter.

«Ich bin froh, dass wir wieder Freunde sind», fügte er hinzu, als er sich zum Gehen wandte.

«Das bin ich auch», antwortete ich und blickte Nirtik hinterher, als er aus dem Pavillon trat.

Ich war allein und mir wurde klar, dass ich diesen Handel, oder das was daraus wurde, nicht verhindern konnte. Nirtik war so besessen von seiner Idee, eine neue Ära für sein Volk einzuläuten und allen zu beweisen, dass dies der richtige Weg war, dass er für keinerlei Warnung empfänglich war. Was konnte ich nur tun? Zu Gulgar gehen? Seit dem Gespräch, welches ich zufällig belauscht hatte, wusste ich, dass er durchaus Interesse daran hatte, dass Nirtiks Plan gelang. Aber er hatte keine Entscheidungsgewalt. Wenn Alruun als Anführer beschlossen hatte, dass Nirtik den Handel wie vereinbart stattfinden lassen sollte, dann könnte auch Gulgar nichts daran ändern.

Bereits zuvor hatte ich den Gedanken verfolgt und war mehrfach an den Wachen gescheitert. Aber so abwegig es auch war, dass ich mit diesem Vorhaben Erfolg hatte, ich musste mit Alruun sprechen. Vielleicht gab es eine Chance ihm klarzumachen, welcher Gefahr er seinen Sohn aussetzte, denn er war von Anfang an gegen eine Annäherung an die Menschen gewesen. Keiner hasste sie mehr als er und das könnte der Schlüssel sein, um Nirtiks Handelspläne zu kippen.

Ich setzte mich auf meine Bettkante und blickte grübelnd hinaus in das dunkle Grün des Waldes. Einige Glühwürmchen tanzten zwischen den Ästen. Gleich morgen früh würde ich zu Alruun gehen. Der Handel durfte nicht stattfinden, sonst würde Nirtik den Tod finden. Sein Vater würde dieses Risiko nach dem Verlust seines Sohnes und Thronfolgers Sakri-Tar sicher nicht eingehen. Das noch größere Problem war jedoch, Alruun unter vier Augen zu sprechen. Jeder meiner Versuche wurde bereits von seinen Wachen unterbunden. Irgendetwas musste ich mir einfallen lassen, um sie zu umgehen. Ich griff mir etwas von den Leckereien, die Kata zuvor gebracht hatte und kaute nachdenklich darauf herum. Grübelnd ließ ich mich auf mein Bett fallen. Wie würde ich an den Trar herankommen?

10. Kapitel

Am nächsten Morgen wurde ich vom Rauschen des Regens geweckt. Stetig prasselten die dicken Tropfen auf das Blätterdach des Pavillons und erzeugten ein gleichmäßiges, beruhigendes Geräusch. Ich hatte nicht gut geschlafen, denn es war der Tag vor Lunar. Die bedeutsame Vollmondnacht, in der die Dryadrim ein Urteil über mich fällen würden, stand bevor. Ich stellte die Beine aus dem Bett und streckte mich. Morgens schmerzten meine Gliedmaßen von der Nacht, aber das Ziehen in den Muskeln wich nach ein paar Schritten. Es war noch zu früh, um Alruun einen Besuch abzustatten. Um meine Anspannung loszuwerden beschloss ich, einen kleinen Spaziergang zu machen. Zwar war es kühl, aber nicht so sehr, als dass ich gefroren hätte und die Nässe störte mich nicht.

Ich warf mir rasch einen Umhang über und ging nach draußen. Der Himmel war wolkenverhangen und ich überlegte, ob Lunar wohl ausfallen würde, wenn der Mond in der Nacht von Wolken bedeckt wäre. Mein Ziel war eine Aussichtsplattform ganz im Osten des Dorfes. Bei gutem Wetter konnte man fast den Waldrand in der Ferne erkennen. Vermutlich würde das heute nicht der Fall sein, aber ich beschloss dennoch dorthin zu gehen, denn mein Ziel war nicht die Aussicht zu genießen, sondern Ausschau nach einem möglichen Angriff der Rakkar zu halten. Neben all den Gedanken um Kata und das bevorstehende Gespräch mit Alruun, suchten mich in der Nacht oft Alpträume heim. Diese drehten sich meist noch immer um den Verlust meiner Heimat und die Rakkar, die sie sich zu Eigen gemacht hatten und so war ich gewissermaßen erleichtert, wenn ein neuer Tag begann.

Der Regen prasselte unaufhörlich auf mich nieder und das Wasser tropfte von meinem Gesicht. Ich ließ mir Zeit, schlenderte durch das verregnete Dorf und bewunderte ein weiteres Mal die Schnitzkunst der Dryadrim. Der Detailgrad war unglaublich und erstaunte mich jedes Mal wieder. Die Schönheit des Dorfes hoch oben in den Baumwipfeln raubte mir bei jedem Spaziergang erneut den Atem, selbst bei solch schlechtem Wetter wie an diesem Morgen.

Nach einer Weile nahm der Regen sogar noch etwas zu. In Arwa hatte ich nicht allzu weit von der Küste gelebt und ich erinnerte mich, wie rasch sich das Wetter dort manchmal änderte. Es war keine Seltenheit, dass man mit strahlendem Sonnenschein aufstand und nur einige Augenblicke später dunkle Wolken aufzogen, die wie aus dem Nichts erschienen. Aber hier im Wald hatte der Wind weit weniger Macht, als in den flachen Gebieten zwischen den zwei Flüssen und die dicken Wolken bewegten sich dadurch deutlich träger als in Arwas Küstenregionen.

Patschend trugen mich meine Füße um eine Häuserecke, ehe ich drei Stufen nach oben auf die Aussichtsplattform trat. Verwundert erkannte ich Nirtik, der dort stand. Er lehnte am Geländer und starrte ungeduldig über das bewaldete Gebiet. Ich trat neben ihn und wischte mir das klatschnasse Haar aus den Augen.

«Guten Morgen», sagte ich.

Nirtik drehte sich fröhlich zu mir um.

«Ah, guten Morgen, Ricon. Du bist früh auf heute.»

«Der Regen, die Aufregung, ich konnte einfach nicht mehr einschlafen», sagte ich.

«Mach dir wegen heute Nacht keine Sorgen. Ich stehe zu meinem Wort.»

Lächelnd nickte ich Nirtik zu. In Wahrheit war ich aber sehr nervös. Immer wieder hatte ich über die Möglichkeit nachgedacht zu fliehen, doch jedes Mal war ich zu dem Entschluss gekommen, dass die Dryadrim mich schnell einfangen und Nirtik dadurch große Probleme bekommen würde.

Sich dem Rat zu stellen, bedeutete, mein Schicksal in Nirtiks Hände zu legen. Sein Wort hatte zwar Gewicht, aber das hatte auch Alruuns. Zudem hatte der junge Dryadrim nichts in der Hand, als ein Gespräch mit seinem sterbenden Bruder, welches niemand mitangehört hatte. Die ganze Zeit war ich, wie Nirtik auch, davon ausgegangen, dass seine Aussage für meine Freiheit sorgen würde. Doch jetzt, wo der Tag der Entscheidung gekommen war, machten sich Zweifel in mir breit. Ich versuchte Nirtiks Worten Glauben zu schenken und mich abzulenken, indem ich das Thema wechselte.

«Wird Lunar auch stattfinden, wenn man den Mond gar nicht sehen kann?», wollte ich wissen, während das Wasser von meinem Kinn tropfte.

Nirtik lachte kurz.

«Ja, natürlich! Das Fest orientiert sich an einem Kalender, nicht am Wetter, also ist es nicht notwendig für die Zeremonie. Allerdings ist das Fest bei Weitem schöner, wenn der Mond sichtbar ist und wir nicht triefend nass werden», entgegnete er, «aber das wird heute Nacht auch nicht der Fall sein. Uns erwartet eine klare Nacht.»

Ich runzelte die Stirn und blickte ungläubig in die dicke, graue Wolkendecke über uns, die unentwegt Wassermassen auf uns niederschickte. Bei all meinen Erfahrungen mit launischem Küstenwetter, ich konnte mir kaum vorstellen, dass wir heute Nacht einen wolkenlosen Sternenhimmel vorfinden würden.

«Bist du sicher? Ich weiß nicht, ob es dir aufgefallen ist, aber es schüttet in Strömen.»

Ich breitete die Arme aus, um meiner Aussage noch mehr Gewicht zu verleihen.

«Absolut! Vertrau mir, Ricon!», sagte Nirtik lächelnd und klopfte mir klatschend gegen den Arm, sodass das Wasser von meinem Umhang spritze. Ich konnte mir diesen Wetterumschwung zwar nur schwer vorstellen, aber die Dryadrim hatten ein ausgesprochen inniges Verhältnis zur Natur und so widersprach ich Nirtik nicht.

«Ich habe noch ein paar Dinge für heute Nacht zu erledigen, danach komme ich bei dir vorbei und bringe dir deine Kleidung», sagte er und ging dann gut gelaunt davon, als würde er den Regen gar nicht bemerken.

In Nirtiks Welt schien es niemals zu regnen, dachte ich, doch seine Zuversicht steckte mich nicht an. Besorgt spähte ich über die vor mir liegenden Baumkronen. Der Lärm des andauernden Regens verschluckte jedes Geräusch. Eine Weile beobachtete ich, wie die dicken Tropfen auf die mächtigen Bäume herunter regneten. Einige von ihnen hatten bereits mit dem Färben ihrer Blätter begonnen und es würde nicht mehr lange dauern, bis die ersten Baumkronen dünner wurden und somit eine neue Jahreszeit einläuteten. Etwas Ungewöhnliches konnte ich aber nicht entdecken. Von den Rakkar fehlte nach wie vor jede Spur. Vielleicht hatte Alruun recht und sie würden gar nicht kommen. Das Dorf der Dryadrim lag tief im Wald, noch dazu wirklich gut versteckt, und die wilden Krieger zogen es möglicherweise vor, die wesentlich einfacheren Küstenabschnitte zu plündern.

Hatte ich ganz umsonst Panik verbreitet? Es schien, als wäre dem so.

Sicher hatte Alruun Späher im Wald, die ihm sofort Meldung gemacht hätten, wenn ein Rakkar durch den Wald streifte. Ich fühlte mich wie ein Dummkopf. Ich hatte mich von meinen Erlebnissen verrückt machen lassen und mit dem Schlimmsten gerechnet, obwohl es absolut unwahrscheinlich war, dass die Rakkar den anstrengenden Marsch durch die Tiefen des Waldes nach Westen auf sich nahmen.

«Au!», entfuhr es mir leise.

Etwas hatte mir in die Schläfe gezwickt. Verwundert stellte ich fest, dass eine Eichel über den Boden neben mir kullerte. Sie hatte eine merkwürdige Flugkurve genommen, sofern sie von einer der umliegenden Bäume gefallen war. Noch während ich verwirrt auf die Eichel glotzte, flog ein zweites Geschoss, diesmal knapp an meinem Kopf vorbei.

«Psst!», zischte es und dann noch einmal: «Psst!»

Verwundert blickte ich auf und entdeckte Kata. Sie hockte in einer schlecht einsehbaren Häuserecke. Ihr Haar war klatschnass und hing schwer an ihrem makellosen Gesicht herunter. Sie hatte einen wassergetränkten, braunen Umhang über ihre Kleidung geworfen, den sie vorne mit den Händen zusammenhielt. Sonst war sie barfuß.

«Psst, komm her», flüsterte sie mir zu und winkte.

Es war das erste Mal, dass sie mich aus eigenem Antrieb ansprach und ich wunderte mich, was das wohl zu bedeuten hatte. Ich rieb mir die Stelle, an der die Eichel meinen Kopf getroffen hatte und blickte mich kurz um, um sicherzustellen, dass uns niemand beobachtete, bevor ich zu ihr hinunterstieg. Dann drückte ich mich neben ihr in die Häuserecke.

«Ich bin einverstanden!», flüsterte sie und strahlte mich an.

Unsicher, was Kata denn meinte, runzelte ich die Stirn.

«Womit bist du einverstanden?»

«Na, ich komme mit dir. Du hast gesagt, du willst mich befreien und gemeinsam mit mir von hier verschwinden. Ich bin einverstanden. Ich will diesen Ort verlassen und mit dir kommen», erklärte Kata. Sie lächelte mich an und ich hatte das Gefühl nicht mehr klar denken zu können.

«Im Ernst? Ich meine, alles klar. Ich werde dich mitnehmen», stammelte ich völlig überfordert von Katas plötzlicher Kehrtwende.

Sie beugte sich zu mir und für einen Augenblick, umarmte sie mich innig. Ich spürte ihren durchnässten, aber warmen Körper an meinem. Es war ein wundervolles Gefühl und mein Herz pochte so aufgeregt, dass ich Angst hatte, jemand könnte es hören. Ihre Umarmung erwidernd, drückte ich sie fest an mich, schloss die Augen und hoffte dieser Augenblick würde ewig andauern. Ich war das erste Mal verliebt.

Doch so schnell wie der Moment gekommen war, so schnell war er auch vorbei. Kata schob mich ein Stück von sich.

«Ich muss zurück! Ich habe mich unter einem Vorwand hierher geschlichen und ich musste schon warten bis Nirtik endlich verschwunden war, um mit dir zu sprechen. Wenn Alruun merkt, dass ich so lange weg bin, wird er Verdacht schöpfen und mich bestrafen.»

In ihrer Gegenwart fiel es mir ohnehin mit jedem Tag schwerer, etwas sinnvolles zu sagen, aber in diesem Moment bekam ich überhaupt keinen geraden Satz mehr heraus.

«Danke», stammelte ich, «ich meine...», aber Kata war bereits hinter der Häuserecke verschwunden.

Danke? Hatte ich mich ernsthaft für eine Umarmung bedankt? Ricon aus Arwa, Überlebender, Bärentöter, Retter und leider auch ein Idiot. Ein verdammter Idiot! Ich konnte kaum glauben, wie tölpelhaft ich mich verhalten hatte. Ich ärgerte mich, so unglaublich dämlich reagiert zu haben. Mit mir selbst hadernd, trat ich wieder auf die Plattform und blickte über die Baumkronen.

Trotz meiner dümmlichen Antwort war das Wichtigste, dass Kata mit mir gehen wollte. Der Ärger über mein unsicheres Verhalten wich einem Glücksgefühl und ich begann zu lächeln. Wir würden nach Westen ziehen und uns irgendwo in einem kleinen Dorf gemeinsam niederlassen.

Doch in meinem Kopf herrschte ein Wechselbad der Gefühle und auf diese Schwärmereien folgte die Ernüchterung. Wie sollte ich das anstellen? Ich hatte nichts als leere Versprechungen gemacht. Um ehrlich zu sein, wusste ich nicht mal, ob ich diesen Ort selber lebend verlassen würde. Und dann machte ich tatsächlich einem Sklavenmädchen Hoffnung, sie in eine bessere Welt zu führen? Meine Freiheit, die Rakkar, Kata, mein Kopf drohte zu platzen und je länger ich darüber nachdachte, desto panischer wurde ich.

«Beruhig dich, Ricon», sagte ich leise zu mir selbst und atmete tief durch.

Ich schloss die Augen und konzentrierte mich auf das eintönige Geräusch des Regens. Nach wie vor stürzten große

Wassermassen vom Himmel. Nach einer Weile wich meine Panik und meine Gedanken wurden wieder klarer.

Nirtik ging fest davon aus, dass ich freigelassen werde. Warum mir seine Zuversicht nicht zu eigen machen, dachte ich. Auch wenn er naiv war, er kannte sein Volk sicher besser als ich. Ich musste ihm einfach vertrauen. Und dann, als ich versuchte, diese Einstellung für mich zu gewinnen, kam mir eine Idee.

Sofern der Rat meine Freiheit beschloss, würde man mich nicht mitten in der Dunkelheit in den Wald schicken, sondern am nächsten Morgen, nach Abschluss des Festes. Hatte Nirtik nicht erwähnt, dass die Feierlichkeiten die ganze Nacht andauern würden? Ich hätte also Zeit bis zum Morgengrauen. Sobald die Dryadrim müde in ihre Betten fielen, würde ich mit Kata heimlich verschwinden. Man würde ihr Fehlen sicherlich erst im Laufe des Tages feststellen. Bis dahin hatten wir bereits einen halben Tag Vorsprung und man wüsste nicht einmal genau, in welche Richtung wir aufgebrochen wären. Außer Nirtik vielleicht, der ja wusste, dass ich nach Westen wollte, aber er würde uns sicher nicht verraten. Zudem war er ohnehin noch mit den Gedanken bei dem geplanten Handel und was die Rakkar anging, stand mein Gespräch mit Alruun noch bevor. Vielleicht würde sich alles zum Guten wenden, dachte ich, denn wie ich schon zuvor erwähnte, war ich ein Idiot.

Im Laufe des Vormittags begab ich mich zu Alruuns Hütte. Sie war auf einer kreisrunden Plattform erbaut worden, die wesentlich kleiner war als die, die den Großteil des Dorfs ausmachten. Die Behausung des Trars war mit Abstand das prächtigste Gebäude im ganzen Dorf. Verspielte Schnitzereien säumten jede mögliche Stelle. Das Dach war mit Reisig gedeckt und die Technik erinnerte an die zahlreichen Reetdächer, die ich aus Arwas Küstengebieten kannte. Über der Tür prangte ein hölzerner, geschnitzter Uhu. Die Details waren so fein ausgearbeitet, dass ich ihn um ein Haar für echt gehalten hätte. Unter ihm erkannte ich eine mürrisch dreinblickende Gestalt.

Mok bewachte den Eingang. Gelangweilt starrte er ins Leere, als ich über die Hängebrücke auf ihn zu kam. Ertappt richtete er den Speer auf mich.

«Was willst du?», fuhr er mich an.

Es war schwer, ihm nicht anzumerken, dass er miese Laune hatte, aus welchem Grund auch immer. Aber ich wollte auf keinen Fall einen Streit vom Zaun brechen und antwortete besonders höflich.

«Ich möchte zu Alruun. Ich habe wichtige Informationen für ihn», sagte ich kryptisch und deutete sogar eine leichte Verbeugung an.

«Was für Informationen?», herrschte mich Mok an und hätte es nicht schon in Strömen geregnet, wäre ich allein aufgrund seiner Aussprache nass geworden.

«Es geht um die Rakkar. Ich möchte dem Trar einen Rat geben», versuchte ich es weiter.

«Der Trar braucht keinen Rat von dir, er hat alle Informationen, die er braucht!»

«Ich denke nicht...»

«Verschwinde!», unterbrach mich Mok rüde und stieß die Speerspitze in meine Richtung.

Ich machte einen Satz zurück. Wie zu erwarten, ließ Mok mich nicht zu Alruun, aber das hatte ich vorher bereits befürchtet und mir eine List überlegt.

Einige Schritte von Mok entfernt stand ein Schuppen. Zwar war er deutlich kleiner, als das wesentlich prächtigere Haus von Alruun, aber er war direkt an der Kante der Plattform erbaut worden und dadurch für mein Vorhaben sehr gut geeignet. Ich spürte Moks Blick, der mir auf Schritt und Tritt folgte. Auffällig schlenderte ich auf den Schuppen zu und huschte um die Ecke. Aufmerksam wie Mok war, würde er sicherlich sehr bald nach mir schauen, denn der einzige Weg, der von der Plattform hinunter führte, war der, den ich gekommen war, über die Hängebrücke.

Nun kam der gefährliche Teil. So leise wie möglich, kletterte ich rückwärts nach unten und hangelte mich, an der Plattform hängend, im Halbkreis herum. Ich hatte mir diesen Teil einfacher vorgestellt, denn die Holzbretter waren nass und rutschig und ich musste äußerst vorsichtig sein. Noch dazu kletterte ich fast eine Baumlänge über dem Waldboden und ich war froh, keine Höhenangst zu haben. Über all diese Widrigkeiten hinaus, war das Klettern ein Belastungstest für meine Arme. Ich spürte das Ziehen in meinen Muskeln, doch Schmerzen hatte ich zu keiner Zeit. Dennoch war die Kletterei anstrengend und gefährlich, aber ich schaffte es, mich neben Alruuns Hütte wieder nach oben zu ziehen. Der Regen hatte die Geräusche, die ich gemacht hatte, vollkommen verschluckt und Mok, der noch immer gebannt auf die Ecke starrte, hatte meine Finger nicht entdeckt, die er an der Kante hätte sehen können. Er ahnte nicht, dass ich mittlerweile ganz woanders war.

Scheinbar hatte er noch nicht nachgeschaut, was ich hinter dem Schuppen trieb. Ich beschloss einen Moment zu warten, bis Moks Neugierde ihn überkam und er ein paar Schritte von der Tür wegtrat, um um die Ecke zu blicken. Entgegen meiner Einschätzung war Mok allerdings stur wie ein Esel und rührte sich nicht von der Stelle. Es war höchst verdächtig, dass ich mich hinter dem Schuppen versteckte, aber Mok machte keine Anstalten der Sache auf den Grund zu gehen. Störrisch stand er da und glotzte in meine Richtung. Verdammt, dachte ich. Wie sollte ich diesen Sturkopf bloß von der Tür wegbekommen?

Neben mir entdeckte ich einen abgebrochenen kleinen Ast. Ich hob ihn auf und schleuderte ihn mit aller Kraft gegen einen Ast, der schräg über der Hütte hing, hinter der ich kurz zuvor verschwunden war. Es knackte und einige Blätter und Eicheln rieselten hinunter. Polternd fielen die harten Früchte auf das Dach des Schuppens und rollten über die Kante. Mok, der seinen Blick nach unten auf die Ecke gerichtet hatte, hinter der ich verschwunden war, schreckte auf und starrte verwundert auf den noch wippenden Ast.

«Was treibt der Mistkerl da?», hörte ich ihn fluchen und dann machte er endlich ein paar Schritte vorwärts, weg von Alruuns Haus.

Meine Chance war gekommen und geschwind huschte ich hinter ihm zur Tür, öffnete sie geräuschlos einen Spalt, schlüpfte hindurch und zog sie wieder zu. All das dauerte nur einen Wimpernschlag.

Vor mir erstreckte sich ein schmaler Flur. In den Wänden gab es Auslässe, in denen geschnitzte Büsten von Dryadrim platziert waren. Vielleicht Trars der Vergangenheit dachte ich, denn keines dieser Gesichter hatte ich, während meines Aufenthalts, in ihrem Dorf zuvor gesehen.

Der kurze Gang führte auf einen beleuchteten Raum zu, dessen Türe nur angelehnt war und so ein schwaches flackerndes Licht durch den Spalt fallen ließ. Ich hörte Jorki schreien, der scheinbar gerade aufgewacht war und den beruhigenden Gesang seiner Mutter. Vorsichtig setzte ich einen Fuß vor den anderen. Doch ich ich konnte mich nur einen Schritt von der Tür entfernen, da stand Alruun bereits vor mir.

«Fliegenschiss? Du hast besser einen guten Grund in mein Haus einzubrechen!»

Er packte meinen Hals mit seiner kräftigen Hand, presste mich mit dem Rücken gegen die geschlossene Tür und funkelte mich böse an.

«Ehrwürdiger Alruun-Trar,», säuselte ich kurzatmig, denn er drückte mir merklich die Luft ab.

«Ich muss euch dringend vor den Rakkar warnen.»

«Ich weiß wie ich mein Dorf verteidige und ich glaube kaum, dass ein Fliegenschiss einen Trar belehren sollte!», sagte er bedrohlich und kam einen Schritt näher. Seine massigen Schultern hatte er in einen dichten Pelz gehüllt, der die Wände des Flurs zu beiden Seiten berührte.

«Das meine ich nicht. Es geht um euren Sohn, schickt nicht Nirtik zu ihnen nach unten. Die Rakkar werden ihn sicher töten», krächzte ich.

Mein Tonfall war regelrecht unterwürfig, aber es war die einzige Möglichkeit Alruun davon zu überzeugen, dass Nirtik auf keinen Fall in die Fänge der Rakkar geraten durfte. Alruun blickte mich einen Moment an und löste schließlich den Griff von meinem Hals.

«Du sorgst dich also um Nirtik?»

Sein Tonfall hatte sich auf wundersame Weise geändert und er klang jetzt nahezu freundlich. Ich rieb die Stelle, an der Alruuns Pranke zuvor gelegen hatte.

«Das tue ich», sagte ich mit gesenktem Kopf.

«Bist du sicher, dass der Handel außer Kontrolle geraten könnte?», fragte er.

«Absolut. Das bin ich. Wenn Nirtik unten bei den Rakkar ist, ist sein Leben in größter Gefahr. Er darf nicht zu ihnen gelangen, das ist sein Ende.»

Alruun blickte mich einen Moment lang an.

«Einverstanden, ich werde über deine Warnung nachdenken. Und jetzt verschwinde aus meinem Haus!», zischte er mit wieder gewohnt aggressivem Tonfall und drängte mich aus der Tür.

«Danke», sagte ich und stolperte in einer Verbeugung verharrend rückwärts. Mok drehte sich um und starrte mich verdutzt an.

«Wie bist du...?»

Als ich grinsend an ihm vorbeitrat, hörte ich, wie Alruun ihn unterbrach: «Ich denke, wir sollten uns mal über deine Fähigkeiten als Wache unterhalten, Mok!»

Er klang nun wieder zornig, doch das kümmerte mich nicht. Ich ging davon, glücklich, dass meine Warnung Alruun erreicht hatte. Ich hätte nicht zu träumen gewagt, dass er überhaupt mit mir reden würde. Erleichterung machte sich in mir breit und ich begann, mich tatsächlich auf das bevorstehende Mondfest zu freuen. Lunar konnte kommen.

11. Kapitel

Nirtik hatte unglaublicherweise Recht behalten. Gegen Abend, als es dunkel wurde, riss die Wolkendecke plötzlich auf und gab den Blick auf einen klaren, strahlenden Sternenhimmel preis. Ich war sehr aufgeregt, als Nirtik mir meine Kleidung für die bevorstehenden Festlichkeiten auf das Bett legte. Wie alles was die Dryadrim trugen, war auch der Stoff der Festtagskleidung aus Pflanzenfasern und Blattwerk gewoben.

Jedoch wirkte dieses Gewand wesentlich prachtvoller als die praktische Alltagskleidung. Auf das kurzärmlige helle Oberteil waren zahlreiche Perlen aufgenäht und es schien, als glänzte jede einzelne von ihnen mit den anderen um die Wette. Statt einer Hose trugen die Dryadrim zu ihren Festen meist Röcke. Zwar hatten sich Hosen, laut Nirtik, als praktikabler bei der Jagd erwiesen und so auch im Alltag durchgesetzt, die traditionell getragenen Röcke waren zu Festlichkeiten aber weiterhin fester Bestandteil der Garderobe.

Und so hatte auch ich einen Rock aus weißem Stoff bekommen, in den feine Goldfäden eingesponnen waren. Selbst ein paar Schuhe hatte Nirtik dabei. Die Sohlen aus geschliffener Baumrinde waren erstaunlich bequem und elastischer, als ich es für möglich gehalten hatte.

«Du siehst fantastisch aus, Ricon», grinste Nirtik, als ich die Kleidung angelegt hatte.

«Findest du?», fragte ich, während ich noch den Sitz meines Oberteils zurechtzupfte.

Obwohl die festliche Garderobe der Dryadrim für mich sehr ungewohnt war, war ich trotz einer gewissen Unsicherheit seiner Meinung, als ich an mir herunterschaute. Zwar hatte ich in den letzten Wochen ebenfalls Kleidung von den Dryadrim bekommen, aber diese war sehr schlicht und zweckmäßig gewesen. Die Festtagskleidung dagegen war aufwändig verziert und ein richtiger Blickfang.

Ich folgte Nirtik zum Festplatz. Aufgrund meiner Nervosität war ich sehr still und redete nur wenig, während wir unterwegs waren, was Nirtik direkt auffiel.

«Du bist aufgeregt, oder?», fragte er, als der Aufzug, der uns auf die Festebene befördern sollte, in unsere Sichtweite geriet.

«Natürlich! Heute Nacht erlebe ich zum ersten Mal Lunar und wie auch immer der Rat entscheidet, wird es definitiv bei diesem einen Mal bleiben», gab ich zu und klang dabei etwas wehmütig. Diese Wehmut galt hauptsächlich Nirtik, denn unsere gemeinsame Zeit neigte sich damit ebenfalls dem Ende.

Knarrend trug uns der Aufzug nach oben. Der Festplatz lag auf der höchsten Plattform des Dorfes. Kaum ein Baumwipfel überragte ihn und man hatte das Gefühl so weit oben zu sein, dass man nur die Hand ausstrecken musste, um den Himmel zu berühren.

Als ich aus dem Fahrstuhl stieg, bot sich mir ein zauberhafter Anblick. Der Aufbau ähnelte dem des Solar-Festes, dem ich bereits unfreiwillig beigewohnt hatte. Die Front bildete eine große Bühne, die mit einem hellen Stoff verkleidet war. Davor, zur rechten und linken Seite, standen Tische mit weißen Tischtüchern und zahlreiche Stühle, fein säuberlich in Reihen aufgestellt. Die Mitte vor der Bühne war frei. Ich vermutete, dass sie später als Tanzfläche genutzt wurde. Wirklich ins Auge fiel mir aber die Art und Weise, in der alles geschmückt war. Wo ich auch hinschaute waren kreisrunde, bläuliche Lampions drapiert. Sie leuchteten hell und jeder Einzelne sah aus, wie ein kleiner Vollmond. Auch sonst hatten die Dryadrim sehr aufwändig dekoriert. Weiße und blaue Blumengirlanden, Gestecke auf den Tischen, Blumenkränze und etliche andere Geflechte waren nahezu überall.

Nirtik stieß mir belustigt in die Seite, um mein Staunen zu unterbrechen und drückte mir einen geflochtenen, traurig aussehenden Kranz aus verschiedenen schmalblättrigen Kräutern und einigen herunterhängenden Knospen in die Hand.

Ich wagte es nicht es auszusprechen, doch der Kranz wirkte heruntergekommen und welk und ich dachte, die ein oder andere frische Blüte hätte dem Schmuck sicher gutgetan.

Nirtik lächelte. Er wusste sofort, wie er mein Gesicht zu deuten hatte.

«Sieh her!»

Geschickt setzte er sich den geflochtenen Reif auf den Kopf. Ich war wenig beeindruckt, denn der Kranz sah auf seinem Kopf genauso jämmerlich aus wie zuvor in seiner Hand. Doch dann trat er aus dem Schatten des Aufzugs hinaus ins Mondlicht. Wie von Zauberhand erwachte der Kranz plötzlich zum Leben. Die hängenden Zweiglein reckten sich, erschienen nun in saftigem Grün und auf einmal öffneten sich die Knospen und entblößten wunderschöne, strahlend weiße Blüten, die im Mondlicht schimmerten wie Edelsteine.

Mit offenem Mund starrte ich auf den Blumenkranz.

«Wie ist das möglich?», fragte ich erstaunt.

«Das sind Mondblumen», erklärte Nirtik, «sie blühen nur im Schein des Vollmonds.»

Ich hatte noch nie zuvor von diesen Blumen gehört, obwohl sie nicht weit von meiner Heimat entfernt zu wachsen schienen.

«Mondblumen sind unauffällig. Ohne Mondlicht sehen sie aus wie normale Kräuter, nur im Licht des Vollmonds zeigen sie ihre wahre Schönheit. Da sie aber tief im Wald wachsen und der Vollmond durch die hohen Bäume nur selten auf sie trifft, sieht man sie nur sehr selten blühen.»

Ich war überwältigt von ihrer Schönheit und dem Zauber, den ich soeben erlebt hatte.

«Komm mit und vergiss nicht den Mund zuzumachen. Die Glühwürmchen fliegen tief heute Nacht.»

Nirtik lachte herzhaft über seinen Witz und zerrte mich am Ärmel zu meinem Platz. Ich konnte mir kaum ein Grinsen abringen, so sehr war ich mit Staunen beschäftigt.

«Hier sitzt du», sagte Nirtik und zog einen Stuhl von dem Tisch in der letzten Reihe zurück.

«Mit der Zeremonie beginnt das Fest, danach folgt deine Anhörung und die Entscheidung des Rates. Die Feierlichkeiten beginnen im Anschluss, ich denke das wird gegen Mitternacht sein. Dann werden wir tanzen und feiern, bis der Mond der Sonne weicht», erklärte mir Nirtik lächelnd.

Ich setzte mich und zog für Nirtik einen weiteren Stuhl zurück.

«Oh, ich werde nicht bei dir sitzen können. Mein Platz ist am Tisch meiner Familie dort vorne.»

Er deutete zur vordersten Tischreihe direkt vor der Bühne.

«Nirtik, ich kenne eure Bräuche nicht und...»

«Sei nicht nervös, mach einfach das, was alle anderen machen und mach dir vor allem keine Sorgen wegen des Rats. Sie werden dich freisprechen», sagte Nirtik selbstsicher und war gerade im Begriff sich zu seinem Platz zu begeben, als hinter uns auf einmal ein lautes Schimpfen und Zetern ertönte. Der Lärm erinnerte an das Geschrei einer übel gelaunten Krähe, der man an den Schwanzfedern zog. Als ich mich umdrehte, erkannte ich zwei Wächter, die ein kleinwüchsiges Männlein zu meinem Tisch zerrten. Es war größer als Mirk, auch deutlich kräftiger, ging den Wachen aber nur etwa bis zur Hüfte. Die kleine Gestalt wehrte sich aus Leibeskräften, schüttelte sich und versuchte, sich aus den festen Griffen der beiden Dryadrim zu befreien. Jedoch ohne Erfolg.

War das etwa ein Gruhl? Als ich noch sehr jung war, hatte meine Großmutter mir in ihren Geschichten manchmal von Gruhlen erzählt. Das sind kleine diebische Wesen, die in den Tiefen des Waldes leben und Wanderer angreifen, um deren Wertsachen zu stehlen. Geh also nicht zu tief in den Wald, erinnerte ich mich an ihre Warnung. Sie schrecken auch nicht davor zurück, jemanden aus Raffgier zu töten. Schlimme kleine Biester sind das, hatte sie mich gewarnt. Ich hatte das immer als Geschichte abgetan, die uns Kinder davon abhalten sollte uns zu weit vom Dorf zu entfernen. Daher hatte ich diesen Erzählungen nie großen Glauben geschenkt.

«Das ist ein Gruhl», sagte Nirtik, der mein Rätseln in meinem Gesicht mal wieder erkannte.

Es gab diese Wesen also tatsächlich. Sie waren keine Figuren, die Erwachsene erfanden, um den Kindern Angst zu machen.

«Was haben sie mit ihm vor?», fragte ich verwundert.

«Naja, wie Solaris, verlangt auch Lunaris ein Opfer zu seinem Fest.»

Nirtik verzog das Gesicht, um seine Abneigung von diesen Bräuchen zu untermauern.

«Während an Solar ein Wesen des Tages geopfert wird, verlangt Lunaris ein Wesen der Nacht. Gruhle sind meist in der Dunkelheit aktiv, wo sie schlafenden Reisenden die Kehlen durchschneiden und ihre Habseligkeiten stehlen.»

«Mort wurde Lunaris geopfert», erinnerte ich Nirtik, da das seine Aussage entkräftete.

«Nun, weißt du, das ist oft eine Auslegungssache. Mort hatte man vermutlich nachts gefangen genommen, also wurde er wie ein Wesen der Nacht behandelt. Im Grunde genommen, ist das aber Augenwischerei», gab er zu.

Nirtik deutete auf das schimpfende Männlein, das von einem Wächter auf einen Stuhl gedrückt wurde, während ein Zweiter den Gruhl aufwändig an das Gestell schnürte, sodass dieser keine Möglichkeit hatte zu fliehen.

«Dieser hier wäre aber so oder so zum Tode verurteilt worden. Er wurde auf frischer Tat ertappt, wie er Moruuns Leichnam plünderte. Moruun war einer unserer Jäger. Das blutige Messer lag neben ihm, als man den Gruhl dabei erwischte, wie er Moruuns Leichnam durchsuchte. Er hatte ihm heimtückisch von hinten die Kehle durchgeschnitten, als dieser sich vermutlich zum Ausruhen hingesetzt hatte, um ihm die Taschen zu leeren. Eine typische Tat für einen Gruhl. Der arme Moruun wurde nach den Riten der Dryadrim beigesetzt, aber sein Geist wird heute Abend Vergeltung erhalten und dieser Gruhl wird gleichzeitig ein Geschenk für Lunaris. Somit wäre der Wunsch meines Vaters ebenfalls befriedigt.»

Nirtik zuckte mit den Schultern. Ich blickte zu dem zeternden Gruhl herüber. Die Wächter hatten es endlich geschafft, das zappelnde Männlein zu fesseln. Zu guter Letzt zog einer der Wachen einen Stofffetzen aus der Tasche und stopfte ihn dem Gruhl in den Mund. Einen weiteren Wickel band er dem würgenden Wesen über den Mund um seinen Kopf. Das Gezeter verstummte augenblicklich.

Zwar zuckte und schüttelte sich der Gruhl so heftig er konnte, aber die beiden Dryadrim hatten ganze Arbeit geleistet, und er gab seine Gegenwehr rasch auf.

«Warum sitzt er am Tisch, während ich bei Solar direkt aus dem Käfig hierhergezerrt wurde?», wollte ich von Nirtik wissen.

«Lunaris ist ein milderer Gott als Solaris. Er ist nicht weniger mächtig, denn er kontrolliert die Nacht, aber er gewährt seinen Opfern ein letztes Mahl», erklärte Nirtik, «der Gruhl wird daher mit uns speisen.»

Ich konnte dem ganzen Gerede über Götter noch weniger abgewinnen als er, machte aber einen erstaunten Eindruck, um seine Erklärung zu würdigen.

Einige Menschen in meinem Dorf hatten zwar auch ihre Götter und hielten von Zeit zu Zeit Zeremonien ab, jedoch brachten sie ihnen keine Opfer dar. Nicht einmal eine Ziege oder ein Huhn wurde geschlachtet. Meine Eltern hatten diesen Ereignissen nie beigewohnt und die Götter immer abgelehnt. Ich erinnerte mich oft an die Worte meines Vaters: «Wenn du etwas erreichen willst, hilft dir nur das hier!» Dann hatte er meine beiden Arme mit seinen schwieligen Händen nach oben gerissen und gesagt: «Kein Gott wird dir die Arbeit abnehmen, die diese beiden Hände verrichten können.» Er lächelte und wuschelte mir durch die Haare. Ich war also ohne die Hilfe irgendwelcher Götter aufgewachsen und hatte sehr wohl verstanden, dass keine Gebete und keine Opfer mir das Leben leichter machen würden. Und so schwieg ich meist, wenn Leute über die Gnade der Götter sprachen, seien es die der Menschen oder, wie in diesem Moment, die Götter der Dryadrim.

Der Gruhl und ich teilten uns den Tisch mit einigen Wächtern, von denen einer zwischen uns Platz nahm und die übrigen sich um uns herum verteilten.

Ich verstand rasch, dass der Tisch an dem ich saß, für die Wesen vorgesehen waren, die keine Dryadrim waren und für die Wächter, die eben den Gruhl bewachen mussten.

Die Tatsache, dass ich als Angeklagter dennoch festlich gekleidet war und einen Kranz auf dem Kopf trug, schrieb ich dem Status des Gastes zu, den ich dank Nirtik innehatte.

Ein lauter Gong ertönte und Alruun trat auf die Bühne. Sofort wuselten alle Dryadrim, die noch nicht an ihren Plätzen angekommen waren, zu den Stühlen. Er reckte beide Arme breit in den Himmel und verharrte in dieser Pose, bis Ruhe einkehrte und auch der letzte Dryadrim sich hingesetzt hatte.

«Dryadrim!» Alruuns Stimme hallte über die prall gefüllte Plattform, die von zahlreichen runden Lampions in ein mystisches blaues Licht getaucht wurde.

«Wieder einmal haben wir uns hier versammelt, um Lunaris zu huldigen, dem Vater aller Dryadrim. Lunaris, der vor langer Zeit den ersten unseres Volkes in diesem Wald das Leben schenkte. Mit ihm werden wir die Nacht der Nächte feiern.»

Einen Augenblick herrschte gespenstische Stille und außer dem Wippen des Stuhls, auf dem der Gruhl gefesselt war, war nicht mal ein Atemzug zu vernehmen.

«Doch Lunar ist auch gekommen, um über unser aller Schicksal zu entscheiden», rief Alruun in die Stille hinein. Er breitete erneut die Arme aus und die Menge verstummte augenblicklich. Er trat einige Schritte zurück. Mit seinen Händen vollführte er zwei kurze Handbewegungen und seitlich wirbelten sechs junge Dryadrim auf die Bühne. Jeder von ihnen schleppte ein Instrument mit sich. Die Instrumente kamen mir allesamt bekannt vor, auch wenn ich nur von zweien die Namen kannte. Den der Panflöte und den der Rotta, einer Leier die gezupft oder gestrichen werden konnte. Die anderen hatte ich bei Solar zumindest schon einmal zu Gesicht bekommen.

Die Musiker begannen eine merkwürdige Melodie zu spielen. Wenn man überhaupt von einer Melodie sprechen konnte, denn zunächst kam es mir wieder vor, als würden sie wild durcheinander spielen. Keiner der gespielten Töne schien zu denen der anderen Instrumente zu passen, doch je länger ich den Klängen lauschte, die jeder der jungen Dryadrim eigenwillig auf seinem Instrument spielte, desto mehr fügte sich alles auf wundersame Weise zusammen und letztendlich verschmolz das wilde Durcheinander zu einer zauberhaften Musik. Eine in ein weißes, fast durchsichtiges Kleid gehüllte Frau, trat aus der Dunkelheit auf die Bühne. Die Musik vermischte sich mit ihrem hohen, klaren Gesang und vernebelte mir regelrecht die Sinne. Ihre tänzerischen Bewegungen hatten etwas Hypnotisierendes an sich und ich verfolgte ihren eleganten Tanz voller Faszination. Selbst das Wippen des Gruhls auf seinem Stuhl war zum Erliegen gekommen. Aus dem Augenwinkel konnte ich sehen, dass auch er fasziniert auf die Bühne starrte.

Angestrahlt vom Mondlicht und den zahlreichen Lampions, schimmerte das lange Haar der zarten, singenden Gestalt, während es wie ein Schleier durch die Luft wirbelte. Es war mir nicht möglich abzuschätzen, wie lange die Musik andauerte, denn sie ließ mich völlig das Gefühl für Zeit verlieren und den Wunsch in mir aufkommen, sie möge niemals enden. Irgendwann jedoch ebbte der Gesang ab, die Frau verschwand in einem abgedunkelten Teil des hinteren Bühnenbereichs und die Musiker spielten noch eine Weile alleine weiter, bis auch sie letztendlich verstummten. In mir entstand ein Gefühl, das nach mehr von dieser Musik rief. Es war verwirrend, als würde man von diesen Klängen süchtig werden. Ich schüttelte kurz den Kopf, um wieder zu Sinnen zu kommen.

Alruun trat zurück ins Licht der Lampions und breitete die Arme aus. Zeitgleich legte er den Kopf in den Nacken und blickte in den von Mond und Sternen erhellten Nachthimmel. Wieder folgten zwei kurze Handbewegungen und zahlreiche junge, hell gekleidete Dryadrim strömten aus den Ecken zu den Tischen. Auf ihren Händen trugen sie Teller und Platten mit Speisen aller Art. Von Früchten, verschiedenen Gemüsen, bis hin zu Fleisch, und sogar Fisch, blieben keine Wünsche unerfüllt. Der Duft, der über die Tischreihen wehte, ließ einem das Wasser im Mund zusammenlaufen.

Auch unser Tisch wurde reichlich mit Speisen gefüllt. Die erste Platte schob sich zwischen mir und dem Wächter zu meiner Linken hindurch. Ein Arm streifte zärtlich meine Schulter und ich erkannte Kata, die die Speisen an unserem Tisch servierte. Mein Herz begann augenblicklich zu pochen.

Sie trug ein, am Rücken weit ausgeschnittenes, weißes Kleid, das viel von ihrer glatten, makellosen, hellen Haut preisgab. Ihr schimmerndes Haar wurde im Nacken von einer silbernen, glänzenden Spange zusammengehalten.

Während ich ihr wie verzaubert nachblickte, merkte ich nicht, dass mein Mund offen stand.

Der wachhabende Dryadrim neben mir schaufelte einen Brei aus Linsen und Fleischbrocken auf einen Teller. Ein knatschendes Geräusch ertönte, als er die Kelle schwungvoll auf die hölzerne Platte fliegen ließ. Ich schloss meinen Mund und beobachtete ihn. Er schob den gefüllten Teller vor den Gruhl. Dann entfernte er ihm seinen Knebel, doch ohne auch nur kurz Luft zu holen, begann dieser augenblicklich wieder loszuschimpfen. Er krächzte und motzte und wippte so wütend auf und ab, dass er drohte, jeden Moment samt Stuhl umzukippen. Das Geschrei des Gruhls war ohrenbetäubend, sodass selbst Alruun, der noch immer auf der Bühne stand, davon Notiz nahm. Mit einer flinken Handbewegung gab er dem Wächter ein Zeichen. Dieser stopfte den Knebel zurück in den Mund des Gruhls und verschnürte ihn wieder. Das Geschrei verstummte und die Wache zog den Teller, den er zuvor dem Gruhl serviert hatte, zu sich herüber und begann in aller Ruhe zu essen.

Die übrigen Wächter brachen in lautes Gelächter aus und auch ich konnte mir ein Grinsen nicht verkneifen. Der Gruhl dagegen zappelte noch eine Weile, aber außer einem hochroten Kopf brachte ihm das nichts.

Mein Lächeln verschwand jedoch recht rasch, denn meine Nervosität war bisher nicht gewichen. Im Gegenteil, es sollte nicht mehr viel Zeit vergehen, bis der Rat über mich richten würde. Jeder Augenblick, den ich diesem Moment näher kam, ließ mein Herz tiefer in meine Hose rutschen.

Um mich etwas abzulenken, biss ich in meine Hähnchenkeule und ließ das saftige Stück Fleisch durch meinen Hals nach unten wandern. Es schmeckte hervorragend und mit jedem weiteren Bissen, schaffte ich es, die lähmenden Gedanken zumindest zur Seite zu schieben.

Als alle Gäste ihre Speisen erhalten hatten, belegten die jungen Dryadrim, die bis eben noch die zahlreichen Teller gebracht hatten, den einzigen freien Tisch in der letzten Reihe. Nur Kata schob einen leeren Holzteller auf den mir gegenüber liegenden Platz und setzte sich. Als Sklavin war es ihr wohl nur gestattet, an dem Tisch mit den weniger privilegierten Personen zu sitzen. Oder lag es vielleicht daran, dass sie zur Hälfte ein Mensch war? Was auch der Grund dafür sein mochte, ein Gefühl des Glücks stieg in mir auf und ich spürte wieder das bekannte Pochen in meiner Brust.

Kata beachtete mich nicht. Mit einer Holzkelle schöpfte sie sich einige der dargebotenen Speisen auf den Teller und begann zu essen.

Ich tat es ihr gleich, versuchte aber immer wieder Blickkontakt herzustellen, ohne dass einer der Wächter etwas davon mitbekam. Kata jedoch saß mit gesenktem Blick da und aß.

Dann sorgte aber der Gruhl für einen günstigen Moment. Irgendwie hatte er es geschafft eine Hand aus seiner Fessel zu befreien. Sofort packte er einen leeren Teller und schleuderte ihn quer über den Tisch, wo er einen der Wächter an der Augenbraue traf. Die Wache kippte verdutzt nach hinten um und polterte samt seinem Stuhl auf den harten Holzboden.

Auf dem Rücken liegend, hielt er sich die schmerzende Stelle über dem Auge.

Bis die übrigen Wächter erkannten was passiert war, hatte der Gruhl sich bereits den Knebel aus dem Mund gerissen und ein Hühnerbein und einen Brokkolistrunk herumgeworfen. Eilig sprangen sie auf, um den lautstark randalierenden Gruhl wieder in Fesseln zu legen.

«Kurz vor dem Morgengrauen verschwinden wir», flüsterte ich Kata zu.

Sie blickte zu dem tobenden Gruhl. Dann, als sie sicher war, dass sämtliche Wächter noch mit seiner Bändigung beschäftigt waren, schaute sie mich an.

«Die Leiter neben dem großen Aufzug», flüsterte sie zurück.

Ich nickte. Ein halb geschältes Ei kullerte über den Tisch, stieß an meinen Teller und blieb liegen. Ich lächelte Kata zu, die meinen Blick erwiderte. Innerlich bedankte ich mich bei dem Gruhl, dessen kleine Vorstellung uns diesen wichtigen Moment der Absprache beschert hatte. Jetzt musste ich mich nur noch auf Nirtiks Überzeugungskraft verlassen, den Rat dazu zu bewegen, mich in die Freiheit zu entlassen.

Vier Wächter hatten den Gruhl mittlerweile wieder unter Kontrolle gebracht.

«Und diesmal mach einen ordentlichen Knoten!», hörte ich eine der Wachen sagen.

Ich wandte mich meinem Essen zu. Es schmeckte köstlich und ich aß mich richtig satt. Zwei Hähnchenschenkel, verschiedene Gemüsesorten und zum Schluss etwas von den roten Früchten, deren Namen ich noch immer nicht kannte, schlang ich herunter, bis mein Bauch so voll war, dass er spannte.

Nach einer Weile stieß mir Kata zärtlich gegen den Fuß, lächelte mich für einen winzigen Augenblick an und verschwand anschließend mit den leeren Tellern und Platten.

Nachdem die Reste des Festmahls abgeräumt waren, trat Alruun erneut auf die Bühne. Sofort erschienen einige junge Dryadrim mit einem Kessel, der mit einer sehr heißen Flüssigkeit gefüllt war. Sie deponierten ihn auf einer faserigen Matte, die zuvor auf dem Podest ausgebreitet worden war. Ein wohlriechender Dampf stieg aus dem Kessel auf, sodass ich vermutete, dass er bis vor kurzem noch auf einem Feuer vor sich hin geköchelt haben musste. Kata erschien neben Alruun und stellte einen großen Korb mit gerollten Teigbällchen vor seine Füße. Nun setzte wieder eine leise, diesmal aber viel weniger verführerische, Musik ohne Gesang ein.

Alruun wandte sich dem Kessel zu und sagte etwas in einer mir unbekannten Sprache. Mal wurden seine Worte lauter, mal waren sie so leise, dass ich sie kaum noch hören konnte. Immer wieder blickte er dabei wild gestikulierend in den Nachthimmel, wo der Vollmond über uns thronte und helles Licht auf die Feierlichkeiten scheinen ließ. Um mich herum herrschte eine gespenstische Stimmung. Sämtliche Dryadrim schwiegen, niemand tuschelte oder wippte mit dem Stuhl, außer dem Gruhl, der noch immer nicht ermüdete und scheinbar eine gewaltige Ausdauer besaß. Der Wächter neben mir beendete das wippende Geräusch allerdings, indem er geschickt seinen Fuß gegen ein Stuhlbein drückte, auf dem der Gruhl unermüdlich herumzappelte. Ab diesem Moment war kein Ton mehr zu vernehmen. Sämtliche Dryadrim starrten gebannt auf Alruuns Zeremonie.

Als Alruun den Korb mit den geformten Teigbällchen in die Höhe hob und weit über seinen Kopf streckte, ging ein leises Raunen durch die Reihen.

Wieder sagte der Trar einige Worte in dieser fremden Sprache und schüttete plötzlich den gesamten Inhalt des Korbs in die heiße Flüssigkeit. Es zischte und ein helles, bläuliches Licht strömte aus dem Kessel und strahlte die in den Nachthimmel aufsteigende kleine Rauchsäule von unten an. Obwohl ich keines der Wörter verstand, die Alruun während der Zeremonie murmelte, so war ich dennoch fasziniert von dem Anblick, der sich mir bot. Der Dampf verzog sich rasch, das Leuchten aus dem Kessel blieb jedoch.

Alruun breitete beide Arme aus. Das Licht beleuchtete nun sein Antlitz und verlieh ihm ein mystisches und majestätisches Aussehen.

Dann wurden die Dryadrim an den vorderen Tischen gebeten sich zu erheben.

Die gesamte Tischreihe erhob sich und bildete eine Schlange vor Alruun und dem Kessel. Eine Frau mit einem kleinen Kind auf dem Arm stand ganz vorne und fiel augenblicklich mit gesenktem Kopf auf die Knie. Sie verharrte in dieser Position, bis Alruun mit einer silbernen Kelle eins der Teigbällchen aus dem Kessel schöpfte und sie zärtlich am Kinn nach oben drückte. Sie öffnete den Mund und schluckte es hinunter. Da sie neben Alruuns Platz gesessen hatte, war mir klar, dass sie Nirtiks Mutter, und das Kleinkind ihr jüngster Sohn Jorki, sein musste.

Ihr offen getragenes Haar fiel über ihr am Hals geschlossenes Kleid. Die Züge ihres Gesichts waren hart und kantig und standen, wie bei den meisten Dryadrim, im Kontrast zu dem der Menschen. Dennoch hatte sie etwas an sich, was man als schön bezeichnen konnte.

«Lunaris et proterus!», sprach Alruun, während er mit beiden Händen einen Kreis um ihren Kopf formte.

Sie erhob sich und begab sich auf ihren Platz.

Mein Blick wanderte zurück zu der Schlange vor dem Kessel, die schon etwas kürzer geworden war. Nach und nach standen die Gäste eines jeden Tisches auf und verübten dieselbe Prozedur, wie Nirtiks Mutter zuvor.

Zum Schluss folgte mein Tisch. Alruun gab ein Handzeichen in unsere Richtung und alle Dryadrim erhoben sich. Ich war unsicher, ob auch ich gemeint war, schließlich war ich ein Mensch. Ich blieb sitzen, um keinen Ärger herauf zu beschwören, sah dann aber aus dem Augenwinkel Nirtik, der mir eilig zu verstehen gab, dass ich mich ebenfalls erheben sollte. Also sprang ich schnell auf und reihte mich in die lange Schlange der Dryadrim ein. Scheinbar verzichtete man darauf, den Gruhl ebenfalls einzureihen, denn er wurde am Tisch zurückgelassen. Hinter mir konnte ich das Wippen des Stuhls wieder hören. Ich war wirklich erstaunt, wie energiegeladen das kleine Männchen war.

Zu guter Letzt war ich an der Reihe. Ich fiel auf die Knie und senkte den Kopf, wie es die Dryadrim vor mir getan hatten. Bei mir dauerte es jedoch einen Moment länger, bis Alruun mich bat wieder aufzustehen. Als hätte er einen winzigen Augenblick gezögert. Doch dann griff er mein Kinn und zog mich, ruppiger als meine Vorgänger, nach oben. Ich brauchte meinen Mund gar nicht freiwillig zu öffnen, da der Druck seiner Hand an meinem Kinn so fest war, dass mein Unterkiefer von ganz alleine nach unten klappte. Die Kelle beförderte ein leuchtendes Teigbällchen aus dem Kessel. Es schimmerte merkwürdig blau und erinnerte von seinem Aussehen her tatsächlich an einen Vollmond. Alruun schüttete es samt der Flüssigkeit in der Kelle in meinen Mund und drückte meine Kiefer wieder zusammen. Missmutig blickte er mich an und sagte widerwillig: «Lunaris et proterus!»

Es war kaum zu übersehen, dass er diese Prozedur bei mir entgegen seiner eigenen Überzeugung durchführte, aber scheinbar verlangte es das Gesetz der Dryadrim, dass auch Gästen diese Ehre zuteilwurde. Die Tatsache, dass ich einerseits Gast und andererseits Gefangener war, änderte daran nichts.

Das Bällchen schmeckte merkwürdig. Der Teigmantel war durch die geschmacklose Flüssigkeit hart geworden und ich musste ihn beim Kauen erst knacken, ehe sich der bröselige Inhalt in meinem Mund verteilte. Der Geschmack erinnerte mich an etwas fischiges, aber genau konnte ich es nicht zuordnen. Meine Leibspeise würden die Bällchen bei all den Köstlichkeiten, die ich während meiner Zeit bei den Dryadrim bereits genossen hatte, nicht werden, aber es hätte sicherlich auch schlimmer kommen können.

Nachdem jeder an seinen Platz zurückgekehrt war, trat Alruun nach vorne an die Bühnenkante.

«Es ist Zeit, Lunaris zu huldigen und ihm dafür zu danken, dass er dem Volk der Dryadrim das Leben schenkte. Bringt mir den Gruhl!»

Er deutete auf meinen Tisch in der letzten Reihe, an dem der Gruhl heftig zu zappeln begann. Ich schaute zu Nirtik, der sichtbar mit den Augen rollte.

Die beiden Wächter, die neben dem Gruhl saßen, erhoben sich und packten den Stuhl, mit dem das garstige kleine Wesen fest vertäut war, kurzerhand an der Lehne. Das nimmermüde Männchen zappelte aus Leibeskräften, aber die Arme der beiden Dryadrim waren stark und so hatten sie dennoch keine Mühe den Stuhl auf dem Podium abzustellen und zur Menge zu drehen. Sie verbeugten sich vor Alruun, der hinter den gefesselten Gruhl getreten war, und traten zurück.

Dann ertönte erneut Alruuns tiefe, hallende Stimme: «Lunaris, Gott des Mondes und der Nacht! Schau auf uns herab und schätze unser Opfer.»

Alruun reckte beide Hände in Richtung des strahlenden Sternenhimmels und blickte auf den hell leuchtenden Vollmond.

«Vor vielen Monden schenktest du uns das Leben in diesem heiligen Wald. Er ist das Zuhause eines jeden Dryadrim der je einen Fuß auf diese Erde gesetzt hat! Und so würdigen wir dieses Geschenk mit einem Geschöpf der Dunkelheit.»

Er packte den Gruhl an den wenigen Haaren, die sein Haupt säumten und riss den Kopf zurück, sodass dieser widerwillig in den Himmel starrte.

«Segne unser Opfer und erkenne unsere Absicht, dieses Opfer dir zu widmen, nur dir allein.»

Dann senkte er seinen Kopf und ließ den Gruhl los.

«Man bringe mir die Nachtklinge!»

Ein sehr junger Dryadrim trat zu Alruun. Wie alle Anwesenden war er in weiß gekleidet. Der Junge trug ein dunkelblaues Kissen, auf dem eine silbern glänzende Klinge lag. Er sank auf die Knie und streckte das Kissen so weit über seinen Kopf, wie er nur konnte. Alruun musste sich dennoch tief bücken, um die Waffe zu greifen. Langsam hob er sie nach oben direkt vor das Gesicht des Gruhls. Dieser begann heftig zu zappeln und seine Augen weiteten sich so sehr, dass sie aus den Höhlen zu treten drohten. Der Stuhl wippte hin und her, doch wie bereits der Wächter zuvor, stemmte auch Alruun einen Fuß gegen eines der Stuhlbeine, sodass er nicht umkippen konnte.

«Lunaris! Hör die letzten Worte dieses Wesens, das durch die Hand deiner Kinder diese sterbliche Welt verlassen wird, um dich zu ehren!», ertönte Alruuns Stimme erneut.

Mit einer flinken Handbewegung riss er dem Gruhl den Knebel aus dem Mund. Augenblicklich begann er zu schreien, zu krächzen und zu schimpfen.

Obwohl ich das Gefühl hatte, dass das schimpfende Männlein meine Sprache sprach, verstand ich nicht ein Wort von dem, was es von sich gab. Es kreischte aus voller Kehle, jedoch in einem so furchtbaren Dialekt, dass einige der Dryadrim um mich herum einen verwunderten Gesichtsausdruck offenbarten. Mir ging es nicht anders.

Alruun ließ den Schreihals eine gefühlte Ewigkeit klagen. Der Gruhl wütete auf seinem Stuhl, schrie, kreischte, spuckte und krächzte, was die Stimmbänder hergaben. Einige Male überschlug sich seine Stimme vor lauter Einsatz und seine, für mich keinen Sinn ergebenden, Worte wurden von einem kurzen Husten unterbrochen.

Doch dann, ganz abrupt, beendete Alruun das Schauspiel. Er riss den Gruhl erneut an den Haaren nach hinten und, legte die silbern im Mondlicht schimmernde Klinge an seinen Hals. Als der Gruhl die kalte Schneide an seinem Hals spürte, verstummte er für einen Moment, der Alruun Zeit gab, mit kräftiger Stimme folgende Worte zu sprechen: «Nusar Lunaris aenon, dras Lunaris aenon nusan!»

Erneut ertönte das Gezeter des Gruhls, doch ehe er sich wieder in Rage schreien konnte, zog Alruun die Klinge schwungvoll durch seine Kehle. Blut spritzte über die Holzbretter und das Einzige, was noch aus dem Mund des Gruhls drang, war ein Gurgeln. Alruun hielt den Kopf des Sterbenden weiter zurück, sodass er mit dem Blick auf den Mond gerichtet starb. Das hatte auch zur Folge, dass viel Blut aus der Wunde trat, über den Körper des Gruhls lief und auf den Boden tropfte. Ein flaues Gefühl durchzog meinen Magen und der Eindruck, dass auch mein Leben an einem seidenen Faden hing, machte sich wieder in mir breit. Es dauerte einen Moment, der deutlich länger war, als ich vermutet hatte, bis die krampfigen Bewegungen und das Gegurgel des Gruhls abebbte. Alruun ließ die Haare des Toten los und der Kopf sackte kraftlos nach vorne auf die blutgetränkte Brust.

Erneut trat ein kleiner Junge mit einem Kissen auf die Bühne. Diesmal thronte ein weißer Fetzen Stoff darauf. Alruun nahm den Stoffstreifen an sich und wischte damit vorsichtig über die blutige Schneide der Nachtklinge. Dann hob er das blutverschmierte Stück Stoff in den Himmel und rief: «Schütze uns Lunaris, wir sind deine Kinder, mit dem Blut dieses Wesens der Nacht!»

Einige Dryadrim stimmten mit einem beipflichtenden Gesang ein. Ich erkannte darin nur die Worte «Trar» und «Lunaris» wieder, da die Strophen, wie auch einige von Alruuns zuvor gesagten Worten, in einer mir unbekannten Sprache waren. Ich vermutete aber, dass es sinngemäß um den Schutz des Trars und seines Volkes ging, den Lunaris ihnen gewähren solle.

Ich blickte zu Nirtik, der eher gelangweilt auf seinem Stuhl saß und nicht in den Gesang einstimmte. Seine Haltung zu den alten Bräuchen war wenig missverständlich.

Die Musik hielt an, bis der tote Gruhl von der Bühne gebracht und das Blut weitestgehend von dem hölzernen Boden gewischt war. Alruun hatte diesen Moment genutzt, um die mit Blutspritzern verschmutzte Kleidung abzulegen und etwas anderes anzuziehen. Seine neue Garderobe ähnelte der, die er zuvor getragen hatte. Lediglich am Hals war die Robe weniger ausgeschnitten, sodass der Blick auf den silbernen Halsschmuck nun verwehrt blieb.

Abschließend beobachtete ich, wie einige, meist ältere Dryadrim, ein Gebet sprachen. Es schien, als würden die jüngeren Dryadrim sich daran weniger beteiligen. Dennoch schwiegen sie, um die Alten nicht zu stören.

Als das Gemurmel verstummte, wurde eilig ein dunkler Teppich auf der Bühne ausgebreitet. Vermutlich sollte dieser die nicht vollständig beseitigten Blutflecken verdecken. Es folgten Sitzmöglichkeiten und ein großer Holztisch, der mittig auf dem Teppich platziert wurde. Zu guter Letzt wurde ein weißes Tischtuch darüber ausgebreitet, das so groß war, dass es fast den Boden berührte.

Alruun trat nicht zurück auf die Bühne, sondern sprach von seinem Platz am Tisch seiner Familie aus.

«Wie viele von euch wissen, hatten wir in den vergangenen Tagen einen Gast in unseren Reihen.»

Mit grimmigem Gesicht blickte er in meine Richtung.

«Mein Sohn Nirtik und ich,» Alruun packte dem neben ihm sitzenden Nirtik an die Schulter, «sind uns bezüglich des Schicksals dieses Menschen,» das Wort spuckte er dabei regelrecht aus, «nicht einig, sodass der Rat am heutigen Abend darüber entscheiden wird.»

Zusammengesunken saß ich auf meinem Stuhl und war den sporadischen Blicken der sich umdrehenden Dryadrim ausgeliefert. Ich war nervös und begann sichtlich zu schwitzen, obwohl es nicht übermäßig warm war.

Nachdem sich Alruun wieder gesetzt hatte, traten drei Dryadrim auf die Bühne und nahmen an dem großen Tisch platz, der eben noch für sie vorbereitet worden war.

Sie sahen deutlich älter aus als die meisten anderen um mich herum. Der Linke hatte kein einziges Haar mehr auf dem Kopf, ein zerfurchtes Gesicht und eine bucklige Haltung. In der Mitte saß ein hoch gewachsener Mann mit langen, glatten, graugrünen Haaren. Sein Kinn hatte er pingelig rasiert, doch seine Brauen überwucherten fast seine Augen.

Ganz rechts nahm ein eher pummeliger Greis Platz. Sein Kopfhaar war dünn, doch hatte er es lang wachsen lassen und quer über die kahlen Stellen gekämmt.

Der Lange in der Mitte erhob sich und las von einer Schriftrolle vor.

«Wir verhandeln heute das Schicksal dieses Menschen.»

Mit seiner knöchernen Hand zeigte der Greis auf mich. Mein Herz klopfte laut und Schweiß lief über meine Stirn. Ich spürte einen festen Griff an meiner Schulter und hörte Moks Stimme, die mir leise ins Ohr flüsterte.

«Los, aufstehen, Hosenscheißer, sonst mach ich dir Beine.»

Wortlos gehorchte ich und erhob mich von meinem Platz. Mok führte mich nach vorne, direkt vor die Bühne, wo eilig ein Stuhl hingeschoben wurde, auf den er mich mit seinen kräftigen Pranken drückte.

«Der Angeklagte nennt sich Ricon aus Arwa und behauptet den ältesten Sohn unseres Trars Alruun befreit zu haben. Wie wir alle wissen, ist Sakri-Tar vor einigen Tagen gestorben, sodass wir ihn nicht mehr fragen können, ob dieser Mensch ihm tatsächlich freundlich gesonnen war», stellte der Sprecher des Rats fest.

«Eine andere Perspektive ist die unseres Kriegers Mok, der behauptet, er und sein Suchtrupp von tapferen Kriegern hätten den Angeklagten aufgegriffen, als er sich gerade an dem bewusstlosen Sakri-Tar zu schaffen machte. Zuvor hatte er ihn mit einer eisernen Falle so schwer am Fuß verletzt, dass der Wundbrand nicht mehr aufzuhalten war.»

«Das stimmt nicht!», sagte ich entrüstet, da diese Behauptung schlicht und ergreifend gelogen war.

«Du wirst deine Zeit zu reden noch bekommen!», herrschte mich der Greis an, «jetzt rede ich!»

Diese Warnung war unmissverständlich und ich verstummte augenblicklich. Wenn ich die Möglichkeit dazu nach dieser Nacht noch bekam, sollte ich wirklich daran arbeiten nur dann zu reden, wenn ich gefragt werde, dachte ich.

«Lasst uns den Mann hören, der den Mörder auf frischer Tat ertappt hat. Mok, bitte erzähl uns welches Bild sich dir bot, als du den Thronerben Sakri-Tar fandest.»

Der massige Krieger stand ohnehin noch in meiner Nähe und begann sofort, sein Märchen zu erzählen.

«Als wir ihn fanden, beugte der Rotzbengel sich gerade über ihn und nestelte an ihm herum. Neben ihm lag noch die blutige Falle, mit der er Alruuns Sohn gefangen hatte. Es ist eindeutig, dass er Sakri-Tar ausrauben wollte. Dieser Mensch hat unseren Thronerben aus Habgier ermordet! Diese Verhandlung ist daher absolut überflüssig», sagte Mok aufgebracht.

«Ob eine Verhandlung überflüssig ist, beurteilen wir, lieber Mok, aber ich gebe dir recht. Auch wir sehen die Eindeutigkeit dieses Falls», sagte der Vorsitzende des Rats tadelnd.

Das ist eine verdammte Lüge, dachte ich. Ich hatte ihn befreit und wollte sein Bein verarzten und Mok hatte das wahrscheinlich auch gesehen. Doch Mok war Alruun treu ergeben und redete dem Häuptling ständig nach dem Mund und so ahmte er auch dessen ausgeprägten Hass auf Menschen nach.

Dennoch zog ich es vor, ihm nicht ins Wort zu fallen, um den Ärger des Rats nicht durch eine weitere Unterbrechung auf mich zu ziehen.

«Hast du Zeugen, die diese Aussage bestätigen können?», wurde Mok gefragt.

«Jeder meiner neun Krieger, die mich begleiteten», antwortete Mok überzeugend und das Publikum raunte ehrfürchtig.

«Danke Mok, wir kommen später vielleicht auf dich zurück», sagte der Greis zufrieden.

Mok blickte überzeugt zu Alruun und setzte sich wieder auf seinen Platz.

«Es gibt aber eine weitere Darstellung des Falls, die Sakri-Tar angeblich seinem Bruder Nirtik-Tar vor seinem Tod berichtet hat. Nirtik-Tar, bitte komm zu uns nach vorne.»

Der junge Dryadrim erhob sich von seinem Stuhl. Nirtiks Blick traf meinen und ich erkannte Zuversicht in seinen Augen. Meine Nervosität verschwand dennoch nicht. Moks Aussage war sehr belastend. Lächelnd trat Nirtik vor den Rat und verneigte sich höflich.

Der alte Dryadrim richtete das Wort an Nirtik.

«Bitte berichte uns von diesem Vorkommnis, Nirtik-Tar.»

Nirtik begann ohne Umschweife zu erzählen. Er stand neben mir und hatte eine Hand auf meine Schulter gelegt, um seine Sympathie für mich zu betonen.

«Kurz vor seinem Tod wachte mein Bruder Sakri-Tar auf und berichtete mir, was im Wald wirklich vorgefallen war.»

«Dann berichte uns davon», ermutigte ihn der barhäuptige unter den Ratsmitgliedern.

«Sakri-Tar ging es, wie ihr sicher vermutet, sehr schlecht. Sein Fieber war hoch, aber er nahm seine ganze Kraft zusammen, um mir genau zu erzählen was passiert war. Mein Bruder ging durch den Wald, um Pilze zu sammeln und trat dabei versehentlich in eine rostige Bärenfalle, die ihn letztendlich das Leben kostete.»

In Nirtiks Stimme lag noch immer die Trauer über diesen Verlust.

«Wer die Falle gelegt hat, weiß ich nicht, aber es liegt nah, dass die beiden Jäger, die neulich zu Solar geopfert wurden, etwas damit zu tun hatten. Wären sie noch am Leben, hätten wir auch sie dazu befragen können.»

Er funkelte böse zu seinem Vater herüber.

«Was Ricon angeht, so erschien er durch Zufall am Ort des Geschehens und versuchte die Falle zu öffnen, als plötzlich ein gewaltiger Bär auftauchte und ihn und Sakri-Tar angriff.»

Die drei Ratsmitglieder starrten mich an und runzelten gleichermaßen die Stirn.

«Ricon tötete den Bären und öffnete die Falle, doch durch den Schmerz verlor mein Bruder sein Bewusstsein. Daher müssen Mok und sein Trupp nach diesen Geschehnissen angekommen sein oder aber gesehen haben was passiert ist und sich dazu entschlossen haben die Unwahrheit zu sprechen.»

Nirtik blickte anklagend zu Mok, der aber ohne eine Miene zu verziehen, grimmig dreinblickte.

«Wie ihr seht, ist Ricon unschuldig. Er hat Sakri-Tar das Leben gerettet, auch wenn er die Verletzung durch die Falle nicht rückgängig machen konnte. Ihm gebührt die Freiheit.»

Die Stirn jedes einzelnen Ratsmitglieds wies in diesem Moment über ein vielfaches mehr an Falten auf, als sie aufgrund ihres hohen Alters ohnehin schon hatte.

«Das ist eine interessante Geschichte, die du uns da erzählst Nirtik-Tar und ich weiß noch nicht wo genau ich anfangen soll», begann der Sprecher, während er noch nach den richtigen Worten suchte.

«Das hat Sakri-Tar dir also vor seinem Tod erzählt?»

«Ja, das hat er!», bestätigte Nirtik kopfnickend.

«Mok, war dieser Menschenjunge bei seiner Ergreifung bewaffnet?»

«Nein, wir haben nichts gefunden», gab Mok zu.

«Und habt ihr am Ort des Geschehens einen toten Bären gefunden, lieber Mok?»

«Nein, da war kein Bär, weder tot noch lebendig.»

Mok grinste selbstbewusst, als er verstand, auf was der Rat hinaus wollte.

«Als dein Bruder erwachte, warst du da mit ihm alleine oder kann noch jemand bestätigen, was du eben erzählt hast?», wollte der Lange wissen.

Nirtik überlegte kurz.

«Kata, das Sklavenmädchen war ebenfalls anwesend.»

Die Ratsmitglieder wirkten wenig beeindruckt, aufgrund dieser Aussage.

«Noch jemand anderes?»

«Nein, sonst war niemand dort», gab Nirtik zu.

«Du musst zugeben, dass die Geschichte, nach der ein Junge in seinem Alter», der Alte zeigte auf mich, «zuerst einen Bären mit bloßen Händen erlegt, der sich daraufhin scheinbar in Luft aufgelöst hat, und dann ohne Werkzeug eine eiserne Falle öffnet, nach einem Fieberwahn klingt, Nirtik-Tar», sagte der Sprecher tadelnd.

Nirtik wirkte verunsichert, als er verstand, dass der Rat zu seiner Überraschung Moks Aussage mehr Glauben zu schenken schien.

«Mein Bruder hat nicht im Wahn gesprochen,» rief er, aber sein Einwand klang hilflos. Mein Herz begann lauter zu pochen und ein Gefühl von Angst stieg in mir auf.

«Danke Nirtik-Tar, du kannst dich dann wieder setzen», sagte der Alte.

Nirtik blickte mir zu und die Zuversicht, die zuvor in seinem Gesicht stand, war Unsicherheit gewichen. Ich konnte erkennen, wie er sich auf die Lippe biss, um nichts Falsches zu sagen. Diese Anhörung lief ganz anders, als er es sich ausgemalt hatte. Im Gegenteil, sie lief überhaupt nicht gut. Als der Rat mich aufrief, um meine Geschichte zu erzählen, schaffte ich es kaum, einen Satz zu sprechen, ohne dabei zu stottern, so aufgeregt war ich.

«Was hattest du mit Sakri-Tar vor?», fragte der Rat und ich konnte schon an der Stimmlage erkennen, dass sie ihre Entscheidung insgeheim gefällt hatten.

«Es ist alles so wie Nirtik gesagt hat», stammelte ich, «als ich Sakri versuchte zu befreien, griff uns ein Bär an.»

Die drei Ratsmitglieder begannen nun unverhohlen zu lachen, dann drehte sich der Sprecher wieder zu mir.

«Du möchtest uns also weiß machen, dass du einen Bären mit bloßen Händen erlegt hast? Und wo ist er, dieser Bär? Wurde er vom Erdboden verschluckt?», fragte er grinsend.

«Um genau zu sein, ja», gab ich zu, «ich kletterte auf einen Baum und als die Äste brachen, stürzten der Bär und ich zu Boden. Der Bär brach durch den Waldboden. Ich dagegen landete im Moos und blieb unverletzt.»

«Und die Falle hast du auch ohne Werkzeug geöffnet, vermute ich?»

Der Sprecher klang belustigt.

«Diese Fallen haben einen Druckpunkt. Trifft man ihn, öffnet der Mechanismus die Bügel», erklärte ich verzweifelt.

Ich hörte die Menge hinter mir lachen und einige johlten laut und mir wurde klar, dass meine Geschichte völlig abwegig klang. Vermutlich hätte ich sie selber nicht geglaubt, wenn ich nicht gewusst hätte, dass sie tatsächlich wahr war. Ein Junge aus Arwa bezwingt einen Bären ohne Waffen, befreit ohne Werkzeug einen Dryadrim aus einer Bärenfalle und erwartet dann mit dieser unsinnigen Geschichte davon zu kommen. Ich war ein Idiot gewesen, zu glauben, dass mir irgendjemand diesen Blödsinn abkaufen würde. Nirtiks Zuversicht und seine naive Überzeugung, dass die Wahrheit alles zum Guten wenden würde, hatten mich geblendet.

«Ich denke wir haben jetzt genug gehört, um uns ein Urteil bilden zu können», sagte der Sprecher lächelnd.

«Was meint ihr?»

Er drehte sich zu seinen beiden Ratsmitgliedern um, die lachend neben ihm saßen, sich die Tränen aus den Augen wischten und nickten.

«Nirtik-Tar, ich glaube dir und die Geschichte, die du uns erzählt hast. Die einzige Person, die das bestätigen kann, ist leider ein Sklavenmädchen, das auf jeden deiner Befehle hört und daher als Zeugin wertlos ist. Wir glauben, dass Sakri-Tar dir tatsächlich diese Geschichte erzählt hat.»

Hoffnung keimte in mir auf. Glaubten sie Nirtik wirklich? Ein riesiger Stein war kurz davor von meinem Herzen zu fallen und die Anspannung schien von mir zu weichen, doch dann fuhr der Sprecher fort.

«Du hattest erwähnt, dass dein Bruder hohes Fieber hatte. Es kommt häufig vor, dass Dryadrim Wahnvorstellungen haben und im Fieber sprechen. Das solltest du in deinem Alter bereits wissen.»

«Aber, er sprach nicht im Wahn», wandte Nirtik ein.

Der Sprecher hob die Hand, um ihn verstummen zu lassen.

«Wir verstehen, dass du dir nicht vorstellen möchtest, dass die letzten Worte deines Bruders im Wahn gesprochen wurden, aber leider liegt genau das nahe. So traurig das sein mag, Sakri-Tar war nicht mehr Herr seiner Sinne.»

Nirtik starrte mich schockiert an. Für einen Augenblick hatte ich das Gefühl, mein Herz hätte aufgehört zu schlagen. Ich war fassungslos. Ich wollte schreien, irgendetwas rufen und mich wehren, doch aus meinem Mund kam kein einziger Ton. Der Sprecher sprach weiter zu Nirtik.

«Du musst zugeben, dass es recht unwahrscheinlich ist, dass ein halbwüchsiger, unbewaffneter Menschenjunge einen ausgewachsenen Bären mit bloßen Händen erlegt und sein Körper dann vom Erdboden verschluckt wird. Noch dazu konnte er, seinen eigenen Worten nach, die Falle ohne ein Werkzeug öffnen. Wenn wir wenigstens dieser Aussage Glauben schenken, dann spricht diese Tatsache dafür, dass der Junge auch der Besitzer dieser Falle war. Das Urteil ist daher, wie Mok eingangs bereits erwähnte, absolut eindeutig und die Verhandlung überflüssig.»

Der Alte blickte mich grimmig an.

«Also, falls niemand mehr etwas Aufschlussreiches hinzuzufügen hat, dass unser Urteil beeinflussen könnte, dann verkünde ich hiermit...»

«Ich habe etwas hinzuzufügen!», unterbrach eine raue Stimme die Urteilsverkündung. Ich drehte mich um und erkannte einen Mann im Mittelgang stehend. Die Kapuze hatte er tief ins Gesicht gezogenen, sodass nur sein langer grauer Bart herausschaute. Ein Raunen ging durch die Reihen.

Im Gegensatz zu den anderen Dryadrim trug diese Gestalt keine weißen Gewänder, sondern einen schlichten grauen Überwurf. Er schob die Kapuze zurück und blickte grimmig in die ihn anstarrenden Gesichter.

«Gulgar! Was in aller Welt...?», Alruun war aufgesprungen und starrte fassungslos auf den alten Dryadrim.

«Wenn dir die Götter wichtig sind, dann lass mich sprechen, denn Lunaris duldet keine Lügen!», herrschte Gulgar den Trar an, bevor dieser überhaupt einen vollständigen Satz an ihn richten konnte.

Wortlos fiel Alruun wieder auf seinen Stuhl. Auch die Mitglieder des Rates waren überrascht und da der Häuptling nicht antwortete, fragte Gulgar erneut, nach der Erlaubnis zu sprechen. Einer der drei Ratsmitglieder bejahte dies nach kurzem Zögern.

«Während sich der Rat auf die Aussagen von fiebernden Jungen und einfältigen Wachen verlässt, habe ich mir mein eigenes Bild gemacht und Nachforschungen angestellt.»

Er funkelte die drei Ratsmitglieder böse an, die seinen Blick pikiert erwiderten.

«Mirk!»

Gulgar schnippte mit den Fingern und ein Berg aus braunem Fell schob sich neben ihn. Lediglich Mirks schmutzige Füße lugten darunter heraus, so groß war der Pelz. Gulgar griff das Fell und entfaltete es zu seiner vollen Größe.

«Das ist, wie ihr sicher erkennt, ein Bärenpelz. Ich habe meinen kleinen Helfer zu dem Ort geschickt, an dem Sakri-Tar gefunden wurde und ihn ein wenig herumstöbern lassen.»

Mirk nickte und tippte sich auf die stolz geschwellte Brust.

«In einer eingestürzten Höhle, nicht weit von der Stelle entfernt wo Sakri-Tar in die Falle trat, lag ein toter Bär. Sein Körper war von allerhand Geäst begraben, an dem noch etliche welke Blätter hingen. Er kann dort also nicht allzu lange gelegen haben.»

Keiner sprach ein Wort. Wirklich jeder lauschte den klaren Worten Gulgars, der aufrecht stand und kein bisschen gebrechlich wirkte, wie er es sonst oft andeutete.

«Darüber hinaus wollte ich, dass Mirk mir diese Falle bringt, was ihm nicht gelang.»

Das kleine koboldartige Wesen senkte unterwürfig den Kopf, als täte ihm sein Versagen leid.

«Die Falle war viel zu schwer», erklärte Gulgar, «wenn also Mirk diese Falle nicht tragen kann, hätte ein halbwüchsiger Mensch zumindest große Probleme, sie mitten in den Wald zu schleifen und dann wieder heraus. Zumal er seine mögliche Beute dann ebenfalls tragen müsste. Findet ihr nicht auch?»

Die Ratsmitglieder blickten sich verlegen an, mussten Gulgar aber zustimmen, dass die beschriebene Situation schwer vorstellbar war.

«Selbst wenn Sakri-Tar im Fieber gesprochen hätte, was schon ein großer Zufall wäre, da sich seine und die Geschichte des Jungen gleichen wie ein Ei dem anderen, so spricht vieles dafür, dass der Menschenjunge die Wahrheit sagt.»

Gulgars Stimme klang nun rau und zornig. Einige Dryadrim begannen leise zu tuscheln. Alruun wollte etwas sagen, stand auf, überlegte es sich aber anders und ließ Gulgar fortfahren.

«Mok! Hat der Junge euch gesehen, bevor ihr ihn in Gewahrsam genommen habt?»

Mok blickte überrascht zu Alruun, dann zurück zu Gulgar.

«Nein, Gulgar, er hat uns nicht kommen sehen», gab er zu.

«Er hatte also gar keine Zeit gehabt, sich eine solche Geschichte auszudenken. Woher hätte er darüber hinaus wissen sollen, dass in einer eingestürzten Höhle in der Nähe der frische Kadaver eines toten Bären lag, wenn er ihn nicht selber dort hinein befördert hätte?»

Er ließ die Frage einen Moment stehen und das Gemurmel unter den anwesenden Dryadrim wurde lauter. Auf einmal wandte sich Gulgar vom Rat ab und blickte mit strengem Blick zu Alruun.

«Du hast dich entschlossen dein Leben dem Willen der Götter zu beugen und ihnen treu zu dienen. Ist das richtig, mein Trar?», fragte Gulgar mit etwas sanfterer, aber bestimmter Stimme und wartete Alruuns Antwort ab.

«Das ist richtig», knurrte Alruun, der noch nicht zu wissen schien, auf was Gulgar hinaus wollte. Doch das war genau die Antwort, die der alte Mann hören wollte.

«Wie wir alle wissen, ist Lunaris der Gott der Reinheit und der Wahrheit», Gulgar sprach nun wieder laut und deutlich, sodass jeder ihn hören konnte, «belüge ihn und er wird dein Volk dafür strafen!»

«Du nennst mich einen Lügner?», rief Alruun erzürnt zurück, doch Gulgar antwortete nicht, sondern übertönte seinen Trar einfach.

«Dieser Mensch hat sein eigenes Leben riskiert, um eines der unseren zu retten. Wenn er zum Tode verurteilt wird, wäre das nichts anderem geschuldet, als deinem krankhaften Hass auf die Menschen! Er hat Sakri-Tar vor einem schlimmeren Tod bewahrt, als der, den er in seinem heimischen Bett erlitten hat. Dank ihm», Gulgar deutete auf mich, «konnte dein Sohn im Kreise seiner Familie sterben, auch wenn du dieses Angebot nicht angenommen hast.»

Das war ein heftiger Vorwurf und ich befürchtete, dass Alruun Gulgar auf der Stelle mundtot machen würde. Doch er war so überrascht von dessen Auftritt, dass ihm schlicht und ergreifend die Worte fehlten.

«Es spielt keine Rolle, wer von uns an die Götter glaubt und wer von uns die Zukunft der Dryadrim dort draußen sieht. Dieses Urteil kann nur Freispruch heißen. Dennoch sollten wir alle bedenken, dass dieser Mensch als Freund zu uns kam. Während sich einige von uns hinter ihren Göttern verstecken um ihren Hass auszuleben, schauen die anderen zu, wie die Chance unser Volk an dieser Welt teilhaben zu lassen, ungenutzt verstreicht.»

Gulgar blickte um sich: «Ein Einziger unter uns hat dies erkannt, nur ein Einziger, Nirtik-Tar!»

Alruun war außer sich vor Zorn. Er sprang auf und stieß dabei fast den Tisch um. Nun stand er dicht vor Gulgar und blickte ihm tief in die Augen. Doch dieser dachte gar nicht daran sich einschüchtern zu lassen und hielt dem Blick seines Trars eisern stand. Einen Moment lang schien es, als würden sich die beiden gegenseitig mit ihren Blicken durchbohren.

«Sprecht euer Urteil, aber sprecht es weise!», forderte Gulgar schließlich den Rat auf.

Ich versuchte noch immer zu verstehen, was gerade passiert war und blickte mit offenem Mund zu Gulgar und Alruun, dann zu Nirtik, der ebenfalls geschockt auf die beiden Männer starrte, und zum Schluss auf den Rat.

Anfangs schienen die drei Alten genauso überrascht wie alle anderen Dryadrim zu sein, doch dann begannen sie ihre Köpfe zusammen zu stecken und hitzig, aber flüsternd, zu diskutieren. Gulgar rührte sich nicht und verharrte unbeweglich, während er Alruun mit seinen dunklen, durchdringenden Augen anblickte.

Mittlerweile wurde das anfängliche Tuscheln in den Tischreihen zu einem lautstarken Disput.

«Ruhe!», brüllte der Sprecher und die Dryadrim verstummten augenblicklich. Alruun ließ von Gulgar ab ohne ein Wort gesprochen zu haben, und drehte sich zum Rat um.

Die drei Ratsmitglieder hatten sich erhoben. Der langhaarige Greis in der Mitte ergriff das Wort.

«Nach reiflicher Überlegung aller vorgebrachten Aussagen möchte der Rat sein Urteil kundgeben.»

Er machte eine dramatische Pause, dann setzte er seine Verkündung fort.

«Wir sind wir uns einig, dass der Mensch nicht der Mörder des Thronerben Sakri-Tars ist. Vielmehr hat er versucht, das Leben des ursprünglichen Thronfolgers zu retten, was ihm zunächst auch gelang. Zu der Fußverletzung, die letztendlich zu Sakri-Tars Tod führte, hatte er aller Wahrscheinlichkeit nach nichts beigetragen, daher ist Sakri-Tars Ableben zwar tragisch, aber die Schuld daran, ist dem Angeklagten nicht anzulasten.»
Der Alte stützte beide Hände auf den Tisch und blickte mich durchdringend an.

«Wir befinden den Angeklagten, Ricon aus Arwa, hiermit für nicht schuldig. Ihm wird die seltene Ehre der Dryadrim zuteil und mit sofortiger Wirkung die Freiheit geschenkt. Morgen früh wird er aus unserer Gastfreundschaft entlassen.»

Alruun warf Gulgar einen letzten, finsteren Blick zu.

«Der Rat hat sein Urteil gesprochen», sprach er laut und wandte sich von ihm ab und ging zurück zu seinem Platz. Dort angekommen nahm er einen großen Schluck aus seinem Krug und blickte missmutig drein.

Die drei Ratsmitglieder verließen die Bühne. Somit war die Verhandlung beendet und ich war tatsächlich frei! Bei dem Verlauf, den der Prozess zunächst genommen hatte, hatte ich diesen Ausgang nicht für möglich gehalten. Doch ausgerechnet Gulgars Nachforschungen hatten mir das Leben gerettet. Ich war ihm zu großem Dank verpflichtet, aber noch bevor ich ihn erreichte, sprang mir schon Nirtik um den Hals. Er grinste über beide Ohren.

«Siehst du? Ich habe doch gesagt, du wirst deine Freiheit zurückerlangen!»

«Dafür, dass dir das die ganze Zeit klar war, sahst du zwischendurch aber nicht sonderlich zuversichtlich aus», stellte ich fest.

Nirtik verzog den Mund.

«Ich gebe zu, die Verhandlung verlief anders, als ich es mir ausgemalt hatte, aber was zählt ist doch, dass du frei bist», wandte er ein.

Damit hatte er natürlich recht. Der erste Schritt war getan. Nun begann die eigentliche Feier und während die Dryadrim die restliche Nacht tanzten und tranken, würde ich mich mit Kata treffen und verschwinden, bevor die Sonne aufging. Musik ersetzte die aufgeregten Diskussionen über das eben Erlebte und einige Dryadrim erhoben sich von ihren Plätzen.

«Ich gehe tanzen, kommst du mit?», fragte Nirtik, doch ich konnte dem Tanzen schon damals nicht viel abgewinnen.

«Nein, geh du mal alleine. Ich muss das alles erstmal verdauen», entgegnete ich mit einem Lächeln.

«Kann ich verstehen», sagte er aufrichtig und verschwand Richtung Tanzfläche.

Im Augenwinkel erkannte ich Gulgar, der gerade im Begriff war, das Fest zu verlassen. Als er die letzten Tische passierte, holte ich ihn ein.

«Danke», sagte ich unsicher.

«Es gibt nichts zu danken», grummelte er.

«Dieser Gefallen galt nicht dir, sondern Nirtik.»

Gulgar machte zwar den Eindruck, er könne kein Lebewesen auf dieser Welt leiden, außer vielleicht Mirk, der wieder den schweren Bärenpelz trug, aber hinter seiner mürrischen Fassade verbarg sich ein weicher Kern.

«Hier, der gehört dir», sagte Gulgar.

Mirk warf den Pelz vor meine Füße und entblößte dadurch sein wie immer nacktes Äußeres.

Ich hob den Pelz auf und ich spürte das weiche, warme Fell auf meiner Haut.

«Trotzdem danke», sagte ich erneut, doch er hörte mir bereits nicht mehr zu. Etwas anderes hatte seine Aufmerksamkeit geweckt. Gulgar war bewusst, dass er, um Nirtiks Weg zu ebnen, Alruuns ganzen Hass auf sich gezogen hatte. Und dieser stürmte in diesem Moment auf ihn zu. Als wäre ich gar nicht da, rempelte er mich zur Seite. Ich taumelte und fiel unsanft auf meinen Hintern. Ich landete direkt neben Mirk, der mir den Rücken zugewandt, gerade auf den Holzboden pinkelte.

«Was sollte das?», zischte Alruun Gulgar herausfordernd an.

Gulgar war unbeeindruckt von dieser drohenden Erscheinung.

«Ich bin ein Diener der Götter und tue genau das, was sie von mir verlangen», log er nüchtern und wandte sich zum Gehen, doch Alruun hielt ihn am Ärmel fest.

«Und die Götter verlangen, dass du einen Menschen unter deine Fittiche nimmst?», fuhr Alruun ihn an.

Gulgar blieb stehen und blickte grimmig auf die Hand des Häuptlings, die seinen Ärmel festhielt. Sofort ließ Alruun ihn los.

«Muss ich dir wirklich das Wesen unserer Götter erklären, Alruun-Trar, Trar der Dryadrim?»

Er betonte das Wort Trar spöttisch, denn ein Anführer sollte in Bezug auf seine eigenen Götter sicher keine Erklärung benötigen.

Alruun schwieg, blickte Gulgar aber weiter streng ins Gesicht und ich spürte die Spannung, die zwischen den beiden herrschte.

«Wir Dryadrim vertreten den Willen der Götter auf dieser Erde. Der eigene Wille steht hinter dem von Lunaris und Solaris!», fauchte Gulgar.

Ich beobachtete, wie Alruun sich auf die Lippe biss. Neben mir ertönten patschende Geräusche und ich erkannte, dass Mirk gerade fröhlich durch die entstandene Pfütze sprang. Der Urin spritzte und ich stand angewidert auf und ging einen Schritt zur Seite. Außer mir schenkte ihm aber niemand Aufmerksamkeit.

«Lunaris ist der reine Gott», fuhr Gulgar fort, «der Gott des reinen Herzens. Er ist gerecht, kein Sadist wie Solaris! Und vor allem verlangt er die Wahrheit, auch wenn sie uns ein Dorn im Auge sein mag. Das Leben eines Gruhls würde eine Lüge dieser Größe in der heiligen Nacht Lunar bei Weitem nicht aufwiegen. Es hätte uns alle in großes Unglück gestürzt. Deswegen habe ich mich in die Sache eingemischt! Die Götter alleine bestimmen unser Schicksal und wir sollten alles tun, sie nicht zu verärgern!»

Gulgar log, ohne rot zu werden, denn ich wusste, dass ihm die Götter völlig egal waren. Seiner Meinung nach mussten die Dryadrim sich weiterentwickeln, um ein Stück vom Kuchen der Welt der Menschen abzubekommen. Doch diese Aufgabe überließ er Nirtik. Er hatte das Volk zum Nachdenken gebracht, auf das es selber den richtigen Weg erkannte. Alruun war das durchaus bewusst, aber dadurch, dass Gulgar sich auf die Götter berief, konnte er ihm das nicht unterstellen. Dennoch war ich mir sicher, dass der alte Dryadrim sich auf dünnes Eis begeben hatte.

Alruun blickte Gulgar einen Moment wortlos an. Nach dieser kurzen Pause nickte er Gulgar zu, der sich daraufhin zum Gehen wandte und die Feierlichkeiten verließ. Mirk sprang ihm aufgeregt hinterher und hinterließ feuchte Fußspuren auf dem hölzernen Boden, die im bläulichen Licht der Lampions glitzerten wie kleine Eisschollen.

«Was glotzt du so, Fliegenschiss?», herrschte Alruun mich an und schlug mir missmutig den Pelz aus der Hand. Dann ging er in entgegengesetzter Richtung davon.

Ich beschloss, die letzten Stunden bei den Dryadrim zu genießen, trank ein wenig und unterhielt mich mit Nirtik. Kurz vor Mitternacht gab ich jedoch vor, müde zu sein und mich aufgrund der morgigen Reise hinlegen zu wollen. Kata wusste alles was sie wissen musste und wir hatten es vorgezogen, den Rest des Abends nicht mehr miteinander zu sprechen, damit niemand Verdacht schöpfte. Ich wünschte Nirtik eine gute Nacht, obwohl ich mich gerne ausgiebig verabschiedet hätte, doch die Angst zuviel Aufmerksamkeit zu erregen war zu groß. Schließlich durfte niemand erfahren, dass ich bereits in den frühen Morgenstunden gemeinsam mit Kata aufbrechen wollte.

Und so verzichtete ich darauf, meinen Freund zu umarmen, verließ das Fest und begab mich zu meinem Pavillon, um mich noch ein wenig auszuruhen, bevor die Sonne aufging.

12. Kapitel

Am Horizont erkannte ich ein kaum wahrzunehmendes Licht. Die Morgendämmerung setzte ein. Ich verlor keine Zeit. Mit einem Satz sprang ich von meinem Bett, legte meine Alltagskleidung an und schlich mich aus dem Pavillon, vor dem, wenig überraschend, in dieser Nacht keine Wachen gestanden hatten. Schließlich war ich frei und eine Bewachung nicht mehr notwendig. Vermutlich hätten sie nach der Lunarfeier aber ohnehin eher ihren Rausch ausgeschlafen, als ein Auge auf mich zu haben.

Es war still, die Musik war verstummt und ich vermutete, dass die meisten Dryadrim nach dieser ereignisreichen Nacht in ihren Betten lagen und schliefen. Zwar war ich frei und sollte das Dorf ohnehin schnellstmöglich verlassen, doch ich traute Alruun nicht. Gulgars offensiver Vorstoß hatte ihn sehr verärgert und ich vermutete, dass er jede Möglichkeit nutzen würde, mir meine Freiheit dennoch zu entziehen und mein Leben anderweitig zu beenden. Sein Hass auf Menschen war zu ausgeprägt, als dass er die Niederlage der letzten Nacht einfach hinnehmen würde. Zudem hätte niemand erlaubt, dass Kata mich begleitete. Daher beschloss ich, mit äußerster Vorsicht vorzugehen und mich leise zu bewegen. Die Dunkelheit schützte mich vor zufälligen Blicken, doch trotz allem musste ich mich vor Wächtern in Acht nehmen, die mich ganz sicher nicht einfach passieren lassen würden. Wie in den letzten Nächten auch, erwartete ich Wachen vor dem großen Aufzug. An der Leiter unweit von dort entfernt aber nicht. Dort musste ich Kata treffen.

In mir stieg leichte Trauer auf, weil ich keine Zeit mehr hatte, mich angemessen von Nirtik zu verabschieden. Er würde sicher sehr enttäuscht sein, dass ich einfach so verschwand, aber es war die einzige Möglichkeit, um mich mit Kata gemeinsam aus dem Staub zu machen.

Mucksmäuschenstill bewegte ich mich von Schatten zu Schatten, drückte mich in Häuserecken, hinter Kisten und Fässer, bis ich schließlich den großen Aufzug vor mir erkannte. Zwei Wächter standen dort und hielten Wache. Sie wirkten müde, aber das war am Ende dieser Nacht auch kein Wunder. Hinter ein paar Kisten ging ich in Deckung und beobachtete die Gegend um mich herum.

Die Mitte der großen Plattform war leer und leicht einzusehen. Kata würde sich, wie ich zuvor, vermutlich eher am Rand bewegen. Hier standen Kisten, Körbe und Fässer, die eine gute Deckung abgaben. Sie waren allesamt leer und wurden befüllt, wenn Jäger oder Sammler aus dem Wald zurückkamen und ihre Beute verstauen mussten, um diese in die Lager zu bringen. Vorsichtig spähte ich aus meinem Versteck, um ein Lebenszeichen von Kata zu entdecken, doch ich konnte sie nirgendwo ausmachen. Ich beschloss, einen Moment zu warten, doch mit jedem Augenblick, den ich länger in meinem Versteck saß, stiegen Zweifel in mir auf, ob sie wirklich auftauchen würde. Wo war sie? Die ersten Sonnenstrahlen würden sich sehr bald über den Horizont schieben. Hatte man sie eventuell abgefangen? Oder hatte sie sich gar dagegen entschieden mit mir zu kommen?

Unruhig blickte ich immer wieder aus meinem Versteck, doch außer den beiden Wächtern, die sich gelangweilt auf ihre Speere stützten, konnte ich niemanden sehen.

«Kata!», flüsterte ich, doch es folgte nur Stille.

Ich versuchte es noch einmal.

«Kata? Wo bist du?», doch wieder bekam ich keine Antwort.

Der Plan war gescheitert, dachte ich. Kata war nicht aufgetaucht. Ein mulmiges Gefühl stieg in mir auf. Ich musste alleine von hier verschwinden.

Doch in dem Moment, in dem ich gerade zu der Leiter schleichen wollte, bemerkte ich im Augenwinkel eine Bewegung. Hinter einem der Fässer zu meiner Linken erkannte ich eine graue Gestalt, die sich geräuschlos in meine Richtung bewegte. Ich schaute zu den Wächtern, doch diese ahnten nichts und blickten nur müde ins Leere.

«Kata, hier drüben!», flüsterte ich ihr zu und musste mir große Mühe geben, nicht zu euphorisch zu klingen, damit keiner der Wachen auf mich aufmerksam wurde. Kata gab mir ein unauffälliges Handzeichen. Sie hatte mich entdeckt. Einen Augenblick später stand sie neben mir und ich spürte, wie das Gefühl großer Erleichterung, gefolgt von immenser Freude, sich in mir ausbreitete. In ihrem Arm trug sie den Bärenpelz, den ich auf den Feierlichkeiten hatte liegen lassen.

«Hier, der gehört dir.»

Sie lächelte mich an und reichte mir das wärmende Fell. Kata schien in der wenigen Zeit, die sie gehabt haben musste, noch an dem Pelz gearbeitet zu haben. Der Kopf konnte nun wie eine Kapuze übergezogen werden. Ich warf ihn über. Er war noch etwas groß, doch ich erkannte an Katas Blick, dass er mir eine imposante Erscheinung verlieh.

«Danke», sagte ich und strahlte.

«Wir müssen uns beeilen», fügte ich hinzu, als ich feststellte, dass es bereits hell wurde. Kata nickte mir zu und nahm meine Hand. Ich spürte die Wärme ihrer Hand in meiner. Es fühlte sich so schön an.

Gemeinsam schlichen wir uns in Richtung der Leiter, die knapp neben dem Aufzug nach unten führte. Nun war es fast geschafft. Wir mussten nur noch an den Wächtern vorbeischleichen, die zwischen uns und der Freiheit standen.

Doch dann ertönte plötzlich ein lautes Horn aus der Dämmerung des Waldes! Erschrocken blickte ich zu Kata, die mich mit einem Schulterzucken darauf hinwies, dass sie nicht wusste, was das Erklingen des Horns zu bedeuten hatte. Ich aber wusste es. Die Rakkar waren gekommen!

Die beiden Wächter spähten neugierig nach unten. Wir mussten schleunigst an ihnen vorbei. Der Schall des Horns war aus östlicher Richtung zu hören gewesen, unser Weg führte aber nach Westen. Vielleicht blieb uns genug Zeit die Rakkar zu umgehen. Wir würden keine weitere Gelegenheit bekommen gemeinsam von hier zu fliehen.

«Ich gehe vor», flüsterte ich Kata zu. Nickend erklärte sie sich einverstanden.

Vorsichtig wagte ich mich aus meiner Deckung und schlich wie auf Samtpfoten hinter den nach unten spähenden Wächtern vorbei.

«Warum so geheimnisvoll, Fliegenschiss!», ertönte plötzlich Alruuns Stimme.

Ich zuckte zusammen und erkannte, dass er nur wenige Schritte von mir entfernt war. Mehrere Wächter folgten ihm und versperrten mir jegliche Fluchtmöglichkeit. Mir blieb nichts anderes übrig, als stehen zu bleiben und so zu tun, als hätte mich der Klang des Rakkar-Horns angelockt.

Alruun hatte eine lederne Rüstung angelegt. An seinem Gürtel prangte ein leicht gebogenes Schwert, Talwar genannt, wie ich später einmal lernen sollte. Der Griff war aus Horn gefertigt und so blank poliert, dass er selbst in dem fahlen Licht der Morgendämmerung aufdringlich glänzte.

«Die Rakkar sind hier!», rief ich ihm zu und versuchte möglichst überrascht zu klingen.

«Sie sind hier, wie Nirtik es vereinbart hatte», sagte Alruun und wirkte wenig verwundert. Mir fiel sofort auf, dass er in Verbindung mit dem Namen seines Sohnes die förmliche Anrede Tar nicht nutzte, den die Dryadrim eigentlich immer erwähnten, wenn sie von ihrem Thronerben sprachen. Das deutete darauf hin, dass Alruun, wie Nirtik befürchtete, Jorki als Erben bevorzugte, doch das konnte nun nicht mehr mein Problem sein.

«Dann lass uns mal schauen, wie seine Annäherung an die Menschen läuft», sagte Alruun grinsend, packte mich am Nacken und schob mich an die Kante der Plattform.

Aus dem Augenwinkel schaute ich in die Richtung, in der ich Kata vermutete, doch sie war verschwunden. Wenigstens hatte man sie nicht entdeckt, dachte ich.

Die Sonne schickte mittlerweile ihre ersten Strahlen über die Baumwipfel. Es schien ein schöner, wenn auch kühler Tag zu werden.

Als ich nach unten spähte erkannte ich zu meinem Entsetzen Nirtik, der bereits hinter einigen Tischen hin und her sauste und verschiedene Schnitzarbeiten auf ihnen drapierte. Bei ihm waren etwa fünf oder sechs Wächter, die seinen Anweisungen emsig folgten.

Nicht weit entfernt zwischen den Bäumen, erkannte ich Bewegungen. Die Rakkar waren ganz nah.

«Nirtik! Komm nach oben, sie werden nicht handeln!», rief ich mit einsetzender Panik in meiner Stimme, «sei doch vernünftig!»

Alruuns Griff in meinem Nacken wurde merklich fester, als ob er mir zu verstehen geben wollte, dass ich still sein soll.

«Oh, hey Ricon. Guten Morgen!», rief Nirtik freudig nach oben, «mach dir keine Sorgen, das wird alles ganz friedlich ablaufen», versuchte er mich zu beruhigen. Er winkte nur ab und probierte meine Sorgen wegzulächeln. Dann widmete er sich wieder der fein drapierten Auslage.

Hastig drehte ich mich zu Alruun um, der seinen Griff in meinem Genick löste.

«Ich hatte dich doch gewarnt! Warum lässt du ihn sich diesem Risiko aussetzen?», fuhr ich ihn regelrecht an.

«Du hast ihn gehört», sagte Alruun gelassen, «es wird alles ganz friedlich ablaufen.»

Er grinste mich an und in diesem Moment, fiel es mir wie Schuppen von den Augen. Alruun wollte seinen Sohn nicht beschützen. Er wusste, dass Nirtik bei seinem eigenmächtigen Versuch mit den Rakkar zu handeln, vermutlich den Tod finden würde. Ein Tod, der ihn als Vater zwar schmerzte, sein Amt als Trar aber mehr festigte, als je zuvor. Nirtiks Versagen würde nicht nur seinen größten Konkurrenten ausschalten, sondern ihm auch Recht damit geben, dass eine Annäherung an die Welt der Menschen nichts als Unsinn war. Er hätte die volle Rückendeckung seines Volkes zurück, denn auch die Dryadrim, die eher Nirtiks Einstellung teilten, würden wieder voll und ganz hinter Alruun stehen. Das gäbe ihm genug Zeit, seinen jüngsten Sohn Jorki nach seinen Wünschen zu formen und auf seine Nachfolge vorzubereiten.

«Du opferst deinen eigenen Sohn?», fragte ich fassungslos.

Alruun blickte auf mich herab.

«Ein Trar muss alles tun, um sein Volk zu beschützen, auch wenn die Gefahr aus den eigenen Reihen kommt. Nirtik ist ein Träumer und Träumer gefährden unser Fortbestehen.»

Alruuns Lächeln war einer ernsten Miene gewichen.

«Sein Weg ist falsch, aber er ist alt genug, seinen eigenen Weg zu gehen, jedoch nicht auf Kosten meines Volkes. Er wird dem Beweis dienen, dass dieser Weg nicht der unsere sein darf.»

«Nirtiks Weg ist nicht falsch! Nicht alle Menschen sind schlecht!», wandte ich ein, doch Alruun blickte nur stumm nach unten und beachtete meinen Einwand nicht.

«Dein Hass auf Menschen macht dich blind! Ich habe deinen Sohn gerettet und du weißt das!», doch Alruun würdigte mich weiterhin keines Blickes.

«Vigor hat Araare geliebt und sie ihn!»

Plötzlich fuhr der Dryadrim zu mir herum, packte mich am Kragen meines Bärenfells und riss mich in die Luft. Mit baumelnden Beinen starrte ich ihn an. Er war unglaublich kräftig, denn er hielt mich mühelos mit einem Arm in der Luft.

«Du mischst dich in Dinge ein, die dich nichts angehen, Mensch! Solltest du noch einmal den Namen meiner Schwester in den Mund nehmen, woher auch immer du ihn kennst, werde ich dir bei lebendigem Leib die Haut abziehen», zischte er bedrohlich und ließ mich dann zu Boden fallen.

Zwar war ich im ersten Moment eingeschüchtert, doch dieses Gefühl wich rasend schnell einer unglaublichen Wut. Wie konnte er einfach das Leben seines Sohnes zu seinem eigenen Vorteil nutzen? Ich spürte, wie die unkontrollierbare Hitze durch meinen Körper strömte, in meine Arme und in meine Beine.

«Du bist ein skrupelloser Mistkerl!», fauchte ich Alruun an.

Der Häuptling blickte mich erstaunt an. Er hatte eine solche Frechheit ihm gegenüber nicht erwartet, doch er hatte keine Zeit lange darüber nachzudenken, denn mit einem Satz sprang ich ihn an und schwang meine Faust gegen sein Kinn. Alruun taumelte und kippte um. Ich setzte nach. Wild schimpfend schlug ich auf ihn ein, bis mich plötzlich Mok von hinten packte und von seinem Anführer wegzerrte. Ich zappelte, doch Moks Griff war fest und ein weiterer Wächter war ihm zur Hilfe geeilt, sodass sie mich zu zweit unschädlich machten.

Zwei andere Wachen halfen ihrem Trar wieder auf die Beine, doch er stieß sie missmutig zur Seite.

«Wo wart ihr, als mich der Rotzbalg geschlagen hat? Aufstehen kann ich alleine, ihr Nichtsnutze!», zischte er sie an.

Er riss sich los und die beiden Wächter traten mit ängstlichen Gesichtern zurück. Alruun spuckte einen Schwall Blut aus und rieb sich das Kinn. Knurrend trat er dicht vor mich und schlug mit voller Wucht in meinen Bauch. Mir blieb sofort die Luft weg und noch während ich um Atem rang, traf mich ein zweiter Hieb heftig im Gesicht.

«Das war dein Todesurteil, Fliegenschiss!», drohte er mit grollender Stimme, «aber zuerst schauen wir uns gemeinsam an, wie es deinem guten Freund Nirtik ergeht.»

Die beiden Wächter schoben mich nach vorn zur Kante der Plattform, sodass ich gezwungen war Nirtiks Schicksal mitanzusehen.

«Er ist nicht nur mein Freund, er ist auch dein Sohn», wimmerte ich, während ich mein schmerzendes Auge zukniff, wo Alruuns Pranke mich getroffen hatte.

Doch der Trar reagierte nicht auf diesen Einwand. Für ihn war Nirtik missraten. Sein Geist war vernebelt und unwiederbringlich verloren. Für Alruun war die Zeit gekommen, dieses Ärgernis seinem Schicksal zu überlassen und dadurch den Weg für einen anderen Thronfolger frei zu machen, Jorki. Er war noch ein Kleinkind und es würden noch viele Jahre verstreichen, bis dieser seinen Thronanspruch geltend machen würde. Alruun hätte noch genug Zeit, seinen jüngeren Sohn auf den richtigen Weg zu bringen.

Hilflos beobachtete ich Nirtik, der aufgeregt vor dem Tisch herumsprang, um die ein oder andere Schnitzerei besser in Szene zu setzen.

Ich richtete meinen Blick auf die Umgebung um Nirtik herum. Auf einer kleinen Anhöhe, gar nicht weit von ihm entfernt, erschien die massige Gestalt eines Mannes. Sein Haar war an den Seiten kurz geschoren, doch oben auf dem Kopf lang gewachsen. Nirtik winkte ihm freundlich zu und der Mann erwiderte den Gruß. Kurz darauf gab er ein Handzeichen, worauf fünf weitere Männer hinter ihm erschienen und ihn begleiteten. Sie alle trugen Äxte oder stumpfe Waffen wie Streitkolben und -hämmer, hatten diese jedoch nicht gezogen, sondern lässig an ihre Gürtel gebunden, um zwei scheinbar schwere Karren hinter sich herzuzerren. Der fünfte dieser Männer trug ein Banner. Ich erkannte es sofort wieder, denn es zeigte ein schwarzes Schwert auf rotem Grund, das Zeichen der Rakkar.

Es war ein unwirkliches Bild, das sich mir bot. Ich hatte diese Männer bisher nur im Schlachtengetümmel erlebt, wo sie wie blutrünstige Bestien um sich schlugen und keinen am Leben ließen, der nicht schnell genug aus ihrer Reichweite floh. Nun kamen sie friedlich den Hügel herunter geschlendert, um mit Nirtik zu handeln. Ich konnte nicht glauben, dass sie wirklich nur zu diesem Zweck hier erschienen waren. Wo war der Rest von ihnen? Ich spähte in den dichten Wald und versuchte eine Bewegung auszumachen. Sie mussten irgendwo sein, ich war mir sicher. Dennoch konnte ich niemanden entdecken, außer eben diese sechs Männer, die auf Nirtik zugingen und ihn freudig begrüßten.

Als sie unterhalb meiner Position ankamen, gelang es mir, von oben einen Blick in die Karren zu werfen. Ich hätte wetten können, darin weitere Krieger oder irgendetwas Verräterisches zu sehen, doch zu meinem Erstaunen lagen dort nur sauber geschmiedete Werkzeuge. Ich erkannte Sensenblätter, Hammerköpfe, Zangen und allerhand Erzeugnisse aus Eisen.

Im Augenwinkel sah ich, dass sich auch Alruun wunderte, denn seine Stirn lag in Falten. Ich versuchte mir mehr Freiraum zu verschaffen, doch die beiden Wächter entließen mich nicht aus ihrem Griff.

Nirtik sprach mit dem Anführer, doch sie waren zu weit entfernt, um verstehen zu können, welche Worte die beiden austauschten. Sowohl Nirtiks Wächter, als auch die Männer, die den Rakkar-Anführer begleiteten, verhielten sich ruhig und standen einfach nur da, während Nirtik und der massige Krieger sich angeregt unterhielten. Sie betrachteten einige Schnitzereien, die Nirtik auf den Tischen drapiert hatte, begutachteten dann einige der Werkzeuge, die der Rakkar von einem der Karren nahm und plauderten, als ständen sich zwei alte Freunde gegenüber. Alles lief friedlich ab, dennoch wollte mein Gefühl, dass etwas nicht mit rechten Dingen zuging, einfach nicht weichen.

«Sie scheinen tatsächlich nur zu handeln», sprach ich verwundert aus und ich sah, wie sich Alruuns Gesicht verzog. Er hatte gehofft, dass sich sein Problem mit Nirtik durch fremde Hilfe in Luft auflöste. Wenn dieser Handel aber tatsächlich gelang, dann würde es seine Position weiter schwächen und Nirtiks Pläne würden großen Zuspruch aus dem Volk bekommen. So oder so blieb ihm nichts anderes übrig, als das Schauspiel aus der Ferne zu beobachten. Diese Hilflosigkeit missfiel ihm sichtlich und er erwiderte meine Aussage nur mit einem schnaubenden Grunzen.

Der Tauschhandel schien tatsächlich zu glücken, denn während die Dryadrim begannen einen der Karren zu entladen, verluden die Rakkar einen großen Teil von Nirtiks Waren in den anderen. Einerseits kam ich mir unglaublich dämlich vor, hatte ich doch in jedem Moment vor den blutrünstigen Rakkar gewarnt, die sich nun als verhandlungsbereite Händler ausgaben. Mit einem solchen Ausgang hatte ich beim besten Willen nicht gerechnet. Doch als ich in Alruuns missmutiges Gesicht blickte, huschte ein Grinsen über das meine.

«Sieht so aus, als liefe Nirtik-Tars Handel besser, als wir erwartet haben», sagte ich grinsend und betonte den Titel Tar ganz bewusst.

«Sei still, Fliegenschiss, sonst reiß ich dich gleich hier in Stücke», presste Alruun zornig durch seinen fast geschlossenen Mund. Seine Zähne funkelten gefährlich zwischen seinen Lippen hindurch, doch statt verängstigt zu sein, genoss ich seine Verärgerung.

Mein Blick streifte wieder zurück zu Nirtik, der sich gerade vergewisserte, dass die gehandelte Ware ordnungsgemäß auf dem Wagen verstaut wurde.

Doch auf einmal geschah, was ich zu diesem Zeitpunkt fast nicht mehr für möglich gehalten hatte. Die Rakkar hinter ihm zückten ihre Waffen. Der Anführer schwang seinen mächtigen Morgenstern, um ihn auf Nirtiks Schädel niedersausen zu lassen.

«Nirtik! Hinter dir!», schrie ich in meiner Panik zu ihm nach unten.

Nirtik drehte sich augenblicklich und erkannte die drohende Gefahr im letzten Moment. Er hechtete zur Seite und die mächtige Waffe zertrümmerte einen der hölzernen Tische. Krachend splitterte das Holz und die Auslage brach in der Mitte durch.

Zwei von Nirtiks Wächtern hatten weniger Glück. Einer wurde hinterrücks enthauptet und ich sah nur noch, wie sein Kopf über den moosigen Waldboden kullerte, während sein Körper kraftlos in sich zusammensank. Der andere konnte den ersten Schlag mit seinem Speer parieren, war aber machtlos, als ein zweiter Rakkar ihm den Schaft seiner Axt ins Gesicht rammte. Er ging zu Boden und ein kräftiger Hieb brach ihm knirschend das Rückgrat.

Während die restlichen Rakkar auf Nirtik und seine verbliebenen Wächter zustürmten, brüllte der Anführer: «Angriff! Macht sie alle nieder!»

Die heranstürmenden Krieger erwiderten die Aufforderung mit einem furchteinflößenden Brüllen. Nun bot sich das Bild, was ich viel früher erwartet hatte. Eine gewaltige Horde von bewaffneten Rakkar strömte über den Hügel. Äxte und Streitkolben wurden geschwungen, als die wilden Männer auf Nirtik und seine bereits geschrumpfte Anzahl an Bewachern zustürmten, die sich mit dem Rücken zu einem dicken Baumstamm aufgestellt hatten. Dennoch standen Nirtik und seine verbliebenen Wächter einer Übermacht gegenüber, gegen die sie nicht den Hauch einer Chance hatten.

Ich schrie und versuchte mich aus den Pranken meiner Bewacher loszureißen, doch diese packten nur noch härter zu und hielten mich so fest, dass es bereits wehtat.

Die angreifende Horde auf dem Waldboden war nur noch wenige Schritte von Nirtik entfernt, als plötzlich ein schriller Pfiff ertönte.

Es war mir ein Rätsel wie der Alte dorthin gekommen war, aber hoch in dem Baum, an dem Nirtik lehnte, erschien Gulgar.

Wie aus dem Nichts tauchten auf einigen anderen Bäumen plötzlich Bogenschützen der Dryadrim auf und auf Gulgars Zeichen verschossen sie blitzschnell ihre Pfeile auf die heranstürmenden Feinde. Es mussten fast ein Dutzend dieser Geschosse sein, die auf einmal auf die unvorbereiteten Rakkar niedersausten. Sie schlugen in ihre Schädel, ihre Brust und ihre Glieder. Einige Krieger gingen schreiend zu Boden und wurden von ihren heranstürmenden Kameraden niedergetrampelt.

Völlig erstaunt blickte Nirtik über sich und sah die Bogenschützen, die auf Gulgars Befehl gehandelt hatten.

Doch plötzlich ertönte ein Horn. Sein Klang unterschied sich von den tiefen, voluminösen Tönen, die das Rakkar-Horn von sich gegeben hatte. Es war ein langgezogener, hoher Ton, der durch einen kurzen Hornstoß erzeugt wurde. Begleitet wurde er von dem panischen Ausruf eines Dryadrim, nicht weit von unserer Position entfernt.

«Sie sind im Dorf!», brüllte er, «sie greifen uns an!»

Ich schreckte herum und sah auf höhergelegenen Plattformen bereits einige Rakkar aus ihren Verstecken springen. Irgendwie hatten sie sich heimlich nach oben geschlichen, als alle Blicke auf den Handel gerichtet waren.

Ruckartig ließen mich die beiden Wächter plötzlich los. Doch es blieb keine Zeit Nirtik zu helfen. Hinter mir strömten ebenfalls Rakkar auf die Plattform. Der Dryadrim, der das Horn geblasen hatte, verlor als erster sein Leben, als eine Axt seinen Kopf spaltete.

Alruun brüllte seinen Männern Befehle zu, den Gegner zurückzudrängen, doch es war schon zu spät.

Irgendwie hatten sich einige Rakkar Zugang zum hoch in den Baumkronen gelegenen Dorf verschafft und scheinbar unbemerkt zahlreiche Leitern nach unten gelassen, wodurch immer mehr Rakkar nach oben kletterten. Alruuns Männer waren über das ganze Dorf verteilt und auf diese Situation nicht vorbereitet. Nur einige wenige hatten ihren Häuptling zu der großen Plattform mit dem Aufzug begleitet und stellten sich jetzt den ersten Angreifern entgegen. Noch war Alruuns kleiner Trupp zahlenmäßig überlegen, doch stetig erklommen weitere Rakkar die Sprossen nach oben.

«Tötet sie!», brüllte Alruun seinen Männern zu und zeigte auf eine der Leitern, von der immer mehr Krieger in unsere Richtung drängten. Schließlich zog auch der Trar selbst seine Waffe. Drohend schwenkte er den scharf geschliffenen Talwar durch die Luft.

Einen Augenblick stand ich wie angewurzelt da und war kaum in der Lage mich zu bewegen. Es dauerte nicht lange, bis ich begriff, dass ich dringend eine Deckung finden musste.

Die Dryadrim schützten ihren Anführer und stellten sich den anstürmenden Rakkar in den Weg. Die meisten von ihnen trugen Speere, die sie sehr zielsicher auf ihre Gegner werfen konnten und zusätzlich besaß jeder auch ein gebogenes Kurzschwert, ähnlich dem von Alruun. Schwungvoll holte Mok, der die Spitze des Trupps bildete, aus, und versenkte seinen Speer zielsicher in der Brust eines Rakkar, der gerade die oberste Sprosse der Leiter erklommen hatte. Schreiend stürzte dieser zurück in die Tiefe und riss den Krieger, der hinter ihm kletterte, mit sich hinunter. Die anderen Dryadrim taten es Mok gleich, schleuderten ihre Speere und zogen ihre Klingen. Zwei der Geschosse verfehlten ihr Ziel, doch die übrigen trafen mit vernichtender Präzision. Zu meiner Linken wurde ein Rakkar von einem der Speere getroffen. Die Waffe war so kraftvoll geworfen worden, dass sie sein Opfer durch den Brustkorb an eine Hütte nagelte. Mit aufgerissenen Augen starrte der sterbende Rakkar auf den Speer, der das Leben aus ihm herausströmen ließ.

Die ersten Angreifer wurden ohne Ausnahme geradewegs in den Tod geschickt, doch es folgten einfach zu viele nach, sodass sich Alruun und seine Männer zurückzuziehen mussten, um sich mit weiteren Dryadrim-Kriegern, die auf den anderen Plattformen kämpften, zu vereinen. Ich versuchte, einen klaren Kopf zu behalten. Kata musste noch hinter den Kisten sitzen.

Die Stelle war nicht weit entfernt, aber ich musste mich dafür aus der Reichweite von Alruun und seinen Wächtern begeben. Noch standen sie zwischen mir und den anrückenden Rakkar und weder die eine, noch die andere Partei nahmen groß Notiz von mir. Dennoch entschied ich mich, mein Schicksal in meine eigenen Hände zu nehmen. Mit schnellen Schritten rannte ich zu der Stelle, wo ich das Sklavenmädchen zuletzt gesehen hatte.

«Kata! Wo bist du?», rief ich entsetzt, als ich feststellte, dass sie nicht mehr dort war, wo sie sich zuvor verborgen hatte. Panisch blickte ich um mich.

«Kata!»

Ich schrie nun ihren Namen, doch bekam keine Antwort. Eilig trat ich wieder aus der Deckung und versuchte Kata irgendwo in dem Gewühl von Kriegern ausfindig zu machen, doch ohne Erfolg. Zu meinem Unglück erkannte ich nur, dass sich das Kampfgeschehen verschoben hatte und der Weg hinter die kämpfenden Dryadrim mittlerweile versperrt war. Einige Rakkar hatten ihre Position gewechselt und mir den Rückweg abschnitten.

Schweiß stand auf meiner Stirn und mein Herz pochte aufgeregt. Eilig blickte ich mich nach einer Möglichkeit um, mich irgendwie in Sicherheit zu bringen, als plötzlich der Blick eines Rakkar auf mich fiel. Voller Angst starrte ich den Krieger an. Langes, wildes Haar umrahmte sein bärtiges Gesicht und ich erkannte sofort die dunklen, bösen Augen, in die ich schon einmal geblickt hatte.

Vor mir stand Errek, der Krieger, der in Arwa meinen Bruder Doran verfolgt hatte. Zuerst wollte ich das Weite suchen, doch wenn jemand wusste, was aus Doran geworden war, dann war das dieser widerliche Mistkerl mit dem gewaltigen Kriegshammer, den er grinsend schwenkte.

Errek verlor keine Zeit und stürzte brüllend auf mich zu, riss seinen Hammer nach oben und ließ ihn mit voller Wucht auf mich niedersausen. Mit einem Hechtsprung gelang es mir, dem Schlag auszuweichen, der krachend in einen Stapel Holzkisten donnerte. Das Holz splitterte und der aus Eicheln,

Pilzen und Früchten bestehende Inhalt spritzte in alle Richtungen. Unsanft landete ich auf dem Rücken und kroch rückwärts, denn der Rakkar holte bereits erneut aus.

Hastig blickte ich um mich und entdeckte einen mächtigen Wildschweinhauer. Er musste durch den Hieb des Rakkar aus einer der kaputten Kisten geschleudert worden sein. Geschwind packte ich den Zahn und gerade in dem Moment, als der Hammer niederfuhr, machte ich eine Rolle zur Seite und rammte den spitzen Hauer wie einen Dolch in den Fuß des barfüßigen Kriegers. Das Blut spritzte und der Rakkar brüllte laut auf. Der Hammer verlor an Schwung und schwang ins Leere.

Ich hatte ihm die Geschwindigkeit genommen, doch trotz seiner Verletzung war Errek keineswegs gewillt mich so einfach entkommen zu lassen. Brüllend riss er den Hauer aus seinem Fuß, der eine klaffende, tiefe Fleischwunde hinterließ. Mit schmerzverzerrtem Gesicht fuhr Errek herum, warf mir den Zahn zu und begann seinen mächtigen Hammer seitwärts durch die Luft zu wirbeln.

«Nicht schlecht, Kleiner. Na los versuch es noch einmal», höhnte er. Ich konnte kaum fassen, dass sich dieser Krieger mit einer solchen Wunde noch immer grinsend vor mir aufbaute.

Es gab kein Entkommen, denn ich stand mit dem Rücken zu einem gut vertäuten Stapel Kisten, der mir den Weg abschnitt. Mir blieb nichts anderes übrig als mich dem Rakkar zu stellen und um mein Leben zu kämpfen. Ich griff erneut nach dem Zahn, was Errek nur ein lautes Lachen abgewann.

«Der wird dir diesmal nicht helfen!», drohte er, während der schwingende Hammer immer näher kam. Schritt für

Schritt drängte mich der langhaarige Krieger mit dem freien Oberkörper in die Ecke.

Was am frühen Morgen noch als wunderbares Versteck gedient hatte, wurde plötzlich zu einer tödlichen Falle. Die Stelle war schwer einsichtig, was zwar keinen weiteren Rakkar auf mich aufmerksam machte, aber leider auch keinen Dryadrim, der mir vielleicht hätte zur Hilfe kommen können. So oder so war ich auf mich allein gestellt und so sehr ich Doran rächen wollte, so hoffnungslos schien meine Lage in diesem Moment zu sein.

Errek humpelte näher an mich heran, der mächtige Kriegshammer sauste durch die Luft und machte es mir schlicht unmöglich an ihm vorbei zu hechten, ohne dabei einen Hieb mit dieser tödlichen Waffe abzubekommen. Drohend streckte ich den blutverschmierten Wildschweinhauer nach vorne. Ich spürte, wie meine Hand zitterte und mein naiver Mut sich zusehends in Furcht wandelte.

Errek hatte mich fast erreicht. Ein weiterer Schritt und er wäre nah genug um zu einem tödlichen Schlag auszuholen.

«Du kommst mir bekannt vor», sagte er plötzlich heimtückisch lächelnd, als er mich neugierig musterte, «du bist doch einer der beiden Hosenscheißer, die wir in Arwa verfolgt haben.»

«Was hast du mit meinem Bruder gemacht?», schrie ich ihn an.

Der Rakkar lachte laut auf und entblößte sein fauliges Gebiss.

«Das kannst du ihn gleich selber fragen», sagte er und blickte zufrieden auf den rotierenden Hammer in seiner Hand.

Auch wenn ich immer davon ausgegangen war, dass Doran tot war, traf mich diese Aussage, dennoch wie ein Stich ins Herz. Dieses Scheusal hatte meinen Bruder getötet und nun wollte er auch mich mit diesem fürchterlichen Hammer ins Jenseits befördern. Meine Augen wurden feucht, doch ich zwang mich die Tränen zurückzuhalten.

«Du widerliches Dreckschwein! Ich werde dich töten!», schrie ich, doch sein Grinsen wurde dadurch nur noch breiter.

«Harte Worte von einem Kind in einem Bärenkostüm, welches mit einem Schweinezahn kämpft.»

Er lachte so sehr, dass er sich mit einer Hand den Bauch halten musste.

«Machs gut, Kleiner, richte deinem Bruder schöne Grüße aus.»

Errek holte zu einem mächtigen Schwung aus, doch das war der Moment, auf den ich gewartet hatte. Seine Überlegenheit ließ ihn gleichzeitig unvorsichtig agieren. Mit seinem letzten Schritt trat er in eine Seilschlinge, die an den vertäuten Kisten befestigt war.

Wenn ich sterbe, dann nehme ich diesen Bastard mit mir, dachte ich entschlossen. Mit aller Kraft rammte ich meine Schulter in den aufgestapelten Kistenturm. Krachend stürzte ich mit den schweren Kisten über den Rand der Plattform. Verdutzt blickte der Rakkar mir nach und merkte dabei gar nicht, dass sich das Seil augenblicklich fest um seinen Fuß zog. Sofort riss ihn das Gewicht der Kisten nach unten.

Wie durch ein Wunder hatte sich mein Arm im Netz an einer der Kisten verfangen und außer ein paar Abschürfungen war ich unverletzt. Hilflos baumelte ich etwa eine Baumlänge über dem Waldboden in der Luft. Erreks Hammer sauste an mir vorbei in die Tiefe, während sein ehemaliger

Träger sich ächzend mit beiden Händen an die Plattform klammerte. Mein Gewicht und das der Kisten baumelte an der Schlinge um seinen Fuß.

Ich spürte, wie das Seil mir den verfangenen Arm abschnürte und probierte mich zu befreien.

«Du kleiner Scheißer!», hörte ich Errek stöhnend fluchen, während er versuchte, das Gewicht von seinem Bein zu schütteln. Doch die Schlinge war eng um seinen Fuß gezogen.

Er kämpfte um sein Leben, aber obwohl er sehr kräftig war, würde er dieses Gewicht nicht lange halten können. Es würde nur wenig Zeit vergehen, bis seine Finger nachgäben und wir gemeinsam in die Tiefe stürzten. Ruckartig zog ich meinen eingeklemmten Arm aus dem Geflecht des Netzes.

Unter mir lagen 70 Fuß bis zum Boden, über mir baumelten sechs schwere Kisten, die am Fuß eines Rakkars hingen, der mit aller Kraft gegen ihr Gewicht ankämpfte. Vielleicht bestand noch Hoffnung lebend nach oben zu kommen, dachte ich und begann sofort zu klettern. Nahezu jeder meiner Griffe wurde von einem Stöhnen des Rakkar begleitet, dem das Gewicht immer mehr zu schaffen machte. Als ich auf den schwankenden Kisten angekommen war, packte ich Erreks Bein und hievte mich an ihm empor.

Zuerst schimpfte er und versuchte mich abzuschütteln, doch je stärker er gegen mich ankämpfte, desto mehr ließ die Kraft in seinen Fingern nach, sodass er seine Gegenwehr rasch einstellte. Ich packte die Kante, benutzte Erreks Schultern als Tritt und zog mich nach oben. Das Ganze war unglaublich kraftraubend und ich wuchtete mich seitwärts zurück auf die Plattform, wo ich einen kurzen Moment nach Luft ringend liegen blieb.

Ich rieb meinen Arm, der noch immer von dem rauen Seil und dem Sturz brannte, erkannte aber nur ein paar kleine Abschürfungen.

«Hilf mir hoch!», ächzte Erreks Stimme von unten.

Ich drückte mich auf die Knie und blickte regungslos in seine dunklen Augen. Angsterfüllt schaute mich der muskulöse Krieger an.

«Bitte! Hilf mir!», bettelte er.

Doch ich verzog keine Miene und starrte ihn nur an.

«Bitte, ich werde dir nichts tun.»

Panik stand in seinem Gesicht. Das Gewicht der Kisten zog unentwegt an seinem Bein und die Kraft seiner Arme ließ, seinem Zittern nach zu urteilen, langsam nach. Ich schaute mich um und entdeckte neben mir den Wildschweinhauer, der nicht mit mir nach unten gestürzt, sondern direkt vor der Kante liegen geblieben war. Behutsam nahm ich ihn auf und drehte ihn ein paar mal in meiner Hand.

«Hilf mir!»

Ich blickte Errek tief in die Augen.

Vorsichtig streckte ich ihm meine Hand entgegen und deutete an, ihm nach oben zu helfen. Erleichtert versuchte er, meine Hand zu greifen, doch kurz bevor er sie erreichte, zog ich sie wieder zurück. Entsetzen stand in seinem Gesicht.

«Was tust du?», fragte er fassungslos.

Ich lächelte ihn an.

«Das ist für meinen Bruder», sagte ich ruhig.

Dann brüllte ich, so laut ich konnte.

«Das ist für Doran!»

Mit aller Kraft holte ich aus und schlug den Wildschweinhauer knirschend in Erreks Handrücken. Er schrie vor Schmerzen laut auf. Erneut zischte mein Hieb auf seine Hand hinunter. Wie im Rausch nahm ich immer wieder Schwung und rammte die Spitze in seine Hände, zerschnitt seine Finger und durchbohrte sein Fleisch.

Errek schrie vor Schmerz, doch ich war blind vor Wut und mit jedem weiteren Schlag brüllte ich ihn an.

«Das ist für Doran! Das ist für meinen Bruder!»

Dann auf einmal, als ich seine Hände nur noch als eine rote Masse erkannte, glitten seine Finger plötzlich von der Plattform und das Gewicht der Kisten an seinem Bein riss ihn nach unten. Schreiend stürzte der Rakkar in die Tiefe.

Ich blickte ihm nach, bis er nach einem endlos scheinenden Fall auf dem Boden des Waldes aufschlug. Reglos blieb er zwischen den zertrümmerten Kisten liegen. Wütend warf ich ihm den Hauer hinterher. Mein Atem war schnell und mein Blut kochte. Einen Moment blickte ich schweigend auf die Leiche des Mannes, der meinen Bruder auf dem Gewissen hatte. Ich empfand keine Reue, die Genugtuung Doran gerächt zu haben, überwog.

Dennoch war es das erste Mal, dass ich einen Menschen getötet hatte. Ein seltsames Gefühl von Stärke durchflutete meinen Körper. Mein Herz hämmerte noch immer vor Aufregung, doch die Schläge fühlten sich anders an. Sie waren kraftvoller und weniger durch meine Angst geprägt. Ich fühlte mich, als wäre ich auf wundersame Weise durch diese Tat gewachsen, sowohl körperlich, als auch geistig. Was auch immer in diesem Augenblick mit mir geschah, das Wichtigste war, dass Dorans Mörder tot war.

Zeit weiter darüber nachzudenken und zu Verschnaufen hatte ich jedoch nur wenig, denn die Kampfgeräusche hinter mir wurden lauter. Wachsam schaute ich mich um.

Die Dryadrim hatten inzwischen ihre Reihen auf der Plattform verstärkt und kämpften geordneter gegen die anstürmenden Rakkar an. Alruun in ihrer Mitte, wirbelte den tödlichen Talwar durch die Luft und streckte einen Gegner nach dem anderen nieder. Doch auch einige Dryadrim fielen den schweren Hieben der Rakkar zum Opfer. Überall tobte der Kampf und ich hörte die Schreie der verwundeten und sterbenden Männer. Eisen prallte aufeinander und Krieger brüllten ihre furchteinflößenden Kriegsrufe. Es roch nach Blut und Schweiß. Und über all dem Grauen, das sich vor meinen Augen abspielte, stand die Sonne und sendete auf groteske Weise ihre hellen, wärmenden Strahlen herunter.

Bei dem Chaos um mich herum war es schwierig, einen klaren Gedanken zu fassen, außer, dass ich um jeden Preis hier wegmusste. Kata war nirgends zu sehen und mir blieb keine Zeit mehr sie zu suchen. Ich musste zu der ursprünglich geplanten Stelle laufen und hoffen, dass die Rakkar die dort befindliche Leiter nicht entdeckt hatten. Wenn das der Fall war, war mein einziger Ausweg so schnell wie möglich aus der Sichtweite der verfeindeten Stämme nach Westen zu laufen.

Haken schlagend wie ein Hase huschte ich an einigen kämpfenden Männern vorbei, die mich in ihrem Blutrausch gar nicht beachteten. Entgegen meiner Hoffnung war die Leiter bereits nach unten gelassen worden und als ich über die Kante die Sprossen hinabblickte, sah ich, dass einige Rakkar auf ihr empor kletterten. Ich musste die Leiter schnellstmöglich von dem anrückenden Ungeziefer befreien. Der oberste der hinaufkletternden Feinde hatte die Hälfte der Strecke schon hinter sich gebracht. Zwischen seinen Zähnen klemmte ein langes Messer oder ein Schwert, damit er die Hände frei hatte, um die zahlreichen Sprossen zu erklimmen.

Eilig blickte ich mich um. Nur ein paar Schritte entfernt erkannte ich einen Stapel mit entasteten Baumstämmen. Jeder Einzelne hatte etwa meine Größe und mir war klar, dass ich keinen von ihnen anheben konnte. Was ich aber konnte, war mein Gewicht gegen den Stapel zu drücken und ihn so zum Umstürzen zu bringen. Ich verschwendete keine Zeit und stemmte meinen Körper gegen die Stämme, bis das Holz in Bewegung kam. Polternd purzelte der Stapel über die Plattform und rollte über die Kante. Von unten ertönte ein Warnruf, gefolgt von lautem Krachen und einigen Schreien. Schnell hechtete ich zu der Öffnung und spähte die Sprossen hinunter. Auf dem Waldboden lagen zahlreiche tote Rakkar, begraben von den massiven Baumstämmen, die durch den Fall immens an Fahrt aufgenommen hatten. Zu meinem Unglück sah ich aber auch, dass die Leiter ihnen ebenfalls nicht standgehalten hatte. Ab der siebten oder achten Sprosse war sie in ihre Einzelteile zerbrochen und mit den Rakkar auf dem Boden zerschellt.

Verdammt, dachte ich, denn ich hatte meinen Fluchtweg eigenhändig zerstört. Um mich herum herrschte ein Kampf auf Leben und Tod. Rakkar und Dryadrim schlachteten sich gnadenlos ab. Flüchtig schaute ich mich um, um eine zweite Leiter ausfindig zu machen, mit der mir die Flucht aus diesem Durcheinander gelingen würde, als ich plötzlich einen weiblichen Schrei hörte.

War das etwa Kata? Der Ruf war ganz nah gewesen. Erschrocken schaute ich mich hastig um. Nicht weit entfernt erkannte ich einige Lagerschuppen. Ein Ort an dem hauptsächlich die männlichen Dryadrim arbeiteten. Es erschien mir unwahrscheinlich, dass sich Dryadrimfrauen so früh am Morgen, noch vor Ausbruch der Kämpfe, hier aufgehalten hatten. Ich war mich sicher, dass es sich um Kata handeln musste.

Hastig rannte ich zu der Hütte hinüber, aus der ich den Schrei vernommen hatte.

Zwei tote Dryadrim lagen vor dem Eingang. Einer der beiden war enthauptet worden, der andere hatte einen zertrümmerten Brustkorb und sein Gesicht hatte sich durch seinen kürzlichen Todeskampf zu einer bizarren Grimasse verzogen. Seine verkrampfte Hand umklammerte noch immer sein Schwert.

Mit einem großen Schritt trat ich über die Blutlache, die die Körper der beiden Toten gebildet hatten und streckte vorsichtig meinen Kopf durch den Spalt zwischen Tür und Rahmen, immer auf der Hut, damit mich kein Angriff von hinten überraschte.

Tatsächlich entdeckte ich Kata in der Ecke des Raumes. Zwei Rakkar hatten sie bereits gepackt und rissen an ihrer Kleidung. Das Sklavenmädchen schlug um sich, doch ihre Schläge verpufften auf den muskulösen Körpern ihrer Angreifer.

Augenblicklich schoss die Erinnerung an den Todeskampf meiner Mutter vor meine Augen, denn ich wusste, was jetzt folgen würde. Die Kraft, die ich kurz zuvor nach Erreks Tod verspürte, durchströmte erneut meine Adern.

Ohne einen weiteren Gedanken zu verschwenden, riss ich einem der toten Dryadrim seinen Talwar aus der verkrampften Hand und stürmte in die Hütte.

Ich machte nur ein paar flinke Schritte und noch bevor mich einer der beiden Rakkar bemerkte, trieb ich die Spitze des scharfen Schwerts mit aller Kraft in den Rücken des größeren der beiden Krieger. Knackend zerschnitt sie Fleisch und Knochen und trat wieder aus seinem Brustkorb. Der verdutzte Rakkar fiel sofort stöhnend auf die Knie. Der zweite Krieger, ein blonder, kurzgeschorener Jüngling, fuhr erschrocken herum und blickte erstaunt auf seinen sterbenden Kumpel. Ich riss wie wild an dem Talwar, der tief im Körper des Toten steckte, doch er rührte sich kein Stück. Mit jedem Ruck pulsierte mehr Blut aus seiner Brust und seinem Rücken, doch die Waffe hing fest. Leider verfügte ich noch nicht über das Wissen, dass eine Drehung der Klinge wahre Wunder bewirkt hätte. Mir blieb nichts anderes übrig, als das Schwert loszulassen. Der Rakkar kippte vorn über und fiel mit einem dumpfen Geräusch auf den Holzboden.

Der Jüngere verlor keine Zeit und riss seinen Streitkolben nach oben. Ich stolperte rückwärts, als der Rakkar zu brüllen begann und im Begriff war, auf mich zu zuspringen, doch es kam nicht dazu. Ein krachendes Geräusch ertönte, Scherben splitterten, die Augen des Rakkar verdrehten sich und er stürzte bewusstlos zu Boden. Hinter ihm tauchte Katas Silhouette auf, die noch die beiden Henkel des schweren Tonkrugs in den Händen hielt, den sie dem Krieger mit aller Kraft auf dem Schädel zertrümmert hatte.

Mein Herz pochte wie wild, vor Anspannung, vor Erleichterung und vor Freude, dass Kata wieder bei mir war.

«Geht's dir gut?», fragte ich und Kata nickte eilig, «dann lass uns endlich verschwinden.»

Ich griff mir den zweiten Talwar von der kopflosen Leiche am Eingang und nahm Kata an die andere Hand. «Die Leiter ist kaputt, wir müssen woanders runterkommen!», rief ich Kata zu.

Obwohl ich einige Zeit hier verbracht hatte, kannte sie ihr Dorf natürlich weit besser als ich.

«Schnell, hier entlang!»

Eilig zog sie mich hinter ein paar Fässer, aus der Sichtlinie der kämpfenden Männer. Ich konnte mein Glück kaum fassen. Vor mir erkannte ich eine Leiter. Der Einstieg war etwas kleiner, sodass ein erwachsener Mann geradeso hindurchpasste. Noch dazu war die Leiter nicht benutzt worden und hing noch immer in der Verankerung. Ein gutes Zeichen, denn wenn wir hinunter kletterten, wollten wir ungern unten mit offenen Armen empfangen werden.

Um sicherzugehen, spähte ich über die Kante. Am Fuße des Abstiegs tummelten sich keine Krieger. Weder Rakkar noch Dryadrim schienen sich dort aufzuhalten. Ich löste den Splint aus der Arretierung und gemeinsam drückten wir die schwere Leiter in die Schiene. Es klackte und wir begannen sie mit der Kurbel nach unten zu fahren. Es dauerte einen Moment, doch nicht viel später hatte die letzte Sprosse den Boden erreicht.

«Ich gehe vor», sagte ich und deutete auf den Talwar, den ich mir unter dem Bärenpelz an meinen Gürtel geklemmt hatte, «aber diesmal folgst du mir.»

«Einverstanden», erwiderte Kata und wir kletterten eilig über die Sprossen hinunter. In meiner Hast verfehlte ich gelegentlich eine Stufe, sodass ich ein Stück abrutschte und mehrere Sprossen übersprang, doch meine Hände schafften es glücklicherweise immer schnell sich festzuklammern und einen Fall zu verhindern. Kaum hörbar sprang ich von der Leiter und landete mit den Füßen auf dem weichen, moosigen Waldboden. Kata packte meine Hand und kam neben mir auf. Schwitzend japste ich nach Luft und auch Kata war durch das Klettern sichtlich außer Atem.

Kaum war sie unten angekommen, ertönte ein fürchterliches Gebrüll. In Panik blickte ich mich um. Von oben hatten wir ausgiebig Ausschau gehalten, ob am Fuße der Leiter wirklich keine Gefahr lauerte, aber der Abstieg hatte eine Weile gedauert. Zwischen den Bäumen sah ich zu meinem Entsetzen einige Rakkar heranstürmen. Mit Äxten und Streithämmern bewaffnet kamen sie direkt auf uns zu. Ich spürte, wie Kata meine Hand fester drückte.

Geschockt stolperte ich einige Schritte rückwärts. An Weglaufen war nicht zu denken, dafür waren die Rakkar schon zu nah. Ich ließ Katas Hand los, schob sie hinter mich, umfasste den Griff des Tarwal und riss die Waffe aus meinem Gürtel. Wenn das unser Ende war, dann würde ich wenigstens dagegen ankämpfen, auch wenn die Lage noch so hoffnungslos war.

Doch plötzlich ertönte ein schriller Schrei. Ich zuckte herum und blickte verwundert über meine Schulter. Es folgten weitere durchdringende Kriegsrufe und ich sah, dass sich hinter uns einige Dryadrim gesammelt hatten, um den Rakkar die Stirn zu bieten. Mit gezückten Krummschwertern rannten diese ihren Feinden entschlossen entgegen. Auf einmal verstand ich, dass wir weder das Ziel der Rakkar, noch das der Dryadrim waren. Wir waren nur unglücklicherweise zwischen den beiden Fronten gelandet.

«Die sind nicht wegen uns hier!», rief ich Kata zu, «komm!»

Ich packte Kata am Arm und zog sie hinter mir her. Wir krochen in den Schutz eines umgeknickten, moosigen, alten Baumstamms. Als ich sie anschaute, erkannte ich die Angst in ihren wunderschönen blauen Augen. Tränen sammelten sich darin, die ihnen aber keineswegs ihre Schönheit nahmen. Sie weinte, jedoch ohne auch nur das leiseste Geräusch von sich zu geben. Kata war unglaublich tapfer und ich nahm sie anerkennend in den Arm und drückte sie fest.

«Hab keine Angst, wir haben es fast geschafft.»

Dann hörte ich, wie Stahl klirrte und Holz knackte. Die beiden verfeindeten Gruppen waren aufeinandergeprallt. Vorsichtig lugte ich aus der Deckung. Um uns herum herrschte ein wilder Kampf.

Einer der Dryadrim ließ seinen Tarwal durch die Luft zischen und traf den Arm eines Rakkar, der schreiend seinen schweren Kriegshammer fallen ließ. Ein zweiter kam ihm zur Hilfe und schmetterte brüllend seine Axt auf den Dryadrim, der dieser jedoch mit einem schnellen Seitwärtsschritt auswich, sich dann aber in die blanke Faust des entwaffneten Kriegers manövrierte. Benommen ging der Dryadrim zu Boden. Der Axtträger holte zum tödlichen Hieb aus, wurde dann aber von einem weiteren Dryadrim attackiert, der ihn wiederum mit einem Schwertschlag in die Wade von den Beinen holte.

Die Lage war chaotisch und wir waren mittendrin. Sobald eine Partei die Oberhand gewinnen würde, würde man sich um uns kümmern, dachte ich. Wir mussten diesen unübersichtlichen Moment ausnutzen, in dem die Gegner miteinander beschäftigt waren.

«Wir müssen auf der Stelle hier weg», flüsterte ich Kata zu, die sich die Tränen aus den Augen wischte und nickte.

Vorsichtig trat ich, mit Kata dicht hinter mir, aus der Deckung. Die Krieger konnten uns nun sehen, doch keiner machte Anstalten uns anzugreifen. Sie waren zu sehr mit dem

Gegner beschäftigt, als dass wir eine Rolle gespielt hätten. Dennoch mussten wir aufpassen. Das wilde Gedränge und die unkontrollierten Schläge von Äxten, Hämmern und Schwertern galten uns zwar nicht, doch das machte sie nicht weniger gefährlich. Geduckt huschten wir durch die Reihen der kämpfenden Krieger.

«Hier lang!», rief ich Kata zu, während ich an einem ausholenden Rakkar vorbeihechtete.

Neben mir ging ein Dryadrim zu Boden, doch ich sprang an ihm vorüber. Schreiend ließ er sein Leben, als die Axt des Rakkar in seinen Brustkorb fuhr.

«Ricon!», schrie Kata.

Ich fuhr herum und sah, dass Kata von einem Rakkar gestellt wurde, der gerade den Dryadrim niedergestreckt hatte. Er holte aus, doch bevor er zuschlagen konnte, riss ich Kata zur Seite. Sein Schlag wurde von einem Dryadrim geblockt, der mit einem gezielten Dolchstoß die Kehle des Rakkar traf. Das Blut spritzte fontänenartig in die Höhe, obwohl der gurgelnde Rakkar augenblicklich die Hand auf seinen Hals drückte.

Kata und ich stürzten zu Boden und rollten über den leicht abschüssigen Hang. Als wir zum Liegen kamen, waren wir nicht mehr mitten zwischen den kämpfenden Männern, sondern ein paar Schritte abseits. Ich blickte mich um, um mögliche Angreifer rechtzeitig auszumachen und erkannte zu meiner Überraschung ein bekanntes Gesicht.

Es war Nirtik! Er hockte hinter einem Baumstumpf mitten in dem Getümmel, aus dem wir gerade geflohen waren. Es verwunderte mich, doch Nirtik schien unbewaffnet zu sein. Wortlos starrte er mich und Kata an. Er sah überrascht aus und ich war mir nicht sicher, was er in dem Moment dachte, als er uns beide zusammen sah. Es verging ein Augenblick, der sich ewig lang anfühlte, doch es schien mir unmöglich zu ihm zu kommen oder er zu uns. Kata zog an meinem Arm.

«Wir müssen weiter!»

Auch sie hatte ihn gesehen, doch ihre Angst vor der Schlacht trieb sie vorwärts, während ich wie angewurzelt stehen blieb und Nirtik anstarrte, der mitten in dem Gewühl hockte. Er hatte so viel Gutes gewollt und hatte nur Schlechtes dafür bekommen. Er tat mir unendlich leid.

Kata riss vehement an meinem Ärmel.

«Ricon, nun komm schon.»

«Ich muss ihm helfen!», sagte ich plötzlich und gerade als ich den ersten Schritt auf ihn zuging, um mir den Weg zu ihm freizukämpfen, sprang Nirtik auf.

«Verschwindet!», brüllte er zu uns herüber und noch einmal.

«Lauft weg! Verschwindet!»

Nirtik wedelte aufgeregt mit den Armen, um uns zu zeigen, dass wir keine Zeit verlieren sollten. Kata zog mich vorwärts, während ich unentwegt über meine Schulter zu ihm starrte, der mitten zwischen den kämpfenden Männern stand und uns nachschaute.

Doch auf einmal riss ich mich von Kata los. Ich fuhr herum, holte aus und warf den Tarwal, den ich noch immer führte, mit aller Kraft in Nirtiks Richtung.

«Nirtik! Hier!»

Das gebogene Schwert zischte durch die Luft und landete genau vor seinen Füßen. Nirtik packte sich die Waffe und sprang sofort auf einen ihm zugewandten Rakkar. Aus dem Augenwinkel konnte ich noch erkennen, dass das Schwert der Axt zuvorkam, dann fiel mir der Blick zurück aufgrund der vielen Baumstämme zwischen uns immer schwerer. Kata zog mich unentwegt weiter durch den Wald. Die Kampfgeräusche wurden leiser, bis sie letztendlich ganz verstummten und ich nur noch das Knacken der Äste und das Rascheln von Blättern unter unseren Füßen hören konnte. Wir liefen und liefen und es schien, als würden wir niemals aufhören zu rennen.

Zwar wurden unsere Schritte während unserer Flucht immer kürzer und wir keuchten beide vor Anstrengung, doch erst am Nachmittag gestatteten wir uns eine erste Rast. Ich ließ mich auf den mit Laub bedeckten Waldboden fallen und starrte in das bunte Blätterdach des Herbstes. Schweiß lief über meine Stirn und meine Lunge brannte. Kata hatte sich schwer atmend auf einem umgestürzten Baumstamm neben mir niedergelassen.

«Ich war noch nie so weit von zu Hause weg», sagte sie plötzlich gedankenverloren.

Ich richtete mich auf und blickte in ihr Gesicht. Ihr Haar war zerzaust, ihre Haut schwitzig und verdreckt und ihre Augen müde von der Anstrengung. Dennoch strahlte sie eine einnehmende Schönheit aus. Irgendetwas an ihr zog mich jedes Mal, wenn ich sie anblickte, mehr in ihren Bann.

«Wir werden ein neues Zuhause finden», versuchte ich, sie zu beruhigen.

«Warst du hier schon mal?», fragte sie, während sie die dichten Bäume um sich herum betrachtete.

«Nein», entgegnete ich.

«Aber ich erinnere mich an ein Gespräch meines Vaters, mit einem Händler aus dem Süden. Der Händler sprach von einem Königreich namens Etwaldar, das hinter dem Wald läge.»

Kata überlegte einen Moment.

«Muss es dann nicht auch eine Verbindung zwischen diesem Königreich und deiner Heimat geben?», fragte sie.

«Ich glaube nicht», gab ich zu, «Händler kamen in Arwa nur übers Meer. Ihre riesigen Schiffe lagen vor der Küste vor Anker und ihre Waren wurde mit kleineren Booten an Land gebracht.»

Für einen Moment verlor ich mich in meinen Gedanken. Ich erinnerte mich an große Handelsschiffe, die gelegentlich unsere Küste anliefen. Häufig lief ich mit Doran zum Strand, um zu beobachten, wie die Reisenden ihre Waren von Bord der großen ankernden Schiffe schafften. Auf dem Strand wurde ein provisorischer Markt abgehalten, wo viele von Arwas Bewohnern wie Ameisen herbeiströmten und mit den Händlern um Waren feilschten, die sonst nirgendwo zu bekommen waren. Mein Bruder und ich hatten das Treiben stets fasziniert beobachtet und uns mehr als einmal geschworen, eines Tages gemeinsam ferne Länder zu bereisen. Denn das war der Stoff, aus dem kindliche Fantasien sind.

«Was ist ein Schiff?», fragte Kata und riss mich aus meinen Gedanken.

«Ein Schiff?»

Ich war überrascht von der Frage, aber dann dämmerte mir, dass Kata noch nie etwas anderes als ihr Dorf in den Baumkronen zu Gesicht bekommen hatte. Sie hatte nie zuvor das Meer, geschweige denn ein Schiff darauf fahren gesehen.

«Schiffe sind aus Holz konstruiert. Sie fahren auf dem Wasser und beherbergen viele Menschen und transportieren Waren von einem Ort zum anderen.»

Kata blickte mich mit großen Augen an.

«Du meinst wie Lagerhäuser, nur dass sie schwimmen können?»

Ich wischte mir den Schweiß von der Stirn.

«Ja, ich denke so kannst du dir das am ehesten vorstellen», antwortete ich.

«Wenn wir meinen Vater und mit ihm ein neues Zuhause finden, musst du mir mehr von deiner Heimat erzählen», sagte sie neugierig und ich erwiderte ihr Lächeln nickend. Ich stand auf.

«Komm, wir haben noch einen weiten Weg vor uns», sagte ich und reichte ihr eine Hand. Ich wusste natürlich nicht, wie weit wir laufen mussten, geschweige denn, ob wir überhaupt zeitnah auf ein Dorf treffen würden. Doch ich hatte noch immer das mulmige Gefühl, dass uns vielleicht jemand verfolgte.

Wir gingen weiter, bis es anfing zu dämmern. Ich versuchte, mich an der Sonne zu orientieren, denn ich wusste, dass sie im Westen unterging, also in der Richtung, in die wir gehen mussten. Das war allerdings nicht einfach, denn obwohl der Herbst eingesetzt hatte, waren die Baumkronen noch sehr dicht und ließen die Sonne nur selten hindurchblitzen.

Mit der Dunkelheit der Nacht wurde es merklich kühler. Auch das Licht verschwand schnell und bald konnten wir die Hand vor Augen nicht mehr erkennen. Aus Schutz vor Wölfen und anderen Raubtieren, die in der Dunkelheit jagten, kletterten wir für die Nacht auf einen kräftigen Baum. An der Stelle, wo der Stamm in die einzelnen Äste überging, fanden wir beide Platz. Ich breitete den wärmenden Bärenpelz über Kata und mich und lehnte mich zurück.

«Woher weißt du von meinem Vater?», fragte Kata auf einmal.

Ich zog das Fell etwas höher, denn ich war verschwitzt und mir war kalt. Auch der Durst plagte mich, doch Wasser würden wir erst am nächsten Morgen suchen können.

«Gulgar hat mir die Geschichte mit deiner Mutter erzählt.», sagte ich.

«Was hat er dir von ihr erzählt?»

Kata strich sich das verwuschelte Haar zur Seite und blickte mich aufmerksam an.

«Nicht viel», stellte ich fest.

«Erzähl mir alles, was Gulgar dir gesagt hat!», sagte sie neugierig. Ich überlegte kurz.

«Nun, Gulgar sagte, der Name deiner Mutter war Araare und sie war Alruuns Schwester. Die beiden waren wohl sehr eng miteinander.»

Kata blickte mich an und lauschte jedem meiner Worte.

«Während Alruun sich mit zunehmendem Alter auf seine Aufgaben als Trar vorbereitete, wollte deine Mutter eine Jägerin werden, was laut Gulgar für euer Volk eher untypisch sei.»

«Das stimmt. Frauen verlassen unser Dorf eigentlich nicht», pflichtete Kata mir bei.

«Ihr Verhältnis wurde distanzierter und deine Mutter war immer häufiger alleine im Wald unterwegs. Wie es scheint, lernte sie einen Menschen kennen, in den sie sich verliebte. Sein Name war Vigor. Gulgar sagte, dass er dein Vater sei.»

«Vigor, ein komischer Name», wiederholte Kata.

«Deine Mutter wollte nach deiner Geburt mit dir zu ihm gehen, doch Alruun hätte das nie erlaubt. Doch dazu kam es ohnehin nicht, da deine Mutter bei deiner Geburt leider verstarb», beendete ich meine Erzählung.

«Ich hätte sie gerne kennengelernt. Sie scheint eine starke Frau gewesen zu sein, wenn sie den Mut besaß meinem Onkel diesen Wunsch zu unterbreiten. Er ist ein Patriarch, der keine Meinung neben seiner duldet.»

«Ihre Stärke lebt in dir weiter», sagte ich. Einen Moment schwiegen wir.

Plötzlich blickte Kata mich fragend an.

«Vorhin, als du die Rakkar mit dem Talwar angegriffen hast, das war sehr mutig.»

Ich fühlte mich geschmeichelt und lächelte sie an.

Zwar antwortete ich nicht auf Katas Lob, doch innerlich beschäftigten mich die Vorkommnisse um die beiden Rakkar, die ich getötet hatte. Ich hatte zwei Menschen auf dem Gewissen, Errek und einen der Männer, die Kata angegriffen hatten. Reue spürte ich jedoch kaum. Es machte sich sogar eine Art Zufriedenheit in mir breit. Ich hatte erwartet, dass diese Taten schwer auf meinen Schultern lasten würden, doch dem war nicht so. Im Gegenteil, ich hatte das Gefühl, das Richtige getan zu haben. Von klein auf hatte ich gelernt, dass Rache und blinde Wut keine Probleme lösen und auch, wenn mir die Beherrschung dieser Emotionen nicht immer gelang, hatte ich doch darauf vertraut. Natürlich hatte ich auch um mein und Katas Überleben gekämpft und nicht viel Zeit gehabt darüber nachzudenken, doch dass die Tötung dieser beiden Männer so spurlos an mir vorüberging, hatte ich nicht erwartet, es verwirrte mich sogar ein wenig.

Kata unterbrach meine Gedanken, rutschte näher zu mir herüber und kuschelte sich an mich.

«Mir ist kalt.»

Sie ließ den Kopf auf meine Schulter sacken und schloss die Augen. Das Gefühl, ihr so nah zu sein und ihre Wärme zu spüren, war wundervoll. Sanft legte ich den Arm um sie. Es dauerte nicht lange, da schlief sie bereits.

Einerseits war dies eine der schönsten Nächte meines Lebens, doch andererseits war mein Schlaf nicht sehr tief und auch nicht sonderlich erholsam, da ich permanent Angst hatte herunterzufallen. Kata dagegen schlief wie ein Stein. Sie war aber auch hoch oben in den Baumkronen aufgewachsen und in dieser Höhe über dem Waldboden zu schlafen, musste sich für sie eher vertraut anfühlen, als beängstigend.

13. Kapitel

Die nächsten Tage sollten hart werden. Tagsüber quälte uns der Hunger, nachts, trotz des Bärenfells, die Kälte. Das Fell wärmte uns zwar, wenn wir es über uns ausbreiteten, doch da wir auf Bäumen schliefen, konnten wir uns nur wenig vor der Kälte von unten schützen.

Wir aßen, was uns der Wald bot. Meine Mutter hatte uns Kinder häufig mit an den Waldrand genommen, um Pilze, Beeren und Kräuter zu sammeln. Dann hatte sie unsere Funde begutachtet, uns geduldig die feinen Unterschiede der giftigen und ungiftigen Sorten erklärt und uns die genießbaren probieren lassen. Daher kannte ich mich ganz gut aus, aber so tief im Wald wuchsen die meisten mir bekannten Arten nicht. Viele der Pflanzen, die ich kannte, benötigen Sonnenlicht, wovon es unter dem dichten Blätterdach nur wenig gab. Zudem hatte meine Mutter die Leckereien anschließend am warmen Herd gekocht und nicht roh serviert. All diese Dinge hatten meist großartig geschmeckt, bis auf Holunderbeeren. Allein der Gedanke an Holunderbeerenmarmelade, die mein Bruder Doran so geliebt hatte, ließ eine Gänsehaut auf meinen Armen erscheinen. Die Möglichkeit, mitten im Wald Marmelade zu kochen, stufte ich aber als recht unwahrscheinlich ein und da Holunderbeeren, wie ich wusste, in ihrer rohen Form ohnehin giftig waren, waren die wenigen Pflanzen, die wir ab und zu auf kleineren Lichtungen fanden, für uns nicht interessant.

Kata war für mich ein Segen. Sie kannte fast jedes Kraut beim Namen, wusste, ob es giftig oder essbar war und wo es wuchs. Dennoch war sie niemals zur Jagd mitgenommen worden. Somit blieb uns zwar ihr großes Wissen über Pflanzen aller Art, Fleisch jedoch blieb uns verwehrt.

Auch Feuer machen gestaltete sich schwierig, da es sehr häufig regnete und wir dadurch nichts Trockenes fanden, das man hätte entzünden können.

Uns blieb in der ausweglosen Situation nichts anderes übrig, als die essbaren Dinge, die wir sammelten, roh zu essen.

Dennoch bot uns der Wald nicht viel und der Hunger plagte uns ebenso wie der Durst. So bestand jeder Tag aufs Neue aus der Herausforderung, etwas zwischen die Zähne zu bekommen. Wir tranken aus Astlöchern und Pfützen oder schüttelten Wassertropfen von feuchten Blättern in unseren Mund. Zwar hatten wir einen Weg gefunden zu überleben, aber mehr auch nicht. Meine Beine schmerzten von den vielen Meilen, die wir bereits gewandert waren und Blasen zierten meine Füße.

Wir verbrachten drei Nächte im Freien, bis am Mittag des dritten Tages unserer Wanderschaft Licht durch die Baumstämme vor uns blitzte.

«Da vorne, schau!»

Kata zeigte auf die Bäume vor uns und ich erkannte, was sie meinte. Der dichte Bewuchs lichtete sich.

«Das muss der Waldrand sein», stellte ich begeistert fest.

Und tatsächlich standen wir wenig später auf einem Pfad, der sich an der Waldgrenze entlang schlängelte. Der Weg sah aus, als würde er von Menschen genutzt werden. Er war breit genug für ein kleines Gespann mit ein oder zwei Pferden oder Ochsen und der morastige Boden war von tiefen Furchen durchzogen, die vermutlich von Wagenrädern stammten. Zwischen ihnen waren sogar einige Hufabdrücke zu erkennen. Ich konnte es kaum fassen.

«Wir haben es geschafft!», stellte ich freudig fest. Grinsend blickte ich zu Kata, die mich fragend anschaute.

«Was haben wir geschafft?», fragte sie stirnrunzelnd.

«Wir haben einen Weg gefunden!»

Ich zeigte auf die Spuren, breitete die Arme aus und strahlte bis über beide Ohren.

«Norden oder Süden?», fragte Kata trocken.

«Was?»

Ich ließ die Arme sinken.

«Ob wir nach Norden oder nach Süden weitergehen müssen? In welche Richtung sollen wir gehen?», stellte sie fragend fest.

Ihr Einwand war natürlich berechtigt und meine Euphorie verschwand so schnell, wie sie gekommen war. Ich stemmte die Arme in die Hüfte und musterte die schlammigen Spuren.

«Norden!», sagte ich nach einer Weile entschlossen.

«Norden? Und was bringt dich zu dieser Annahme?», fragte Kata verwundert.

«Die Hufe zeigen in diese Richtung und der Karren muss den Spuren nach sehr schwer gewesen sein, daher war das vermutlich ein Händler, der in das Dorf wollte, um zu handeln. Wir müssen nur den Spuren folgen.»

Ich lächelte zuversichtlich.

«Beeindruckend», sagte Kata lächelnd, nahm meine Hand und zog mich hinter sich her.

Um ehrlich zu sein hatte ich keine Ahnung, wohin uns der Weg führen würde. Weder wusste ich, ob der Wagen schwer bepackt gewesen war, noch konnte ich begründen, warum ein beladener Karren zu einem Dorf hin und nicht davon wegfuhr, aber ich wollte unbedingt zeigen, dass ich die Welt der Menschen verstand. Kata hatte mich drei Tage am Leben gehalten, indem wir von ihrem Wissen über den Wald profitierten und ich war mir nicht sicher, ob ich es ohne sie bis hierhin geschafft hätte. Nun war ich an der Reihe, dasselbe für sie zu tun und ich wollte sie nicht gleich in der ersten wichtigen Situation enttäuschen.

Doch die Zeit verstrich, ohne dass wir auf eine menschliche Behausung trafen. Wir hatten, seit wir auf dem Weg liefen, keinen einzigen Menschen getroffen. Weder zu Fuß, noch mit einem Pferd oder mit einem Karren. Besorgt blickte ich immer wieder heimlich zur Sonne, die weiter und weiter über den Horizont zog. Es würde nicht mehr lange dauern, bis sie unterging und uns die nächste Nacht im Freien bescheren würde.

Hätten wir besser nach Süden gehen sollen? Mit jedem Schritt wuchsen die Zweifel an meiner Entscheidung. Wo würde uns dieser verlassene Weg bloß hinführen? Innerlich schimpfte ich über mein hochnäsiges Auftreten und beschloss Kata zu beichten, dass ich einen Fehler gemacht hatte.

«Kata, es tut mir leid, aber...»

«Schau! Da vorne!», unterbrach sie mich und deutete auf eine kleine, aber sich stetig kräuselnde Rauchsäule, die hinter einer unscheinbaren, bewachsenen Biegung vor uns in den Himmel stieg.

«Da brennt ein Feuer, oder?», fragte sie lachend.

Mir den Schweiß von der Stirn wischend, versuchte ich, nicht allzu überrascht zu wirken, doch in meinen Gedanken tanzte ich vor Freude.

«Ja, da vorne könnte ein Dorf sein», sagte ich und grinste. Kata fiel mir um den Hals und drückte mich so fest, dass ich beinahe auf dem matschigen Boden ausgerutscht wäre.

Unsere Schritte wurden immer schneller, sodass wir kurz vor Sonnenuntergang völlig außer Atem ein Haus erreichten.

Ich hatte auf ein ganzes Dorf gehofft, doch vor uns stand nur ein einzelnes Gebäude. Die Rauchsäule, die wir zuvor gesehen hatten, kräuselte sich aus dem steinernen Schornstein und der Duft von frisch gebratenem Fleisch hing in der Luft. Aus dem Inneren drang Gelächter und Musik, Krüge klirrten und ich hörte Stimmen, die sich angeregt unterhielten.

Ich atmete den Essensgeruch ein und mir lief augenblicklich das Wasser im Mund zusammen. Trotz meiner anfänglichen Enttäuschung nicht auf ein Dorf gestoßen zu sein, überwog meine Freude endlich eine menschliche Behausung gefunden zu haben.

Gerade, als ich zur Tür gehen wollte, spürte ich, wie Katas Hand mich zurückzog.

«Was ist?», fragte ich verwundert.

«Meinst du, sie werden uns gegenüber freundlich sein?», fragte Kata. Sie wirkte besorgt.

«Warum sollten sie das nicht?»

«Ricon, ich bin nicht so wie sie», flüsterte sie mir sorgenvoll zu. Ich lächelte und drückte Kata an mich.

«Sie werden dich mögen, sei unbesorgt. Darüber hinaus sieht man dir deine Herkunft überhaupt nicht an.»

Kata erwiderte meine Umarmung. Ich nahm ihre Hand und wir schritten gemeinsam auf die hölzerne Eingangstür zu.

Ich zog kräftig an einem eisernen Ring. Die schwere Tür knarzte und wir traten ein. Ich spürte die warme Luft des Lagerfeuers, das hinten im Saal in einem Kamin loderte. Vor uns eröffnete sich ein gut gefüllter Raum, in dem zahlreiche Männer auf Bänken saßen, sich angeregt unterhielten, laut lachten und gemeinsam Trinklieder schmetterten. Dazwischen wuselten einige Frauen mit tief ausgeschnittener Kleidung hin und her und verteilten Essen und gefüllte Krüge auf den Tischen. Beleuchtet wurde der Saal von einer Hand voll Öllampen, die in Halterungen an der Wand befestigt waren. Zudem baumelten unter der Decke zwei große Wagenräder, auf denen zahlreiche Kerzen drapiert waren. Darüber hinaus zierte in unregelmäßigen Abständen ein Geweih oder ein kleiner Wandteppich die sonst nackten Steinwände.

Ich beobachtete eine füllige Frau hinter der Theke, vermutlich die Wirtin, die über ein besonders dralles Dekolleté verfügte und einige Bierkrüge füllte. Sie wurde von drei, eher zwielichtig dreinschauenden, Kerlen belagert, die ihr aufdringlich Komplimente machten. Kaum waren die Krüge gefüllt, packte sie mit ihren kräftigen Händen zu und trug sie zu einem Tisch, an dem bereits einige Männer laut grölend auf sie warteten. Ich staunte, als ich sah, wie diese Dame mit Leichtigkeit zehn oder mehr Krüge auf einmal davontrug. Ihr Eintreffen wurde mit lautem Gejohle begrüßt und das Bier spritzte über den dunklen Holztisch, als sie die vollen Krüge auf dem Tisch absetzte.

«Greift zu!», blökte sie mit rauchiger Stimme und die Männer griffen gierig nach dem Bier. Nur einer nahm diese Aussage zu wörtlich und zimmerte seine Hand auf den prallen Hintern der Dame, sodass man das Klatschen durch den ganzen Saal hören konnte.

Ohne Umschweife fuhr die Wirtin herum und verpasste dem Trunkenbold eine schallende Ohrfeige, die den Kerl so wuchtig traf, dass es ihn rückwärts von der Bank fegte. Krachend fiel er auf den Holzboden, die Beine noch auf der Bank hängend blieb er regungslos liegen. Die übrigen Männer feixten, lachten laut und bejubelten die schlagfertige Frau, die scheinbar den Namen Rosa trug. Zumindest verriet dies der einige Augenblicke anhaltende Sprechchor.

«Rosa füllt die Krüge, Rosa bringt das Bier, eine wie Rosa, die lob ich mir!», skandierten die Männer, bis der Chor in klirrenden Trinkgefäßen und Gejohle unterging.

Katas Hand drückte meine Hand fester und ich spürte ihre Nervosität. Bisher hatte uns niemand Aufmerksamkeit geschenkt. Um nicht im Weg zu stehen, zog ich Kata erstmal in eine Ecke an einen kleinen, runden Tisch, wo wir unauffällig Platz nahmen. Von dort konnten wir das Treiben besser beobachten und eventuell herausfinden, wo wir eine Bleibe finden konnten. Es dauerte nicht lang, bis eine der Damen an unseren Tisch kam.

«Was darf ich den jungen Herrschaften bringen?», fragte sie gut gelaunt.

Meine Kehle war ausgetrocknet und mein Magen knurrte.

«Wasser, bitte», sagte ich. Die Dame rümpfte die Nase.

«Wasser? Da seid ihr hier aber die Einzigen. Auch etwas zu essen?», fragte sie und konnte sich ein Lachen nicht verkneifen.

Ich blickte zu Kata, die stumm auf ihrem Stuhl saß.

«Zwei Portionen Kartoffelbrei mit Wurst bitte», bestellte ich höflich.

«Sollt ihr haben.»

Die Dame drehte um und verschwand wortlos in der Küche.

Mir war durchaus bewusst, dass ich nicht eine einzige Münze in der Tasche hatte, aber ich hatte einen Bärenhunger und Durst, der mich ein ganzes Fass hätte leertrinken lassen. Was erstmal in unseren Bäuchen wäre, konnte uns niemand mehr nehmen und selbst, wenn wir unsere Schuld mit Teller waschen begleichen mussten, wäre das vermutlich besser, als mit leeren Mägen zurück in die Wildnis geschickt zu werden.

Kata hatte es währenddessen die Sprache verschlagen. Wie gebannt starrte sie auf das Treiben um uns herum. Ihr Blick war ängstlich und ich spürte, dass sie sich unwohl fühlte.

«Hab keine Angst», lächelte ich ihr zu und sie nickte angespannt.

Auf der anderen Seite des Saals begann ein Musiker auf einer Tamburica ein Lied zu spielen. Eine Tamburica ist ein Zupfinstrument mit mehreren Saiten und einem langen Hals. Eljon, der Barde in unserem Dorf, hatte dieses Instrument zu Dorffesten öfter gespielt und ich mochte den metallischen Klang, den die Tamburica von sich gab, wenn man sie spielte. Mein Fuß wippte im Takt und ich genoss die musikalische Darbietung.

Während ich der Musik lauschte, erschien die nette Dame und servierte uns zwei prall gefüllte Holzteller mit Kartoffelbrei, zwei langen Bratwürsten, die auf beiden Seiten weit über den Teller ragten und zwei randvolle Krüge mit Wasser. Der erste Teller hatte kaum die Tischplatte berührt, da lief mir schon das Wasser im Mund zusammen. Mein Herz machte einen Satz vor Freude und ich strahlte Kata an, die aus ihrer Anspannung erwachte und sich ebenfalls ein Lächeln abrang. Gierig schob ich mir das Essen in den Mund und spülte jeden Bissen mit einem großzügigen Schluck Wasser herunter. Es schmeckte hervorragend!

Der Barde beherrschte sein Instrument sehr gut und einige Männer hatten inzwischen begonnen zu den Klängen zu tanzen. Die Mutigsten unter ihnen griffen sich eine der Damen, die im Schankhaus arbeiteten und drehten mit ihnen eine Runde. Dabei wirbelten ihre Röcke durch die Luft. Die übrige Gesellschaft applaudierte oder pfiff den Tanzpaaren zu.

Ich sah einen dunkelhaarigen Mann mit einem glattrasierten Gesicht, der offensichtlich schon recht betrunken war. Er näherte sich Rosa, die hinter der Theke gerade einige Krüge mit einem Lappen auswusch. Als er ihr zu nah kam, hob Rosa nur drohend die Hand und der Mann zuckte zurück. Er drehte sich weg und zog es vor, alleine zu tanzen, was die drei Männer vor Rosas Theke mit lautem Lachen quittierten. Kata und ich hatten unsere Teller kaum geleert, als auf einmal ein großer, glatzköpfiger Mann an unseren Tisch trat. Er hatte ein stoppeliges, rundes Kinn und ein mit Pockennarben übersätes Gesicht. Es war schwer auszumachen, ob sein verzogener Mund ein Lächeln formte oder schlechte Laune verriet. Er hielt Kata seine schwielige Hand hin und ich vermutete, dass er sie zum Tanz aufforderte.

«Auf einen Tanz, Gnädigste», säuselte er mit schmierigem Tonfall.

Kata war keineswegs angetan und ignorierte die Aufforderung. Den Kerl schien Katas ablehnende Haltung aber nicht zu beeindrucken. Kurzerhand griff er ihren Arm und zerrte sie hinter sich her auf die Tanzfläche. Widerspenstig schlug Kata auf seine Hand ein und schimpfte, doch außer dem Gelächter einiger Gäste um sie herum, erreicht sie nichts.

Verärgert sprang ich auf, um ihr zur Hilfe zu kommen, doch sofort schoben sich zwei große Männer vor mich und versperrten mir den Weg.

Hilflos beobachtete ich, wie Kata versuchte, sich loszureißen, doch sein Griff war zu fest.

«Lass mich los!», schrie sie ihn an, doch der Mann zog sie unentwegt hinter sich her, während die Männer um ihn herum immer lauter lachten.

Der Glatzkopf versuchte mit Kata zu tanzen, doch diese wehrte sich mit Händen und Füßen und widersetzte sich nach Leibeskräften. Plötzlich schien er genug von Katas Widerspenstigkeit zu haben und entließ ihren Arm aus seinem festen Griff. Kata stolperte rückwärts und fiel auf den Hintern. Erneut waren einige Lacher zu vernehmen, während sie sich aufrappelte.

«Olle Metze!», schimpfte er, doch Kata hatte ihre anfängliche Schüchternheit rasch abgelegt und ließ diese Schmähung nicht auf sich sitzen. Mit einem flinken Griff packte sie einen leeren Bierkrug von einem der Tische und schleuderte das Tongefäß in seine Richtung. Das Geschoss verfehlte den hässlichen Kerl um Haaresbreite, ehe es an der Wand hinter ihm klirrend zu Scherben zerschellte.

In diesem Moment verzog sich seine Miene. Zornig trat der Mann auf sie zu.

Die beiden Kerle, die meinen Weg versperrten, waren durch das Geschehnis hinter ihren Rücken abgelenkt und ich nutzte den Augenblick der Unachtsamkeit, schlüpfte zwischen ihnen hindurch und stellte mich schützend vor Kata.

Trotzig drohte ich dem Glatzkopf mit den Fäusten, der mich grimmig anblickte und seine Ärmel nach oben krempelte. Der Barde beendete augenblicklich sein Spiel. Das Narbengesicht war sicher drei Köpfe größer als ich und ich hatte den Eindruck, dass dies nicht seine erste Meinungsverschiedenheit dieser Art war.

Einige Männer um uns herum schoben Tische und Bänke zurück, um uns mehr Platz zu verschaffen, und ich erkannte erst jetzt, wie zwielichtig manche dieser Gestalten aussahen.

«Mach ihn fertig, Wisan!», hörte ich einen langhaarigen Kerl rufen.

Kata war inzwischen aufgestanden und klammerte sich mit beiden Händen an meinen Arm.

«Ich bleibe bei dir», wimmerte sie in mein Ohr, denn ihr Trotz hatte sich in Furcht gewandelt.

«Geh mir aus dem Weg, du Zwerg», drohte mir der Hässliche.

«Sie gehört zu mir und du lässt deine Finger bei dir, sonst...», doch der vernarbte Kerl lachte laut auf und ein Raunen hallte durch den Saal.

Der Glatzkopf zeigte auf mich und blickte in die Menschentraube, die sich um uns versammelt hatte.

«Habt ihr das gehört? Der Zwerg wagt es doch tatsächlich, mir zu drohen.»

Einige Männer um uns herum lachten und hielten sich die Bäuche. Er ging einen Schritt auf mich zu und holte aus. Ich riss schützend die Arme nach oben, bereitete mich aber insgeheim auf einen schmerzvollen Treffer vor. Doch dazu kam es nicht. Ein Kerl mit halblangen verfilzten Haaren drückte sich zwischen uns.

«Lass den Quatsch, Wisan», sagte er besänftigend und schob den vernarbten Mann zurück.

«Ihr alle! Setzt euch wieder hin. Hier gibt es heute nichts zu sehen. Die beiden gehören zu mir.»

Murrend nahmen die Männer wieder Platz und selbst Wisan machte fluchend kehrt und ließ von mir ab. Der Barde nahm sein Spiel von Neuem auf und die Stimmung drehte sich augenblicklich, als wäre es nie anders gewesen.

Der Mann mit dem verfilzten Haar wandte mir nun sein Gesicht zu und blickte mich durchdringend an. Ich hatte den Kerl, der den Aufruhr beseitigt hatte, davor gar nicht bemerkt. Er musste an einem der Tische gesessen haben. Ich traute meinen Augen kaum, denn vor mir stand kein Unbekannter.

«Mort?», stammelte ich ungläubig, «ich, ich dachte du wärst tot?»

Doch der Kerl mit dem breiten Grinsen war ganz offensichtlich Mort und er schien bei bester Gesundheit zu sein.

«Schön dich zu sehen, Ricon», sagte er und ich nickte verunsichert.

«Du hast wirklich ein Händchen, dir Freunde zu machen. Aber du scheinst ein mutiges Bürschchen zu sein. Hast du ernsthaft eine Geisel genommen, um dem Menschenfresserpack zu entkommen?»

Er deutete auf Kata und ich blickte sie verwundert an.

«Sie ist keine Geisel. Sie ist meine Freundin», sagte ich empört und ich spürte, wie Katas Griff an meinem Arm fester wurde. Mort lachte nur und zupfte sich sein Kinnbärtchen zurecht.

«Nicht schlecht, Kleiner. Wirklich nicht schlecht. Du scheinst voller Überraschungen zu stecken, allerdings hast du ein mieses Gespür für Gefahr. Entkommst erst den Rakkar, dann diesen komischen Baumhausbauern und jetzt legst du dich mit Wisan an.» Erneut lachte Mort laut auf und klopfte mir auf die Schulter. Dann drehte er sich zu dem pockengesichtigen Kerl um, der inzwischen wieder Platz genommen hatte. Gerade leerte er unter den Anfeuerungsrufen der anderen Männer an seinem Tisch einen Krug Bier.

«Wisan ist eine Bestie. Du musst wirklich Mut haben, wenn du dich mit so einem anlegst. Oder du bist einfach nicht sonderlich helle.»

«Er ist mutig!», antwortete Kata plötzlich forsch. Mort blickte sie prüfend an.

«Schon gut, schon gut», sagte er lächelnd, «kommt, setzt euch zu mir und lasst uns einen Moment plaudern.»

Er deutete auf einen leeren Tisch neben dem knisternden Kamin. Ohne unsere Antwort abzuwarten, schnippte er mit den Fingern.

«Rosa, mach uns mal drei!», rief er der fülligen Wirtin zu und wir folgten ihm zum Tisch. Kata ging einen Schritt hinter mir, sodass sie Mort nicht verstand, als dieser mir leise zuflüsterte: «Ganz schön temperamentvoll, deine Kleine.» Dann kniff er ein Auge zu und stieß mich mit dem Ellenbogen an. Ich erstickte die Andeutung mit einem schiefen Lächeln, denn mit dieser Art Unterhaltung unter Männern hatte ich keine Erfahrung und ich spürte sofort, wie sich mein Gesicht rot färbte.

«So, Kleiner, jetzt bin ich neugierig. Wie bist du entkommen?», fragte Mort, als wir alle drei Platz genommen hatten.

Mort zupfte an meinem Bärenfellumhang, der noch immer über meinen Schultern hing.

«Und was ist eigentlich das hier?»

«Also, das ist eine längere Geschichte,», begann ich, wusste aber gar nicht ich wo anfangen sollte.

«Bevor ich zu dir in den Käfig gebracht wurde, habe ich einen jungen Mann vor einem Bären gerettet. Sein Name war Sakri und er war der Sohn des Anführers der Dryadrim.»

«Du hast ihn gerettet? Vor einem Bären?»

Mort runzelte die Stirn.

«Ja, das habe ich, aber die Dryadrim glaubten mir nicht und er selber konnte die Wahrheit nicht mehr bezeugen, da er kurz darauf dennoch verstarb. Nur sein Bruder vertraute mir und erwirkte, dass man meine Folter beendete und ich bis zum Vollmondfest als Gast bei den Dryadrim leben durfte. Dort wurde ich letztendlich freigesprochen und kurz darauf griffen die Rakkar an und...»

«Schon wieder die Rakkar? Meinst du nicht, dass so eine Geschichte beim zweiten Mal recht unglaubwürdig klingt», lachte Mort und nippte an der Schaumkrone seines Bierkrugs, den Rosa gemeinsam mit zwei weiteren auf unseren Tisch stellte.

«Nicht unglaublicher, als dich hier zu treffen, wo ich genau sehen konnte, wie sie dich weggezerrt haben» entgegnete ich trocken.

«Gut gekontert. Du gefällst mir, Kleiner», grinste Mort.

«Ich hatte, wie immer, noch ein paar Asse im Ärmel.» Er lachte laut.

«Nein, im Ernst. Wie konntest du entkommen?», fragte ich unnachgiebig.

«Was bist du denn so neugierig, Kleiner?» Mort klopfte mir auf die Schulter. «Ein guter Spieler verrät seine Tricks nicht, mein Junge, und ich bin ein guter Spieler.»

Ich verstand nicht, warum er so ein Geheimnis aus seiner Flucht machte, aber Mort war scheinbar nicht gewillt mir zu erzählen, wie er entkommen war und so hakte ich nicht weiter nach. In erster Linie war ich froh auf ein bekanntes Gesicht gestoßen zu sein.

«Und was hat es hiermit auf sich?» Mort zupfte erneut an meinem Pelz. «Ist das von dem Bär, den du erledigt hast?»

«Ja, das ist er.»

«Scheint ein ganz schöner Brocken gewesen zu sein», sagte Mort anerkennend, «wie hast du ihn erlegt? Mit einem Speer? Mit einem Bogen?»

Mort trank einen Schluck Bier.

«Ich war unbewaffnet.»

Mort prustete sein Bier über den halben Tisch.

«Du hast einen Bären mit bloßer Hand getötet?»

Mort brüllte schon fast vor Lachen und das Bier tropfte von seinem Bart. Einige Männer blickten zu uns herüber, was mir irgendwie unangenehm war.

«Es ist wahr!», wandte Kata mit ernstem Ton ein, «Ricon ist ein Bärentöter!»

«Nun, ich...», aber Mort ließ mich nicht zu Wort kommen.

«Ricon, du scheinst ein ziemlicher Haudegen zu sein, aber das Schwindeln musst du wirklich noch lernen. Deine Geschichten sind einfach zu weit drüber.»

Er konnte kaum aufhören zu lachen und schlug mir mindestens dreimal dabei auf die Schulter. Zweimal verschüttete ich dadurch mein Bier, als ich gerade ansetzte, um einen Schluck zu trinken und einmal schaute ich fragend zu Kata. Doch sie saß einfach nur da und zeigte keine Regung.

«Auf dich und deine kleine Freundin, Ricon Bärentöter», sagte er, als er sich nach einer gefühlten Ewigkeit wieder gefangen hatte. Mort hob seinen Krug in die Höhe. Noch nie zuvor hatte ich Bier getrunken, doch ich griff den Henkel meines Krugs und stemmte ihn nach oben. Kata tat es mir gleich und schwungvoll stieß Mort sein Trinkgefäß gegen unsere, so dass ein weiterer Teil des Inhalts über den Rand schwappte und sich auf der durchnässten Tischplatte verteilte. Mort kippte sich das Bier in den Rachen, das wie ein Wasserfall in die Tiefe stürzte.

Mir schmeckte das Gebräu nicht besonders. Es war bitter und hinterließ ein blähendes Gefühl in meinem Bauch. Die Erkenntnis, was die Erwachsenen an diesem Getränk fanden, blieb aus. Ich hatte gesehen, wie Wisan seinen Krug mit einem Mal runterkippte, während die Männer im zujubelten. Mort nahm mich nicht wirklich ernst und ich beschloss, auch wenn das Getränk nicht sonderlich gut schmeckte, es Wisan gleich zu tun, um besonders taff zu wirken. Morts Augen weiteten sich, als er meinen Zug sah, aber nach der Hälfte musste ich den Krug absetzen. Das Bier bitzelte und ich hatte das Gefühl, mein Bauch würde platzen, wenn ich noch einen weiteren Schluck trank. Kata hatte das Bier nach einem kurzen Nippen bereits mit angeekeltem Gesichtsausdruck von sich geschoben.

«Na, da hat aber einer Durst», sagte Mort lächelnd, «übernachtet ihr hier im Gasthaus?», fragte er.

Ich blickte zu Kata, doch die folgte unserem Gespräch nicht und beobachtete stumm das Treiben um sie herum.

«Nun, also, ja und nein, ich meine, wir hatten es vor», druckste ich herum.

«Ihr habt keine einzige Münze in der Tasche, richtig?», vermutete er goldrichtig.

«Nein, haben wir nicht», gab ich zu, «wir sind auf der Suche nach einem Neuanfang.»

«Ich kenne viele Leute, ich schaue mal was ich für euch tun kann», sagte Mort lächelnd, «heute Nacht könnt ihr bei mir schlafen, ich habe noch ein Bett frei.»

Ich war erleichtert. Mort zu treffen, war wirklich ein Segen gewesen. Seine Art war zwar anstrengend, weil er mir irgendwie immer das Gefühl gab, dass er mich nicht für voll nahm, doch gleichzeitig war er sehr nett und das einzige bekannte Gesicht in dieser Gegend.

«Du weißt gar nicht wie dankbar wir dir dafür sind», sagte ich überglücklich, «wo wohnst du eigentlich?»

«Hier und da, aber heute habe ich ein Zimmer hier bei Rosa», antwortete Mort.

Verwundert blickte ich ihn an. Viehhirten wohnten in Häusern, die an ihre Weiden grenzten und ich wollte eigentlich wissen, wo dieses Haus lag. Aber es war nicht das erste Mal, dass er schlicht vergessen zu haben schien, was sein Tagwerk war. Manchmal machte er einen verwirrten Eindruck auf mich.

«Hier und da? Warum nächtigst du nicht in deinem Haus an der Weide?», fragte ich.

«Meine Weide?»

Mort runzelte die Stirn.

«Na, für dein Vieh.»

«Ach ja, mein Vieh. Nun, das ist auf der Weide, aber ich hole es erst im Winter zurück in den Stall. Bis dahin ziehe ich verschiedene Unterkünfte vor.»

Er spülte einen großen Schluck Bier seine Kehle hinunter und wechselte rasch das Thema.

«Und wie kommt es, dass du das Sklavenmädchen der Dryadrim bei dir hast?»

Kata verfolgte unser Gespräch scheinbar nur beiläufig, denn sie sagte wenig.

«Ich helfe ihr, ihren Vater zu finden. Er heißt Vigor.»

«Kennst du ihn?», fragte Kata plötzlich. Sie hatte abwesend gewirkt, aber offensichtlich hatte sie doch jedes einzelne unserer Worte verfolgt.

Mort zupfte wieder an seinem Bart.

«Lasst mich mal überlegen. Ich kannte mal einen Vigor hier in der Nähe. Das war so ein dürrer Kerl, der oben auf dem Hügel wohnte, ziemlich zurückgezogen. Hier im Gasthaus hab ich ihn nie gesehen. Der Kerl war ein Einzelgänger.»

Mort zuckte mit den Schultern.

«Er war ziemlich eigenartig, sprach wenig und mied andere Menschen, wo er konnte.»

«Ist das der einzige Vigor, den du kennst?»

«Vielleicht ist das der Vigor, den wir suchen» sagte ich zu Kata. Ihre Augen leuchteten. Sie war auf einmal sehr aufmerksam.

«Kannst du uns zu ihm führen?», fragte sie.

«Sicher, ich glaube sie haben ihn direkt neben seiner Hütte auf dem Hügel beerdigt.»

«Er ist tot?», fragte Kata entsetzt.

«Sie haben ihn vor zwei oder drei Jahren erhängt in seiner Hütte gefunden. Wie gesagt, ein eigenartiger Kerl. Der lebte so zurückgezogen, dass niemand genau wusste, wie lange er dort schon baumelte. Soweit ich weiß, hatte er keine Verwandten, daher hat man ihn direkt bei seiner Hütte begraben.»

Katas Augen waren mit Tränen gefüllt, doch sie kämpfte sichtlich gegen sie an.

«Wir werden uns dort umschauen. Vielleicht ist es ja gar nicht der Vigor, den wir suchen», sagte ich, während ich Kata über den Rücken streichelte.

Einige Zeit verging und wir tranken wortlos unser Bier. Außer Kata, die ihren Krug kein zweites Mal anfasste. Mort erbarmte sich nach einem Moment und leerte ihn für sie.

Der Abend verstrich und als ich durch die trüben Fenster nach draußen blickte, sah ich, dass es mittlerweile dunkel geworden war. Das Bier zeigte seine Wirkung und hinterließ ein wärmendes Gefühl auf meinen Wangen. Dennoch war ich erschöpft und daher froh, als Mort Rosa an unseren Tisch bat. Er schnippte ihr einige Münzen zu, die sie klingelnd zwischen ihren großen Brüsten in ihrem Dekolleté verschwinden ließ.

«Ich zahl für die beiden mit», sagte er, «und lass ihnen mal ein Bad ein, ich denke die beiden möchten sich waschen.»

Rosa nickte und gab uns ein Zeichen ihr zu folgen.

«Kommt mit, ihr zwei», sagte sie mit rauchiger Stimme.

«Wir treffen uns dann nachher auf meinem Zimmer», rief Mort uns hinterher. Als ich mich zu ihm umblickte, kniff er kaum merklich ein Auge zu und grinste. Ich wusste nicht, worauf er hinaus wollte, dachte aber auch nicht weiter darüber nach. Schweigend folgten wir Rosa.

Die füllige Wirtin griff nach einer Laterne, in der eine Kerze brannte und führte uns nach draußen über den Hof in ein kleines, hölzernes Nebengebäude. Sie öffnete die Tür und wir gingen hinein. Es roch nach Lavendel und in der Mitte des Raumes erkannte ich einen großen Kupferkessel. Daneben stand eine eiserne Wasserpumpe, deren Hahn über den Rand des Kessels ragte. Es war wohlig warm, denn in einem kleinen Ofen in der Ecke loderte ein knisterndes Feuer. Es verströmte ein schummriges, gemütliches Licht. Rosa warf etwas Zunder unter den großen Kessel, legte ein paar Scheite Holz dazu und nahm ein glühendes Stück Holz aus dem offenen Ofen, das sie in den trockenen Haufen schob. Schon nach kurzer Zeit brannte ein kleines Feuer unter dem Kessel, in den sie bereits begonnen hatte Wasser hineinzupumpen. Der Kessel war schnell gefüllt, denn Rosas kräftige Arme standen denen eines Mannes in nichts nach.

«Wenn ihr fertig seid, seid so gut und löscht das Feuer. Um alles andere kümmere ich mich morgen früh», sagte Rosa.

Sowohl Kata, als auch ich, nickten.

«Und dort drüben hängen zwei Leinentücher, mit denen könnt ihr euch abtrocknen.»

«Danke», rief ich ihr hinterher, als sie bereits fast aus der Tür war.

«Dankt nicht mir, dankt Mort, er hat dafür bezahlt», sagte sie, dann schloss sie die Tür und ließ uns alleine.

Unter dem Kessel knackte gelegentlich das Feuer und tauchte den fensterlosen Raum in ein romantisches Licht.

Als ich mich umdrehte, hatte Kata sich bereits entkleidet. Splitterfasernackt stand sie vor dem Kessel und prüfte mit der Hand das Wasser.

Als ich ihre kleinen, aber wohlgeformten Brüste, ihre schlanke Taille und ihre makellose helle Haut erblickte, war mir, als würde ich erstarren.

«Es ist warm, komm rein», sagte sie lächelnd, während sie vorsichtig in die Wanne stieg. Das Wasser formte kleine Kreise, als ihr Körper langsam darin versank.

So rotzfrech und aufmüpfig ich damals auch war, so unerfahren und bubenhaft kam ich mir in diesem Moment vor. Noch nie zuvor hatte ich ein nacktes Mädchen auf der Schwelle zur Frau gesehen. Katas Anblick verschlug mir regelrecht die Sprache. Unbeweglich stand ich vor dem Kessel, noch voll bekleidet und glotzte sie an, wie einen Schausteller auf dem alljährlichen Jahrmarkt. Es musste ein unglaublich dämlicher Anblick gewesen sein.

«Was ist los? Schämst du dich?»

Für Kata schien das gemeinsame Baden das Normalste der Welt zu sein. Sie wirkte weder nervös noch verunsichert oder angespannt.

«Äh, ja, ich meine nein, ich meine», stammelte ich und hatte das Gefühl, dass meine sinnlos aneinandergereihten Wortfetzen es nur noch schlimmer machten. Um meine Unsicherheit zu überspielen, begann ich eilig meine Kleidung auszuziehen.

In der Wanne hatte Kata bereits damit begonnen ihren perfekt geformten Körper mit einem Schwamm abzureiben. Mein Herz hämmerte aufgeregt in meiner Brust, wie ich es sonst nur kannte, wenn die Wut in mir aufstieg. Doch ich war nicht wütend. Ich war nervös, so nervös, wie ich es in meinem Leben noch nie zuvor gewesen war. Nun verstand ich, warum Mort mir unauffällig zugezwinkert hatte, als wir Rosa nach draußen folgten.

Angestrengt versuchte ich zu spüren, ob sich unterhalb meiner Gürtellinie etwas regte, doch es fühlte sich an wie immer. Dennoch versicherte ich mich mit einem raschen Blick, dass mich dieses Gefühl nicht täuschte. Ich war mir nicht sicher, ob ich mich in diesem Moment darüber ärgerte oder Erleichterung verspürte, als ich feststellte, dass meine Männlichkeit traurig den Boden anstarrte.

Der Höhepunkt meiner tölpelhaften Vorstellung stand jedoch erst noch bevor. Gerade als ich meinen Fuß in die Wanne setzte, verlor ich den Halt, rutschte aus und ging in einer gewaltigen Flutwelle unter. Als ich prustend wieder auftauchte, lachte Kata mich herzhaft aus. Ich wäre vor Scham am liebsten erneut untergetaucht und nicht mehr nach oben gekommen. Kata wusch sich ausgiebig, zeigte dabei immer wieder viel ihres entblößten Körpers. Auf meinem Gesicht breitete sich unaufhaltsam eine Wärme aus, die mir verriet, dass meine Haut vor Scham errötete. Mein Herz klopfte so wild, dass ich befürchtete, das Hämmern würde auf der Wasseroberfläche kleine Kreise ziehen. Doch ich hockte einfach nur da. Als wäre ich gelähmt, war ich unfähig meine Hand nach ihr auszustrecken. Gleichzeitig war ich aber auch nicht sicher, ob ich das überhaupt tun sollte. In meinem Kopf schien sich alles zu drehen, ich konnte keinen klaren Gedanken mehr fassen.

Von all den Peinlichkeiten abgesehen, tat das warme Bad sehr gut. Selbst zuhause in Arwa badete ich nicht oft. Wenn einmal Badetag war, dann saß ich mit meinen Geschwistern gemeinsam in einem deutlich kleineren Bottich. Meist planschten wir dann so heftig, dass meine Mutter danach so nass war, als hätte sie selber gebadet. Angestrengt versuchte ich diese Bilder vor Augen zu bekommen, um meine innere Unruhe zu besänftigen.

Ich schloss die Augen und schaffte es, mich einigermaßen zu entspannen. Um ein Haar wäre ich eingenickt, doch als meine Nase unter die Wasserlinie rutschte, musste ich furchtbar husten.

Wir badeten bis unsere Hände und Füße faltig wurden, Kata, weil es ihr zu gefallen schien und ich, weil ich nicht in der Lage war, meine ungeheure Nervosität in den Griff zu bekommen.

Einerseits war ich etwas traurig, als Kata aus der Wanne stieg, denn die Zweisamkeit mit ihr fühlte sich trotz allem wunderschön an. Andererseits war ich erleichtert, dass die endlos wirkende Anspannung endlich vorbei war.

Ich war mir nicht sicher, ob Kata wirklich wollte, was Mort mit diesem Bad bezweckt hatte, aber sie schien nicht böse oder enttäuscht zu sein. Ich dagegen dachte noch sehr häufig an diesen Abend und ärgerte mich über mich selbst. Ich hatte in den schrecklichsten Situationen die Nerven behalten und ausgerechnet an diesem Abend benahm ich mich wie ein kleiner, unerfahrener Junge.

Nachdem wir uns wieder angekleidet und das Feuer unter dem Kessel gelöscht hatten, gingen wir zurück zu Mort. Als wir an sein Zimmer klopften, konnten wir jedoch nur noch ein regelmäßiges Schnarchen hören. Quietschend drückte ich die Türklinke nach unten und wir traten leise ein. Der Raum war einfach eingerichtet. Zu beiden Seiten stand ein Bett, auf dem mit Stroh gefüllte Matratzen lagen. Am Ende des Raumes sah ich einen Tisch mit einem gelöschten

Kerzenständer darauf und zwei dunklen Holzstühlen. Ein Fenster hatte das Zimmer nicht, so dass es sehr dunkel war, als die Türe hinter uns zufiel. Unter dem Türspalt fiel gerade noch so viel Licht hindurch, dass man die Umrisse der Betten sehen konnte. Mort lag bereits in einem der beiden und schlummerte laut sägend vor sich hin.

Das Bad und die Wirkung der Biere hatten ihre Spuren hinterlassen. Ich fühlte mich etwas schwummrig und müde. Mort hatte in der gleichen Zeit fünf Krüge geleert und ich vermutete, dass das sein lautes Schnarchen erklärte.

Kata und ich legten uns in das andere Bett und das Gefühl, nach den harten und kalten Nächten im Wald in einem warmen, weichen Bett zu liegen, war unbeschreiblich.

«Gute Nacht», flüsterte Kata, was ich erwiderte. Sanft legte sie ihre Hand auf meine Brust und kuschelte sich an mich. Schon nach wenigen Augenblicken hörte ich, dass ihre Atemzüge schwerer wurden und sie bereits schlief.

Meine Gedanken kreisten noch einen Moment um den morgigen Tag, denn wir würden die Hütte und das Grab des verstorbenen Vigor besuchen. Ich hoffte inständig, dass es nicht der richtige Vigor und Katas Vater irgendwo anders noch am Leben war, aber das würde sich morgen zeigen. Mit offenen Augen starrte ich in die Dunkelheit und lauschte der dumpfen Musik und den Stimmen aus dem Gastraum. In regelmäßigen Abständen wurden die Geräusche von Morts lautem Schnarchen unterbrochen. Doch es dauerte nicht lang, bis meine Augenlider schwer wurden und sich der Müdigkeit ergaben.

14. Kapitel

Als ich am nächsten Morgen aufwachte, war ich alleine. Sowohl Mort, als auch Kata schienen schon aufgestanden zu sein, denn die Tür stand noch einen Spalt offen. Ich streckte mich, warf den Bärenpelz über und ging nach draußen, wo ich Mort und Kata entdeckte. Mort sattelte gerade ein Pferd, während Kata dem Gaul saftiges Gras reichte. Als ich aus dem vergleichsweise dusteren Gasthaus ins Freie trat, blinzelte ich. Ich spürte die frische und kühle Morgenluft in meinem Gesicht. Von der Kälte formte mein Atem kleine Wölkchen, die sich nicht weit von meinem Mund entfernt wieder auflösten.

«Guten Morgen, Langschläfer», begrüßte mich Mort, dem von seinen etlichen Bieren am Vorabend nichts anzumerken war. Ich dagegen hatte leichte Kopfschmerzen und das helle Licht der gerade aufgehenden Sonne blendete mich.

Kata lächelte mich an, als ich auf sie zu taumelte.

«Ich habe noch nie zuvor ein solches Tier gesehen», sagte sie lächelnd.

«Ein Pferd?», fragte ich verwundert.

Es überraschte mich immer wieder, wenn Kata, für mich alltägliche, Dinge zum ersten Mal sah. Unsere Leben waren, bis unsere Wege sich kreuzten, wirklich sehr verschieden gewesen.

«Ja, es ist wunderschön, findest du nicht?»

Zärtlich streichelte sie dem kauenden Gaul über die Nüstern.

Ich nickte beipflichtend, wodurch mein Kopfschmerz noch stärker pochte.

«Sie», sagte Mort, «das ist eine Sie. Ihr Name ist Helga. Ein gutes Mädchen.»

Mort tätschelte Helgas Hals und das Pferd schnaubte zufrieden.

Dann hob er Kata auf Helgas Rücken und griff die Zügel.

«Einfach am Sattel festhalten», sagte er zu Kata, «und wir beide laufen», fügte er an mich gerichtet hinzu, «es ist nicht weit.»

Wir folgten einer kleinen Straße nach Norden. Nach einiger Zeit begann der Weg sich einen mit Gras bewachsenen Hügel hinauf zu schlängeln. Als wir nahe der Hügelkuppe waren, führte Mort Helga an den Zügeln von der Straße weg. Die Wiese, über die wir nun wanderten, dampfte von den ersten Sonnenstrahlen, die über die Baumkronen hinter uns blitzten und den Raureif auftauten. Es schien eine kalte Nacht gewesen zu sein und ich war froh, dass wir nicht unter freiem Himmel geschlafen hatten.

«Da vorne ist es», sagte Mort und zeigte auf ein kleines eingefallenes Holzhaus, das vor uns im hohen Gras stand.

Als wir näher kamen, erkannte ich, dass es in einem sehr schlechten Zustand war. Das Dach war stellenweise eingefallen, die Tür war aus den Angeln gerissen und einer der Klappläden hing kraftlos herunter.

Mort reichte Kata eine Hand, die daraufhin vom Pferd hüpfte.

Wir folgten Mort um die Ecke hinter das Haus.

«Das ist Vigors Grab.»

Mort deutete auf einen kleinen Steinhaufen. Die Steine waren am Rand bereits vom Gras überwuchert. Auf einem der verwitterten Brocken stand etwas geschrieben.

«Hier ruht Vigor. Möge er seinen Frieden finden», las ich vor.

Kata fiel vor dem Grab auf die Knie, drückte ihre Hände vor ihr Gesicht und begann augenblicklich zu schluchzen. Mort, der sonst immer einen lockeren Spruch auf den Lippen zu haben schien, konnte mit solchen Gefühlsausbrüchen nicht viel anfangen.

«Ich habe noch ein paar Dinge zu erledigen. Lasst euch hier Zeit und wir treffen uns später einfach bei Utger.»

«Utger?», fragte ich.

«Das ist der Pferdezüchter in Kieseck. Sein Hof liegt nicht weit von hier, geht einfach den Hügel in dieser Richtung herunter und folgt der Straße. Vielleicht kann ich dort etwas für euch arrangieren.»

«Danke, dann sehen wir uns später.»

Mort schwang sich auf Helgas Rücken, drückte ihr die Fersen in die Rippen und ritt den Hügel hinunter. Schon bald wurde das Poltern der Hufe von Katas Schluchzen übertönt. Ich kniete mich neben sie und streichelte ihr Haar.

«Es tut mir leid», sagte ich, doch Kata fiel einfach nur um meinen Hals und weinte bitterlich. Ich zog es vor, einen Moment zu schweigen. Wir hatten keine Eile und Kata brauchte ein wenig Zeit.

Nach einer Weile wischte sie sich die Tränen aus dem Gesicht.

«Ich konnte ihn nie kennenlernen», klagte sie.

«Ehrlich gesagt wissen wir nicht, ob es wirklich der richtige Vigor ist», versuchte ich, sie zu beruhigen.

«Er ist es», erwiderte Kata bestimmt, «ich spüre es.»

«Lass uns mal einen Blick in das Haus werfen. Vielleicht ist noch irgendetwas übrig, das uns etwas über ihn verrät», sagte ich und Kata nickte, während sie mit dem Ärmel ihre Tränen trocknete.

Als ich meinen Fuß auf den morschen Holzboden setzte, knackte es und ich merkte, wie sehr der Zahn der Zeit an dem verlassenen Haus genagt hatte. Wind und Wetter hatten ihm bereits übel zugesetzt.

Die Hütte war klein. In der Ecke lag ein Bettgestell, an dem ein Fuß abgebrochen war, sodass es schräg stand. Die vermutlich mit Stroh gestopfte Matratze fehlte, ebenso wie Bilder, die scheinbar einst an den Wänden gehangen hatten. An einigen Stellen waren noch eingeschlagene Nägel zu sehen. Ansonsten konnte ich lediglich einen kleinen Schrank, einen Tisch, zwei völlig zerbrochene Stühle und einen Nachttisch erkennen. Es machte den Eindruck, als hätten sich vor uns schon Plünderer bedient und alles von Wert entwendet.

«Lass uns trotzdem mal nachsehen», sagte Kata, die mein enttäuschtes Gesicht sah und schob mich hinein. Vorsichtig zog ich die Tür des großen Schranks auf und sprang erschrocken zurück. Eine Ratte starrte mich an und verschwand, so schnell sie konnte, in einem Loch in der Rückwand des Möbelstücks. Angewidert schloss ich die Tür, denn der Schrank war im Inneren ohnehin leer. Kata zog währenddessen die Schubladen aus dem kleinen hölzernen Nachttisch, aber auch diese waren leer. Enttäuscht senkte sie den Kopf.

«Nichts ist von ihm übrig», sagte sie traurig.

«Warte! Da, sieh mal!»

Kata hatte die Schublade vollständig aus dem Nachttisch gezogen und ich hatte an ihrer Rückseite etwas entdeckt.

«Da ist ein Umschlag.»

Geschwind löste ich den vergilbten Papierumschlag von der Schublade. Er war wellig und schon geöffnet worden, dennoch lag darin ein gefalteter Brief. Ich reichte ihn Kata, die vorsichtig das Stück Papier hinauszog und entfaltete. Durch das beschädigte Dach hatte die Feuchtigkeit Einzug erhalten, aber die Tinte war nur wenig ausgeblichen und die Schrift noch gut lesbar.

«Soll ich ihn dir vorlesen?», fragte ich.

«Ich kann lesen, Gulgar gar es mir beigebracht.»

Manche Details über den grimmigen, alten Dryadrim überraschten mich. Ab und zu hatte es den Anschein, als würde Gulgar im Hintergrund das Schicksal der Dryadrim beeinflussen. Und dann gab es Momente wie diesen, in denen ich den Zusammenhang zu einer solchen These nicht herstellen konnte.

Kata folgte aufmerksam den Zeilen. Als sie den Brief zu Ende gelesen hatte, hielt sie die Hand vor den Mund. Erneut standen Tränen in ihren Augen.

«Was steht da?», fragte ich sie ungeduldig.

Kata reichte mir das Papier.

«Liebster Vigor,

ich vermisse dich sehr und wäre jetzt am liebsten bei dir. Ich wäre wirklich gerne öfter in deiner Nähe, aber mein Bruder würde meine häufige Abwesenheit bemerken und Verdacht schöpfen. Er ist in dieser Hinsicht nicht einfach.

Dennoch möchte ich heute ein Lächeln auf dein Gesicht zaubern, um dir die Zeit bis zu unserem nächsten Wiedersehen zu versüßen, denn ich erwarte ein Kind, unser Kind.

Sobald es das Licht der Welt erblickt, werde ich meinen Bruder davon überzeugen, dass ich es mit seinem Vater gemeinsam aufziehen möchte und für immer zu dir kommen. Wir werden endlich eine Familie sein.

Ich liebe dich.

Deine Araare», las ich laut vor.

Kata konnte die Tränen erneut nicht zurückhalten. Vorsichtig faltete ich den Brief wieder zusammen und schob ihn zurück in den Umschlag.

«Das ist von meiner Mutter.»

Kata wischte sich die Tränen von den Wangen und nahm den Brief wieder an sich.

«Ich denke, er hat nie erfahren, warum sie nicht mit mir zurückgekehrt ist.»

«Das tut mir so leid», sagte ich hilflos, war aber verwirrt, denn ich meinte ein Lächeln über ihr Gesicht huschen zu sehen. Kata konnte kaum fassen, was wir entdeckt hatten.

«Ich habe etwas, was sowohl meine Mutter, als auch mein Vater in ihren Händen hielten», wimmerte sie, während dicke Tränen unaufhörlich über ihr Gesicht rannen.

«Sei nicht traurig», versuchte ich sie zu trösten.

«Ich bin nicht traurig, ich weine vor Freude!», Kata bemühte sich, mir ihr Lächeln zu zeigen, «das ist die schönste Erinnerung, die ich hätte finden können. Sie haben sich geliebt!»

Kata weinte vor Glück und fiel mir um den Hals. Ich drückte sie fest an mich und spürte, wie ihre Tränen auf meinen Nacken tropften. Es dauerte eine ganze Weile, bis Kata ihre Gefühle wieder in den Griff bekam und mich einfach anstrahlte.

«Ich möchte für sie beten.»

Kata ging nach draußen und kniete sich vor das Grab ihres Vaters, wo sie einige mir unverständliche Worte murmelte.

Ich vermutete, dass ihr Gebet Lunaris oder Solaris, den Göttern der Dryadrim galt. Obwohl ich dem Beten nichts abgewinnen konnte, ließ ich sie in Ruhe und schwieg. Als Kata es beendet hatte, stand sie auf und kam auf mich zu.

«Lass uns ins Dorf gehen, wie Mort gesagt hat.»

«Geht es dir gut?», fragte ich, da ich vermutete, dass der Verlust ihres Vaters sie weit mehr beschäftigte, als sie zugab.

«Natürlich hätte ich ihn gerne kennengelernt, aber die Götter haben andere Pläne, wie es scheint. Ich habe das hier.»

Kata wedelte den Brief ihrer Mutter durch die Luft.

«In diesem Brief steht mehr über meine Eltern, als ich je zuvor erfahren habe.»

Wieder sammelten sich einige Tränen in ihren Augen, doch Kata blinzelte sie weg.

Wir spazierten gemeinsam durch das hohe Gras, zurück auf den Weg und den Hügel nach Kieseck hinab.

Schon auf halber Strecke erkannten wir das kleine Dorf am Fuße der Anhöhe. Etwa zwanzig hölzerne Hütten lagen kreisförmig um einen gepflasterten Marktplatz, auf dem ein reges Treiben herrschte.

«Das muss Kieseck sein», sagte ich, «ein hübscher kleiner Ort.»

«Ich hoffe wir finden deinen Freund in diesem Getümmel», sagte Kata nachdenklich.

Als wir den Marktplatz betraten, verstand ich, warum Kata diesen Zweifel geäußert hatte. Vom Hügel aus hatte man eine gute Sicht, aber hier unten, zwischen all den Menschen, war das anders.

Ein paar spielende Kinder, die eine aufgeblasene Schweinsblase über den Marktplatz wirbelten, huschten kichernd an uns vorüber.

Neben uns pries ein Bauer an einem Wagen sein Gemüse an, die Menschen feilschten lautstark um Preise und zwischen all diesen Beinen flatterten ein paar Hühner umher.

Vom Hügel aus hatte ich Utgers Pferdezucht bereits gesehen. Auf der Nordseite des Ortes lag ein Hof, an den eine weitläufige Koppel angrenzte. Das musste der Treffpunkt sein und so zog ich Kata an der Hand durch das Gedränge. Die meisten Leute beachteten uns kaum, nur einige Wenige warfen uns ein paar verwunderte Blicke zu, die aber allesamt unserer Kleidung gewidmet waren. Wir trugen noch immer die gewebten Fasern der Dryadrim, die hier keine Mode zu sein schienen. Der große Bärenpelz zog dazu weiteres Interesse auf sich. Die Menschen hier bevorzugten Kleidung aus Leinen oder Leder und auch wenn es kühl war, hatte noch keiner von ihnen zu einem Pelz gegriffen.

Als wir den Hof erreichten, wartete Mort bereits auf Helga sitzend, neben einem Mann mittleren Alters. Mort breitete die Arme aus, als würde er uns ewig kennen.

«Da seid ihr ja», sagte er freudig.

«Ich habe mit meinem Freund Utger gesprochen. Er würde euch eine Bleibe bieten, falls ihr gewillt seid für ihn zu arbeiten.»

Utger, ein angegrauter, bierbäuchiger Kerl mit hoher Stirn, nickte beipflichtend.

«Auf einem Pferdehof?», fragte Kata mit glänzenden Augen.

Mort grinste über beide Ohren.

«Genau so ist es.»

«Wir würden liebend gerne hier bleiben», freute sich Kata.

«Stimmt's, Ricon?», fragte sie mich überschwänglich, wartete meine Antwort aber nicht ab. Diese hätte allerdings nicht viel geändert, da ohnehin nur ein undeutliches «Äh» aus meinem Mund kam. Eigentlich ging mir das etwas zu schnell, aber Katas plötzliche Pferdeliebe war schwer zu bremsen.

«Wir würden sehr gerne hier bleiben», fuhr sie fort und Utger nickte zufrieden, während er sich mit einem schmutzigen Lappen den Schweiß aus dem Nacken wischte.

«Und die können arbeiten?», fragte er Mort.

«Die beiden sind absolut geeignet», behauptete er, während er Helgas Hals tätschelte, die daraufhin ein ausgelassenes Schnauben ertönen ließ.

Utger musterte uns und kratzte sein schlecht rasiertes Kinn.

«Einverstanden», nickte er Mort zu.

«Sie können hier bleiben. Aber ihr werdet mitanpacken, verstanden?»

Der zweite Teil war an uns gerichtet und Kata schaffte seine Skepsis augenblicklich kopfnickend aus der Welt. Mir dagegen war nicht ganz wohl bei der Sache. Zwar hatte ich mit Kata darüber gesprochen, dass wir versuchen mussten irgendwo Fuß zu fassen, um gemeinsam ein neues Zuhause zu finden, aber ich hätte dabei gerne etwas mehr Mitspracherecht gehabt. Ihre überschwängliche Freude überforderte mich. Dennoch zog ich es vor zu schweigen. Kata hatte wenige Stunden zuvor am Grab ihres Vaters gestanden und ich war froh, dass sie eine Ablenkung gefunden hatte, die diesen schweren Schicksalsschlag in den Hintergrund rücken ließ. Vielleicht war die Pferdezucht tatsächlich etwas, mit dem wir einen gemeinsamen Neuanfang wagen konnten.

«Also gut, mein Name ist Utger.»

«Ich bin Kata und das ist Ricon», erwiderte Kata freudig.

Er drehte sich um und pfiff durch seine beiden Finger, woraufhin ein verdreckter Junge aus dem Stall hinter ihm lugte.

«Bjern! Zeig den beiden wo sie schlafen werden.»

Der schlaksige Junge schien etwa ein oder zwei Jahre älter als Kata zu sein, also gerade auf der Schwelle zum Mann. Er ließ eine Heugabel fallen und kam auf uns zu.

«Bjern ist mein Sohn. Er wird euch zeigen, wo ihr wohnt», sagte Utger.

Bjern blieb einen Moment stehen und musterte uns. Er hatte strubbeliges, dunkelblondes Haar, das eher an die Fellfarbe eines Straßenköters erinnerte, rosige Wangen, auf denen ein paar Pickel thronten, und ein paar Stoppeln am Kinn, die nur entfernt einem Bart ähnelten.

«Hallo», begrüßte er uns mit schnatternder Stimme. Dann reichte er Kata die Hand und täuschte eine Verbeugung an. Zu meinem Entsetzen fühlte Kata sich tatsächlich geschmeichelt und lächelte.

In diesem Moment wurde mir klar, dass Bjern und ich niemals Freunde werden würden. Ohne ein einziges Wort mit ihm gesprochen zu haben, spürte ich schon da eine große Abneigung gegen ihn. Mir gefiel weder sein watschelnder Gang noch seine Hundefrisur oder seine entengleiche Stimme.

«Kommt mit!», schnatterte er und Kata folgte ihm bereitwillig.

Ich blickte Mort an.

«Ist das ein Abschied?», fragte ich enttäuscht.

«Aber nicht doch», beruhigte er mich.

«Ich bin öfter in der Nähe, um Dinge zu regeln. Utger ist ein alter Freund von mir, ich komme euch immer mal besuchen.»

Mort zeigte sein schönstes Lächeln.

Es fiel mir schwer, ihm zu glauben und ich verzog das Gesicht, noch immer nicht sicher, wie ich diesen Gefallen aufzufassen hatte.

«Na dann, bis bald», sagte ich. In mir machte sich das Gefühl breit, dass Dankbarkeit angebracht wäre, aber irgendetwas hielt mich zurück und ich folgte wortlos Bjern und Kata, die schon ein gutes Stück entfernt waren.

«Bis bald», rief mir Mort hinterher.

Als ich noch einmal über die Schulter blickte, sah ich, wie Utger ein kleines Säckchen aus der Tasche kramte und Mort reichte. Er wippte es ein paar mal in der Hand, öffnete es und spähte hinein. Danach verschnürte er es zufrieden und schüttelte die Hand des Hofbesitzers. In diesem Moment wurde mir klar, dass Mort uns nicht einfach selbstlos eine Unterkunft besorgt hatte. Ich wurde wütend, denn Mort hatte uns an Utger verkauft.

Wie so oft, spürte ich die Hitze in mir, doch jetzt war nicht der Moment, um Mort zu konfrontieren. Wir hatten ein Dach über dem Kopf und das war für das Erste das, was zählte. Allerdings wunderte ich mich nicht darüber, dass er entgegen seiner Abmachung, nie wieder auf Utgers Hof auftauchte.

Bjern und Kata hatten das einfache Holzgebäude bereits betreten, in der sich unsere Unterkunft befand, als ich die beiden Stufen durch die Tür trat. Vor mir lag ein kleiner Flur, von dem je eine Tür in eins der drei Zimmer führte. Bjern war damit beschäftigt Kata das ihre zu zeigen, das ganz hinten am Ende des Flurs lag.

Als ich die Tür zum mittleren Raum öffnen wollte, schoss Bjern heraus und schob mich davon weg.

«Dein Zimmer ist das da vorne, neben dem Eingang, hier wohne ich», näselte er. Seine Stimme klang, als wäre er erkältet und der schnatternde Ton nervte mich tierisch. Dennoch gab ich keine Widerworte und schaute nur kurz zu Kata herüber, die aber bereits in ihrem Zimmer verschwand.

Knarzend öffnete sich die Tür zu meinem Raum, als ich ihr einen Stoß verpasste und sich der Raum vor mir zeigte. Er war winzig und spärlich eingerichtet. An der Wand stand ein Bett mit einem kleinen Nachttisch, auf dem eine abgebrannte, schiefe Kerze thronte. Ansonsten befand sich darin noch ein Schrank, der aber leer war.

«Ich hole euch frische Kleidung», sagte Bjern.

«Kann ich mitkommen?», fragte Kata.

«Klar, folge mir», schnatterte er. Ich erhob mich von meinem Bett, auf dem ich kurz gesessen hatte, um hinter den beiden herzugehen.

«Du bleibst hier», befahl mir Bjern.

Am liebsten hätte ich dem Kerl auf der Stelle eine gescheuert, einfach nur weil er so war, wie er war. Aber noch überwog der Zorn auf Mort, der uns übers Ohr gehauen hatte.

Ich war nicht erstaunt, dass Kata wenig später mit drei verschiedenen Kleidungsstücken zurückkehrte, die allesamt recht neu aussahen, während Bjern mir lediglich ein altes Leinenhemd und eine rissige Hose auf das Bett warf.

Diese ungleiche Behandlung im Vergleich zu Kata stieß mir bitter auf. Utger verhielt sich mir gegenüber jedoch auch nicht besser. Während Kata keine Fehler machen konnte, wurde mir ständig vorgeworfen zu wenig und nicht hart genug zu arbeiten. Dabei bekam Kata grundsätzlich die guten und einfachen und ich die schlechten und anstrengenden Aufgaben zugeteilt. Ich war mir sicher, dass Bjern seine Finger ebenfalls im Spiel hatte, denn unser ablehnendes Verhältnis beruhte auf Gegenseitigkeit.

Und so ging Kata auf den Markt und machte Besorgungen, während ich den Pferdestall ausmistete. Sie durfte Bjern helfen den Zaun zu reparieren, indem sie ihm von Zeit zu Zeit einen Nagel reichte, während ich den Dung aus den Pferdehufen auskratzte. Bjern nahm sie mit auf den Heuboden, um Ratten mit Pfeil und Boden zu jagen, während ich händeweise Heu in den Stall schleppte und an die Pferde verteilte. Dabei hatte mich Bjern einmal sogar um ein Haar mit einem Pfeil erwischt, nur um dann rotzfrech zu grinsen und zu behaupten, er habe mich für eine Ratte gehalten. Das war das erste Mal, dass ich meine stetig andauernde Beherrschung verlor und auf ihn einschlug. Obwohl Bjern einen Kopf größer war als ich, hatte ich ihn überrumpelt. Er hatte mit meiner Attacke nicht gerechnet und meine Faust traf ihn genau unter dem Auge. Nur einen kurzen Augenblick später riss Utger uns auseinander und ließ mich zur Strafe den gesamten Pferdestall ausmisten. Bjern wurde nicht bestraft, doch sein Veilchen trug er eine ganze Weile mit sich herum, was sich für mich wie ein Triumph anfühlte.

Leider wurde mein Verhältnis zu Kata schwieriger. Ich war nach wie vor gefesselt von ihrem Anblick und ihrer Art und wollte ihr unbedingt näher kommen. Der Drang in mir, sie zu berühren und ihre Wärme zu spüren, war nach wie vor sehr stark, doch gab es fast keine Gelegenheiten, in denen ich mit ihr alleine war.

Bjern, der unsere Arbeiten zuteilte, achtete peinlich darauf, mir keine Zeit unter vier Augen mit ihr zu ermöglichen. Wie gerne hätte ich noch einmal den Abend im Gasthaus mit ihr erlebt, an dem wir gemeinsam badeten, doch dazu kam es nicht. Bjern untergrub jeden meiner Versuche, mit Kata ins Gespräch zu kommen. Meist ließ er sich bei seinen Tätigkeiten von ihr begleiten, während ich mit Aufgaben betraut wurde, die ich alleine ausführen musste. Nur sehr selten hatte ich die Möglichkeit ihr nah zu sein. Diese Momente beschränkten sich dann aber auf Gespräche, da Bjern nie weit entfernt war, um sofort dazwischen zu platzen. Wie gerne hätte ich sie umarmt, gedrückt oder gar geküsst.

Mit jedem Tag, der verging, wuchs mein Hass auf den Hof, meine Arbeit und die Tatsache, nicht zu Kata zu kommen, denn von dem Leben, was ich mir mit ihr ausgemalt hatte, war ich weit entfernt. Einzig und allein die Möglichkeit zu lernen, wie man ein Pferd reitet, genoss ich und so nutzte ich dies, wann immer ich konnte. Die meiste Zeit jedoch verbrachte ich im Stall mit einer Mistgabel in der Hand und einer Karre voller Pferdedung. Die Zeit verstrich und jeder Augenblick, den ich auf dem Hof arbeitete, fühlte sich wie eine Ewigkeit an.

Es war irgendwann im Winter, als ich mit dem Ausmisten des Stalls beschäftigt war. In der Nacht hatte es heftig geschneit und draußen war es bitterkalt, sodass ich an diesem Tag nicht sauer darüber war, im warmen Stall meine Arbeit verrichten zu können.

Bjern teilte mir diese Aufgabe so häufig zu, man hätte vermutlich vom Stallboden essen können, so oft reinigte ich die Bretter. Ich mochte das Ausmisten nicht sonderlich, denn es stank und ich musste mich danach meist selber abschrubben, um den Geruch wieder loszuwerden. Pfeifend ging ich meiner Arbeit nach und schippte den Mist auf einen Karren. In regelmäßigen Abständen fuhr ich den Karren nach draußen in die Kälte, wo eine kleine Dampfwolke über dem Dung aufstieg, wenn ich ihn entleerte.

Ich schwang gerade eine Ladung Pferdemist mit der Mistgabel in den Karren, als ich hörte, wie sich die Tür zum Stall öffnete und jemand hineinkam.

War das Kata? Ich fuhr herum und erkannte zu meiner Enttäuschung Bjern, der wie immer hämisch lächelnd auf mich zuschritt.

«Hast du jemand anderen erwartet?», fragte er grinsend.

«Halt einfach den Mund, Bjern», erwiderte ich angesäuert, während ich versuchte, meine Enttäuschung zu unterdrücken. Ich beschloss, ihn so gut es ging zu ignorieren.

«Nun sei doch nicht gleich beleidigt», lachte er und lehnte sich an eine der Pferdeboxen. Ich stach die Mistgabel einen Moment in das frische Stroh, mit dem ich die sauberen Boxen auslegte und stemmte die Arme in die Hüfte.

«Was willst du, Bjern?», fragte ich genervt.

«Warum so schlecht gelaunt? Hat Kata dich noch immer nicht rangelassen?», feixte Bjern.

Irgendwie hatte er von meinen Gefühlen für Kata Wind bekommen und ließ kaum einen Moment aus, um mir einen Stich zu versetzen.

Wieder einmal spürte ich, wie sich die Wut in mir ausbreitete, dennoch versuchte ich, mich zu beherrschen.

«In der Gefahr mich zu wiederholen, Bjern, rate ich dir, den Mund zu halten und zu verschwinden.»

Ich war nun schon eine Weile auf dem Hof, hatte in der Körperlänge ein klein wenig auf Bjern aufgeholt, sodass er nicht mehr ganz einen Kopf größer war als ich. Vor allem aber hatte ich gelernt, dass er seine körperliche Überlegenheit mir gegenüber ohnehin nie einsetzte, denn er war ein Feigling. Schläge bekam ich meist nur von Utger, nachdem Bjern ihm irgendwelche Lügen über mich in den Kopf gesetzt hatte.

«Also hat sie dich nicht rangelassen! Wusste ich es doch!», höhnte er.

Diese Worte brachten das Fass zum Überlaufen. Der ganze Ärger und die Erniedrigungen der letzten Monate entluden sich schlagartig. Ohne darüber nachzudenken, riss ich die Mistgabel aus dem Heu und rammte sie in Bjerns Richtung. Erschrocken hechtete er zur Seite. Er hatte Glück im Unglück, denn die scharfe Gabel verfehlte ihn zum größten Teil, doch eine der rostigen Eisenspitzen streifte seinen Oberschenkel und riss eine tiefe Wunde. Bjern stürzte zu Boden und schrie wie ein Ferkel, das von seiner Mutter getrennt wird.

Ich war nicht mehr Herr meiner Sinne. In meiner Wut wollte ich mit der Mistgabel erneut auf ihn einstechen, doch mein kraftvoller Schwung hatte das Eisen tief in die Holztüre der Pferdebox getrieben, sodass ich sie nicht sofort herausziehen konnte. Das Pferd dahinter wieherte wie wild und als ich die Spitzen krachend aus dem Holz stemmte, war Bjern bereits zur Tür hinausgehumpelt. Ich war noch immer unglaublich wütend, doch ich folgte ihm nicht nach draußen, sondern schaute ihm nur hinterher. Die frischen, roten Blutflecken, die er im Schnee hinterließ, führten zu Utgers Haus, der nur wenig später wutentbrannt im Pferdestall stand und auf mich einschrie. Er schlug mir mehrfach ins Gesicht, während er auf mich einschimpfte. Die Schmerzen, die die angeschwollenen Stellen hinterließen, waren halb so wild. Die dauerhafte Trennung von Kata jedoch, die aus diesem Vorfall resultierte, traf mich hart.

Von diesem Tag an wohnte ich nicht mehr in dem Haus mit den drei Zimmern, sondern bekam eine Unterkunft in einem kleinen Werkzeugschuppen auf der anderen Seite des Hofs. Die Nächte waren bitterkalt, denn es gab keine Möglichkeit einen Kamin zu beheizen oder sonst irgendwo ein Feuer zu machen und ich fror, sodass ich selten erholsamen Schlaf fand. In den kältesten Nächten schlich ich mich in den Stall und schlief vor Neils Box, zumindest bis es Frühling wurde und die Temperaturen wieder anstiegen. Normalerweise lebten nur Pferde auf Utgers Ländereien, aber Neil war kein Pferd, sondern ein Ochse. Er war im Herbst, kurz nach uns auf den Hof gekommen. Davor gehörte er einem befreundeten, aber kürzlich verstorbenen Nachbarn, der ihn Utger vermacht hatte. Neil war noch jung, etwa eineinhalb Jahre alt, und ein sehr stämmiges Tier. Utger hatte nicht viel für ihn übrig. Was sollte er auch mit einem Ochsen auf einem Pferdehof? Doch mir war das junge Rind mit dem dunkelbraunen Fell und dem weißen Fleck auf der Stirn schnell ans Herz gewachsen. Daher versorgte ich das Tier seit seiner Ankunft.

Im Laufe der Zeit wurde Neil eine Art Freund für mich, denn die Zeit ohne Kata, der einzigen Person, die mir zugeneigt war, war sehr einsam. Daher klagte ich ihm mein ganzes Leid, sprach über meine Situation und wie es mir seit meiner Flucht aus Arwa ergangen war. Der Ochse hörte geduldig zu. Utger hatte mir aufgetragen, ihn sehr reichlich zu füttern, damit er fett würde und letztendlich an den Schlachter verkauft werden konnte. Doch ich mochte Neil und gab ihm nur soviel, wie er brauchte, um sein Ende möglichst lange hinauszuzögern. Zwar bekam ich des Öfteren Schläge für meinen Ungehorsam, aber das nahm ich hin, da ich im Gegenzug Neils Leben verlängerte. Danach fütterte meist Utger oder Bjern das Tier, die jedoch beide nach ein paar Tagen die Lust an dieser Tätigkeit verloren und mir die Aufgabe erneut übertrugen.

Mit Bjern und Kata hatte ich seit dem Vorfall mit der Mistgabel so gut wie keinen Kontakt mehr. Utger hatte mich komplett isoliert. Essen und schlafen musste ich im Schuppen und meine Tätigkeiten auf dem Hof fanden fernab der anderen beiden statt. Ich vermisste Kata sehr und dachte häufig darüber nach, ob sie wohl genauso fühlte wie ich.

Obwohl ich Bjern und Kata für längere Zeit nicht gesehen hatte, wusste ich, dass Bjerns Wunde nicht gut verheilte. Ich hatte in Erfahrung gebracht, dass es einige Zeit sogar schlecht um sein Bein stand, da an einem Wintermorgen ein Heiler auf den Hof kam, den ich ausgefragte, als er sich gerade auf den Heimweg machte. Das war zumindest ein schwacher Trost für die einsamen, dunklen Tage am anderen Ende des Hofes.

Dennoch schien die Wunde über die kalte Jahreszeit einigermaßen verheilt zu sein, denn als der Frühling kam, sah ich Bjern gelegentlich. Zwar konnte er wieder laufen, doch ein stetiges Hinken verriet noch immer die Verletzung, die ich ihm zugefügt hatte. Seit dem Vorfall im Winter mied mich Bjern, sodass ich von ihm zumindest keine dummen Sprüche mehr zu hören bekam. Dennoch blieb das Gefühl, dass ich für diese Genugtuung mit dem hohen Preis der Einsamkeit bezahlt hatte.

15. Kapitel

Als die Tage wieder wärmer wurden, fielen immer häufiger auch Arbeiten außerhalb des Stalls an. So auch an diesem einen Tag im Frühling.

Ich war mit dem Reparieren des Zauns betraut worden. Meine schlampige Ausführung am Tag zuvor hatte mir von Utger bereits ein blaues Auge beschert und so saß ich an diesem Morgen in der Sonne, die ihre ersten Strahlen auf die Erde schickte, und reparierte den Zaun abermals.

Es war recht warm und ich hatte meinen Bärenpelz, den ich häufig trug, wenn ich Arbeiten im Freien ausführte, über einen Zaunpfosten gehängt. Einige Latten hatten sich gelöst oder waren durch den Winter morsch geworden. Ich war damit beschäftigt sie durch neue Planken zu ersetzen. Gerade als ich einen Nagel durch das frische Holzbrett trieb, rief mir jemand zu.

«Hey du!»

Verwundert blickte ich auf. Vor mir stand ein dünner Junge mit spitzem Kinn und blondem Haar, das so lang war, dass er es hinter dem Kopf zusammen gebunden hatte. Ich schätzte ihn auf etwa fünfzehn Jahre, also genau wie ich, da ich irgendwann im Laufe des Winters Geburtstag gehabt hatte.

«Ja?», fragte ich.

«Ich möchte ein Pferd kaufen.»

Verdattert starrte ich ihn an.

«Ein Pferd?»

«Das ist doch ein Pferdehof, oder?», fragte der Junge.

Immer noch verwirrt blickte ich auf das große Schild über dem Tor, das auf den Hof führte. «Utgers Pferdehof», stand dort in weißer Farbe geschrieben.

«Äh, ja natürlich, das ist ein Pferdehof.»

«Bist du Utger?»

Der Junge zeigte auf das Schild, auf dem der Name stand.

«Nein, ich bin Ricon, aber ich bringe dich zu ihm», und machte eine Handbewegung, die ihn aufforderte mir zu folgen.

«Ich bin Isvarn», sagte dieser, während er mir hinterherlief.

«Freut mich», erwiderte ich reflexartig, denn eigentlich war mir sein Name gleichgültig und ich klopfte an Utgers Tür.

Es dauerte nicht lang und ein genervter Utger erschien im Rahmen. Einige Essensreste hingen in seinem grauen Bart.

«Was willst du? Bist du schon fertig?», blaffte er mich an. Scheinbar hatte ich ihn beim Essen gestört.

«Nein, aber hier ist jemand, der ein Pferd kaufen möchte.»

Am Kopf kratzend zeigte ich auf den Jungen, der einige Schritte hinter mir zur Seite trat, sodass Utger ihn sehen konnte.

Sein Blick verriet, dass er ebenfalls überrascht war, dass ein einzelner Junge in diesem Alter ein Pferd kaufen wollte. Er zog ein schmutziges Tuch aus der Tasche und wischte sich über den Mund.

«Hast du Gold?», fragte er den Jungen grimmig.

«Habe ich», und Isvarn klopfte auf einen kleinen Beutel, der an seinen Gürtel gebunden war.

«Also gut, der Stall ist da hinten», sagte Utger schließlich und deutete am Haus entlang.

«Ricon, zeig ihm die Tiere. Ich komme gleich dazu.»

«Jawohl», sagte ich an Utger gerichtet.

«Komm mit», bat ich Isvarn, «es ist unüblich, dass jemand in deinem Alter hier alleine auftaucht, um ein Pferd zu kaufen.»

Isvarn lachte.

«Ich bin nicht alleine. Ich sehe mich nur schon einmal um. Snadr kommt gleich und erledigt den Rest.»

«Snadr?», fragte ich stirnrunzelnd.

«Ja, Snadr. Das ist sozusagen der Ziehvater von mir und meinem kleinen Bruder Huzon. Die beiden kommen gleich nach. Unser Pferd ist leider verendet und sie müssen unseren Karren hierher ziehen. Da ich das längste Stöckchen gezogen habe, haben sie mich vorgeschickt», sagte er und ließ ein schlitzohriges Grinsen folgen.

«Ich verstehe», sagte ich, während ich lächelte.

Knarzend öffnete sich die Stalltür, wo die Pferde gerade zufrieden das Heu fraßen, das ich ihnen am frühen Morgen in ihre Boxen hineingeworfen hatte.

«Das sind alles gute Pferde, ich habe sie alle schon geritten.»

Isvarn schaute wortlos auf die Tiere. Er hatte etwas Freundliches an sich und ich fügte flüsternd hinzu: «Außer Fresco», ich deutete auf einen brauen Hengst, «der lahmt ein wenig, daher versucht Utger immer als erstes ihn zu verkaufen.»

Isvarn blickte mich daraufhin an und grinste.

Durch meine Arbeit im Stall kannte ich die Tiere sehr gut und ich stellte sie nach und nach Isvarn vor, erwähnte ihr Alter, ihr Geschlecht, ihre Vorzüge und soweit ich es beurteilen konnte auch ihren Charakter. Es dauerte nicht lange, bis

Utger mit zwei anderen Gestalten in den Stall trat. Einer der beiden musste Snadr sein, von dem Isvarn gesprochen hatte.

Er war ein schlanker Mann mittleren Alters mit dunkelblondem Haar und einem wettergegerbten, bärtigen Gesicht, welches sein tief gezogener Hut fast verdeckte. Snadr wirkte wie der Jüngere außer Atem und war leicht verschwitzt.

Die andere Gestalt überraschte mich. Unter einem kleinen Bruder hatte ich eine zierlichere Person vermutet, aber Huzon war mindestens genauso groß wie Isvarn, dazu aber deutlich stämmiger gebaut. Die beiden waren augenscheinlich Brüder, denn ihre Gesichter ähnelten einander sehr, auch wenn Huzons etwas runder war und er grobschlächtiger wirkte. Zudem trug er seine braunen, borstigen Haare kurz, dennoch war die Verwandtschaft nicht zu leugnen.

«Sind das alle?», fragte Snadr an Utger gerichtet.

«Das sind alle, die ich anbieten kann. Die trächtigen Stuten stehen nicht zum Verkauf», erklärte er.

«An denen haben wir ohnehin kein Interesse. Wir brauchen ein Tier, welches den Wagen ziehen kann», sagte Snadr, während er prüfend die einzelnen Boxen abging und die Pferde darin musterte, «einen richtigen Ackergaul.»

«Das sind alles gute Arbeitspferde, Ackergäule habe ich hier nicht», fügte Utger naserümpfend hinzu.

«Dieser hier gefällt mir», sagte der Mann mit dem Hut nach einer Weile, als er vor einem gescheckten Hengst stehenblieb.

«Das ist Hrotger. Eine gute Wahl, er ist zwei Jahre alt und...», säuselte Utger, wurde aber von Snadr unterbrochen.

«Ich gebe dir 15 Goldmünzen für das Tier», bot Snadr.

Plötzlich prustete Utger los. Er lachte laut auf und hielt sich den Bauch.

Snadr verzog keine Miene, aber Isvarn und Huzon blickten sich ratlos an. Es dauerte einen Moment, bis sich Utger beruhigt hatte.

«15 Goldmünzen?»

Utger grinste noch immer über beide Ohren.

«Das sind Spitzenpferde mit einer einwandfreien Zuchtlinie. Keines dieser Tiere ist weniger als 100 Goldmünzen wert.»

100 Goldmünzen waren selbstverständlich viel zu teuer, aber es war ganz normal, dass ein Verkäufer den ersten Preis weit über dem eigentlichen Wert ansetzte, um Verhandlungsspielraum zu haben.

Snadr zog seinen Hut ab und kratzte sein dunkelblondes zerzaustes Haar.

«100 Goldmünzen sind Wucher. Ich brauche kein Pferd mit einwandfreier Zuchtlinie, welches vergoldeten Hafer frisst und nach einer Meile Blasen an den Hufen bekommt. Was ich brauche, ist ein Lastpferd und 25 Goldmünzen sind alles, was ich dir dafür anbieten kann.»

Utger schnaubte verächtlich.

«Unglaublich, dass ihr dann zu mir gekommen seid. Es ist hier wohlbekannt, dass ich solch minderwertige Ware, wie ihr sie sucht, nicht anbiete.»

Das Grinsen war aus seinem Gesicht gewichen und seine Züge verhärteten sich. Für Utger war diese Anfrage eine Kränkung, denn seine Pferdezucht zeugte seiner Meinung nach von hoher Qualität.

«Dieses hier gebe ich euch zum absoluten Sonderpreis von 75 Goldstücken, aber das ist mein letztes Angebot», bot Utger an und zeigte auf Fresco, der gerade mit dem Schweif einige Fliegen von seinem Hintern wedelte.

Doch für Snadr schien auch dieser Preis unangemessen und er verlor die Lust am Handeln.

«Ich denke wir kommen hier nicht ins Geschäft», sagte er trocken, quetschte sich an Utger vorbei und ging zur offenen Stalltür.

«Wir gehen», sagte er zu Isvarn und Huzon, die überrascht dreinschauten.

Ein leises Muhen war zu vernehmen.

«Was war das?», fragte Snadr und fuhr herum.

«Das war Neil, unser Ochse», sagte ich.

«Kann ich den Ochsen sehen?», fragte Snadr.

Abwartend blickte ich zu Utger. Dieser zuckte mit den Schultern und ging grummelnd durch eine weitere Holztür in einen abgeschotteten Teil des Stalls. Seine Pferde erfüllten Utger mit Stolz, der Ochse jedoch, den er ohnehin schnell wieder loswerden wollte, da er ihm einen Platz im Stall blockierte, nicht.

«Kommt mit», sagte ich zu Snadr, Isvarn und Huzon und wir folgten Utger durch die Tür, hinter der Neil freudig mit dem Schwanz wackelte, als er mich sah. Über den Winter hatte ich viel Zeit mit Neil verbracht, ihn gefüttert, gestreichelt und seine Gabe als stiller Zuhörer ausgiebig genutzt. Neil wusste über alles bestens Bescheid, über meine Probleme mit Bjern und meine Sehnsucht nach Kata. Er hatte mich immer zufrieden kauend angeschaut, wenn ich ihm mein Leid klagte. Zwar wollte ich nicht, dass mein Freund verkauft wird, aber es war vermutlich auch der einzige Weg ihn vor dem Schlachter zu retten. Denn er war nun mal Utgers Tier und ich konnte nichts gegen dessen Pläne tun. Während unsere Gäste sich das Tier anschauten, kraulte ich Neils Hals, der das sichtlich genoss.

«Wir würden vermutlich langsamer voran kommen, als mit einem Pferd, aber eilig haben wir es ohnehin selten», dachte Snadr laut nach, während er Neil ausgiebig betrachtete.

«Neil ist ein kräftiger, junger...», begann ich, aber Utger unterbrach mich.

«Der Ochse kostet 50 Goldmünzen», sagte er und blinzelte Snadr herausfordernd an. Das war ein hoher Preis, aber auch nicht so teuer, als das man ihn einfach ablehnen konnte. Utger hatte gut zugehört, als Snadr ihm kurz zuvor seine Schmerzgrenze verriet. Isvarn und Huzon traten neben mich und streichelten Neil ebenfalls, während Snadr überlegte. Dieser blickte Utger stumm an und verzog den Mund.

«Ich bin kein Narr und ich weiß sehr genau, was ein Ochse wert ist, mein Herr. Für das Fleisch würdet ihr auf dem Markt maximal 20 Goldmünzen in Summe bekommen und das ist auch, was ich euch für ihn bieten werde.»

«40 Goldmünzen», forderte Utger.

Snadr schüttelte den Kopf.

«Ihr habt mich scheinbar nicht verstanden. Ihr kennt mein Höchstgebot bereits und ihr wisst genau, dass das ein sehr guter Preis ist.»

Utger wollte diesen Ochsen unbedingt loswerden, aber bei Geld war er raffgierig und immer darauf bedacht so viel wie möglich zu verdienen.

«Mein letztes Angebot, 35 Goldmünzen», feilschte Utger.

Snadr blickte ihm mit eiserner Miene an.

«25 Goldmünzen sind ein gutes Angebot», sagte ich zu Utger, um die verhärteten Fronten etwas aufzulockern, doch er funkelte mich böse an und verpasste mir ohne Vorwahrnung eine klatschende Ohrfeige.

«Aus Geldgeschäften hältst du dich gefälligst raus», fauchte er mich an.

«Ich sagte 35 Goldmünzen», wiederholte er in angesäuertem Tonfall.

«Dann ziehe ich mein Angebot zurück», antwortete Snadr und drehte sich zur Tür, um zu gehen.

«Wartet!», rief Utger Snadr hinterher, dann wandte er sich an mich, «das wird ein Nachspiel haben», zischte er leise, sodass nur ich ihn hören konnte.

«25 Goldmünzen sind in Ordnung. Ihr müsst verstehen, dass ich als Händler prüfen muss, was ein Käufer bereit ist zu zahlen», säuselte er plötzlich friedliebend und setzte dabei ein falsches Lächeln auf.

«25 Goldmünzen für den Ochsen. Und das Geschirr da an der Wand, legt ihr noch obendrauf.»

Nun blickte Snadr Utger herausfordernd an. Utger war verärgert, denn es war schwer zu übersehen, dass sich sein Gesicht leicht rötete, aber er blieb dennoch aufgesetzt freundlich.

«Einverstanden», sagte er lächelnd, denn er wusste, dass 25 Goldmünzen weit mehr waren, als der Schlachter ihm für Neil gegeben hätte.

«Wir nehmen ihn und ich danke euch für euer großzügiges Angebot», sagte Snadr und deutete eine Verbeugung an. Er wusste genau, dass Utger sich über diese Spitze ärgerte, obwohl er ein gutes Geschäft gemacht hatte.

Ich wandte mich zu Neil und kraulte ihn hinter den Ohren.

«Mach's gut, mein Freund, du wirst mir fehlen.»

In diesem Moment fühlte ich mich traurig und glücklich zugleich. Streng genommen war Neil über die letzten Monate mein einziger Freund gewesen, von Kata einmal abgesehen, mit der ich aber nur selten mal ein Wort sprechen konnte. Sein Verkauf an die drei Fremden rettete Neils Leben, aber nahm mir dennoch einen treuen Zuhörer.

«Wohin geht ihr mit ihm?», fragte ich.

«Mal nach hier, mal nach dort», antwortete Snadr nichtssagend.

«Unser Zuhause ist der Wagen, den Neil ziehen wird»,

Snadr tätschelte Neils Kopf, als ich ihn aus seiner Box ließ und er stapfte zufrieden an mir vorbei. Isvarn und Huzon legten dem Ochsen einen Strick um den Hals und führten ihn nach draußen. Utger war bereits mit gerötetem Schädel ins Freie gegangen.

«Ihr wohnt auf dem Wagen?», wunderte ich mich, «habt ihr keine feste Bleibe?»

«Wir haben keinen Ort an dem wir uns Zuhause fühlen, daher reisen wir umher», erklärte Snadr lächelnd, als er zur Tür ging.

«Den habe ich auch nicht», sagte ich nachdenklich und blickte traurig durch die geöffnete Tür, wo ich Neils Ochsenhintern durch die Sonne wackeln sah.

Snadr blieb stehen und schaute mich über die Schulter an.

«Du bist nicht von hier?»

«Nein, das bin ich nicht», sagte ich.

«Der Alte», Snadr nickte nach draußen, «behandelt dich nicht sonderlich gut, oder?»

Ich schüttelte den Kopf.

«Nein.»

«Das blaue Auge, hat er es dir zugefügt?»

Snadr zeigte auf die Blessur in meinem Gesicht.

«Ja, das war er. Er war mit meiner Arbeit unzufrieden», gab ich zu.

Snadr blickte nach draußen und vergewisserte sich, dass Utger außer Hörweite war.

«Willst du mit uns kommen?», flüsterte er.

Überrascht von diesem Angebot starrte ich Snadr an.

«Mitkommen?»

«Einen Platz haben wir noch auf dem Karren.»

Er lächelte mich an und wartete auf eine Antwort. In meinem Kopf drehte sich alles. Ich hasste das Leben auf dem Hof, ich hasste Bjern und für Utger hatte ich auch nichts übrig. Ich hasste das Ausmisten des Stalls und meine Unterkunft im Werkzeugschuppen. Eigentlich wäre es keine schwere Entscheidung gewesen, sich unbemerkt vom Hof zu schleichen und nie wieder zu kommen. Doch irgendwie hinderte mich Kata daran. Allein der Gedanke an sie ließ mein Herz lauter schlagen, obwohl ich sie seit Wochen kaum zu Gesicht bekommen hatte. Dennoch zog sie mich nach wie vor in ihren Bann. Ich konnte sie hier nicht einfach zurücklassen. Kata brauchte mich und ich brauchte sie. Ich musste einen Weg finden mit ihr zusammen zu sein und nicht davonlaufen und sie ihrem Schicksal überlassen.

«Ich kann leider nicht», sagte ich betrübt und ließ den Kopf hängen.

«Na gut, dann nicht», sagte Snadr schulterzuckend und ging hinaus in den Hof.

Als ich nach draußen trat, wurde Neil gerade mit dem neuen Geschirr vor den Karren gespannt. Utger stand regungslos daneben und dachte gar nicht daran mit anzupacken. Doch auch ohne ihn kamen Snadr, Isvarn und Huzon sehr gut zurecht und nur kurze Zeit später war die Arbeit getan.

Snadr zog einen kleinen, klimpernden Beutel unter seiner Kleidung hervor und kippte den Inhalt auf die Ladefläche des Karrens neben ihm. Prasselnd landeten die schimmernden Münzen auf der Holzfläche. Er zählte alle fünfundzwanzig Goldmünzen laut ab. Utger beobachtete ihn mit aufmerksamem Blick und zählte leise mit.

«dreiundzwanzig, vierundzwanzig, fünfundzwanzig», beendete Snadr seine Zählung. Er schnippte die Münzen zurück in den braunen Beutel und zog die Kordel fest. Dann wippte er das Säckchen noch einmal auf seiner Handfläche und reichte es Utger.

«Hier sind fünfundzwanzig Goldmünzen.»

Gierig griff dieser nach dem Sack und schob es in seine Tasche. Das Grinsen, was nun auf seinem Gesicht stand, war echt und wirkte triumphierend.

Snadr trat neben Neil und gab dem Ochsen mit dem Stock einen Klaps auf den Hintern. Mit einem Ruck setzte sich das Fuhrwerk in Bewegung. Isvarn und Huzon hatten auf der Ladefläche Platz genommen und ließen die Beine baumeln.

«Auf Wiedersehen», wünschte Snadr, winkte einmal mit dem Hut und ging neben Neil her. Auch Isvarn und Huzon winkten zum Abschied.

Utger, der wieder etwas griesgrämiger dreinblickte, hob gleichgültig die Hand und wandte sich zu seinem Haus, um hineinzugehen.

«Kümmer dich um den Zaun und danach mistest du die Box vom Ochsen aus», befahl er mir in rauem Tonfall, während er missmutig nach drinnen ging.

Sehnsüchtig blickte ich dem Karren nach, bis er hinter einer Biegung verschwand. In meinem Kopf drehten sich die Gedanken noch immer um mein Leben auf diesem verdammten Pferdehof. Ich musste Kata finden und ihr erklären, dass ich unglücklich war. Und vor allem musste ich ihr endlich gestehen, was ich für sie empfand. Nur so würde ich sie dazu überreden können, den Hof zu verlassen und woanders noch einmal von vorn beginnen zu können. Aber Kata liebte Pferde. Warum sollte ich ihr das nehmen? Vielleicht gab es auch ohne davon zu laufen einen Weg mit ihr hier glücklich zu werden? So oder so, ich musste mit ihr sprechen.

Ich versuchte mich abzulenken und fuhr mit dem Reparieren des Zauns fort. Der Vormittag ging rasch vorbei und ich hatte die Arbeit schnell erledigt. Aber je weiter die Sonne über den Horizont wanderte, desto nachdenklicher wurde ich wieder.

Ich hatte Kata gegen Abend gelegentlich alleine beim Waschen der schmutzigen Wäsche gesehen und beschloss diesen Moment abzupassen, um mit ihr zu sprechen. Ich musste ihr endlich gestehen, dass ich so viel mehr für sie empfand, als nur Freundschaft. Wenn sie meine Liebe erwiderte, wovon ich ausging, würden wir einen gemeinsamen Weg finden, von dem uns auch Bjern und Utger nicht abbringen konnten. Meine Laune stieg plötzlich steil nach oben, nur um wenig später wieder ins Bodenlose zu fallen.

Das Ausmisten des Ochsenstalls machte mich traurig. Der Tag war ein einziges Wechselbad der Gefühle. Neil fehlte mir schon jetzt. Sein treues Gesicht und seine immer zufriedene Art hatten auch mich auf gewisse Weise besänftigt und meine eigene rebellische und oft unbedachte Art unter Kontrolle gehalten. Aber nun, wo er weg war, wurde ich traurig und wütend zugleich. Traurig, meinen guten Freund verloren zu haben und wütend, weil ich das Gefühl hatte, festzusitzen. Ich hatte keine Lust mehr, mich von Bjern und Utger schikanieren zu lassen und fern von Kata mein kümmerliches Dasein zu fristen. In meiner Wut trat ich den hölzernen, bereits mit Mist gefüllten, Eimer gegen die Wand, an der er krachend zerbrach. Ich hielt das alles einfach nicht mehr aus!

Es war jetzt an der Zeit Kata aufzusuchen, ihr meine Gefühle zu gestehen und mit ihr von diesem elenden Hof zu verschwinden! Ich hatte keine Zeit mehr bis zum Abend zu warten!

Fest entschlossen ging ich aus dem Stall zu dem Häuschen, das Kata und Bjern nach wie vor als Unterkunft nutzten. Da ich keine Ahnung hatte, wo sie gerade sein konnte, beschloss ich, Kata zuerst dort zu suchen. Vielleicht würde ich sie ja in ihrem Zimmer antreffen. Meine hitzige Entschlossenheit wich mit jedem Schritt einer belastenden Nervosität. Ich schlich hinein und versuchte möglichst keinen Lärm zu erzeugen, um Bjern nicht auf den Plan zu rufen, der mein Vorhaben zunichtemachen würde. Vor ihrer Tür verharrte ich, schloss die Augen und holte tief Luft. Mein Herz pochte vor Aufregung. Dann klopfte ich vorsichtig an die Tür. Gerade laut genug, damit man es in diesem Raum hören konnte, aber jemand in einem anderen Zimmer nichts davon mitbekam. Doch nichts passierte. Kata öffnete nicht. Ich versuchte es ein weiteres Mal, diesmal schon etwas lauter, aber weder aus Katas, noch aus Bjerns Zimmer hörte ich ein Geräusch. Als ich daraufhin die Türklinke herunterdrückte und durch den Spalt in den Raum spähte, war niemand da. Vermutlich war sie irgendwo auf dem Hof beschäftigt. Verdammt, dachte ich und ging wieder nach draußen.

Ich erinnerte mich, dass Kata, bevor ich von ihr getrennt wurde, häufig mit Arbeiten in der Scheune betraut war und beschloss, dort nach ihr zu sehen. Doch auch hier war es still und von Kata keine Spur. Gerade als ich mich zum Gehen wandte, hörte ich ein Geräusch hinter der Scheune, als hätte jemand etwas fallen lassen. Ich schlich herum, noch immer bedacht, Bjerns Aufmerksamkeit nicht auf mich zu ziehen, und spähte um die Ecke.

Was ich dann sah, traf mich wie ein Blitz! Ich hatte das Gefühl, mein Herz würde plötzlich still stehen und aufhören zu schlagen. Hitze stieg in mir auf und ich begann zu zittern. Meine Brust fühlte sich an, als würde sie in tausend Stücke springen und ich war unfähig einen Ton von mir zu geben.

Nicht weit von mir saß Kata auf zwei gestapelten Heuballen. Vor ihr stand Bjern, der seine Lippen auf ihre drückte. Sie hatte die Arme um seinen Nacken gelegt und die Augen geschlossen und erwiderte seinen Kuss. Keiner der beiden bemerkte meine Anwesenheit.

Fassungslos starrte ich sie an, unfähig mich zu bewegen. Der Moment schien ewig zu dauern und das Bild brannte sich in meinen Kopf. Zitternd ging ich einige Schritte zurück und lehnte mich außer Sicht mit dem Rücken an die Scheune.

Ich hatte Kata verloren! Dieser Kuss war nicht gegen ihren Willen. Sie hatte ihn genossen. Ich hatte genau gesehen, wie sie ihre Arme um ihn gelegt hatte. Tränen standen in meinen Augen und kullerten über meine Wangen. Dann spürte ich auf einmal eine gewaltige Wut, ohne zu wissen, auf wen ich plötzlich so wütend war. Meine Gefühle spielten verrückt. Eine ganze Weile plagten sie mich, warfen mich von der Trauer zurück in die Wut und umgekehrt. Ich fühlte mich leer, als ich wortlos in den Pferdestall ging und vor Neils leerer Box stehen blieb. Mein Gesicht war verheult und ich wischte die Tränen mit dem Ärmel weg.

Bjern! Dieser niederträchtige Hundeschiss hatte mich von vornerein von ihr ferngehalten. Vom ersten Moment an, an dem wir auf den Hof kamen, hatte Bjern meine Beziehung zu Kata untergraben und mich ausgespielt. Vor meinem inneren Auge huschten Bilder, wie ich den Mistkerl tötete, ihn ausweidete und an die Krähen verfütterte. Wilde gewalttätige Fantasien, deren Ausgang immer Bjerns furchtbares Ende waren, suchten mich heim.

Und auf einmal entlud sich mein ganzer Hass. Mit den Fäusten schlug ich gegen einen hölzernen Stützpfosten, der das Dach des Stalls hielt. Einmal, zweimal und immer wieder. Ich schlug, so schnell ich konnte, so hart ich konnte und letztendlich auch so lange ich konnte. Nach einer ganzen Weile sackte ich erschöpft zusammen. Tränen liefen erneut über mein Gesicht und der Hass und die Wut schlug in Verzweiflung um.

Die Bilder von Tod und Gewalt wichen jenen, auf denen einfach nur Kata zu sehen war. Ich sah, wie ich ihr zum ersten Mal begegnete, unsere gemeinsame Flucht, wie sie schlief, als wir im Wald ums Überleben kämpften, der Abend in der Gaststätte. Aber immer wieder blitzte dazwischen das Bild von Bjerns Kuss auf. Und immer wieder hatte ich aufs Neue das Gefühl, mein Herz zerspringe in meiner Brust.

Verzweifelt starrte ich auf meine blutenden Knöchel und beobachtete wie meine Tränen, die auf meine Hände tropften, sich mit dem Blut vermischten.

«Ricon?», hörte ich Utger mit verärgertem Tonfall rufen, «bist du immer noch da drin?»

Er polterte gegen die Stalltür und einige Pferde wieherten unruhig. Seiner Stimme war eindeutig anzumerken, dass er sauer war. Scheinbar hatte er mein Einmischen in die Verhandlungen um Neil am Morgen nicht vergessen.

«Ja, ich bin noch hier», antwortete ich und versuchte dabei möglichst normal zu klingen. Polternd flog die Tür auf.

«Was dauert hier so lange?», schrie er mich an, «die Pferde stehen in ihrem eigenen Dreck! Die müssen auch noch sauber gemacht werden!»

«Ja, mach ich», sagte ich und klang dabei hörbar genervt.

«Was ist denn das für ein Tonfall?», fauchte er mich an, «und was ist mit dem Eimer passiert? Ich werd dich lehren meine Sachen kaputt zu machen!»

Sein Kopf war hochrot angelaufen von der Schreierei. Utger war außer sich und wirklich stinksauer.

Mit erhobener Hand kam er auf mich zu, um mich zu schlagen. Kaum war ich in seiner Reichweite, schoss seine Faust auf mich zu, doch im letzten Moment schlug ich seinen Arm zur Seite.

Durch die harte Arbeit auf dem Hof hatte mein Körper an Stärke gewonnen und ich war nicht mehr der schmächtige Junge, der ich einst war, als ich von Mort verkauft wurde. Zudem war die Zeit auf meiner Seite gewesen und Utger war nur noch einen halben Kopf größer als ich.

Verdutzt glitt sein Schwung über meine Schulter hinweg und ich hämmerte meinen Kopf in sein Gesicht. Ich traf ihn heftig gegen den Kiefer. Ein knirschendes Geräusch ertönte, Utger taumelte rückwärts und stürzte der Länge nach zu Boden. Benommen lag er auf dem Rücken, spuckte Blut und zwei Zähne auf seine Brust.

Ich starrte ihn an, überrascht von meinem eigenen Handeln. Plötzlich verstand er, was gerade passiert war und begann um Hilfe zu plärren, doch durch die fehlenden Zähne, hörte es sich unfreiwillig komisch an.

«Jern, Jern! Komm fnell her! Jern!»

Ich hatte den Überraschungsmoment genutzt, um Utger niederzustrecken, doch gegen beide zusammen würde ich keine Chance haben. Im Gegenteil, gemeinsam würden sie mich sicher halb tot prügeln. Eilig stürzte ich an Utger vorbei, durch die offene Stalltür nach draußen ins Freie.

Scheiß auf Utger und seinen beschissenen Pferdehof, dachte ich, scheiß auf Bjern und scheiß auf Kata. Ich verschwinde! Auf Nimmerwiedersehen! So schnell mich meine Beine trugen, rannte ich über den Hof und durch das Tor. Hinter mir hörte ich Bjern und Utger rufen und zumindest Bjern verfolgte mich fluchend ein paar Schritte, gab aber schnell auf.

Eilig riss ich den Bärenpelz vom Zaunpfosten, bog um die Ecke, rannte auf direktem Weg durch das Dorf und aus Kieseck hinaus, den Hügel hinauf. Ich passierte das Gasthaus, in dem wir Mort getroffen hatten und folgte der Straße immer weiter in die Richtung, die ich vor einem halben Jahr schon hätte nehmen sollen.

Je weiter ich lief, desto leiser wurden die Rufe von Bjern und Utger, bis sie schließlich verebbten. Schnaufend eilte ich über den lehmigen Weg, bis der Schweiß mir den Rücken hinunterlief. Ich weiß nicht, wie lange ich rannte, aber es musste eine ganze Weile gewesen sein. Weit von Kieseck entfernt fiel ich erschöpft auf die Knie. Meine Lunge brannte, ich rang nach Atem und mein Herz bebte vor Anstrengung in meiner Brust. Atemlos warf ich den warmen Bärenpelz von den Schultern und ließ mich auf den Rücken fallen. Nach

Luft schnappend starrte ich in den blauen Himmel, als plötzlich eine Stimme ertönte.

«Ricon?», hörte ich jemanden sagen.

Mein Kopf fuhr herum und ich erkannte Isvarn, der nicht weit von der Straße entfernt auf einem Baumstumpf saß und an einem Hühnerbein nagte. Sein Bruder Huzon hockte neben ihm und tat es ihm gleich, während Snadr Neil gerade einen Eimer Wasser hinstellte und dann auf mich zu kam.

«Wie kommen wir zu der Ehre?», fragte er lächelnd.

«Ich habs mir überlegt», sagte ich atemlos, «ich will mit euch kommen.»

«Weiß Utger von deinem plötzlichen Sinneswandel?», fragte Snadr und blickte in die Richtung, aus der ich gekommen war.

Das Sprechen fiel mir noch immer schwer, da ich so außer Atem war.

«Ich denke, er hat es verstanden.»

«Du hast ihm eine verpasst, oder?», fragte Snadr mit prüfendem Blick.

«Ja», gab ich zu.

«Dachte ich mir», lachte Snadr, als er zu mir rüberkam und mir eine Hand reichte, um mir beim Aufstehen zu helfen. Dabei erkannte er meine blutigen Knöchel.

«Was ist mit deinen Händen passiert? Ich meine mich zu erinnern, dass die heute morgen noch nicht so aussahen.»

Die Sache mit Kata sollte mein Geheimnis bleiben. Ich kam mir so unglaublich dumm vor, weil ich mich die ganze Zeit meinen Gefühlen für sie ergeben hatte.

«Ich bin gestürzt», log ich.

«Gestürzt?»

Snadr runzelte die Stirn und ich spürte, dass er mir nicht glaubte, es aber dabei beließ.

«Komm mit zum Karren, ich reinige die Wunde und verbinde sie.»

Er packte statt meiner Hand meinen Arm und zog mich nach oben. Anschließend spülte er den Dreck und einige Holzsplitter aus den Wunden und schmierte eine grüne Paste darauf. Sie brannte und ich zuckte, als sie aufgetragen wurde. Zu guter Letzt verband Snadr die Blessuren mit weißem Leinen.

«In ein paar Tagen wird das verheilt sein.»

«Danke.»

Isvarn reichte mir einen Klumpen Brot und ein Stück Schinken und ich hockte mich ins weiche Gras, neben Neil. Eine Weile schwiegen die drei, doch dann durchbrach Snadr die Stille.

«Nun erzähl schon. Woher kommst du?»

«Ich bin aus Arwa», erwiderte ich und schob mir ein Stück Schinken in den Mund. Er schmeckte fantastisch und um ein vielfaches köstlicher, als der Fraß, den ich ständig von Utger bekam.

«Arwa? Das ist ziemlich weit weg von hier und noch dazu nur mit dem Schiff wirklich sicher zu erreichen. Wie kommt ein Junge in deinem Alter also auf einen Pferdehof in Kieseck? Wurdest du verkauft?»

«Ja und nein», erklärte ich mit vollem Mund.

Snadr schnitt ein Stück Räucherwurst ab und kaute genüsslich darauf rum.

Und so erzählte ich, wie Arwa überfallen wurde, wie ich ein Gefangener der Dryadrim war und letztendlich in das

Gasthaus flüchtete. Kata erwähnte ich in meiner Geschichte allerdings nicht.

«Mort, ein Viehhirte wollte mir helfen, aber er verkaufte mich an Utger. Auf seinem Hof blieb ich für ein halbes Jahr.»

«Mort? Ich kenne einen Mort, aber ein Viehhirte ist er nicht», sagte Snadr, während er sich ein weiteres Stück Wurst abschnitt.

«Hatte er zufällig schwarze, zerzauste Haare?»

In meinem Kopf hatte ich sein Bild recht schnell vor Augen.

«Ja, das kommt hin.»

Plötzlich prustete Snadr laut los. Auch Isvarn und Huzon stimmten in das Gelächter ein. Nach einer Weile beruhigte sich zumindest Isvarn wieder.

«Mort ist alles, nur kein Viehhirte.» Er wischte sich eine Träne aus dem Augenwinkel.

«Mort ist ein Taugenichts, ein Dieb, ein Schwindler und ein notorischer Lügner. Er würde seine eigene Großmutter verhökern, wenn er es nicht schon getan hat. Dieser Bastard hat dich ja mächtig übers Ohr gehauen.»

«Er ist wie wir, oder nicht?», fragte Huzon grinsend.

«Hey, wir sind keine Lügner», fiel ihm Snadr immer noch lachend ins Wort.

«Aber ihr seid Diebe?», fragte ich überrascht und im selben Moment dämmerte mir, was ich sah. War ich tatsächlich einer Gruppe von Dieben nachgelaufen? Ich hatte meine Probleme mit Bjern und Utger, doch ein Dieb war nicht. Ich kam zu dem Schluss, dass die drei mich veräppelten, da sie noch immer laut lachten.

«Aber ihr habt für den Ochsen bezahlt. Diebe hätten ganz sicher kein Gold für den Ochsen hingelegt, sondern wären nachts in den Stall eingestiegen und hätten ihn gestohlen», sagte ich triumphierend, da ich mir einbildete ihren Scherz entlarvt zu haben.

«Du hast vollkommen Recht», sagte Snadr, nie und nimmer würde ich für einen überteuerten Ochsen so viel Gold hinlegen. Er griff in seine braune Jacke und zog den Lederbeutel hervor, den ich bereits zuvor gesehen hatte. Behutsam öffnete Snadr die Kordel und ließ glänzende Goldmünzen in seine Hand prasseln. Wir war das möglich? Fragend starrte ich auf die Münzen.

«Er hat den Beutel natürlich ausgetauscht», erklärte Isvarn, der mein verwundertes Gesicht sah und Huzon nickte beipflichtend, während er noch immer auf seinem Brotklumpen herumkaute.

«Aber was ist dann in Utgers Beutel?», wollte ich wissen, «ich habe gesehen, wie er ihn in sein Haus getragen hat.»

«Der Ort heißt nicht umsonst Kieseck», sagte Snadr und wieder lachten die drei so heftig, dass Huzon sogar ein Teil seines zerkauten Brots aus dem Mund fiel.

Ich war so dumm! Wütend stand ich auf.

«Ich bin kein Dieb!», herrschte ich die drei protestierend an und wandte mich zum Gehen.

Da stand Snadr auf.

«Warte, Junge. Sei nicht so streng mit uns. Keiner von uns wurde als Dieb geboren. Wir stehlen, um zu überleben», erklärte er entschuldigend.

«Ich bin kein Dieb, und ich werde auch nicht stehlen um zu überleben!»

«Manche nennen es Stehlen, aber ich finde den Begriff Umverteilen viel passender. Und er klingt auch nicht so negativ.»

Snadr schmunzelte.

«Ich stehle nicht!», sagte ich entschlossen.

Isvarn schaltete sich in das Gespräch ein.

«Ach nein? Was willst du dann machen? Gehst du zurück zu Utger und lässt dich wieder wie Dreck behandeln? Oder läufst du zurück in den Wald, wo dich diese komischen Wesen gefangen genommen hatten?»

«Er hat Recht», pflichtete ihm Snadr bei, wenn du frei sein willst, komm mit uns.

«Aber ich bin kein Dieb!», sagte ich beharrlich.

«Hat dir das Brot und der Schinken geschmeckt?», fragte Huzon, der in diesem Moment das erste Mal das Wort ergriff. Er saß noch immer im Gras und sammelte das halb zerkaute Brot auf, dass er sich sogleich erneut in den Mund stopfte.

«Ähm, ja, das hat es», antwortete ich, nicht wissend, auf was er hinaus wollte.

«Hat dir Utger jemals einen solchen Schinken zu essen gegeben?», fragte er daraufhin.

«Nein, hat er nicht», gab ich zu und erinnerte mich an kalte Eintöpfe und lauwarme Reste, die ich alleine in meinem Schuppen essen musste.

Verwirrt starrte ich wieder auf den Rest Schinken, den ich noch in meiner Hand hielt.

«Das Brot und den Schinken habe ich heute Morgen auf dem Markt in Kieseck gestohlen. Der Fleischer hat seinen Verlust vermutlich noch immer nicht bemerkt.» Huzon blickte mich nun ernst an.

Verlegen schaute ich auf das saftige Stück Schinken in meiner Hand. Was war nun Unrecht? Und was war Recht?

«Du bist noch nicht lange Waise, nicht wahr?»

Isvarn hockte noch immer auf dem Baumstumpf. Das Hühnerbein hatte er inzwischen abgenagt und die Knochen hinter sich ins Dickicht geworfen. Wortlos blickte ich ihn an und schüttelte den Kopf.

«Du kannst froh sein, jemanden wie Snadr getroffen zu haben. Da draußen wartet nichts Gutes auf einen Waisenjungen. Einiges davon hast du ja bereits kennengelernt.»

«Aber Stehlen ist falsch», sagte ich leise.

«Stehlen ist Überleben!», fuhr mich Huzon an.

«Weißt du eigentlich, wer du bist?», fragte mich Isvarn mit ruhigem Ton.

«Ich bin Ricon aus Arwa.»

Die beiden Brüder lachten auf und auch Snadr grinste.

«Du bist eine verdammte Waise, der Abschaum der Gosse. Niemand will dich und niemand braucht dich. Niemand hier hat etwas für Waisen übrig. Du kannst auf einem Hof anheuern und ehrlich arbeiten und dennoch wird es dir niemand danken. Waisen erinnern die Menschen an die schlechten Dinge in der Welt. Kriege, Krankheiten und Tod! Für die Menschen da draußen hast du nicht mal einen Namen», erklärte Isvarn nüchtern, «durch Snadr hast du wenigstens ein Leben. Weiß du was Utger machen wird, jetzt wo du weg bist?»

Er machte eine dramatische Pause, doch ich sagte nichts.

«Er wird fluchen, dass der Kerl, der seine Drecksarbeit gemacht hat, nicht mehr da ist und er sich einen anderen Trottel besorgen muss.»

Damit hatte Isvarn vermutlich Recht, denn wertgeschätzt wurde ich auf Utgers Hof seit meiner Ankunft nicht einen einzigen Tag.

«Was hättest du heute noch gegessen, wenn ich diesen Schinken nicht gestohlen hätte?», fragte Huzon. Sein Tonfall war herausfordernd und laut.

Wieder antwortete ich nicht.

«Richtig! Gar nichts. Du würdest hungern! Der Alte hätte dir wahrscheinlich eine Lektion erteilt, weil du dich in seine Geschäfte eingemischt hast.»

Huzon war sehr aufgebracht vor mich gestapft und Isvarn war neben ihn getreten, um seinen Bruder zu beruhigen.

«Was mein Bruder meint, ist, dass Waisenkinder in dieser Welt nicht sonderlich beliebt sind. Wir fallen den Leuten zur Last und erinnern sie daran, dass diese Welt bei Weitem nicht perfekt ist. So verrückt es auch sein mag, sie akzeptieren uns eher als Diebe, als als hilfsbedürftige Kinder.»

Ich wollte erwidern, dass das alles kein Grund sei zu stehlen und sich als Dieb durchzuschlagen, aber ich musste zugeben, dass die beiden recht hatten. Niemand hatte bisher großen Wert darauf gelegt, ob ich Ricon aus Arwa oder irgendjemand anderes war. Ich war ein namenloser Waisenjunge. Ich spürte, wie meine Augen feucht wurden.

«Na toll, jetzt fängt er auch noch an zu heulen!»

Huzon hatte noch immer einen hochroten Kopf.

«Lasst es gut sein, ich glaube, Ricon hat verstanden, was ihr ihm sagen wolltet», sagte Snadr und klopfte mir mitfühlend auf die Schulter.

«Wir zwingen dich nicht, mit uns zu gehen. Du wählst deinen eigenen Weg», sagte er.

«Jungs? Wir packen zusammen. Wir haben noch ein Stückchen vor uns bis zu unserem Nachtlager.»

Ich stand auf dem Weg und blickte in die Richtung, aus der ich gekommen war. Zurück nach Kieseck zu gehen bedeutete, weiter auf dem Pferdehof zu arbeiten. Zumindest nachdem ich die Strafe für mein Aufbegehren hätte über mich ergehen lassen müssen und Utger würde bei meiner Bestrafung sicherlich nicht zimperlich sein. Täglich wäre ich der Schmach ausgesetzt Bjern und Kata zusammen zu sehen, müsste seine elenden Sprüche erdulden und die Einsamkeit im Werkzeugschuppen ertragen. Dennoch wäre meine Arbeit ehrlich und ich wäre kein Gesetzesbrecher. Der einzige Strick, mit dem ich zu tun hätte, wäre der an dem ich die Pferde über den Hof führte und nicht der, der eines Tages auf dem Marktplatz um meinen Hals läge. Eine dritte Möglichkeit konnte ich für mich kaum erkennen, denn das Leben auf der Straße hätte ich nicht lange durchgehalten. Die Nächte waren noch immer kalt um diese Jahreszeit und etwas Essbares zu finden, war nahezu unmöglich.

So gerne ich es auch getan hätte, aber nach Arwa zurückkehren konnte ich auch nicht, denn meine Heimat war nach wie vor in den Händen der Rakkar. Im Norden begrenzten die unüberwindbaren Steilhänge der grünen Berge das Land zu den nördlichen Königreichen. Weiter südlich gingen die riesigen Felsformationen in den dichten Bewuchs des Luzariwalds über, der Arwas Grenze zum Königreich Etwaldar markierte, in dem ich mich befand.

Keines der angrenzenden Reiche hatte also einen Grund sich den Rakkar entgegenzustellen, solange diese ihre neue Wahlheimat nicht verließen. Wohin sollte ich also gehen?

Hinter mir zog mein Freund Neil den polternden Karren zurück auf den Pfad. Snadr, Isvarn und Huzon setzten ihre Reise fort und es lag an mir, eine Entscheidung zu treffen.

16. Kapitel

Ein halbes Jahr später

Die warme Spätsommersonne hatte ihren höchsten Punkt gerade erreicht, als ich durch laute Stimmen geweckt wurde. Mit einem Ruck hielt der Wagen an. Isvarn und Huzon knieten aufrecht auf der Ladefläche und spähten nach vorne. Vor dem Ochsen standen zwei dunkel gekleidete Männer. Die Gesichter hatten sie mit schwarzem Stoff verhüllt, sodass man nur ihre Augen sehen konnte. Der Größere hatte Neil am Zügel gepackt, um ihn am Weiterlaufen zu hindern. Der Andere, etwas schmächtiger gebaute, schwenkte einen Dolch in Snadrs Richtung und keifte: «Abladen! Die ganze Ladefläche!»

«Einen feuchten Krötenschiss werde ich tun!», fauchte Snadr unbeirrt zurück.

«Vorsicht, sonst schlitz ich dich auf wie ein Karnickel.»

Er fuchtelte wie wild mit dem Dolch vor Snadrs Gesicht herum, der, davon jedoch unbeeindruckt, sitzen blieb. Die Beiden schienen es sehr ernst zu meinen und ich war mir nicht sicher, ob es nicht schlauer wäre, zu tun, wonach sie verlangten. Allerdings kannte ich Snadr mittlerweile einige Wochen und ich vertraute ihm. Nicht einmal hatte er unüberlegt oder überstürzt gehandelt. Er war jemand, der eine Situation einschätzte und abwog, welche Möglichkeiten er hatte und daher verhielt ich mich absolut still und wartete ab.

«Los jetzt, runter da und abladen!», fauchte der Fremde erneut. Nervös strich er sich einige schwarze, verfilzte Haarsträhnen zurück unter die Kapuze, als Snadr weiterhin keine Anstalten machte, seiner Aufforderung zu folgen.

«Ich werde es nur noch ein letztes Mal wiederholen! Abladen!»

Als Snadr abermals nicht reagierte, riss er Isvarn mit einem Ruck vom Wagen und drückte ihm den Dolch an seine Kehle, um seine Drohung zu untermauern.

Snadr versuchte die Situation nun doch zu beruhigen.

«Ist ja gut, aber ihr macht einen Fehler», sagte er in ruhigem Tonfall.

«Runter mit den Kisten, na los!»

Unsere Ladung bestand hauptsächlich aus Decken und einigen Lebensmitteln, aber die beiden Wegelagerer vermuteten Gold und Juwelen. Es war ausweglos ihnen zu erklären, dass wir kaum Wertgegenstände mit uns führten, denn sie hätten uns ohnehin nicht geglaubt.

Der schwarz gekleidete Mann war mit Isvarn im Schwitzkasten nach hinten neben Snadr getreten, während er noch immer den Dolch an seinen Hals presste. Isvarn hatte die Augen zugekniffen und wimmerte leise.

In unglaublicher Behäbigkeit hob Snadr die erste Kiste vom Karren und ließ sie auf den staubigen Boden fallen.

Das Geschirr des Ochsen klimperte, als er unruhig mit dem Kopf zuckte und versuchte einige Fliegen abzuschütteln.

Ein mulmiges Gefühl überkam mich und ich sah, dass Huzon einen dicken Knüppel gegriffen hatte, den er vorsichtig unter dem Kutschbock hervorzog.

«Schneller, na los, du Mistkerl», keifte der Kerl mit dem Dolch und fuchtelte nur wenige Finger breit vor Snadrs Gesicht herum.

Snadr dagegen griff seelenruhig nach der nächsten Kiste, hatte aber scheinbar auf diesen Moment gewartet, denn plötzlich, wie aus dem Nichts, fuhr er herum und rammte dem bewaffneten Fremden seinen Schädel heftig ins Gesicht. Ein lautes Knacken war zu vernehmen, als seine Nase brach. Noch bevor der Mann den Dolch gegen Isvarn einsetzen konnte, packte Snadr seinen Arm, drehte ihn herum und der verdutzte Räuber machte eine Rolle nach vorne. Dabei ließ er die Waffe fallen. Isvarn stolperte zu Seite und fiel in den Dreck. Noch bevor sein überrumpelter Gegner sich wieder auf die Beine kämpfen konnte, sprang Huzon vom Karren und schmetterte seinen Knüppel auf den Schädel des hilflosen Mannes. Der Schlag ließ ihn augenblicklich das Bewusstsein verlieren und er blieb regungslos im Staub liegen.

Der zweite, kräftigere Mann, eingangs überrumpelt von Snadrs plötzlichem Angriff, zog ein Messer und stürmte brüllend auf ihn zu. Er rammte die Klinge, auf Snadrs Brust gerichtet nach vorne, doch er hatte nicht mit Snadrs flinkem Ausfallschritt gerechnet. Snadr packte den ausgestreckten Arm des Fremden und zertrümmerte dessen Unterarm auf seinem Knie. Er schrie vor Schmerzen laut auf und seine Finger öffneten sich, sodass die scharfe Waffe zu Boden fiel. Der verletzte Mann stützte mit der anderen Hand seinen gebrochenen Arm, als Snadr ein Sax, ein einschneidiges Kampfmesser, aus einem Stoffbündel vom Wagen zog. Die scharfe Klinge glänzte im Sonnenlicht. Snadr war ganz offensichtlich kein Krieger und ich wunderte mich, woher er eine solche Waffe wohl hatte.

Jammernd stolperte der Mann rückwärts, fiel auf den Hosenboden und flehte um Gnade, als Snadr drohend den Sax vor ihm kreisen ließ.

«Bitte, verschont mich. Wir werden euch nie wieder belästigen», wimmerte er.

«Verschwindet, bevor ich euch wertlose Brut in Scheiben schneide!», drohte Snadr mit grimmigem Gesicht.

«Sch...sch...schon gut», stotterte der Räuber.

In Windeseile rappelte er sich auf, drehte sich um und rannte, so schnell ihn seine Beine trugen, davon.

Snadr wandte sich Isvarn zu.

«Alles in Ordnung?»

«Alles in Ordnung», erwiderte Isvarn, der sich gerade den Staub von den Klamotten klopfte.

«Verdammte Mistkerle», murmelte Snadr und wickelte den Sax behutsam zurück in seinen Stofffetzen.

«Woher hast du das?», fragte ich und zeigte auf das blank polierte Messer.

«Hat mir ein Freund geschenkt. Ist aber schon einige Jahre her», sagte Snadr und wirkte dabei kurz angebunden. Ich verstand seine knappe Antwort, als wolle er nicht weiter darüber sprechen und ließ es auf sich beruhen.

«Guter Schlag, Huzon», sagte er lobend, während seine verärgerte Miene bereits einem verschmitzten Grinsen wich. Über den Sommer hatte ich Snadr als einen häufig gut gelaunten und besonnenen Menschen kennengelernt. Er ging grundsätzlich überlegt vor, schätzte Risiken ab und war immer darauf bedacht uns zu beschützen. Das betraf auch unser Dasein als Diebe.

Isvarn, der gerade immer noch leicht verängstigt zurück auf den Wagen kletterte, war Snadr recht ähnlich. Er war durchaus intelligent und handelte stets vorsichtig und überlegt. Anders als sein Bruder, der mutig, aber ungestüm auftrat, liebte Isvarn die Ordnung und die Kontrolle. Die beiden waren, von ihren Eigenschaften her, sehr verschieden, gaben aber gerade daher ein so gutes Gespann ab. Die Brüder genossen ihr Leben als Diebe in vollen Zügen und schienen keinerlei Unbehagen beim Ausüben ihres Handwerks zu verspüren.

Ich hatte eine Weile gebraucht mich damit abzufinden, dass unser täglich Brot durch ein unehrenhaftes Gewerbe, wie das Stehlen, verdient wurde. Mittlerweile aber verstand ich, dass mein Leben sich zum Guten gewandt hatte, seit ich den vermeintlich falschen Weg eingeschlagen hatte. Ich schlief auf einem warmen Nachtlager, hatte immer etwas im Bauch und die Menschen, die mich tagein und tagaus begleiteten, schätzen meine Gesellschaft. Daher waren auch meine moralischen Bedenken in den Hintergrund getreten.

«Auf geht's, Neil, wir haben noch ein kleines Stück vor uns», hörte ich Snadr sagen. Ich war glücklich, Neil in meiner Nähe zu haben, auch wenn der Ochse sich mittlerweile nur selten meine Probleme anhören musste, da ich in Isvarn, Huzon und Snadr wirklich gute Freunde gefunden hatte. Der Wagen machte einen Ruck und wir fuhren weiter.

Dennoch wunderte ich mich über Snadrs Kampfkünste, denn diese waren für einen Dieb eher ungewöhnlich. Er war ein großartiger Beschützer, der uns behandelte wie seine eigenen Söhne, aber ich war mir sicher, er hatte Geheimnisse, die in seiner Vergangenheit liegen mussten, weit bevor einer von uns ihm über den Weg gelaufen war.

Isvarn und Huzon hatten es sich wieder gemütlich gemacht und dösten auf der Ladefläche. Ich saß aufrecht und blickte noch eine Weile auf den reglos im Staub liegenden Mann, bis Neil uns über eine Kuppe zog. Der Wagen polterte über das lose Gestein, das überall auf dem Weg herum lag.

«Woher kennt ihr Snadr?», wollte ich von den beiden wissen.

Isvarn öffnete die Augen.

«Er hat uns vor einigen Jahren aufgelesen. In einer Gosse oben in Gnadenhügel.»

«Gnadenhügel?»

Dieser Ort sagte mir nichts.

«Es ist eine kleine Stadt im Königreich Northal, hoch oben im Norden. Dort sind wir aufgewachsen.»

Isvarn hatte sich aufgerichtet, während Huzon sich nicht an der Unterhaltung beteiligte, sondern den Kopf zum Dösen auf einen weichen Sack gebettet hatte. Er war ohnehin niemand, der viele Worte verlor. Huzon war verschlossener als sein Bruder, dafür aber recht hitzköpfig.

«Wir waren halb tot, fast erfroren.»

«Oder verhungert», unterbrach ihn Huzon, der nun doch einstimmte, die Augen aber geschlossen hielt. Ein leerer Bauch war stets seine größte Angst.

«Ja, oder verhungert, je nachdem was zuerst eingetreten wäre», bestätigte Isvarn.

«Was ist mit euren Eltern? Sind sie tot?», fragte ich.

Isvarn zuckte mit den Schultern.

«Keine Ahnung. Wir können uns beide nicht an sie erinnern. Angeblich sind sie irgendeiner Krankheit zum Opfer gefallen, als wir noch sehr jung waren. Wir erinnern uns beide nur an eine alte Dame, bei der wir aufgewachsen sind. Zwar nannten wir sie Großmutter, aber ehrlich gesagt wissen wir nicht, ob wir wirklich mit ihr verwandt waren. Als sie starb, waren wir vielleicht sechs oder sieben Jahre alt. Sie war arm und konnte uns nichts hinterlassen. Als sie tot war, trug man sie fort und jagte uns aus der maroden Hütte in der wir zusammen gelebt hatten. Fortan lebten wir in den Straßen von Gnadenhügel, bettelten und stahlen, um zu überleben. Über den Sommer war das kein schlechtes Leben. Es war warm und auf den Märkten gab es immer genug zu essen. Doch als die Nächte länger wurden, der Winter einkehrte und die Kälte anfing uns zu schaffen zu machen, wurde das Leben auf der Straße ziemlich hart. Jeder Tag war ein einziger Überlebenskampf. Wir haben damals einige unserer Freunde in der Kälte verloren. Die dunkle Jahreszeit war grausam. Nachts hörte man sie jammern und morgens fand man ihre steif gefrorenen Körper irgendwo an einer Häuserwand lehnend. Auch wir hätten den Winter nicht überlebt, hätte Snadr uns nicht aufgelesen.»

«Wir hatten Glück» fügte Huzon hinzu.

«Warum hat er euch mitgenommen?», wollte ich wissen.

«Keine Ahnung. Weil er ein guter Mensch ist, denke ich», sagte Isvarn, der sich wieder hinlegte, und er hatte recht. Snadr war wirklich ein guter Mensch. Es war mir ein Rätsel, warum er sich um uns kümmerte, obwohl er vermutlich alleine deutlich einfacher zurechtgekommen wäre. Vielleicht hatte er gerne gute Freunde bei sich, denn die waren wir mittlerweile geworden.

«Habt ihr je daran gedacht, nach Northal zurückzukehren?», wollte ich wissen.

«Nein, warum sollten wir?», antwortete Isvarn und schüttelte den Kopf.

«Vermisst ihr eure Heimat nicht?»

«Wir kommen zwar aus dem Norden, aber uns verbindet nichts mit diesem Flecken Erde. Wir können uns ja kaum an damals erinnern. Unsere Heimat ist, wo wir gerade sind. Sie liegt heute hier und morgen dort.» Isvarn lächelte und sein Bruder deutete ein Nicken an.

Ich dachte über Isvarns Worte nach. Auch mir gefiel es, jeden Tag neue Dörfer und Städte zu besuchen und die unterschiedlichsten Landschaften zu sehen, doch tief in mir drin brannte nach wie vor der Wunsch eines Tages nach Arwa zurückzukehren, denn Arwa war meine Heimat. Daran würde sich nichts ändern, selbst wenn ich die ganze Welt bereisen würde. Doch solange die Rakkar dort ihr Unwesen trieben, war an eine Rückkehr in mein Heimatdorf Kreetz nicht zu denken, sofern dort überhaupt noch eine Hütte stand, die nicht niedergebrannt worden war.

Neil benötigte langsam eine Pause und freute sich sicher, dass sich dieser kräftezehrende Marsch dem Ende neigte. Gegen Abend erreichten wir eine größere, am Fuße einer hohen Gebirgskette liegende, Siedlung. Seit dem Mittag hatte der Weg eine leichte, aber nicht enden wollende, Steigung genommen und die eindrucksvollen Berge waren immer näher gekommen.

«Das ist das Weißgipfelgebirge!», hatte Snadr auf meine Frage geantwortet. Für mich war jeder neue Ort und jeder neue Landstrich, den wir durchfuhren, eine Entdeckung. Bevor ich zu Snadr, Isvarn und Huzon stieß, hatte ich nicht viel von der Welt gesehen, was sich nun täglich änderte und so beantwortete Snadr, der sich ziemlich gut auskannte, bereitwillig all meine Fragen. Oft hatte er auch kleinere Geschichten zu den Orten parat. Zu Graufels, der Stadt, die wir an diesem Abend ansteuerten, allerdings nicht.

Eine etwa zwei bis drei Mann hohe Stadtmauer aus grauen Felsblöcken, die auf der Landseite in den Fels der nördlichen Berge eingelassen war, schützte die Stadt vor Angriffen jeglicher Art, auch wenn es hier, laut Snadr, schon länger keinen Krieg mehr gegeben hatte. Im Westen grenzte der Stever, ein breiter, unbezwingbarer Fluss, der die wilden Horden Cerests, einem Landstrich in dem verschiedene Kriegsherren das Sagen hatten, davon abhielt, den Süden des Königreichs Etwaldar zu betreten. An Schiffe war aufgrund der Stromschnellen und vereinzelten Felsen nicht zu denken und auch die mutigsten Seeleute scheuten das Gewässer.

Das letzte Stück unseres Weges fiel von einem Hügel aus leicht bergab in eine Senke und stieg zur Stadt hin wieder steil an. Noch befanden wir uns auf der kleinen Anhöhe vor dieser Kuhle und so hatte ich einen guten Blick auf das Leben hinter der großen Stadtmauer.

Aus einigen der aus grauem Stein gebauten Häusern stiegen feine Rauchschwaden empor, die vermutlich von den Herdfeuern stammten, die dort loderten. Am meisten faszinierte mich allerdings die Wasserversorgung der Stadt. Die Einwohner hatten sich den angrenzenden Fluss zu Nutze gemacht und ihn in ein ausgeklügeltes Bewässerungssystem umgeleitet, welches durch den gesamten Ort verlief und sämtliche Ecken mit Frischwasser versorgte.

Ich empfand es als unheimlich praktisch, nicht ständig zu einem Brunnen laufen zu müssen. Zudem dürfte das Bohren eines Brunnens am Fuße einer solch massiven Bergkette vermutlich auch eine immense Anstrengung darstellen. Die Gipfel der hohen Berge, an deren Fuß die Stadt errichtet worden war, waren trotz des warmen Klimas an den Nordhängen mit Schnee bedeckt. Ich fragte mich, wie die Einwohner wohl die Überflutung des Ortes während der alljährlichen Schneeschmelze im Frühjahr verhinderten.

«Sie haben zum Stever hin Tore, die sie verschließen können, wenn er zu hoch steht», hatte Snadr geantwortet.

Hinter der Siedlung tauchte die tief stehende Sonne das Örtchen in ein rotes Licht. Es war ein herrlicher Anblick. Aber auch zur Rechten und Linken unseres Weges, bot sich ein mir ungewohntes Bild. Wir waren im Laufe des Sommers ein ganzes Stück nach Süden gereist, doch je weiter wir auf das hohe Gebirgsmassiv zusteuerten, das sich am Horizont abzeichnete, desto mehr veränderte sich die Landschaft.

Leicht, aber stetig führte die Straße bergauf. Nur vereinzelt standen Bäume und dichten Wald, wie ich ihn kannte, gab es hier nicht. Stattdessen wichen die Laubbäume den zäheren Nadelbäumen, die in dem kargen, steinigen Boden dennoch gut wurzelten.

Vereinzelt huschten Eidechsen über Steine und verschwanden blitzschnell in ihren Verstecken, wenn unser Wagen an ihnen vorbeipolterte und ihr Sonnenbad störte.

«Macht euch fertig das Lager aufzuschlagen!», rief Snadr von vorne.

Wir hatten den Stadtrand von Graufels erreicht. Snadr lenkte Neil mit dem Wagen zur Seite, wo wir ein Stück im Schatten der Stadtmauer entlang fuhren, um einen geeigneten Platz für unser Nachtlager zu finden.

An einem Bachlauf, vermutlich einem kleinen Seitenarm des Stever, machten wir Halt.

«Hier werden wir die Nacht verbringen», sagte Snadr, als er an Neils Zügeln zog und der Karren stehenblieb.

Er sprang vom Wagen und hielt seine Hände in das plätschernde Nass. Vorsichtig roch Snadr an dem Wasser und kostete einen kleinen Schluck.

«Man weiß nie so genau wo sie ihre Abwässer hinleiten», sagte er schließlich, «aber das hier ist Frischwasser», fügte er fröhlich hinzu. «Füll den Eimer auf, damit Neil was zu trinken bekommt, Ricon.»

Während ich mich um Neil kümmerte und dem Ochsen darüber hinaus etwas Heu hinwarf, begannen Isvarn und Huzon aus Decken und mit Heu gefüllten Säcken ein Nachtlager vorzubereiten.

Kaum hatte ich Neil den Eimer mit dem frischen Wasser hingestellt, versenkte er gierig seinen Kopf darin und ließ ein lautstarkes Schmatzen ertönen. Während ich Neil den Staub aus dem Fell klopfte, war Snadr bereits damit beschäftigt ein kleines Lagerfeuer zu entfachen. Huzon hatte etwas verdorrtes Holz und einige Zweige aufgesammelt und reichte sie Snadr. Es dauerte nicht lange, bis das Feuer knisterte und als die Sonne unterging und es schlagartig kühler wurde, waren wir froh, dass es uns wärmte.

Ein kleiner Kessel köchelte darauf vor sich hin, während das Feuer ab und zu ein scharfes Knacken von sich gab. Ich atmete tief ein und ein angenehmer Duft stieg in meine Nase.

«Hast du Hunger, Ricon?», fragte mich Snadr, der meinen gierigen Blick bereits bemerkt hatte, während er den Kessel umrührte.

Ich hatte einen Bärenhunger.

«Und wie!», grinste ich.

«Ist gleich fertig. Huzon! Übernimm das mal», sagte er und reichte ihm den großen Holzlöffel.

Snadr ließ eine goldene Münze durch seine Finger tanzen. Er drehte sie so schnell, dass ich sie kaum erkannte. Dann hielt er sie ganz still und klemmte sie so zwischen Zeigefinger und Daumen, dass ich beide Seiten gut erkennen konnte. Auf der einen Seite prangte eine Krone, auf der anderen der Kopf eines Mannes. Vermutlich handelte es sich um einen König oder einen hohen Herrscher, doch ich kannte ihn nicht. Es war keine Münze aus Etwaldar, dem Königreich in dem wir uns befanden und auch keine aus meiner Heimat. Allerdings hätte ich selbst bei Arwas König Lendris Probleme gehabt, ihn zu erkennen. Nur ein einziges Mal hatte ich ihn bei einer Parade in Arwas Hauptstadt Fraden gesehen. Eine geprägte Münze mit seinem Antlitz dagegen, hatte ich noch nie in der Hand gehabt.

Snadr hatte diese Übung schon etliche Male mit mir gemacht und zugegebenermaßen war ich recht lustlos, ein und dieselbe Prozedur immer wieder durchlaufen zu müssen.

Er steckte die Münze in die Hosentasche.

«Zieh sie heraus», forderte Snadr mich auf.

Doch kaum hatte ich meine Finger nach seiner Tasche ausgestreckt, schlug er mit seiner Hand heftig auf meinen Handrücken. Schmerzend zog ich sie zurück. Huzon kicherte, während er mit einem Löffel den brodelnden Kessel umrührte.

Ich verzog das Gesicht.

«Noch einmal», sagte Snadr, «und gib dir mehr Mühe.»

Erneut versuchte ich, diesmal unauffälliger, mit meiner Hand nach der Münze in seiner Tasche zu greifen.

Doch abermals fing ich mir einen Klatscher auf den Handrücken ein.

«Ach komm schon, Snadr, niemand würde so genau hinschauen», klagte ich.

«Und wenn nur ein einziger Mensch auf dieser Welt genau hinschaut, so kann es der sein, den du beklauen willst und der kostet dich deinen Kopf. Also gib dir mehr Mühe und mach die Übung so, wie ich sie dir gezeigt habe.»

«Ist ja gut.»

Dieses Mal machte ich es anders. Ich ging ein oder zwei Schritte auf Snadr zu, rempelte ihn an und entschuldigte mich mit einer ausschweifenden Handbewegung für mein Versehen. Dann ging ich an ihm vorbei und drehte mich nach einem weiteren Schritt zu ihm um, um ihm die entwendete Münze zu präsentieren.

«Na also, geht doch. Das war gut», sagte Snadr lobend, «dennoch werden wir nicht aufhören zu üben, Ricon.»

Ich reichte Snadr das Geldstück, das er geschwind wieder in seiner Tasche verschwinden ließ. In diesem Moment stapfte Isvarn mit zwei vollen Händen Feuerholz in unser Lager.

«Isvarn ist da schon etwas weiter als du», sagte Snadr an mich gerichtet und wandte sich ihm zu.

«Isvarn, zeig ihm nochmal, wie es geht.»

Isvarn, der einige Schritte entfernt neben Huzon stand, legte das Holz an die Feuerstelle und schnippte mir gekonnt etwas zu. Reflexartig fing ich den Gegenstand auf und starrte verdutzt auf die Münze auf meiner Handfläche.

«Wie in aller Welt hast du das gemacht? Du warst ja nicht einmal in seiner Nähe?»

«Übung», sagte Isvarn trocken, zuckte mit den Schultern und schob etwas Feuerholz in die Glut.

Isvarns Fähigkeit war beeindruckend. Sprachlos blickte ich ihn an, der mich aber nicht weiter beachtete. Snadr nickte anerkennend, gab aber keinen Ton von sich.

Es verging eine Weile, bis sie es nicht mehr aushielten. Plötzlich, nach einem Augenblick der Stille, prusteten alle drei nahezu gleichzeitig los. Ich kam mir ziemlich dämlich vor, verstand aber noch immer nicht, was so lustig war.

«Entschuldige, wir haben uns nur einen Spaß erlaubt», sagte Snadr schließlich, wischte sich eine Träne aus dem Augenwinkel und klopfte mir auf die Schulter, während er in der anderen Hand eine zweite Münze hielt, die der, die ich gefangen hatte, durch und durch glich.

«Ihr Säcke.»

Dann stimmte ich in das Gelächter ein.

«Isvarn, hilf mir noch kurz, die Kiste dort runter zu heben», bat ihn Snadr. Ich ging derweil zu Neil herüber, der genüsslich sein Heu kaute, als ich begann ihn hinter den Ohren zu kraulen.

Im Laufe des Sommers hatten sich meine Diebesfähigkeiten gut entwickelt, dennoch kam es immer noch zu Situationen, in denen mich die anderen drei aufzogen. Ich sah sie als größere Brüder, die den Kleineren necken und sie waren mir alle drei ans Herz gewachsen. Irgendwie fühlte es sich wie eine neue Familie an, denn Ricon aus Arwa existierte nicht mehr. Meine Heimat existierte nicht mehr, ebenso wenig meine Eltern und meine Geschwister.

In dieser Welt gab es drei Menschen und einen Ochsen, für die ich Ricon war, Isvarn, Huzon und Snadr und den treuen Neil. Und so war ich einer von Ihnen geworden, ein Dieb. Ricon, der Dieb.

«Essen ist fertig», unterbrach Huzon schließlich meine Gedanken, füllte eine Holzschale nach der anderen mit wohlriechendem Eintopf und reichte sie uns.

«Morgen müssen wir unsere Vorräte aufbessern», sagte Snadr kauend, «daher werden wir uns den Markt hier etwas genauer ansehen und ein paar Dinge umverteilen.»

Snadr mochte diesen Ausdruck und irgendwie gefiel er mir auch besser, als vom Stehlen zu sprechen. Er gab einer unehrenhaften Tat etwas Ehrenhaftes.

17. Kapitel

Ein lautes Scheppern riss mich aus dem Schlaf. Müde rieb ich mir die Augen. Snadr trommelte mit einem Löffel auf einer blechernen Pfanne.

«Aufstehen, ihr Faulpelze!», rief er gut gelaunt.

Es war noch etwas neblig, aber bereits hell. Die Sonne streckte ihre ersten Strahlen über den Horizont, während einige Vögel über das stetige Plätschern des Baches hinweg zwitscherten.

Nach einem, eher dürftigen, Frühstück schlenderten wir durch das Stadttor, um uns auf dem Markt umzuschauen, der mittlerweile schon in vollem Gange war. Etliche Händler hatten sich im Laufe des Morgens auf dem Marktplatz eingefunden, um ihre Waren feilzubieten. Zahlreiche Menschen drängten sich vor den Ständen und der Anblick erinnerte mich an einen Ameisenhaufen, in dem man mit einem Stock gestochert hatte.

Snadr, der ein paar Schritte abseits stehengeblieben war, richtete seinen Hut auf den strubbeligen, strohfarbenen Haaren und winkte uns zu sich.

«Ihr wisst Bescheid?»

Diese Frage war an Isvarn und Huzon gerichtet, die beide nickten.

«Gut. Ricon? Du kommst mit mir.»

Auf den ersten Blick wirkte das bunte Treiben wie ein heilloses Durcheinander und die beiden Brüder waren einen Wimpernschlag später bereits in der Menschenmenge verschwunden. Menschen gestikulierten, verhandelten laut und schleppten Waren von hier nach da. All das wirkte auf mich noch immer ein wenig befremdlich. Auch, wenn wir im Laufe des Sommers einige Märkte besucht hatten, staunte ich jedes Mal aufs Neue über das Gewühl. Zuhause in meinem Dorf hatte es keinen Markt gegeben. Wenn jemand ein Stück Fleisch kaufen wollte, ging er einfach zu Elgon. Er hielt Schweine und Rinder und immer wenn er eines davon schlachtete, sprach sich das unter den übrigen Dorfbewohnern schnell herum und Elgon verkaufte ihnen das frische Fleisch direkt vor seiner Hütte.

In größeren Städten lief es etwas anders. Hier wurden an festen Tagen Märkte abgehalten, an denen die Händler ihre Waren anpriesen. Ich wusste, dass es in Arwas Hauptstadt Fraden auch einen Markt gegeben hatte, ich hatte ihn jedoch nur ein einziges Mal besucht.

Wir ließen uns von der Menge über den gepflasterten Marktplatz schieben.

«Wir suchen einen Bäcker, denn wir brauchen einen Laib Brot für ein kleines Frühstück», erklärte mir Snadr und ich nickte, «mit dem Unterschied, dass du uns das heute besorgst.»

«Bist du sicher?», fragte ich ihn unsicher, denn bisher hatte ich zwar schon eifrig geübt, aber noch nie einen Gegenstand wirklich umverteilt.

«Du bist soweit, Ricon», sagte er zuversichtlich.

«Ich bin mir nicht sicher, ob ich...»

«Konzentrier dich, du kriegst das hin», schnitt mir Snadr das Wort ab und ehe ich weiter Zweifel äußern konnte, standen wir schon vor einer gut gefüllten Auslage mit Backwaren. Brote verschiedenster Art, helle, dunkle, mit Körnern außen, ohne Körner, halbe und ganze, lagen dort bereit. Die Auswahl war wirklich groß.

«Guten Morgen», grüßte der auf einmal leicht bucklige Snadr mit einer seltsam dünnen Stimme den Bäcker, der pausbäckig über seine Waren hinweg blickte.

«Guten Morgen, was kann ich für euch tun, guter Mann?»

«Ich möchte etwas kaufen.»

Snadr zeigte auf einen dunklen Laib sehr weit links außen in der Auslage und stieß mich mit der anderen Hand unauffällig an, als der Bäcker seinen Blick auf den Brotlaib legte.

«Das ist ein Nordhainer Dunkelbrot», philosophierte der Bäcker, «eine sehr leckere Roggenmischung.»

Snadr kniff die Augen zusammen.

«Nein, nein, das ist nicht, was ich haben wollte. Ich möchte die Sülze dort drüben.»

Snadr zeigte auf ein helleres Brot direkt daneben.

«Sülze? Ich verstehe nicht, mein Herr», sagte der Bäcker verwirrt.

«Na hier, die Sülze», wieder kniff Snadr seine Augen zusammen und zeigte auf einen Laib Brot. Verwundert starrte der Mann in die Richtung, in die Snadr gezeigt hatte.

«Mein Herr, das ist ein Brot, Sülze bekommen sie vom Fleischer dort drüben.»

Der Bäcker deutete in eine andere Richtung über den gut gefüllten Marktplatz.

Inzwischen hatte ich längst verstanden, dass Snadr in die Rolle eines verwirrten Mannes geschlüpft war, um mir besonders viel Zeit zu verschaffen. Ich wusste, dass er diese Figur sehr mochte und sich selber permanent ein Lachen verkneifen musste. Der Laib Brot hatte seinen Weg unter mein Leinenhemd schnell gefunden und ich mischte mich in das Gespräch ein.

«Ihr müsst entschuldigen, mein Großvater sieht sehr schlecht», sagte ich zu dem Bäcker, um Snadr merken zu lassen, dass ich bereits erfolgreich war, doch der fand gerade Gefallen an seinem kleinen Rollenspiel.

«Aber mein Herr, sie sehen doch aus wie ein Fleischer. Die dicken Backen, das runde Gesicht...»

Der Bäcker errötete.

«Was erlauben sie sich?», sagte er verärgert, aber Snadr ließ nicht locker, sodass ich mir von innen auf die Backen beißen musste, um mir mühevoll das Lachen zu verkneifen.

«Warum werden sie denn gleich so ruppig, ich möchte ihre Sülze doch kaufen...»

«Das ist keine Sülze, ich bin ein Bäcker!», schrie der Mann entnervt und einige Leute blickten verwundert in unsere Richtung.

«Ein Bäcker, mit solch dicken Backen? Aber..»

In diesem Moment drohte der Bäcker vollständig die Fassung zu verlieren und ich schob Snadr weiter.

«Komm, Großvater, das ist ein Missverständnis, wir sind hier falsch. Ich bitte vielmals um Entschuldigung», sagte ich im Gehen an den aufgebrachten Bäcker gerichtet, dessen Kopf inzwischen dunkelrot angelaufen war.

Ich begleitete Snadr ein ganzes Stück weg von dem Stand mit den Broten und schließlich in eine kleine Gasse zwischen zwei Marktständen, wo wir aus vollem Halse zu lachen begannen.

«Du bist unmöglich, Snadr», lachte ich, während ich nach Luft schnappte und mir eine Träne aus den Augenwinkeln wischte.

«Ich? Ich bin unmöglich? Du hast mich Großvater genannt!»

Er knuffte meinen Arm und wir lachten noch eine ganze Weile, ehe wir in der Lage waren, weiter zu gehen.

Ich behielt den Laib Brot versteckt unter meinem Hemd und wir schlenderten etwas über den Markt und bestaunten die Waren, die dort angeboten wurden. Stoffe, Felle, Schmuck, Werkzeuge, Waffen, Gewürze, Gemüse, Obst, Fleisch und Fisch zierten die Auslagen. Die gewaltige Auswahl ließ keine Wünsche offen und ich konnte mir kaum etwas vorstellen, was ich hier nicht für die richtige Menge an Münzen bekommen konnte.

Wir steuerten einen besonders großen Marktstand an. Mehrere Verkäufer tummelten sich hinter der Auslage und bewarben ihre Waren. Im Vorbeigehen begutachtete ich die angepriesenen Dinge, konnte jedoch nichts finden, was meine Aufmerksamkeit erregte.

Plötzlich blieb Snadr vor mir wie angewurzelt stehen, sodass ich unsanft gegen seinen Rücken stieß. Er trat nah an die Auslage und starrte musternd auf eine kleine Schatulle, in der ein hübsch verzierter Dolch auf rotem Samt gebettet lag. Der Griff war aus Gold und in seinen Knauf war ein blauer Edelstein eingearbeitet. Die blank polierte Klinge glänzte im Sonnenlicht.

Irgendetwas an dieser Waffe hatte Snadrs Aufmerksamkeit erregt.

«Timpos et auris!», murmelte er plötzlich leise.

Der füllige Händler witterte das Interesse des potenziellen Kunden sofort.

«Wie kann ich Ihnen helfen, mein Herr?», fragte er übertrieben freundlich und strich mit den Fingern über einen schwarzen, penibel rasierten, dünnen Streifen Barthaar auf seiner Oberlippe.

Der Mann war in dicke, rote, mit aufwändigen goldenen Verzierungen bestickte Seide gehüllt.

Snadr reagierte nicht und starrte weiter wie gefesselt auf den Dolch.

«Mein Herr?»

Der Händler schwitzte, was zum einen seinem aufgedunsenen Körperbau und zum anderen seiner glamourösen Garderobe geschuldet war, denn es war recht warm an diesem Morgen. Theatralisch tupfte er seine Stirn mit einem seidenen Taschentuch ab.

«Diese Hitze ist heute wieder unerträglich», jammerte er, doch der Versuch, Snadr in ein Gespräch zu verwickeln, scheiterte, da dieser einfach keine Notiz von dem massigen Mann zu nehmen schien.

Der Händler wirkte angesichts der verwehrten Beachtung sichtlich verwirrt. Doch auch ich war verwundert und stieß Snadr mit dem Ellenbogen an.

«Was?», schreckte Snadr aus seinem Tagtraum.

«Ich bin Yorlik, wie kann ich euch helfen, mein Herr?», schleimte der schwitzende Fettsack erneut gekünstelt freundlich.

«Das scheint zwar kein Metzger zu sein, aber hier wirst du trotzdem eine Menge Sülze finden», sagte ich leise, aber Snadr hatte mich entweder nicht gehört oder ignoriert.

«Woher habt Ihr diesen Dolch dort?»

Snadr deutete auf die Schatulle, in der die glänzende, blank polierte Waffe lag.

«Oh, ein schönes Stück, nicht wahr?»

Yorlik nahm den Dolch mit seinen speckigen, beringten Fingern aus der Schatulle und präsentierte das Stück, sodass Snadr es besser betrachten konnte.

«Er stammt aus einem Land im Nordwesten und ist in samanischem Stil geschmiedet», begann der Händler ausschmückend zu erzählen.

«Aus welchem Land?», unterbrach Snadr ihn harsch.

Yorlik war sichtlich irritiert, ob dieser rüden Unterbrechung, fing sich aber umgehend wieder.

«Es heißt Bren und liegt fern von hier im Nordwesten, kennt ihr den Ort, mein Herr?», säuselte der Händler verwundert.

«Ich habe davon gehört», wich Snadr aus, «von wem habt ihr das Stück erworben?»

«Nun, ihr werdet sicher verstehen, dass ich euch meine Lieferanten nicht preisgeben kann, mein Herr, aber ich kann euch versichern, dass ein unglaublich talentierter Schmied das Stück angefertigt hat.»

Yorlik verneigte sich leicht und tupfte sich erneut den tropfenden Schweiß von seinem Gesicht.

Snadr war sichtlich an dem Dolch interessiert, doch er ließ nicht durchblicken warum. Es handelte sich offensichtlich um eine schön gearbeitete Waffe, aber ich konnte beim besten Willen nicht erkennen, was sie so besonders machte, dass sie Snadrs Interesse derart geweckt hatte.

«Könnt ihr mir den Namen des Schmieds verraten?»

«Es tut mir leid, mein Herr, aber wie ich bereits erwähnt habe, kann ich euch die Quellen für meine hochwertige Ware nicht nennen», sülzte der Händler.

Snadr verzog den Mund.

«Würdet ihr ihn mir kurz herüberreichen? Ich möchte die Schärfe seiner Klinge begutachten», fragte Snadr.

«Verzeiht, mein Herr, aber das geht nicht», verneinte Yorlik, «meine Ware wandert nur durch angemessene Bezahlung in fremde Hände.» Er lächelte aufgesetzt und ein Schweißtropfen baumelte von seiner Nasenspitze, als würde er sich mit letzter Kraft vor dem drohenden Sturz in die Tiefe festklammern.

«Wollt ihr damit sagen, ich könnte euch nicht angemessen bezahlen?», fragte Snadr und wirkte pikiert.

«Aber nein, mein Herr, natürlich nicht,» sagte der Händler unterwürfig, «aber man weiß nie, wer hier noch herumstreunt. Und wenn einer dieser Unholde sieht, dass ich dieses schöne Stück euren makellosen, sauberen Händen gereicht habe, werden auch schmutzige Hände danach greifen. Ich hoffe, ihr versteht meine Misere.»

Snadr rümpfte die Nase und gab einen Grunzlaut von sich.

«Also gut, was verlangt ihr dafür?»

Der Händler hatte natürlich Snadrs Interesse zur Kenntnis genommen. Es würde kein Schnäppchen werden.

«125 Goldmünzen, mein Herr.»

Yorlik lächelte gestellt und verbeugte sich leicht, wodurch der Schweißtropfen an seiner Nasenspitze den Halt verlor und in die Auslage tropfte.

«Das ist kein angemessener Preis!», sagte Snadr, ohne eine Miene zu verziehen.

«Zweifellos ist er sauber gearbeitet, aber ich sehe nichts was ihn so besonders macht, das es diesen Preis rechtfertigen würde. Der Dolch ist weniger als 50 Goldmünzen wert und ich vermute, ihr selber habt dafür nicht mehr als 20 Goldmünzen bezahlt!»

Selbst 20 Goldmünzen waren ein sehr stolzer Betrag und ich verstand nicht, warum Snadr bei solch einer gewaltigen Summe überhaupt verhandelte. Mit Ach und Krach würden wir 30, vielleicht 35 Goldmünzen zusammen bekommen, wenn wir all unsere Taschen gemeinsam leerten, den Beutel, mit dem Snadr einst Utger betrogen hatte, bereits eingerechnet. Wir hätten also unsere gesamten Ersparnisse für die edle Waffe ausgeben müssen.

«Oh, mein Herr, ihr täuscht euch. Dieser Dolch war das Geschenk eines hohen Grafen in Bren. Seht her, die Klinge verfügt sogar über eine Gravur. Tiempos et auris, was auch immer das heißt, es zeugt von hohem Wert.»

Yorlik schwenkte den Dolch nach allen Seiten und ich erkannte eine Gravur, die in die Klinge der Waffe eingearbeitet war. Das Ende des Griffs hatte die Form eines Wolfskopfs, und wenn mich meine Augen nicht arg täuschten, sah ich dort eine weitere Gravur. Sie war allerdings wirklich winzig und obendrein zur Hälfte von Yorliks Hand verdeckt, sodass ich sie nicht entziffern konnte.

«Und weil ihr so ein überaus freundlicher Herr seid, bin ich bereit ihn euch für 100 Goldmünzen zu geben, aber niedriger kann ich bei den Göttern nicht verkaufen», log der Händler, lächelte wieder gekünstelt und zwei Schweißtropfen begannen ein Wettrennen an seiner Schläfe.

Snadr schaute dem Händler in die Augen und musterte ihn. Yorlik hielt seinem Blick stand und deutete erneut eine unterwürfige Verbeugung an, wodurch einer der beiden Tropfen in Führung ging. Eilig wischte der Händler mit seinem roten Tuch über sein Gesicht, erwischte aber nur den Nachzügler, sodass der Sieger nun zufrieden von seinem Kinn tropfte. Dann zeigte er erneut ein unechtes Lächeln.

Snadrs Augen streiften noch einmal den Dolch und ich konnte ihm ansehen, dass irgendetwas in seinem Kopf arbeitete.

«Danke, aber soviel Gold kann ich nicht bezahlen», sagte Snadr nach kurzer Überlegung und ging, ohne auf eine Antwort zu warten weiter.

Verwundert blieb der Händler zurück und legte den Dolch wieder in seine Schatulle. Ich zuckte mit den Schultern und versuchte mich mit dieser Geste möglichst höflich zu verabschieden. Dann eilte ich Snadr hinterher.

«Was war das?», wollte ich von Snadr wissen, während ich ihm durch die Menschenmenge folgte, doch er beachtete mich nicht und ging einfach weiter. Nach zwei weiteren Versuchen, bei denen ich wenigstens ein «Ach nichts!», und ein «Später!», aus ihm herausbekam, stellte ich das Fragen ein und ging wortlos hinter ihm her.

Snadr ging schnurstracks zu unserem Ochsenkarren zurück, wo Huzon und Isvarn bereits auf uns warteten.

«Da seid ihr ja endlich. Uns knurrt schon der Magen. Habt ihr etwas Brot bekommen?», fragte Huzon ungeduldig und hielt ein saftiges Stück Schinken in die Luft. Auch Isvarn war aufgesprungen, doch Snadr steuerte geradewegs an ihnen vorbei auf den Wagen zu. Ohne ein Wort zu antworten, begann er die Ladefläche zu durchwühlen.

Isvarn und Huzon starrten mich verwundert an.

«Was ist los?», fragte Isvarn, doch ich konnte nur mit den Schultern zucken.

«Keine Ahnung», sagte ich und legte den gestohlenen Laib Brot neben die abgebrannte Feuerstelle, wo Huzon in seiner Vorfreude auf ein zweites Frühstück bereits Platz genommen hatte.

Nach einer Weile schien Snadr gefunden zu haben, was er suchte, denn plötzlich hatte er seine Sprache wiedergefunden.

«Da ist es ja.»

Snadr zog ein verkrumpeltes Stück Stoff aus der Tasche seines Mantels, den er bei diesem warmen Wetter allerdings nicht trug. Er wickelte den Stoff auf und ein vergilbter Fetzen Pergament kam hervor. Ich versuchte einen Blick darauf zu erhaschen, doch Snadr drehte sich weg und so ließ ich ihn in Ruhe seine Aufzeichnung studieren. Was dann geschah, war absolut seltsam.

«Unser gemeinsamer Weg endet hier», sagte Snadr wie aus dem Nichts.

Verdutzt starrten wir ihn alle drei an.

«Was meinst du?», fragte Huzon, dem noch ein Stück Schinken aus dem Mund hing.

Snadr schaute uns noch immer nicht an, sondern weiterhin auf den Pergamentfetzen auf seinem Schoß.

«Das heißt, dass ich nicht länger mit euch reisen kann», erklärte er nüchtern, «Neil und der Wagen gehören euch. Ich gehe allein.»

Ungläubig blickten wir ihn an und rätselten, ob er plötzlich den Verstand verloren hatte, doch Snadr schien es tatsächlich ernst zu meinen. Er rollte das Pergament zusammen und schob es zurück in seine Tasche. Dann griff er seinen Mantel und umarmte jeden von uns flüchtig und sagte Lebewohl.

«Ihr werdet mir fehlen», sagte er mit zitternder, aber ernster Stimme und wischte sich eine Träne aus dem Augenwinkel. Dann wandte er sich zum Gehen.

«Snadr, warte!», rief ich ihm hinterher, doch er blieb nicht stehen.

Ich war völlig überrumpelt und auch Isvarn und Huzon, der den Schinken noch immer im Mund hatte, weil er nicht in der Lage war mit offen stehendem Mund zu kauen, ging es nicht anders. Als Snadr außer Sicht war, war es Isvarn, der als erster in der Lage war ein Wort zu sprechen.

«Was, in aller Welt, ist auf dem Markt passiert?», fragte er fassungslos und starrte mich an.

Gerne hätte ich ihm darauf eine Antwort gegeben, aber ich hatte keinen Schimmer, was auf einmal in Snadr vorging.

«Wir haben ein Brot geklaut», begann ich meine Aufzählung, um selber etwas merkwürdiges daran festzustellen, «dabei haben wir noch ausgiebig gelacht und Scherze gemacht. Und danach waren wir bei einem Händler, der alles Mögliche in seinem Angebot hatte. Snadr war hier sehr von einem Dolch angetan.»

«Einem Dolch?», wiederholte Isvarn.

«Ja, ein schönes Stück, aber sehr teuer und wenn du mich fragst, konnte ich nichts daran erkennen, was ihn so besonders machte», erwiderte ich.

«Was will er denn mit einem Dolch?», wunderte sich Isvarn.

«Waff ef auch ift, wir müffen Fnadr Fuchen», bemerkte Huzon, der vergessen zu haben schien, dass sein Mund noch voll war und eine weitere Portion Schinken mit Brot nachgeschoben hatte.

«Huzon hat Recht», sagte Isvarn, brach zwei Stücke Brot vom Laib und reichte mir eins.

«Es muss mit diesem Dolch zu tun haben. Er war wie besessen von diesem Ding.»

«Dann werden wir dort nach ihm suchen», sagte Isvarn, «aber zuerst essen wir einen Happen, bevor Huzon alles aufisst», sagte er, während er seinem Bruder einen bösen Blick zuwarf.

Unsere Suche dauerte den ganzen Tag an und wir durchkämmten das Treiben auf dem Markt, bis die Sonne langsam unterging. Wir suchten hinter Marktständen, in der Menschenmenge, in Seitengassen und im Gasthaus. Wir suchten gemeinsam und dann wieder getrennt, aber von Snadr fehlte jede Spur. In regelmäßigen Abständen war ich sogar zu Yorliks Stand zurückgekehrt, wo der Dolch aber nach wie vor unangetastet in der Auslage lag.

«Es ist, als hätte ihn etwas vom Erdboden verschluckt», stellte Isvarn fest.

Wir trafen uns in der Nähe von Yorliks Stand, als bereits zahlreiche Buden abgebaut und die Waren emsig auf Handkarren abtransportiert wurden. Ratlos blickten wir uns an.

«Ich verstehe das alles nicht», sagte Huzon, der einen Apfel aus seinem Hemd zog und genüsslich hineinbiss.

«Wo hast du den denn her?», fragte ich, obwohl ich mir die Antwort denken konnte.

«Ach, ich bin zufällig dort bei diesem Stand mit dem Obst vorbei gekommen und...»

«Ist schon gut», sagte ich und wendete mich dem großen Marktstand hinter mir zu.

Yorliks Stand war bereits fast abgebaut und die letzten Waren wurden gerade verpackt. Ich beobachtete einen großgewachsenen, kräftigen Burschen, der die Auslage leerte und die ausgestellten Waren behutsam in eine der Kisten räumte. Er schwitzte und sein schwarzes Haar klebte auf seiner Stirn. Dennoch ließ er sich nicht von Yorlik beirren, der ihm unentwegt Anweisungen gab, wie er die Waren anzufassen und zu verpacken hatte. Nach einer Weile schob er einen Holzdeckel auf die Kiste, wuchtete sie auf die Schulter und kam in unsere Richtung.

«Aus dem Weg», fuhr er uns an und wir sprangen zur Seite.

«Wohin bringt ihr das alles?», fragte ich und zeigte auf die Kiste.

«Warum willst du das wissen?»

Er blieb stehen und blickte mich misstrauisch an.

«Ich wollte eine Haarspange für meine Freundin kaufen», log ich.

Der Mann schaute mich noch einen Moment an, dann verzog er den Mund, als wäre ihm das egal.

«Dann wird deine Freundin wohl noch eine Woche warten müssen. Das Zeug kommt erstmal ins Lagerhaus. Nächste Woche ist wieder Markt, da kannst du wieder Dinge kaufen. Und jetzt geht mir aus dem Weg, das Zeug ist schwer.»

«Du bist ein schlaues Bürschchen, Ricon», sagte Isvarn, der sofort durchschaute, was ich vorhatte. Huzon kaute auf seinem Apfel. Seinem Blick war zu entnehmen, dass er uns nicht folgen konnte.

Ich blickte dem Mann einen Augenblick nach, bis er um eine Ecke bog.

«Kommt mit!», sagte ich zu Isvarn und Huzon. Wir flitzten dem Arbeiter hinterher und spähten um die Ecke, hinter der er verschwunden war. Unauffällig folgten wir ihm, bogen in eine weitere Straße ein und sahen vor uns ein großes, aus Holz errichtetes, Lagerhaus. Die Front zierte ein breites, zweiflügeliges Tor, Fenster gab es nur im ersten Stock und das Dach war mit dunklen Schieferschindeln gedeckt. Der Mann mit der Kiste ging an zwei schwarz gekleideten Wachen vorbei, die ihn nickend passieren ließen und verschwand im Lagerhaus. Die beiden Männer am Eingang waren nicht die Einzigen, die das Lager bewachten. Einige weitere liefen stetig um das Gebäude herum und allein ihre Anzahl ließ darauf schließen, dass die Waren in diesem Lagerhaus ein Vermögen wert waren.

«Hier sind wir richtig», sagte ich.

«Wofür?», fragte Huzon, der sich den abgenagten Apfelgriebs in den Mund schob.

«Snadrs Verschwinden muss etwas mit diesem Dolch zu tun haben und wenn er ihn haben will, dann wird er früher oder später genau hier auftauchen», sagte ich triumphierend.

«Snadr ist ein Dieb. Er wird versuchen nachts hinein zu kommen», stellte Isvarn fest.

«Dann werden wir heute Nacht ebenfalls hier sein. Kommt, wir gehen zu Neil und ruhen uns aus, bis die Sonne vollständig untergegangen ist», sagte ich und Isvarn und Huzon folgten mir.

Als die Nacht über Graufels hereingebrochen war, schlichen wir erneut zu dem großen Lagerhaus. Die leeren Gassen waren still und dunkel, jedoch musste es noch vor Mitternacht sein, denn wir hatten nicht viel Zeit verstreichen lassen, nachdem die Sonne untergegangen war. Eine dichte Wolkendecke war inzwischen heraufgezogen und verdeckte den ohnehin schwachen Mondschein. An dem großen Tor des Lagerhauses waren Fackeln entzündet worden und die Schatten der Wachmänner flackerten im Feuerschein an der Fassade. Ich erkannte zwei Wachen am Eingang und einige weitere, die um das Lagerhaus patrouillierten. In der Dunkelheit war schwer zu erkennen, um wie viele Wächter es sich handelte. Aber der Zeit nach zu urteilen, die man für die Umrundung des Lagerhauses benötigte, musste es sich dabei um drei oder sogar vier Männer handeln. Snadr würde es nicht leicht haben, in das gut bewachte Haus zu gelangen.

«Jetzt heißt es warten», sagte Isvarn leise und wir machten es uns hinter einigen leeren Fässern auf der anderen Straßenseite bequem. Wir saßen fast die ganze Nacht dort und ich zweifelte bereits daran, dass Snadr tatsächlich hier auftauchen würde, als ich rechts von uns, in einer Gasse neben dem Lagerhaus, einen Schatten vorbeihuschen sah.

«Dort drüben!», flüsterte ich Isvarn und Huzon zu und zeigte in die Richtung, in der ich die Bewegung ausgemacht hatte.

Einen Moment lang war nichts zu sehen, doch dann huschte der Schatten erneut vorbei, verschwand jedoch schnell in der Dunkelheit.

Wenig später entdeckte Huzon auf der anderen Seite des Lagerhauses den Schatten ein weiteres Mal, aber wieder verloren wir ihn rasch aus den Augen.

«Das muss Snadr sein», war ich mir sicher.

Kaum hatte ich diese Worte ausgesprochen, erschrak ich.

Eine Hand presste sich auf meinen Mund, um mich am Schreien zu hindern.

«Was in aller Welt habt ihr hier zu suchen?», flüsterte eine Stimme direkt hinter mir.

Ich fuhr ebenso wie Isvarn und Huzon herum und sah eine dunkle Gestalt, die ihr Gesicht unter einer tief gezogenen Kapuze verbarg. Als sie den Stoff nach hinten zog, erkannte ich Snadr.

«Wie bist du so schnell...?», fragte ich überrascht. Einen kurzen Augenblick zuvor hatten wir ihn noch in der Gasse neben dem Lagerhaus gesehen.

«Ich bin schon etwas länger in diesem Geschäft», sagte er lächelnd, wurde jedoch schnell wieder ernst, «aber warum seid ihr hier, verdammt!»

«Vielleicht sollten wir dir diese Frage stellen?», sagte Isvarn säuerlich.

Es herrschte einen Moment Stille und wir blickten einander an.

«Ihr habt ja recht, ich bin euch eine Erklärung schuldig», lenkte Snadr plötzlich ein, «kommt mit.»

Wir folgten ihm durch die dunklen Gassen von Graufels zurück zu Neil, der es sich leise schnarchend auf einem Haufen Stroh gemütlich gemacht hatte. Mittlerweile hatte die Morgendämmerung eingesetzt und erste Vogelstimmen waren zu vernehmen, während der Bach unentwegt vor sich hin plätscherte.

«Setzt euch», sagte Snadr und deutete auf die Ladefläche des Karrens.

«Ich habe in meinem inneren Aufruhr beschlossen, diesen Weg alleine zu gehen, aber ich hätte wissen müssen, dass ihr euch so einfach nicht abschütteln lasst. Ich denke, ich muss euch die Wahrheit sagen.»

Verwundert blickten wir uns an.

«Welche Wahrheit?», fragte Huzon.

Was redete Snadr da bloß, dachte ich, doch mein Freund gab mir keine Zeit darüber nachzudenken. Er zog den Hut ab, legte seine Jacke daneben, zog das helle Leinenhemd über den Kopf und entblößte seinen nackten Oberkörper. Ratlos beobachteten wir Snadr.

«Seht ihr das hier?»

Snadr fuhr mit dem Finger eine dunkle, etwa drei Daumen lange Narbe entlang, die quer über seine linke Brust verlief.

Der Schnitt musste tief gewesen sein, denn die ausgeheilte Verletzung war selbst in dem schummrigen Licht der Morgendämmerung deutlich zu erkennen.

Mir war die Narbe zuvor nie aufgefallen, denn Snadr trug, selbst wenn es warm war, meist ein Hemd und lief selten mit freiem Oberkörper herum.

«Dieser Schnitt stammt von dem Dolch, den wir auf dem Markt gesehen haben. Ich war noch ein Kind, als eine vermummte Person ihn in meine Brust stach.»

Verwundert blickten wir einander an.

«Bist du sicher? Woher weißt du, dass es ausgerechnet dieser Dolch war?», fragte Isvarn.

«Absolut sicher. Ich werde den Anblick dieser Waffe nie vergessen», sagte Snadr entschlossen.

«Und wer hat ihn geführt?», wollte ich wissen.

«Das ist genau der Punkt. Ich weiß es nicht und eigentlich hatte ich beschlossen, die Vergangenheit ruhen zu lassen. Bis gestern. Da habe ich diese verdammte Waffe auf dem Markt gesehen und all die Erinnerungen, meine Kindheit und mein Kampf ums Überleben lagen plötzlich wieder vor meinen Augen.»

Isvarn runzelte die Stirn.

«Ich verstehe gar nichts. Von was redest du da? Du hast Huzon und mir erzählt, du wärst bei deinen Eltern aufgewachsen. Dein Vater war ein Tagelöhner und deine Mutter eine Magd. Das klingt nicht unbedingt nach einem Trauma.»

Huzon nickte zustimmend, sagte aber nichts. Snadr blickte uns einen Moment wortlos an.

«Diese Geschichte ist frei erfunden. Ich dachte, ich hätte mit meiner Vergangenheit abgeschlossen. Es ist wirklich kompliziert», sagte er, «und vermutlich ist es auch gefährlich, daher wollte ich die Sache alleine angehen.»

«Ich bin als letztes zu euch gestoßen», ergriff ich das Wort, «und dennoch bezeichne ich euch heute als meine Familie. Egal wie gefährlich es ist, wir werden an deiner Seite sein. Unter einer Bedingung.»

Snadr blickte mich fragend an.

«Du erzählst uns alles, was du weißt.»

«So einfach ist das nicht»; erwiderte Snadr, «sicherlich war es eine recht einfältige Entscheidung, euch einfach hier zu lassen und zu glauben, dass ihr euch damit abfinden würdet, dass ich mich plötzlich aus dem Staub mache», sagte Snadr mit einem schwachen Grinsen auf dem Gesicht.

«Und wenn ich ehrlich bin, schaffe ich es auch nicht alleine. Wisst ihr, ich bin nicht sicher, was auf uns zukommt, wenn wir dieser Sache nachgehen, aber jemand wollte mich damals umbringen und ich weiß nicht warum. Ich war ein Kind! Warum würde man einen Mordanschlag auf ein Kind verüben? Diese Sache wird gefährlich für mich und für jeden der mich begleitet.»

«Wir sind deine Familie, Snadr. Wir machen das zusammen», wiederholte ich und Isvarn und Huzon stimmten mir zu.

«Aber ich bringe euch in Gefahr!»

«Wir sind keine Kinder mehr Snadr. Wir können das selber entscheiden,» sagte Huzon plötzlich sehr ernst.

Snadr stemmte die Hände in die Hüfte und blickte uns an.

«Ihr habt Recht. Ich werde euch die Geschichte erzählen, aber es ist wirklich lange her und ich erinnere mich nicht mehr an alles, was damals geschehen ist.»

«Erzähl uns einfach was du weißt», sagte Isvarn gespannt, als würde er ein aufregendes Märchen erwarten.

«Dieser Dolch», Snadr tippte auf die Narbe auf seiner Brust, «war nicht nur dazu bestimmt mein Leben zu beenden, er beendete auch das Leben meiner Eltern. Ich erinnere mich an ein kleines Haus in Bren, einem Königreich im Nordwesten. Der Ort hatte ein Fels im Namen, aber seinen genauen Wortlaut habe ich vergessen. Ich war noch sehr jung, vielleicht sieben oder acht Jahre alt.

Eines Nachts wurde ich durch einen brennenden Schmerz in meiner Brust geweckt. Ich riss die Augen auf und erkannte eine schwarz vermummte Person über mir, die den Dolch in meinen Körper stieß. Zwei dunkle, böse Augen blickten mich an und die Gestalt sprach mit hoher, aber männlicher Stimme, Timpos et auris! Dann riss der Mann die Waffe wieder aus meiner Brust.»

«Timpos et auris? Was soll das bedeuten?», fragte Huzon.

«Das ist Alt-Samanisch und bedeutet deine Zeit ist abgelaufen», erklärte Snadr.

«Diese Stimme werde ich nie vergessen. Ich erinnere mich an die hohe, zischende Tonlage, als würde eine Schlange zu mir sprechen, und auch wenn ich das Gesicht dieser Person nicht sehen konnte, kam mir diese Stimme vertraut vor. Nur weiß ich bis heute nicht woher.»

Neil war durch unser Gespräch inzwischen erwacht und begann etwas von dem Heu zu fressen, das er am Vorabend übrig gelassen hatte.

«So schnell wie der Mörder gekommen war, so schnell war er auch wieder verschwunden. Ich versuchte, nach meinen Eltern zu rufen, doch aus meinem Mund kam kein Wort. Meine Brust schmerzte bei jedem Atemzug und ich presste meine Hände, so fest ich konnte, auf die blutende Wunde. Es kostete mich meine gesamten Kräfte, doch ich schaffte es, mich bis zur Eingangstür meines Zimmers zu schleppen, nur um festzustellen, dass meine Eltern tot in ihren Betten lagen. Der Mörder hatte sie bereits vor mir getötet. Als ich ihre toten Körper dort in ihrem eigenen Blut liegen sah, wurde mir schwarz vor Augen und ich verlor das Bewusstsein.»

«Wie in aller Welt hast du das überlebt?», fragte Isvarn mit aufgerissenen Augen und Snadr hob leicht die Hand, um zu zeigen, dass er noch nicht fertig war.

«Ich erwachte einige Tage später in einem Bett in einer kleinen, verlassenen Hütte mitten im Wald. Meine Wunde war gereinigt und fein säuberlich verbunden worden. Auf dem Tisch neben dem Bett standen ausreichend Essen und Trinken für weitere Tage und daneben lag ein Stück Pergament.»

Snadr hob den Mantel auf, den er neben sich auf den Boden geworfen hatte, kramte in einer der Taschen und zog den Stoff mit dem umwickelten Pergamentfetzen heraus.

«Damals konnte ich nicht lesen, ich erkannte nur meinen Namen und steckte den Zettel ein, bevor ich die Hütte verließ.»

Er entfaltete den Fetzen, zeigte uns das vergilbte Pergament und las vor, was darauf geschrieben stand.

«Lieber Jarlin,

der Tag deiner Rache wird kommen und du wirst die richten, die dir Unrecht zugefügt haben. Frag Silas um Rat.

Deine Freundin V»

Stirnrunzelnd blickte ich Snadr an.

«Jarlin?»

«Das war damals mein Name. Snadr wurde ich erst später genannt, aber dazu komme ich noch.»

Huzon hatte sich einen Grashalm gegriffen und begann darauf herumzukauen.

«Und wer sind Silas und deine Freundin V?»

Snadr zuckte mit den Schultern.

«Ich habe keine Ahnung.»

Grübelnd blickte ich zu Isvarn, der immer sehr flink Dinge kombinierte, doch auch er wirkte ratlos.

«Was ist dann passiert?», unterbrach Huzon das Schweigen.

«Ich lief davon, nach Süden. Dort schloss ich mich einer Bande von Straßenjungen in Ankander an, einer Stadt in Grunadur. Dort lernte ich das Diebeshandwerk. Wir stahlen, um zu überleben. Es war eine sehr harte Zeit. Ich konnte froh sein, dass ich nur geschlagen oder bespuckt wurde, denn viele der damals in meiner Bande lebenden Kinder hatten weniger Glück. Es verging kaum ein Monat, in dem nicht einer von uns geschnappt und öffentlich auf dem Marktplatz aufgeknüpft wurde. Ganz selten warf mir jemand einen Kanten Brot hin, wie einem Tier. Ich schob es gierig in meinen Mund, selbst wenn es längst Schimmel angesetzt hatte und von Würmern bewohnt wurde. Doch es folgten einige schlechte Erntejahre und von Menschen, die selber nichts haben, kann man auch nichts stehlen. Ich wollte leben, aber damals war ich an einem Punkt, an dem ich vielleicht einfach zu feige war, den Tod als mein Schicksal zu akzeptieren. Oft hatte ich tagelang nichts mehr zu essen und ich glich mehr einem wandelnden Toten, als einem lebenden Menschen.»

Isvarn, Huzon und ich lauschten gespannt Snadrs Erzählung.

«Und so kam es, wie es kommen musste. Es folgte der Tag, an dem ich aufgab. Ich wollte einfach nicht mehr. Kraftlos ließ ich mich in den Staub fallen und beschloss einfach nicht mehr aufzustehen. Und dann geschah etwas Sonderbares, etwas das ich niemals vergessen werde.»

Wir klebten regelrecht an Snadrs Lippen. Seine Geschichte fesselte jeden von uns dreien und ich konnte kaum glauben, was der Mensch, den ich glaubte mittlerweile recht gut zu kennen, bereits erlebt hatte.

«Ich musste dort eine ganze Weile gelegen haben, als plötzlich ein Mann auf einem braunen Pferd neben mir Halt machte. Sein polierter Lederharnisch glänzte im Sonnenlicht und als er das Visier seines prachtvollen Helms hochklappte, erkannte ich einen Mann mittleren Alters. Sein blonder Bart hing üppig von seinem Kinn und sein freundliches Gesicht schaute mich an. Er griff in die Satteltasche seines Pferdes und zog einen ganzen Laib Brot heraus. Als er ihn mir reichte, spürte ich, dass er noch warm war, ganz frisch gebacken. Das war die beste Mahlzeit meines Lebens. Ich habe nie wieder etwas gegessen, was den Geschmack dieses Brotes übertroffen hätte.»

Ich hatte mich inzwischen auf den Boden gesetzt und auch Isvarn und Huzon waren von der Ladefläche gerutscht, um näher an Snadr zu sein. Dieser hatte sich auf einen Sack Heu sacken lassen und fuhr mit seiner Geschichte fort.

«Wer war der Fremde?», fragte Huzon ungeduldig.

«Sein Name war Berulf. Er war der gütigste Mensch, den ich je kennenlernen durfte. Während ich aß, hockte er sich zu mir und erklärte mir, dass er einen Knappen suchte und dass er mich gerne dafür gewinnen würde. Wisst ihr, was ein Knappe ist?»

«Ein Knappe begleitet einen Ritter», wusste Isvarn.

«Ganz genau. Er pflegt dessen Ausrüstung und erlernt von ihm das Waffenhandwerk. Berulf war ein solcher Ritter, zwar nicht reich, aber der edelste, den ich je kennenlernen durfte. Er lehrte mich Lesen und Schreiben, den Umgang mit dem Schwert, gab mir zu essen und war wie ein Vater für mich. Er war es auch, der mir den Namen Snadr gab, da ich ihn an seinen verstorbenen Sohn erinnerte. Vielleicht war das der Grund warum er ausgerechnet mich von der Straße auflas, vielleicht war er aber auch nur unglaublich gütig und ich hatte Glück.»

Snadr zuckte mit den Schultern.

«Ich begleitete Berulf auf seinen Wegen durch Grunadur. Es vergingen jedoch nur wenige Jahre, bis ein Krieg ausbrach, der auch Berulf zu den Waffen rief. Selbstverständlich begleitete ich ihn. Ich erinnere mich noch an eine riesige Schlacht, man nennt sie heute die blutige Schlacht von Ankander. Tausende Soldaten kämpften damals an der südlichen Grenze von Grunadur gegen die vereinten Heere des Südens. Die vereinten Streitkräfte Malraks und Alanoris drängten nach Norden in das Land. Grunadurs Armee war schwach und heuerte Söldner an, die ihr Heer unterstützten. Berulf war einer von ihnen. Diese Schlacht war fürchterlich. Ich sah so viele Männer sterben, durch Schwerter, Morgensterne, Hämmer, Äxte, Dolche, Speere, Streitkolben oder durch die bloße Hand des Gegners. Sie wurden von Pferden oder Kriegskamelen niedergetrampelt, Katapulte schleuderten brennende Geschosse und Felsen und verbrannten oder zermalmten ihre Gegner. Gewaltige Sicheln, wie die Krieger aus den Wüstenregionen in Alanori sie tragen, zerteilten ihre Widersacher mit einem gewaltigen Hieb in zwei Hälften. Das Leid war unermesslich und ich habe nur einen Bruchteil von dem gesehen, was sich die Krieger beider Seiten gegenseitig antaten.»

Snadr schüttelte ob dieses Massakers fassungslos den Kopf.

«Was wurde aus Berulf?», wollte ich wissen.

Snadr blickte uns traurig an, dann senkte er den Kopf.

«Wie viele andere, starb auch Berulf an diesem Tag.»

Mit geschlossenen Augen versuchte er, den Schmerz zu unterdrücken, der bei diesen Erinnerungen seine Gedanken durchwanderte. Ein tiefer Atemzug fuhr in seinen Brustkorb und Snadr setzte seine Erzählung fort. Ich merkte, wie schwer es ihm fiel, sich diese Ereignisse von der Seele zu reden.

«Ich stand abseits des Schlachtfelds mit einigen weiteren Knappen und beobachtete die Kämpfe. Berulfs Pferd stieg auf und er wurde unsanft zu Boden befördert, wo er augenblicklich in einen Kampf mit zwei Alanori-Kriegern verwickelt wurde. Beide führten jeweils zwei scharfe Sicheln, mit denen sie flink vor Berulf herumtänzelten. Ihre Schnelligkeit mit diesen Waffen war angsteinflößend, doch Berulf hielt ihnen stand und parierte gekonnt jeden Schlag, der auf ihn niederfuhr. Er war ein sehr erfahrener und gefährlicher Schwertkämpfer. Doch nach einigen vergeblichen Attacken, entschlossen sie sich zeitgleich seine Flanken anzugreifen, sodass Berulf einen Angriff vernachlässigen musste, um den anderen zu parieren. Im selben Moment sirrten die Sichelklingen durch die Luft auf Berulf zu, doch die Alanori hatten ihn unterschätzt. Berulf war sehr beweglich für sein Alter und tauchte geschickt unter den Klingen weg, während sein Schwert aus der Deckung zuckte und die Ferse des einen Angreifers durchtrennte. Der langhaarige Krieger stürzte schreiend zu Boden und ließ die Sichelklingen fallen. Die beiden Schneiden des zweiten Kriegers donnerten auf Berulfs Schild. Erschrocken blickte der noch stehende Krieger ihn an, während der andere im Staub lag und schrie. Dennoch verließ den Alanori nicht der Mut und er wagte einen zweiten heftigen Angriff. Seine Sicheln wirbelten durch die Luft und ein markerschütternder hoher Kriegschrei begleitete sie. Berulf hämmerte ihm mit seinem Schild entgegen und traf ihn so hart, dass der Wüstenkrieger ungebremst dagegen krachte. Seine Zähne brachen aus seinem Kiefer und die todbringenden Klingen zischten ins Leere.

Doch im selben Moment trampelte hinter Berulfs Rücken ein Kriegskamel mit einem großgewachsenen Reiter auf ihn zu. Der Kopf des Reiters war in schwarzes Tuch gehüllt, das nur seine dunklen Augen preisgab. Drohend schwang er einen gewaltigen Streitkolben über seinem Kopf. Ich rief Berulf zu, wollte ihn warnen, doch es war zu spät. Als er sich umdrehte, um den Schlag abzufangen, fuhr der schwere Streitkolben auf ihn nieder und zerschmetterte mit ungeheurer Wucht seinen Schädel. Für einen Augenblick stand die Welt still und alles um mich herum verstummte. Der Mann, dem ich mein Leben verdankte, fiel um wie ein gefällter Baum. Er war augenblicklich tot. Sein Schädel war zertrümmert und sein Gesicht mit Blut überströmt. Sein Ende war einem Krieger, und vor allem einem Menschen wie ihm, nicht würdig. Von hinten attackiert und niedergemetzelt. Es war kein ehrenvoller Zweikampf, den er verlor. Er wurde einfach niedergemäht. Ich konnte lange nicht begreifen, warum ein guter Mensch wie er keinen ehrenvollen Tod hatte. Aber so ist es halt, das Leben ist selten gerecht zu denen, die eine gute Seele haben. Im Gegenteil, es begünstigt oft sogar die, die durch und durch schlecht sind.»

«Das tut mir leid», sagte ich leise.

Snadr wischte sich unauffällig eine Träne von der Wange, doch er fuhr stoisch mit seiner Erzählung fort.

«Die Kämpfe dauerten bis in den späten Abend hinein an. Am nächsten Morgen, gleich als es dämmerte, eilte ich zurück auf das Schlachtfeld und barg Berulfs sterbliche Überreste. Das Stöhnen der verwundeten und sterbenden Männer, deren Wunden sich wieder öffneten, als es am Morgen wärmer wurde, war fürchterlich. Ich schleppte Berulf zu einem kleinen Birkenhain auf einem Hügel in der Nähe. Sein Körper war schon etwas steif und es stellte mich vor eine gewaltige Kraftanstrengung den leblosen Körper vom Schlachtfeld zu zerren. Ich zog ihm seine Rüstung aus und beerdigte ihn an genau diesem Ort in der Nähe von Ankander. Seine Rüstung, sein Schwert und seine übrigen Wertsachen nahm ich an mich und verkaufte sie auf dem Markt. Sein Sax behielt ich, als Andenken an ihn.»

Snadr zog die glänzende Waffe hervor und ließ sie langsam durch die Luft gleiten. Der blanke Stahl glänzte in der aufgehenden Sonne. Für einen Augenblick schwiegen wir und starrten ehrfürchtig auf die scharfe Klinge, deren Griff die Klaue eines Adlers darstellte.

«Vom Erlös von Berulfs Besitztümern erwarb ich diesen Karren. Ich spannte sein Pferd davor, was den grausamen

Kampf wie durch ein Wunder heil überstanden hatte, und zog hinaus in die Welt. Es gab keinen Ort, den ich Heimat nennen konnte und auch keine schöne Erinnerung, die mich an einen solchen band. Doch ich schwor mir, Berulfs Güte in mir weiterleben zu lassen und daher nahm ich euch auf meiner ziellosen Reise auf. Ich wollte euch das Leben, das ich lange gelebt hatte, unbedingt ersparen. Kein Kind sollte in der Gosse leben müssen oder wie Dreck behandelt werden.»

Snadr verstummte und blickte uns an. Wir waren sprachlos. Ich saß mit offenem Mund da und die Worte, die er soeben gesprochen hatte, geisterten noch immer durch meinen Kopf. Er hatte wahrlich das Grauen auf Erden erlebt und diese schreckliche Vergangenheit hatte ihn dennoch zu einem guten Menschen werden lassen. Er war ein Dieb, aber ein Dieb mit einem reinen Herzen. Auf gewisse Weise war Snadr für uns geworden, was Berulf für ihn damals war und dafür mussten wir ihm wirklich dankbar sein.

«Berulf lebt zweifelsfrei in dir weiter», sagte Isvarn nach einem kurzen Moment der Stille und umarmte Snadr. Huzon und ich taten es ihm gleich.

«Wir finden gemeinsam heraus, wer deine Eltern ermordet hat und wir werden sie rächen», sagte Huzon entschlossen.

«Ich danke euch», sagte Snadr sichtlich gerührt, «aber wir haben keinen Anhaltspunkt, nur diesen Zettel mit kryptischen Hinweisen, die uns nicht weiterbringen.»

Er zog erneut das zerknitterte Pergamentstück hervor und wir alle starrten gebannt darauf. Irgendwie hatte jeder von uns die Hoffnung, es würde einen geheimen Hinweis offenbaren, der uns zuvor verborgen blieb, doch es passierte nichts dergleichen.

«Wenn wir mit diesem Zettel nach Bren gehen und nach Silas fragen, werden wir auf hunderte Menschen treffen, die so heißen. Das ist Irrsinn und bringt uns nicht weiter. Mit V können wir noch weniger anfangen.»

Snadr wirkte plötzlich verzweifelt.

«Daher habe ich probiert an den Dolch zu kommen, jedoch ohne zu wissen, ob dieser mir Antworten auf meine Fragen geben würde.»

Krampfhaft versuchte ich den Text auf dem Pergament mit dem Bild des Dolchs, das noch vor meinem inneren Auge schwebte, zu verbinden. Doch auch das brachte mir keine neue Erkenntnis. Auf einmal fiel mir wieder ein, dass ich eine Gravur auf der Waffe erkannt hatte.

«Warte! Ich glaube du warst bereits auf dem richtigen Weg. Auf dem Dolch stand ein Buchstabe! Ich meine, ich hätte ein A erkannt», wandt ich ein.

«Bist du sicher?», fragte Snadr und ich wunderte mich fast, dass er den Buchstaben nicht gesehen hatte.

«Ziemlich, aber nicht so sicher, dass ich einen Schwur darauf leisten würde.»

«Aber eine Person mit einem A kommt in dem Text nicht vor, das lässt nur auf einen dritten Namen schließen», warf Isvarn ein.

«Vielleicht der Name des Mörders?», wandte Huzon ein, dem mittlerweile der zerkaute Grashalm aus dem Mund gefallen war.

«Oder der des Schmieds», sagte Snadr plötzlich, «und das würde uns einen ganzen Schritt vorwärtsbringen.»

«Stand da noch mehr?»

Ich schüttelte ratlos den Kopf.

«Ich konnte die vollständige Garvur nicht richtig erkennen. Der Händler hatte seine Hand darauf und die Gravur war wirklich sehr klein.»

«Wir brauchen diesen Dolch», stellte Isvarn fest.

«Ich habe es ja versucht, aber dieses Lagerhaus ist verdammt gut bewacht. Alleine hatte ich keine Möglichkeit hinein zu kommen, aber», und nun stimmten wir alle in seinen Satz ein, «gemeinsam wäre es zu schaffen.»

18. Kapitel

Wir saßen um die erloschene Feuerstelle. Der Bach plätscherte vor sich hin und einige Vögel veranstalteten einen Sängerwettstreit in den niedrig wachsenden Büschen, die an das Ufer des Gewässers grenzten. Mittlerweile hatte die Sonne den höchsten Punkt überschritten und da die letzte Nacht für uns alle wenig Schlaf zu bieten hatte, hatte jeder einige Stunden in ihrer Wärme gedöst. Nun aber waren wir wieder hellwach und schmiedeten Pläne für den bevorstehenden Einbruch. Einen Einbruch in ein sehr gut bewachtes Lagerhaus, um einen Dolch zu stehlen, dessen genauen Aufbewahrungsort in diesem, vermutlich bis unter das Dach mit Waren aller Art, vollgestopften Gebäude, wir nicht kannten. Für Snadr war diese Waffe und die Geschichte, die damit verbunden war, etwas sehr Persönliches. Für Isvarn, Huzon und mich war sie eher ein Abenteuer. Wir waren jung und wenn wir ehrlich waren, so war das tägliche Stehlen von Lebensmitteln nichts, was uns einen großen Nervenkitzel verschaffte.

Dennoch nahmen wir Snadrs Vergangenheit sehr ernst, denn hinzukam, dass jeder von uns unsere Gemeinschaft als Familie ansah. Niemand hatte wissentlich irgendwo Verwandtschaft und so war unsere Verbindung das höchste Gut, das wir hatten und einer Familie somit am nächsten kam. In mir herrschte eine absurde Vorfreude auf das, was vor uns lag und ich konnte es kaum erwarten, mich ins Ungewisse zu stürzen.

«Huzon und Isvarn, ihr lenkt die Wache am Nebeneingang ab, sodass Ricon hineinschlüpfen kann.»

Snadr hatte mit einem Stock ein viereckiges Lagerhaus auf den staubigen Boden gekritzelt und fügte nun die Stelle hinzu, an der die Ablenkung stattfinden sollte.

«Wie lange brauchst du, um das Schloss zu knacken, Ricon?»

«Bist du sicher, dass ich das übernehmen soll», fragte ich unsicher, «ihr seid alle wesentlich erfahrener im Knacken von Schlössern als ich.»

«Das ist nur ein einfaches Vorhängeschloss, keine große Nummer, auch für dich nicht, aber ich möchte, dass du zuerst reingehst. Huzon und Isvarn haben zusammen schon viele ähnliche Sachen durchgezogen und wissen genau wie ein gutes Ablenkungsmanöver vonstattengeht. Ich werde die Wachen im Auge behalten, denn wenn etwas schief geht, kann ich sie am ehesten in Schach halten.»

«Du hast Recht,» stimmte ich zu und nickte, denn Snadr war, sollte es zu einem Kampf kommen, tatsächlich derjenige, der einer Wache am ehesten Paroli bieten konnte.

«Geräusche kannst du dir nicht erlauben», wandte Isvarn ein. «Wir werden die Wache nicht weit von der Tür weglocken können. Du musst also sehr leise sein.»

«Ich weiß, das krieg ich hin, solange ihr mir genug Zeit verschafft.»

«Werden wir», sagte Huzon.

«Und wenn Ricon drin ist?», fragte Isvarn.

«Dann lasst ihr die Kerle an der Tür in Ruhe und kommt nach hinten.»

Snadr kritzelte einen großen Bogen um das Lagerhaus.

«Ich warte hier. Hier habe ich einen guten Ausblick auf den hinteren Teil des Gebäudes und genau dort treffen wir uns.»

Snadr zeichnete ein kleines Kreuz in den Dreck, dann wandte er sich wieder an mich.

«Wenn du drin bist, musst du einen Weg ins Obergeschoss finden. Da drinnen muss also irgendwo eine Treppe oder eine Leiter sein. Von außen konnte ich einen Flaschenzug erkennen, der nach oben gezogen war. Den suchst du und lässt ihn nach unten. Aber pass bloß einen Moment ab, in dem unten keine Wache patroulliert. Verstanden?»

«Klar!»

«Isvarn und Huzon hängen sich unten dran und du ziehst sie hoch, dann können sie dir beim Suchen helfen, denn die Hütte ist echt groß und du wirst ihre Hilfe brauchen.»

«Der Flaschenzug wird sicher Geräusche machen», wandte Isvarn ein.

«Davon gehe ich auch aus. Sobald ihr damit nach oben zu Ricon fahrt, gebe ich Neil einen Klaps und poltere mit dem Wagen über das Kopfsteinpflaster in der Seitengasse. Das wird laut genug sein, um das Quietschen des Flaschenzugs zu übertönen.»

«Wir binden einige Töpfe außen an die Ladefläche, dann klappern sie richtig laut», schlug ich vor.

«Klasse Idee!», freute sich Snadr.

«Soweit so gut, dann sind wir drinnen, aber wie kommen wir raus, wenn wir den Dolch haben?», fragte Huzon und biss in einen saftigen, roten Apfel, den er gerade aus seiner Hosentasche gezogen hatte.

«Dann gebt ihr mir ein Zeichen», sagte Snadr, «und ich poltere mit Neil die Gasse erneut entlang. Ihr fahrt mit dem Flaschenzug wieder nach unten und wir verduften.»

Wir blickten einander an und ich erkannte die Entschlossenheit in jedem der Gesichter.

«In Ordnung, so machen wir es», sagte ich und rieb mir die Hände.

«Wenn ihr drin seid, sucht ihr nach einer länglichen, kleinen Schatulle etwa so lang wie mein Unterarm, Ricon weiß wie sie aussieht. Auf dem Markt hatte Yorlik den Dolch darin ausgestellt. Ich denke nicht, dass er ihn woanders aufbewahrt», fügte Snadr noch hinzu.

«Und noch was, wenn irgendetwas schief läuft, dann pfeift ihr dreimal, verstanden?»

Wir nickten.

Snadr warf den Stock in den Bachlauf, wo er sofort mit der Strömung davonschwamm und verwischte die kryptische Zeichnung mit dem Fuß.

«Gut, sobald es dunkel ist, legen wir los.»

Ich ruhte mich eine Weile aus, während ich auf einem Brocken Brot herumkaute und der Sonne beim Untergehen zusah.

Ich erinnerte mich an den Marktstand, in dessen Auslage wir den Dolch entdeckt hatten. Yorlik war ein reicher Händler, der Güter aller Art anbot. Er schien ziemlich herumzukommen, denn er hatte nicht nur Waren aus Graufels, wie den berühmten, leckeren Schinken, in seinem Angebot, sondern auch Käse aus Durnhagen, einer Stadt im Osten oder seltsam aussehende Gewürze aus entfernten Ländern, deren Namen ich nicht einmal kannte. Auch Lederarbeiten, wie Beutel, Taschen und Kleidungsstücke und Schmiedekunst in Form von Rüstungen, Schmuck und Waffen, hatte ich gesehen. Es würde sicher nicht leicht werden, sich in dem gut gefüllten Lagerhaus zurechtzufinden. Neben der Fülle an Waren warteten dort zudem einige Wachen, die keinen

Moment zögern würden, mit uns kurzen Prozess zu machen, sodass wir äußerst vorsichtig vorgehen mussten.

Die Sonne ging unter und die Nacht brach herein. Wir ließen ihre erste Hälfte verstreichen, bis die Straßen wie leergefegt waren. Der Himmel war, wie in der Nacht zuvor, wolkenverhangen und dadurch mondlos dunkel. Dennoch war es trotz der dichten Wolkendecke bereits seit ein paar Tagen trocken und nicht ein Regentropfen fiel auf die Erde nieder. Die Bedingungen hätten kaum idealer sein können und diese Tatsache stimmte uns alle ausgesprochen zuversichtlich. Dennoch war ich ein bisschen nervös. Eine gute Eigenschaft, wie Snadr mir einst sagte. Dadurch bleibt man aufmerksam und konzentriert, hatte er mir erklärt.

Snadr bremste den Ochsenkarren zwei, drei Ecken vor der Straße, in der sich Yorliks Lagerhaus befand. Ich sprang als erster hinunter, klopfte Neil auf den Hals.

«Wünsch uns Glück, Neil.»

Der Ochse schnaufte, als hätte er mich verstanden und genoss die kurze Streicheleinheit. Huzon und Isvarn hatten den Wagen ebenfalls verlassen.

«Ihr schafft das», flüsterte Snadr zuversichtlich.

Wir nickten ihm entschlossen zu, der Karren holperte weiter und wir verschwanden in der Dunkelheit.

Einen Augenblick später erreichten wir die Kreuzung vor Yorliks Lagerhaus. In das zweiflügelige Tor war eine kleinere Tür eingelassen, sodass man nicht die gesamte Breite des Tors öffnen musste, um hinein zu kommen. Wir drückten uns in eine Häusernische in Sichtweite des Lagerhauses. Zwei Wachen standen gelangweilt im Schein zweier Fackeln, die zu beiden Seiten des verschlossenen Tores vor sich hin flackerten. Der Stämmigere, ein Kerl mit kurzem blondem

Haar, trug eine Axt an seinem Gürtel und stützte sich auf einen Speer, dessen Schaft sich unter dem Gewicht seines Trägers leicht durchbog. Der Kleinere, die schulterlangen, dunklen Haare zu einem Zopf geflochten, war mit einem kurzen Schwert bewaffnet, das er lässig an seinen Gürtel gebunden hatte. Er popelte ausgiebig in der Nase, schien mit dem Fund aber nicht recht zufrieden zu sein und schnippte ihn wenig später fort. Seitlich der Beiden entdeckte ich einen Stapel Kisten. Vermutlich waren sie leer und wurden deshalb nicht über Nacht ins Lagerhaus geräumt.

«Dort werde ich mich verstecken», flüsterte ich Isvarn und Huzon zu, die neben mir in der Nische kauerten. Ein Hund bellte in der Ferne und ich wartete einen Moment ab.

«Ich gebe euch ein Handzeichen, dann legt ihr los.»

«Einverstanden», sagte Isvarn.

Ich ließ die beiden in ihrem Versteck zurück und schlich davon. In meine Tasche hatte ich zuvor eine kleine Metallspitze geschoben, um das Schloss knacken zu können. Ich fühlte prüfend mit meiner Hand über den Stoff meiner Hose, ob ich sie noch immer bei mir trug und sie nicht in einem unaufmerksamen Moment herausgefallen war. Beruhigt ertastete ich das Metallstück.

Als ich mein Versteck hinter den Kisten erreicht hatte, spähte ich vorsichtig hinüber in die dunkle Straße, in der ich zuvor bei Isvarn und Huzon gehockt hatte. Zwar konnte ich niemanden entdecken, aber ich hob dennoch langsam meine Hand. Der Schein der nahegelegenen Fackeln erhellte meine Handfläche und wenn sie noch dort in der Gasse hockten, würden sie sie sehen können, dachte ich.

Plötzlich hörte ich hinter mir ein Geräusch und zuckte zusammen. Die Wachen hatten mich zwar nicht entdeckt, dafür aber eine Katze, die maunzend auf mich zu schlenderte. Schnurrend rieb sie sich an meinem Bein. Das dämliche Vieh würde mich noch verraten, dachte ich und versuchte sie vorsichtig von mir wegzuschieben, doch das Tier ließ sich nicht beirren.

«Verschwinde!», zischte ich ihr leicht verzweifelt zu, doch dann hörte ich auf einmal lautes Gepöbel von der anderen Seite der Straße ertönen. Verschreckt huschte die Katze zurück in die Dunkelheit. Ich lugte über den Rand meines Verstecks und erkannte zwei graue Gestalten, die wüst aufeinander einschimpften und taumelnd auf die beiden Wachmänner zusteuerten. Die zwei Wachen schreckten umgehend aus ihrer Trägheit und griffen instinktiv an ihre Waffengurte.

«Lass bloß die Finger von meiner Schwester!», rief einer der beiden, offensichtlich Betrunkenen und stieß sein Gegenüber schwungvoll zurück, sodass dieser auf den Hintern in den Staub fiel. Jedoch rappelte sich die gestürzte Gestalt geschwind wieder auf und schubste wiederum ihren Widersacher von sich weg.

«Ich lass die Finger von wem ich will, du popeliger Scheisser!»

«Ich geb dir Scheisser!», brüllte der andere und verpasste ihm eine schallende Ohrfeige. Das laute Klatschen echote durch die Nacht.

«Hey, ihr da!», rief der kürzere der beiden Wachmänner, aber die Streithähne reagierten nicht.

Wütend sprang der geohrfeigte auf seinen Gegner zu und würgte ihn. Der hatte seinen Widersacher ebenfalls am Kragen gepackt und die beiden rollten brüllend durch den Staub.

«Ich reiß dir deinen häßlichen Pimmel ab!», schrie der eine.

«Aber erst nachdem er in deiner Schwester war!», schrie der andere.

Im schummrigen Licht erkannte ich Isvarn und Huzon und hätte um ein Haar laut losgeprustet. Ich presste mir die Hand auf den Mund, um das Lachen zu unterdrücken. Die Zwei gaben wirklich alles, um die Aufmerksamkeit der Wachen auf sich zu ziehen. Und es funktionierte. Beide Wächter liefen eilig zu den ineinander verkeilten Raufbolden und versuchten sie zu trennen.

«Hört auf, ihr Spinner! Lasst den Quatsch! Geht euch woanders schlagen», brüllten sie Isvarn und Huzon abwechselnd an, während sie an ihnen zerrten.

Das war meine Chance. Ich huschte aus meinem Versteck, zog die kleine Eisenspitze aus der Tasche und schob sie geschwind ins Schlüsselloch des großen Vorhängeschlosses. Knirschend drehte ich das Metall, hebelte etwas und nur einen kurzen Augenblick später vernahm ich ein leises Klicken. Snadr hatte recht gehabt, das Vorhängeschloss war wirklich ein Kinderspiel gewesen. Zufrieden drückte ich die Türe auf und schlüpfte durch den Spalt, ehe ich sie, so geräuschlos wie möglich, wieder hinter mir zuzog.

Ich reiße dir deinen hässlichen Pimmel ab? Hatte Isvarn das wirklich gerufen? Ich grinste über beide Ohren.

Reiß dich zusammen, sprach ich stumm zu mir selbst, um mich wieder auf meinen Auftrag zu konzentrieren, und schaute mich um. Im Inneren des Lagerhauses brannten nur wenige Fackeln und spendeten eine schwache Beleuchtung. Es war gerade hell genug, um sich zurechtzufinden. Das schummrige Licht würde die ohnehin schon anstrengende Suche noch weiter erschweren.

Vor mir erstreckte sich ein Meer von Kisten, die sich bis unter die Decke gestapelt auftürmten. Körbe mit Gewürzen, Regale gefüllt mit Werkzeugen aller Art, Berge von Tüchern und Stoffen, Säcke mit Korn und anderen Waren, so weit das Auge reichte. Sogar einige Käfige mit lebenden Tieren wie Hühnern und Enten, standen in einer Ecke, doch das Federvieh schlief friedlich und es war wohl auch besser, wenn das so bliebe, dachte ich.

Es würde ewig dauern diesen Dolch zu finden, vermutete ich, doch dann schob ich den Gedanken rasch beiseite. Eins nach dem anderen, erst einmal musste ich Huzon und Isvarn hier hinein helfen.

Das Geschrei vor der Tür hatte indessen aufgehört und ich vermutete, dass die Brüder schon auf dem Weg nach hinten waren. So geräuschlos wie möglich schlich ich durch das Untergeschoss. Irgendwo musste ein Aufgang sein, der nach oben führte. Zwar war das Lagerhaus groß, aber nachdem ich um ein oder zwei Ecken geschlichen war, entdeckte ich breite Stufen, über die man in das obere Stockwerk gelangen konnte. Leise trat ich auf die einzelnen Stufen, von denen vereinzelt aber dennoch ein Knarren ausging, als ich über sie hinwegschritt. Die Öffnung in der Fassade, in der ein großer Flaschenzug verbaut war, war nicht zu verfehlen, denn die Stufen führten genau darauf zu. Vorsichtig drückte ich eine der beiden Holzläden auf und spähte hinaus. Ich erkannte weder Snadr, der mit Neil in der Seitengasse warten musste, noch die zwei Brüder, die eigentlich am Fuße der Vorrichtung bereitstehen sollten, um einzusteigen. Gerade als ich mich dem Flaschenzug widmen wollte, sah ich, wie eine Wache pfeifend um die Ecke bog und unter der Öffnung, an der ich stand, entlang lief.

Wie erstarrt hielt ich die Luft an, hoffend, dass der Wachmann seinen Blick nicht nach oben richtete und den offenen Fensterladen sah, der meine Anwesenheit verraten hätte. Zu meinem Glück ahnte die Wache nichts und trottete, die Augen stur geradeaus gerichtet, um die nächste Ecke. Eilig schob ich den zweiten Laden auf und löste das Seil. Ich griff die Kurbel und drehte sie gleichmäßig im Kreis. Quietschend setzte sich die Rolle, von der das Seil abgerollt wurde, in Bewegung. Kaum bewegte sich der Flaschenzug nach unten, vernahm ich auch schon Snadrs Ochsenkarren, der ganz in der Nähe über das Kopfsteinpflaster polterte. Er war also in Position und ich spürte die Erleichterung. Mit einem dumpfen Geräusch setzte die hölzerne Plattform auf dem Boden unter mir auf. Vorsichtig lehnte ich den Kopf nach draußen und erkannte zwei dunkle Gestalten, die hinter einem leeren Karren auftauchten. Isvarn und Huzon waren ebenfalls in Position. Sie hatten die Plattform gerade betreten, da kurbelte ich sie auch schon wieder nach oben. Alles lief genau wie geplant.

«Noch ein kleines Stück», hörte ich Huzon flüstern.

Das Geräusch des Ochsenkarrens wurde indes leiser und ich wusste, dass ich keine Zeit zu verlieren hatte. Kurz bevor das Poltern vollständig verstummte, sprangen Isvarn und Huzon von der Plattform nach innen. Isvarn und ich zogen die beiden großen Holzläden wieder zu. Geschafft! Wir waren drin.

«Das wird alles andere als einfach», flüsterte uns Huzon zu, der bereits einige Schritte nach innen getreten war, «die Hütte ist vollgestopft bis unter das Dach.»

«Dann los. Lasst uns keine Zeit verlieren», flüsterte ich zurück, «wir beginnen unten mit der Suche.»

Beim Hochschleichen war mir bereits aufgefallen, dass im Obergeschoss hauptsächlich Säcke mit verschiedenen Getreidesorten und Gewürzen lagerten. Schmiedeerzeugnisse und allerhand Werkzeuge waren unten deponiert. Vermutlich wurde der Dolch daher irgendwo dort aufbewahrt.

Isvarn und Huzon hoben vorsichtig den Deckel einer Kiste an und begannen ihren Inhalt zu inspizieren. Ich widmete mich währenddessen zuerst einem großen Regal, in dem verschiedene Handwerkswaren auslagen. Hämmer zum Beschlagen von Pferden, Zangen, Sägen für verschiedenste Holzarbeiten und etliche Größen von Nägeln. Hier lagen nur Werkzeuge, der Dolch musste woanders sein, dämmerte es mir recht schnell. Suchend musterte ich die Regale um mich herum und entdeckte in einer Ecke schließlich verschiedene scharfe Waffen. Einige waren an eingeschlagenen Nägeln an der Wand aufgehängt, manche aber auch einfach auf dem Boden aufgestapelt. Schwerter, Äxte und auch Dolche lagen dort, aber leider keine Schatullen, in der wir die gesuchte Waffe vermuteten. Gerade als ich mich einem Regal daneben zuwenden wollte, erschrak ich und traute meinen Augen nicht. Wie aus dem Nichts stand plötzlich die Katze wieder vor mir. Ihr dunkles Fell wirkte im flackernden Schein der Fackeln gespenstisch. Erneut schlängelte sie sich durch meine Beine und maunzte voller Vorfreude gleich von mir gekrault zu werden.

«Wie in aller Welt bist du hier reingekommen? Verschwinde, du Mistvieh!», zischte ich und schob sie vorsichtig mit dem Fuß zur Seite, doch die Katze setzte sich neben mich und blickte mich anklagend an. Während ich das Regal nach dem Dolch durchsuchte, kam ich mir unendlich beobachtet vor. Immer, wenn ich zu der wartenden Katze schaute, maunzte sie vorwurfsvoll. Doch auch dieses Regal brachte keinen Dolch hervor. Ich ignorierte das Tier und arbeitete mich den beiden Brüdern entgegen.

Huzon und Isvarn hatten schon das halbe untere Stockwerk auf den Kopf gestellt, als mein Blick auf eine große Kiste neben der Tür fiel. Sie war nicht vernagelt, was darauf hindeutete, dass sie vor Kurzem erst geöffnet worden war. Oder aber, sie war, nachdem sie hinein getragen wurde, gar nicht erst wieder verschlossen worden. Eventuell handelte es sich bei ihrem Inhalt um Marktwaren, die eilig in ihr verstaut und gar nicht zurück in die Regale sortiert wurden. So konnte man sie nach ein paar Tagen ohne großen Aufwand wieder auf den Markt schaffen.

«Huzon, hilf mir mal», flüsterte ich zu ihm herüber.

Gemeinsam hievten wir den schweren Deckel nach oben. Isvarn war hinzugekommen und lugte sofort durch den entstandenen Spalt und schob seinen Arm hinein.

«Hier ist etwas!»

Er kramte in der Kiste und hob schließlich behutsam eine kleine Schatulle heraus, ehe wir den schweren Deckel wieder sacken ließen.

«Ich glaube das ist er!», freute ich mich.

Die Scharniere klickten leise, als Isvarn den Deckel öffnete und uns der Dolch entgegenstrahlte. Eingebettet in feinem, durch den Fackelschein eher grau erscheinenden Samt, lag er da. Geradezu ehrfürchtig hob ich ihn heraus und begutachtete die Waffe. Die scharf wirkende Klinge glänzte bedrohlich im fahlen Licht, als ich sie nach allen Seiten drehte. Dann fiel mir plötzlich wieder die kleine Gravur im

Griff auf, die mir auf dem Markt schon ins Auge gefallen waren.

«A.B.», las ich leise vor, «das ist der Dolch den wir suchen!», flüsterte ich Isvarn und Huzon zu, die meine Prüfung stumm verfolgt hatten und lächelten.

«Sehr gut», freute sich Huzon, «das war doch gar nicht so schwer.»

Geschwind war er bereits die Treppe nach oben gehuscht und spähte aus einem Spalt, den er in die großen Fensterläden gedrückt hatte.

Vorsichtig legte ich den Dolch zurück in die Schatulle und schloss den Deckel. Isvarn hielt das Kästchen noch in den Händen, als in einem Käfig in einer Ecke plötzlich einige Hühner erwachten und begannen unruhig zu Gackern.

«Es wird Zeit hier raus zu kommen», sagte ich angespannt und nickte zu der Treppe, die ins Obergeschoss führte, wo der Flaschenzug unseren Fluchtweg markierte. Isvarn schob die Schatulle mit dem Dolch unter seine Kleidung.

Wir wollten Huzon gerade die Treppe nach oben folgen, als plötzlich ein lautes Scheppern ertönte und die Hühner in Panik gerieten. Wie wild gackerten sie und schlugen aufgeregt mit den Flügeln, sodass lose Federn durch das Gestänge wirbelten. Die Katze hatte das Federvieh entdeckt, war mit einem Satz auf den Käfig gesprungen und angelte nun durch das Gitter nach ihrer vermeintlichen Beute.

«Verdammt, dieses Mistvieh!», fluchte ich, doch es war schon zu spät.

Es klickte, die Türklinke wurde nach unten gedrückt und das Türblatt schlug mit lautem Getöse so heftig auf, dass die gesamte Tür um ein Haar aus den Angeln geflogen wäre. Erschrocken fuhren wir herum. Wie aus dem Nichts stand ein

Wachmann plötzlich direkt vor mir und Isvarn. Grimmig starrte er uns an.

«Was geht hier vor, verdammt nochmal?», schimpfte er.

Für einen winzigen Augenblick schien die Zeit still zu stehen und wir blickten einander an. Es war der blonde, stämmigere Kerl mit dem Speer, den wir zuvor vor dem Lagerhaus gesehen hatte, der uns gegenüber stand.

Keiner von uns sagte ein Wort.

Er ließ den Speer fallen und löste die Axt aus seinem Gurt.

«Auf den Boden legen, sofort!», forderte er mit düsterer Stimme.

Erschrocken machte ich einige Schritte rückwärts, während sich auch noch der zweite Wachmann durch die geöffnete Tür schob. Der langhaarige Kerl hatte sein Schwert bereits gezogen und trat, ebenso bedrohlich, neben seinen Mitstreiter.

«Ich sagte, hinlegen», fauchte der größere erneut.

Ich schaute Isvarn an, der auch offensichtlich keine Idee hatte, wie wir aus diesem Schlamassel entkommen könnten und mir einen ängstlichen Blick zuwarf. Langsam ging er auf die Knie. Mein Herz schlug wie wild, aber auch mir kam kein rettender Einfall und ich tat es ihm gleich.

«Ich habe nichts von knien gesagt», polterte uns die Wache an und wollte gerade einen Schritt auf uns zugehen, als Huzon mit einem Schwert bewaffnet hinter einem Regal hervorsprang. Verdutzt blickten die beiden Wächter in seine Richtung, aber das Überraschungsmoment war auf seiner Seite und Huzon zog die schwere Klinge seitlich über den Oberschenkel des Axtträgers, der daraufhin mit einem Schmerzensschrei zu Boden ging. Mit verkniffenem Gesicht ließ er die Waffe fallen und presste seine Hände auf die klaffende Schnittwunde an seinem Bein.

«Weg mit dem Schwert, du mieser, kleiner Scheißer!», schimpfte der langhaarige Wachmann und richtete seine Klinge drohend auf Isvarns Bruder.

«Huzon, lass sie fallen!», warnte Isvarn flehend, als er sah, dass Huzon, die Waffe noch immer in der Hand hielt. Hilflos blickte er seinen Bruder an, wohlwissend, dass der zweite Wachmann kurzen Prozess mit einem ungeübten Schwertkämpfer machen würde.

Doch starrköpfig wie er war, ließ sich Huzon nicht beirren. Tapfer hielt er die scharf geschliffene Klinge vor sich. Seine Miene verfinsterte sich und plötzlich preschte er tatsächlich auf die Wache zu.

Doch der Wachmann hatte den Angriff vorhergesehen. Mühelos parierte er die Klinge und ließ Huzon ins Leere hechten.

«Du willst also direkt hier auf der Stelle sterben!», brüllte der Wächter wütend.

Während Huzon und die Wache miteinander kämpften, rief der zweite Wachmann lautstark nach Verstärkung.

«Snadr! Wir brauchen ihn!», rief ich Isvarn zu, doch ich war so aufgeregt, dass einfach kein Pfiff aus meinem Mund kommen wollte.

Isvarn war geübter. Er schob den kleinen Finger in den Mund und drei schnelle, kurze und laute Pfiffe ertönten. Wir konnten nur hoffen, dass Snadr unseren Hilferuf gehört hatte.

Es herrschte ein heilloses Durcheinander. Sicher war die halbe Stadt von dem Geschrei aus ihren Betten gerissen worden. Ich nutzte den Moment der Verwirrung, sprang zurück auf die Beine und riss einen Streitkolben von der Wand.

Der verletzte Wachmann versuchte, trotz seiner Verletzung, aufzustehen. Er stützte sich auf seine Axt und drückte sich nach oben. Wenn wir eine Chance haben wollten, nicht niedergemacht zu werden, musste ich den Kerl unschädlich machen, bevor er wieder auf den Beinen war.

Entschlossen machte ich einen Schritt auf ihn zu, hob schwungvoll den Streitkolben über meinen Kopf und ließ die schwere Eisenkugel auf seinen Kopf krachen. Der Schädel knackte, Blut spritzte und der Wachmann sackte auf der Stelle zusammen. Er war sofort tot.

Entsetzt sah Isvarn mich mit aufgerissenen Augen an, unfähig zu sprechen.

Nicht weit entfernt von uns, kämpfte Huzon noch immer um sein Leben.

Hastig drehte er sich um und schlug unkontrolliert von der Seite auf den Wächter ein. Diesmal trat dieser einfach einen Schritt zurück. Huzons Schlag sauste schwungvoll durch die Luft und fuhr in ein Fass, aus dem sich augenblicklich eine dunkle Flüssigkeit ergoss und über den Boden rann. Blitzschnell drehte sich der Wachmann um und verpasste Isvarns Bruder einen heftigen Tritt in den Rücken. Huzon stürzte kopfüber auf die Hühnerkäfige, die unter seinem Gewicht zerbrachen. Gackernd flatterte das Federvieh durch die gebrochenen Gitterstäbe. Noch bevor Huzon aus den Trümmern des Käfigs kriechen konnte, lag die Klinge des Kurzschwerts auf seinem Hals.

«Irgendwelche letzten Worte?», sagte der Wachmann, wohlwissend, dass dieser Dieb nun sein Ende finden würde.

Huzon starrte ihn mit großen Augen an, brachte aber keinen Ton heraus.

Ich war zu weit entfernt, um mich in den ungleichen Kampf einzumischen und Isvarn, der noch immer unbewaffnet war, ebenso.

«Huzon, nein!», schrie Isvarn.

Der Wachmann hob die Waffe, holte aus und ließ das scharfe Metall auf Huzon niedersausen. Doch statt Huzons Schrei ertönte ein metallisches Klirren. Snadrs Sax hatte die Klinge des Wächters pariert. Erstaunt fuhr der Wachmann herum, zog seine Waffe zurück und führte einen weiteren Hieb aus, diesmal aber auf Snadr gerichtet.

Geistesgegenwärtig sprang Isvarn endlich auf seine Beine und hechtete zu seinem Bruder, um ihn aus den Resten des Hühnerstalls zu befreien.

«Verrammelt die Tür!», brüllte Snadr.

Da ich der Tür am nächsten stand, sprang ich zu ihr herüber und erkannte weitere Wachen, die eilig auf die geöffnete Tür zu rannten. Krachend knallte ich die Tür ins Schloss und schob einen eisernen Riegel vor. Nur einen winzigen Augenblick später donnerten Fäuste von außen gegen das Holz. Staub rieselte durch die Erschütterung von der Decke. Der Riegel würde dem Druck nicht lange standhalten. Mit jedem Schlag wurden die Nägel, die den Riegel hielten, weiter aus dem Holz gedrückt. Die Wache musste einen Schlüssel bei sich tragen, dachte ich. Rasch huschte ich zu dem toten Wachmann, unter dem sich eine Pfütze aus Blut gebildet hatte. Mit aller Kraft rollte ich den leblosen Körper auf den Rücken und erkannte einen Schlüsselbund an seinem Gürtel. Klimpernd löste ich den Bund und sprang zurück zur Tür. Es klackte ein paar mal, ehe das Schloss einrastete und die Tür zusätzlich verstärkte.

Im Augenwinkel konnte ich erkennen, wie Snadr dem zweiten Schlag des Angreifers auswich und nun zu einem eigenen Hieb ausholte. Die Klinge zischte durch die Luft, doch der Wachmann ließ sie zur Seite abprallen. Krachend fuhr der Stahl in einen Stapel Blecheimer, der laut klappernd in sich zusammenstürzte. Doch Snadr war unglaublich schnell. Zwar traf sein Sax die aufgetürmten Eimer, doch er nahm den Schwung mit, drehte sich einmal um sich selbst und traf den Wachmann in seine ungeschützte Hüfte. Schreiend ging er zu Boden und klatschte in die dunkle, dicke Flüssigkeit, die sich mittlerweile im halben Untergeschoss verteilt hatte. Snadr zögerte keine Sekunde und mit einem schnellen Schnitt durchtrennte er die Kehle des verletzten Mannes. Ein leises Gurgeln ertönte und die Wache folgte seinem Mitstreiter ins Jenseits.

Dennoch lief uns die Zeit davon.

«Snadr, sie brechen durch!», rief ich, als ich erkannte, dass das Hämmern an die schwere Holztür nach und nach den eisernen Riegel nach innen bog. Das Schloss drohte jeden Moment aus dem Rahmen zu brechen. Von außen mussten einige starke Männer gegen die Türe schlagen und treten. Ein Spalt war bereits zwischen Tür und Angel entstanden, nicht genug, dass ein Mensch ins Innere gelangen konnte, aber so weit offen, dass eine Schwertklinge hindurch gedrückt wurde, um den Hebel zu verstärken.

«Da rauf!», rief Snadr und deutete auf die Treppe nach oben. Isvarn sprintete die Stufen hinauf und Huzon, der sich während des Laufens Federn von der Kleidung klopfte, und ich folgten ihm auf dem Fuß.

In diesem Moment brach das Schloss aus dem Rahmen und die hölzerne Tür schlug krachend auf. Mehrere Wachen drängten durch die Öffnung.

«Da sind sie!»

«Schnappt euch die Bastarde!»

Wie in aller Welt sollten wir hier lebend rauskommen? Das Lagerhaus war mit Sicherheit umstellt.

Snadr, der hinter uns lief, riss eine Fackel von der Wand und schleuderte sie geistesgegenwärtig zur Tür, direkt in die Pfütze der dunklen, glänzenden Flüssigkeit, die sich aus dem zerstörten Fass ergoss.

Ein gewaltiger Feuerball stieg auf und ich spürte die enorme Hitze auf meinem Gesicht, als ich mich erschrocken umblickte. Schreie ertönten und ich sah wie mindestens zwei der eingedrungen Wachmänner, in Flammen stehend, panisch hinaus rannten. Auch die übrigen Männer traten von der Flammenwand zurück, die uns nun trennte.

Die Hitze hielt die Angreifer vorerst in Schach und verschaffte uns etwas Zeit. Doch die Flammen begannen sich sofort auszubreiten. Sie schossen über die dunkle Flüssigkeit und fraßen sich in Windeseile durch die trockenen, hölzernen Balken.

«Los jetzt, schnell rauf!», rief Snadr und stieß uns vorwärts.

Wir hasteten die Treppe nach oben, wo ich sofort erkannte, dass jemand versuchte, über den nach oben gekurbelten Flaschenzug ins Gebäude zu kommen. Die Trommel quietschte und gab immer wieder leicht nach, als sich das Seil darüber rollte. Mit einem schnellen Hieb durchfuhr Snadrs Klinge das Seil und ließ das Gewicht nach unten sausen. Ein Schrei und ein dumpfer Aufprall waren zu vernehmen. Die Fluchtmöglichkeit über den Flaschenzug war damit nicht mehr gegeben.

Aber auch sonst hätten wir uns vermutlich etwas anderes einfallen lassen müssen, denn draußen tobte rund um das Lagerhaus ein lärmendes Durcheinander. Aufgeregte Menschen brüllten, wir sollten herauskommen, trommelten gegen die Wände oder versuchten gewaltsam in das Gebäude zu kommen. Die Hühner gackerten flügelschlagend in Panik vor dem Feuer, welches wiederum die Balken laut knacken ließ, als es sich durch das trockene Holz fraß. Somit war es ohnehin unmöglich, ungesehen aus dem Lagerhaus zu gelangen, vielleicht nicht einmal lebend. Hinzu gesellten sich aber nun erste Rufe, wie «Feuer!», und «Es brennt!». Zwar hatte Snadr den Durchbruch weiterer Wachen verhindert, aber das Feuer breitete sich rasend schnell aus und wenn uns nicht zügig etwas einfiel, würde es für uns zur Todesfalle werden.

Die Hitze nahm rasant zu und Schweiß lief mir bereits in Strömen über das Gesicht. Zudem brannte der Rauch in meiner Brust und ließ mich heftig husten. Panik stieg in mir auf, unser Plan war gescheitert.

«Wohin?», rief Huzon hustend.

«Nach oben, nach oben!», rief Snadr und Isvarn fügte hinzu:

«Wir müssen auf das Dach!»

Er deutete mit einer Hand zur Decke, während er den anderen Arm schützend vor sein Gesicht hielt.

Isvarn, Huzon und Snadr rannten die restlichen Stufen nach oben und schoben einige Kisten zusammen, um auf ihnen emporzuklettern.

Ich wollte den Anderen folgen, aber etwas ließ mich zögern. Die Hitze brannte auf meinem Gesicht, doch ich konnte meinen Blick nicht von dem Feuer abwenden. Ich spürte einen Kloß in meinem Hals und starrte wie gebannt, in die immer höher züngelten Flammen, die nun bereits fast das gesamte Untergeschoss heimsuchten. Gierig verschlang das Feuer alles, was es erreichen konnte und labte sich an den trockenen Balken. Das Inferno erzeugte ein seltsames, beruhigendes Rauschen. Hier und da wurde es von lautem Knacken unterbrochen, was mich jedes Mal zusammenzucken ließ. Selbst das Gackern der Hühner war verstummt und auch die Rufe der Menschen außerhalb des Lagerhauses waren nicht mehr zu hören. Ich fürchtete mich, doch gleichzeitig faszinierte mich die vernichtende Hitze, die mir entgegenströmte.

«Ricon, komm! Komm hoch!»

Plötzlich hatte ich das Gefühl eine Silhouette in den Flammen ausmachen zu können. Ich kniff die Augen zusammen und erkannte die zarten Umrisse einer Frau. Zu meinem Erstaunen winkte sie mir zu. Langsam trat sie einige Schritte in meine Richtung und auf einmal blickte ich in das Antlitz meiner Mutter. Verwundert starrte ich sie an, denn die Flammen schienen ihr nichts anhaben zu können.

«Mutter?»

Sie lächelte mich an und streckte ihre Hand nach mir aus. Dann rief sie meinen Namen.

«Ricon, komm zu mir. Komm zu mir, Ricon.»

Wie benebelt konnte ich meinen Blick nicht von ihr ablassen.

«Mutter? Bist du es?»

«Komm zu mir, Ricon», wiederholte sie und ich trat eine Stufe der am Fuße bereits brennenden Treppe hinunter.

Auf einmal konnte ich hinter meiner Mutter eine zweite Silhouette ausmachen, eine weitaus größere und breitere Gestalt trat näher an sie heran. Entsetzen machte sich in mir breit, denn plötzlich erschien ein Rakkar-Krieger. Ich erkannte ihn sofort, als er grinsend auf meine Mutter zu trat. Sein muskulöser Arm packte sie und zog sie augenblicklich tiefer zurück in die Flammen. Dabei ließ er ein geisterhaftes Lachen ertönen. Zorn stieg in mir auf, als ich in seine feurige grinsende Fratze schaute.

«Ricon! Ricon!», rief meine Mutter erneut, während sie mich hilfesuchend anstarrte.

Ich musste sie retten!

Plötzlich erschienen auch Doran und Yda, die beide an Mutter zerrten, doch der Rakkar zog sie unentwegt immer tiefer in die Flammen. Die Hitze brannte auf meinem Gesicht, als ich einen weiteren Schritt auf sie zu ging. Das Feuer war so nah, dass es meine Hände berührte, als ich sie nach meiner Mutter ausstreckte, doch noch immer war sie zu weit von mir entfernt.

«Ricon! Ricon!»

Sie schrie meinen Namen und ich spürte, wie die Hitze um mich herum auf seltsame Weise nachließ. Meine Augen wurden müde, dennoch nahm ich all meine Kräfte zusammen und setzte zum Angriff an.

«Lass sie los!», brüllte ich und stürzte dem Rakkar mutig entgegen, doch gerade als ich zum Sprung ansetzte, packte mich eine kräftige Hand am Kragen und riss mich gewaltsam zurück.

Vor mir tat sich eine gewaltige Flammenwand auf und die unerträgliche Hitze drohte mein Gesicht zu versengen. Ich hustete wie wild, als ich über die Stufen gezerrt wurde.

«Ricon! Verdammt! Was in aller Welt machst du da?», brüllte mich Snadr an. Mit aller Kraft wuchtete er mich über die letzten Stufen nach oben, die an den Rändern bereits begonnen hatten zu glühen.

«Klettert hier hoch, schnell!», hörte ich Isvarn von oben rufen. Ich schaute noch einmal zurück in das flammende Inferno, das die Treppe emporklomm, doch ich erkannte weder den Rakkar noch meine Mutter. Sie waren verschwunden. Verwirrt blickte ich nach oben.

«Da rauf!», schrie Snadr mir ins Ohr, während er mich auf eine der Kisten hievte, die Huzon und Isvarn aufgestapelt hatten. Ich versuchte zu klettern, doch das Husten wollte einfach nicht mehr aufhören. Meine Lunge brannte und ich bekam kaum noch Luft. Der dichte Rauch war überall.

Snadr erkannte sofort, wie es um mich stand und riss einen Ärmel aus seinem Hemd, den er mir geschwind über den Mund band. Den zweiten hatte er bereits um seinen eigenen Kopf geschwungen.

Den Blick nach oben gerichtet, erkannte ich, dass Isvarn und Huzon schon ein Loch in das Dach geschlagen hatten und hindurch geklettert waren.

In meinen Ohren knackten die brennenden Balken bedrohlich. Mit einem lauten Krachen stürzte die Treppe hinter uns in die Flammen. Funken stoben auf und tänzelten bis unter die Decke.

«Hier stürzt gleich alles zusammen!», schrie Snadr und schob mich die Kisten hinauf.

«Gib mir deine Hand!», rief mir Huzon entgegen, der sich durch die Öffnung nach unten gebeugt hatte. Ich packte seinen Arm und er zog mich hinaus auf das Dach. Hustend fiel ich auf die Schieferschindeln.

«Festhalten!», rief mir Isvarn zu, der seinen Bruder unterstützte. Huzon hatte sich bereits Snadr zugewandt, der nun ebenfalls auf das Dach gezogen wurde.

«Ich schaffe es nicht alleine!», rief dieser uns panisch zu.

Isvarn sprang sofort zu ihm und gemeinsam zerrten sie auch Snadr nach oben.

Langsam verstand ich wieder, was vor sich ging. Unter uns brannte das Lagerhaus lichterloh. Um das Gebäude herum brüllten aufgebrachte Menschen Befehle und versuchten verzweifelt den Brand zu löschen, ehe die Flammen sich auf die benachbarten Häuser ausbreiteten. Die Menschen waren so sehr mit dem Kampf gegen das Feuer beschäftigt, dass uns noch niemand hier oben bemerkt hatte. Dennoch hatten wir es eilig, denn die Schindeln waren durch das Feuer unter uns schon ziemlich heiß. An einigen Stellen stieg Rauch aus den kleinen Ritzen und die Flammen konnten jeden Moment aus dem Dachstuhl treten. Wir würden bei lebendigem Leib gegrillt werden, wenn wir nicht schleunigst hier runter kämen.

«Da rüber!», schrie Snadr über den Lärm des Feuers und der panischen Menschen hinweg. Er deutete auf ein nahes Gebäude, dessen flaches Dach etwas tiefer lag, als das des Lagerhauses. Dennoch würde es ein weiter Sprung werden, aber es gab keinen anderen Ausweg, wenn wir nicht in den Flammen unser Ende finden wollten.

Snadr rutschte zuerst. Er setzte sich auf den Hosenboden und schoß das Dach hinunter. Schindeln spritzten zur Seite und Rauch trat aus den kleinen Löchern, die sie hinterließen. An der Kante stieß er sich ab und landete auf dem benachbarten Dach. Es sah so einfach aus.

«Los, nun ihr!», ermutigte uns Snadr und Huzon folgte auf dem Fuße.

«Schaffst du das?», fragte mich Isvarn, der sich aufgrund meines Hustens um mich sorgte.

Ich nickte und Isvarn rutschte als Nächstes hinab. Sein Sprung war kürzer als der von Snadr und Huzon, aber er erreichte dessen ungeachtet das andere Dach. Inzwischen waren einige Schindeln aus dem Dach gerissen worden und an mehreren Stellen schossen bereits Flammen hindurch.

«Beeil dich!», rief Isvarn.

Meine Hände schmerzten, da ich mir zahlreiche Brandblasen zugezogen hatte, doch als Letztes setzte ich mich in Bewegung. Die Rutschpartie war keine einfache, denn die vielen kleinen Löcher, die Snadr, Huzon und Isvarn bei ihrem Abgang ins Dach gerissen hatten, bremsten meine Fahrt. Unkontrolliert holperte ich über das, was vom Dach noch übrig war, doch ich nahm nur wenig Geschwindigkeit auf. Kurz vor der Dachkante rutschte ich erneut über ein kleines Loch und verlor auch noch den dürftigen Schwung, den ich angesammelt hatte, sodass ich nur einen sehr schwachen Absprung schaffte. Schon während des Flugs merkte ich, dass ich nicht weit genug fliegen würde. Meine Finger griffen mit aller Kraft nach der Dachkante, doch der Schmerz der Brandblasen an meinen Händen öffnete sie und ich rutschte ab. Snadr und Huzon packten geistesgegenwärtig zu und erwischten mich im letzten Moment an den Armen. Gemeinsam zogen sie mich auf das flache Dach.

«Das war verdammt knapp», stellte Isvarn fest und zeigte auf die Flammen, die nun bereits hoch durch das Dachgebälk loderten. Die Hitze war selbst auf dem Nachbargebäude zu spüren.

Zu den Füßen des Gebäudes hörte ich panische Schreie und das Getrampel zahlloser Schritte. Die Balken knackten unter der Flammenlast und hier und da war ein Zischen zu vernehmen, wenn ein Eimer Wasser in das Feuer gekippt wurde, das aber ohne einen Effekt verpuffte. Der Lärm war ohrenbetäubend.

«Hier entlang!», rief Snadr und wir folgten ihm über weitere angrenzende Dächer in die Dunkelheit der Gasse hinunter.

Neils Muhen war bereits aus der Seitengasse zu hören, als wir hinein liefen. Der arme Ochse spürte die Gefahr, die von der immer noch spürbaren Hitze auf ihn einströmte und er war sichtlich nervös.

Zahlreiche Menschen schrien und rannten eilig zu dem brennenden Lagerhaus oder davon weg. Keiner schien uns jedoch zu beachten, denn die Aufregung war zu groß und niemand vermutete, dass wir etwas mit dem Brand zu tun hatten.

Ich hustete noch immer stark und Snadr, der Neil gerade zünftig einen Schlag mit dem Stock verpasst hatte, um den Ochsen in Bewegung zu setzen, drehte sich zu mir um.

«Setzt ihn aufrecht hin», rief er zu Isvarn und Huzon nach hinten, die nassgeschwitzt neben mir lagen und nach Luft schnappten, «und gebt ihm Wasser!»

Dann wandte er sich an mich.

«Tief durchatmen», riet er mir, «auch wenn du dann noch mehr husten musst.»

Isvarn drückte einen Sack Heu gegen meinen Rücken, um meine Sitzposition zu stabilisieren und hielt mir einen ledernen Schlauch mit Wasser an den Mund. Es dauerte eine ganze Weile, aber mit der Zeit legte sich der Husten tatsächlich.

Ich saß mit dem Rücken zur Fahrtrichtung und beobachtete die auflodernden Flammen, die hoch in den Nachthimmel ragten. Der Rauch türmte sich darüber und bildete skurrile Formen. Aus der ganzen Stadt eilten Leute durch die Straßen, um bei den Löscharbeiten zu helfen oder einfach nur um zu schauen, wo das Feuer tobte.

«Was in aller Welt war das?», motzte mich Huzon plötzlich an.

«Was meinst du?», fragte ich leicht hustend.

«Warum bist du zurück nach unten gegangen? Wolltest du dich umbringen?»

Er war sichtlich aufgebracht und versuchte auch gar nicht diesen Zustand in seiner Stimme zu verbergen.

Ratlos probierte ich zu erklären, was ich gesehen hatte.

«Da war meine Mutter und ich wollte zu ihr», stammelte ich unsicher, denn mir war klar, dass das eine schwache Ausrede für ein solch törichtes Handeln war.

«Deine Mutter?», polterte Huzon.

«Weißt du eigentlich, dass du uns alle in Gefahr gebracht hast mit diesem Blödsinn?»

«Tut mir leid.»

Er war nun sehr verärgert und wetterte lautstark auf mich ein. Isvarn legte ihm eine Hand auf den Arm, um ihn zu beruhigen, doch er zog seinen Arm einfach weg.

«Es tut dir leid? Das nächste Mal, wenn deine Mutter nach dir ruft, solltest du ihr vielleicht sagen, dass sie aus den Flammen treten sollte», schrie mich Huzon an.

«Genug!», rief Snadr nach hinten, «lass es gut sein! Wir klären das später. Ihr macht noch die ganze Stadt auf uns aufmerksam, wenn sie uns nicht ohnehin schon auf den Fersen sind. Wenn hier jemand sauer sein sollte, dann jeder auf sich selber, denn was auch immer ihr da drin getrieben habt, ist gehörig in die Hose gegangen.»

Grummelnd setzte sich Huzon hin und schmollte.

«Habt ihr wenigstens gefunden wonach wir gesucht haben?»

«Ja», gab Isvarn knapp zu verstehen.

«Na wenigstens das», sagte Snadr.

Für eine ganze Weile sprach niemand ein Wort.

Wir passierten das Stadttor. Zu unserem Glück stand es offen und keine der beunruhigt zur Stadtmitte blickenden Wachen schenkte uns seine Aufmerksamkeit.

Der Geruch des Feuers verfolgte uns noch eine ganze Weile. Neils Karren polterte hinaus aus Graufels, den Hang hinunter und den Stever entlang, der durch sein gleichmäßiges Rauschen unsere Gemüter beruhigte. Ich lehnte mich zurück und starrte auf die gewaltige Rauchsäule, die sich über Graufels, vor dem Panorama des Weißgipfelgebirges, auftürmte. Der Raub war schief gegangen, aber zumindest hatten wir den Dolch.

19. Kapitel

Knirschend rollten die Wagenräder über den steinigen Pfad, der von der Stadt hinunter in die niedriger gelegene Ebene führte. Die Morgendämmerung hatte gerade eingesetzt und offenbarte einen dicht verhangenen, grauen Himmel. Snadr trieb Neil an, wie selten zuvor. Immer wieder klatschte der kahle Stock heftig auf Neils Hintern. Der Ochse muhte und trabte ausdauernd vorwärts. Dennoch blieb Neil ein Ochse und Ochsen sind nicht besonders schnell. Ein Pferd hätte uns im null Komma nichts fortgetragen, allerdings hatten wir zum einen kein Gold für ein Pferd und zum anderen war ein solches auch in Bezug auf Nahrung anspruchsvoller. Und so hatten wir Neils gemütliche, beständige und genügsame Art zu schätzen gelernt.

An diesem Tag jedoch, sehnten wir alle uns ein schnelles Pferd herbei, um möglichst rasch außer Sicht, der in Aufruhr liegenden Stadt, zu kommen.

Ich war mir nicht sicher, ob man uns für das Chaos verantwortlich machen würde, schließlich waren die beiden Wachen, die uns gesehen hatten tot und die in Panik geratenen Menschen in den Gassen, hatten uns nicht weiter beachtet. Dennoch hatte ich ein schlechtes Gefühl. Wir hatten mehrere Wachmänner getötet, einen Dolch gestohlen und ein großes, reich gefülltes Lagerhaus niedergebrannt, das einem gut betuchten Händler gehörte. Vielleicht waren sogar noch umliegende Häuser in Brand geraten. Das stetige Läuten der Glocken verriet, dass die Löscharbeiten, die durch die zahlreichen Wassergräben in Graufels sicherlich begünstigt wurden, weiterhin andauerten und die schwarze Rauchsäule, die sich über den Horizont schlängelte, lag wie ein Siegel am Himmel hinter uns. Es wäre sehr verwunderlich, wenn man uns bei einem solchen Verbrechen nicht früher oder später auf die Schliche kommen würde, dachte ich. Der Strohhalm, an den wir uns alle klammerten, war, dass man uns erst für den Schaden verantwortlich machte, wenn wir bereits über alle Berge waren.

Eine Weile herrschte ein nervöses Schweigen und niemand sagte etwas, bis Isvarn vorsichtig das Wort ergriff.

«Die Wache vorhin, das war nicht das erste Mal, dass du getötet hast oder?», fragte er mich.

Ich war überrascht und schaute ihn wortlos an.

«Ich meine, du hast nicht einen Moment nachgedacht. Du hast ihn einfach niedergemacht, als wäre es das Leichteste der Welt.»

Isvarn wirkte beeindruckt und etwas verängstigt zugleich. Als ich wieder nicht sofort antwortete, redete er weiter. Die Stille schien ihm nicht zu behagen.

«Wie abgeklärt du warst. Hattest du keine...»

«Es war nicht das erste Mal», sagte ich knapp, denn ich sprach nicht gerne darüber. Meine mangelnde Reue ängstigte mich selber etwas. Ich hatte mich noch nicht an diese Gabe gewöhnt. Für einen Moment kehrte wieder Ruhe ein. Niemand redete, bis Snadr sich zu mir umdrehte.

«In dir steckt mehr, als man auf den ersten Blick zu erkennen vermag, Ricon. Deine Gedanken benebeln deine Taten nicht, wenn du in eine schwierige Lage gerätst. Du handelst, das ist etwas Gutes. Vielleicht sollte ich dir das Kämpfen beibringen.»

«Das solltest du uns besser allen beibringen, damit wir in solchen Situationen wie vorhin nicht völlig aufgeschmissen sind», merkte Huzon trotzig an.

Snadr drehte sich wieder nach vorne um und nickte stumm.

«Meinst du, uns verfolgt jemand?», fragte ich, um das Thema zu wechseln.

Snadr blickte stur nach vorn.

«Yorlik ist reich und wer reich ist, hat Macht. Es wurden Leute schon für weit geringere Vergehen geköpft. Also was denkst du?»

Ich schluckte, obwohl Snadrs Einschätzung auch meiner Ansicht entsprach, doch die Härte in seiner Antwort hatte mich ein wenig überrascht. Normalerweise war Snadr eine wahre Frohnatur, der fast jeder Lage etwas Gutes abringen konnte. Unsere jetzige Situation schätzte er jedoch düster ein, was bei ihm schon etwas zu bedeuten hatte.

Prüfend glitt mein Blick über den Pfad, den wir bereits hinter uns gebracht hatten, ich erkannte aber keine Verfolger.

Ein schwacher Wind kam auf und wehte über den rauschenden Stever zu uns hinüber.

Das Leben in Arwa hatte mir einige Erfahrung mit dem Wetter beschert und schnell aufkommende Wetterumschwünge waren mir wohlbekannt. Die grauen Wolken zogen mit hoher Geschwindigkeit über uns hinweg.

«Ich glaube, ein Unwetter zieht auf», sagte ich leise, aber niemand beachtete meine Einschätzung.

«Das hätte alles nie passieren dürfen!», fluchte Snadr nach einer Weile. Er war zornig, doch nicht auf uns. Er war verärgert über die missliche Lage, in der wir uns befanden. Der Raub war völlig schiefgelaufen. Zwar hatten wir den

Dolch erbeutet, aber um welchen Preis? Morde und Brandstiftung waren nie Teil des Plans gewesen. Unbemerkt hinein und wieder hinaus, so sollte das eigentlich ablaufen. Des Weiteren wussten wir nicht, ob wir gejagt wurden, wovon wir allerdings ausgehen mussten, und wie wir unseren Verfolgern überhaupt entkommen konnten, wenn sie uns letztendlich aufspürten.

«Was habt ihr da drinnen getrieben, dass zwei Wachen auf euch aufmerksam geworden sind?», fragte Snadr. Zwar versuchte er sie zu unterdrücken, doch die Anklage in seiner Stimme war nicht zu überhören.

«Es war die verdammte Katze», gab ich kleinlaut zu.

«Was für eine Katze?», fragte Snadr.

«Irgendwie musste eine Katze mit ins Lagerhaus gehuscht sein, als ich hineinging und dann hat das Mistvieh die Hühner da drinnen aufgeschreckt. Die Wachen haben diese bescheuerten Hühner gehört, nicht uns.»

«Vielleicht ist das ein Omen», murmelte Snadr.

«Ach Unsinn, du wirst doch jetzt nicht abergläubisch werden», beruhigte ihn Isvarn.

Mit seinen rußverschmierten Händen zog er die Schatulle aus seiner Tasche, stellte sie auf seinen Schoß und öffnete den Deckel. Darin lag der Dolch, auf weichem Samt gebettet. Die Klinge funkelte im schwachen Licht des Morgens. Snadr legte den Stecken beiseite und wandte sich zu Isvarn um. Dann nahm er die Waffe heraus und drehte sie prüfend in seinen Händen. Diesmal erkannte er die Gravur selbst.

«A und B», las er vor.

«Kennst du jemanden, der einen Namen mit solchen Initialen trägt?», fragte Isvarn, aber Snadr schüttelte den Kopf.

«Nein, nicht, dass ich wüsste.»

Der Wind nahm zu und einige Regentropfen trafen mein Gesicht. Der Regen würde die Löscharbeiten in Graufels sicherlich erleichtern. Uns dagegen würde er durchweichen bis auf die Haut, denn ein Unterschlupf war meilenweit nicht zu sehen.

«Darf ich?», fragte ich und Snadr reichte mir den Dolch. Er war schwerer, als ich vermutet hatte. Behutsam wiegte ich ihn auf meinen Handflächen, dann packte ich den Griff und stieß ihn nach vorne. Doch was war das? Ich spürte eine Bewegung. Stirnrunzelnd blickte ich den Dolch an und wiederholte den Stich in die Luft. Snadr, der mich, nach hinten blickend dabei beobachtete, merkte, dass mir etwas aufgefallen war.

«Was ist?», fragte er.

Ich drehte den Dolch, nahm ihn in die andere Hand und wiederholte den Stoß noch einmal. Wieder spürte ich, wie sich etwas in der Waffe zu bewegen schien. Es war nur sehr schwach, aber dennoch konnte ich es in meiner Handfläche fühlen.

«Irgendetwas ist da drin», sagte ich verwundert.

Snadr riss an Neils Zügeln, es gab einen Ruck und der Ochse hielt schnaubend an.

«Was meinst du?», fragte Isvarn. Auch Huzons Aufmerksamkeit war geweckt und er blickte neugierig zu mir herüber. Er hatte bis eben missmutig vor sich hingestarrt, da er noch immer sauer auf mich war. Horchend hielt ich den Dolch an mein Ohr und drehte ihn dabei in alle Richtungen.

«Da ist etwas in dem Griff!», sagte ich entschlossen. Ziehen und drücken brachte keinen Erfolg, doch als ich begann an der Fassung des blauen Edelsteins zu schrauben, klickte es plötzlich. Behutsam schraubte ich den Stein aus dem Griff. Ein Hohlraum wurde sichtbar und als ich den Dolch mit der Schneide nach oben richtete, fiel ein kleiner Fetzen gerollten Pergaments heraus. Schnell griff ich nach dem Zettel, um ihn vor dem stärker werdenden Wind zu schützen.

Augenblicklich trafen sich unsere weit aufgerissenen Augen und wandten sich rasch der kleinen Rolle zwischen meinen Fingern zu.

Vorsichtig rollte ich den Zettel auf und blickte auf die dunkle Tinte, die darauf gekritzelt war.

«Mellion Bourgain, Limana Bourgain, Jarlin Bourgain», las ich laut vor.

«Das ist meiner und die Namen meiner Eltern», sagte Snadr erstaunt.

«Das war ein Auftragsmord. Jemand wollte sie, und auch dich, unbedingt tot sehen», sagte Isvarn.

Ich rollte den Zettel wieder zusammen und schob ihn zurück in den Griff des Dolches, um ihn vor dem Regen zu schützen.

«Aber warum?», fragte Huzon und blickte Snadr an.

Doch Snadr hatte keine Zeit zu antworten.

«Reiter! Wir werden verfolgt!», schrie Isvarn und zeigte aufgeregt auf die Straße hinter uns. Er hatte recht!

Einige dunkle Gestalten auf Pferden waren in der Ferne zu erkennen. Sie mussten das Tor von Graufels erst vor Kurzem passiert haben und waren noch ein ganzes Stück entfernt. Snadr verpasste Neil augenblicklich einen kräftigen Schlag mit dem Stock und der Ochse setzte sich erschrocken in Bewegung.

Wie gebannt starrten Huzon und ich nach hinten und beobachteten die Reiter, deren genaue Anzahl durch den immer stärker werdenden Regen nicht auszumachen war, während Isvarn den Dolch in die Schatulle zurücklegte und auf der Ladefläche versteckte.

«Seid ihr euch sicher, dass sie wegen uns kommen?», fragte ich, wobei ich auf eine andere Antwort hoffte, als auf eine Bestätigung.

«Absolut sicher», rief Snadr nach hinten, «eine solche Schar Reiter, so früh am Morgen, reitet nicht einfach aus. Die sind auf der Jagd!»

Über den Stever flogen mittlerweile starke Windböen und der Himmel vor uns hatte sein eintöniges Grau in ein bedrohliches Dunkelgrau getauscht. Immer wieder konnte man Donnerschläge in der Ferne hören und vereinzelt zuckten Blitze zur Erde. Neils Wagen schien direkt in das vor uns aufziehende Gewitter zu poltern.

«Sie kommen näher!», schrie ich Snadr zu. Wieder und wieder schlug er mit dem Stock auf Neil ein. Der arme Ochse muhte vor Schmerzen.

Ich kniff die Augen zusammen und versuchte zu zählen, wie viele Verfolger wir hinter uns hatten. Acht dunkel gekleidete Reiter konnte ich ausmachen, vielleicht einen mehr oder weniger. Ihre Körper wippten auf den Rücken ihrer Pferde auf und ab. Der stärker werdende Regen erschwerte ihre Verfolgung, denn der steinige Pfad, der noch immer leicht abschüssig auf die Ebene führte, wurde durch die Nässe rutschig und bremste sie ein wenig aus, da sie ihre Pferde nicht im vollen Galopp reiten konnten. Dennoch kamen sie beunruhigend schnell näher.

«Snadr, sie werden uns einholen!», rief Isvarn ihm zu.

«Und was soll ich dagegen tun? Absteigen und schieben?», schrie dieser zurück.

Vor uns gabelte sich der Weg. Ich erinnerte mich an diese Stelle, da wir auf dem Hinweg aus der rechten Abzweigung gekommen waren. Sie führte nach Durnhagen, einer größeren Stadt, die einen halben Tagesmarsch südlich von Kieseck an den Ausläufern des Luzariwalds erbaut wurde. Nach der Gabelung machte diese Straße nach einiger Zeit eine Biegung und führte in Küstennähe nach Norden. Die Umgebung war gesäumt von großen Felsen, die an manchen Stellen noch bis ins Meer hinein ragten.

Wir hatten noch nicht darüber gesprochen, aber vermutlich lag unser Ziel irgendwo im Königreich Bren, wo Snadr herkam. Dort mussten wir mit unserer Suche nach den Geheimnissen des Dolchs anfangen. Dafür mussten wir aber dem Weg folgen, der scharf nach links abbog und dann quer durch das gesamte Königreich Etwaldar verlief, bis hinauf an die Grenze im Nordwesten. Dieser Weg führte jedoch durch ein endlos langes, saftiges, grünes Tal. Bereits an der Abbiegung war es weit einsehbar und flach, wie der Busen eines jungen Mädchens. Diese Umschreibung hatte Snadr einst verwendet und mich erröten lassen, doch irgendwie hatte sie sich bei mir eingeprägt.

Während wir auf die Kreuzung zusteuerten und Snadr, Isvarn und Huzon wild diskutierten, blickte ich verängstigt nach hinten. Die Reiter kamen zwar näher, doch das Unwetter machte ihnen, ebenso wie uns, das Leben schwer und drosselte ihr Tempo. Zwar konnten sie uns sehen, doch sie waren noch ein großes Stück hinter uns und es würde noch ein wenig dauern, bis sie uns einholten.

Der Regen schoss unaufhörlich auf uns nieder und ich musste regelrecht schreien, damit der vor mir sitzende Snadr mich hören konnte. Das Zentrum des Unwetters lag allerdings noch vor uns, wo sich der tiefschwarze Himmel bedrohlich aufgetürmt hatte.

«Bieg nach rechts ab.»

«Wieso? Wir wollen nach Westen!», schrie Snadr zurück.

«Wir müssen sie abschütteln, sie werden uns einholen.»

Mit dem durchnässten Ärmel wischte ich mir das Wasser aus dem Gesicht.

«Da vorne liegt eine Kuppe und dahinter eine Felsformation. Vielleicht können wir uns dort verstecken!», schlug ich schreiend vor.

Snadr blickte mich über die Schulter an und als Isvarn mir zustimmte, peitschte er den Stock auf Neils Hintern und ließ den Ochsen geradeaus, auf die Küstenstraße weitertraben. Mit jedem Schritt, den Neil den Karren vorwärts zog, wurde das Unwetter stärker. Das Poltern des Wagens wurde nun vollständig durch das Prasseln des Regens übertönt. Selbst das Rauschen des Stever neben uns war nicht mehr zu hören. Blitze zuckten über den Horizont und der unregelmäßig einsetzende Donner war ohrenbetäubend. Snadr hatte allerhand zu tun, Neil überhaupt auf der Straße zu halten, da der Ochse panisch versuchte, dem Unwetter zu entkommen. Wir steuerten mitten in das Gewitter. Als Neil störrisch über die Hügelkuppe lief, erkannte ich, dass die Reiter auf ihren Pferden ähnliche Probleme zu haben schienen. Immer wieder sah ich Pferde aufsteigen und in Panik versuchen, ihren Reiter abzuwerfen. Einmal musste es einem sogar gelungen sein, denn ich sah ein Pferd reiterlos durch ein Geröllfeld davon galoppieren.

Doch es kam noch schlimmer. Plötzlich setzte Hagel ein. Die eisigen Körner waren nicht sonderlich groß, doch die stetigen Treffer schmerzten auf der Haut und schränkten die

Sichtweite auf wenige Schritte ein. Unsere Verfolger, die nicht mehr weit hinter uns sein mussten, konnte ich nicht mehr erkennen. Somit war das Wetter Fluch und Segen zugleich. Huzon reichte Isvarn und Snadr Decken von der Ladefläche. Ich zog meinen Bärenpelz über den Kopf. Zwar war dieser schwer, da er sich mit Regenwasser vollgesaugt hatte, doch um sich vor den Hagelschlägen zu schützen, war er dennoch sehr gut geeignet.

Mit Mühe sah ich plötzlich die Felsformation neben der Straße, an die ich mich erinnerte und die ich als Versteck in Betracht gezogen hatte.

«Snadr, da rüber!», schrie ich nach vorne und deutete mit dem ausgestreckten Arm über seine Schulter auf die graue Masse. Snadr riss den Kopf des Ochsen nach rechts, der Karren ruckte von der Straße hinunter und holperte zwischen die schützenden Felsen. Nach nur wenigen Schritten waren wir von hohem Gestein umgeben und Snadr zog an Neils Zügeln, bis der entkräftete und unruhige Ochse endlich stehen blieb. Wir hatten auf der dem Wind abgewandten Seite unter einem Felsvorsprung angehalten, sodass dieser uns sowohl einen Sichtschutz, als auch Schutz vor den schmerzhaften Hagelschlägen bot. Der Kies unter meinen Füßen knackte gegen das Prasseln der Hagelkörner an, als ich vom Wagen sprang und Neil eine Decke überwarf. Beruhigend streichelte ich ihm über die Stirn. Der Ochse keuchte unruhig und als plötzlich erneut ein lauter Donnerschlag ertönte, drückte ich meine Hände auf seine Ohren. Neil war lange Märsche gewohnt, aber das hohe Tempo, das wir auf unserer Flucht an den Tag gelegt hatten, nicht. Neil war kein Sprinter, er war ausdauernd und behäbig und so tat er mir furchtbar leid, als ich in sein müdes, verängstigtes Gesicht blickte.

Auch Snadr, Isvarn und Huzon waren von der Ladefläche gesprungen und drückten sich nun, in eine Decke gehüllt, mit dem Rücken an den großen Felsen, um sich vor dem Wetter zu schützen. Ich blieb bei Neil und hielt seine Ohren zu, denn er schien die Stille zu genießen. Ich spürte, wie er seinen nassen Kopf in meinen Magen grub und merklich ruhiger wurde.

Einen kurzen Moment meinte ich, das Klappern von Hufen durch das Getöse des Unwetters ausmachen zu können, doch das Geräusch verstummte im Nu wieder.

Vorerst waren wir in Sicherheit. Es dauerte eine ganze Weile, bis sich der Sturm legte und die Sonne ihre ersten Strahlen über das durchnässte Land schickte. Ich wagte einen Blick aus unserem Versteck. Einige große Pfützen hatten sich auf dem Weg gebildet, doch von den feindlich gesinnten Reitern war weit und breit nichts zu sehen.

Wir entschlossen uns, noch eine Weile zu rasten und Neil eine verdiente Pause zu gewähren. Snadr hatte Neil einen Eimer mit Wasser aus dem angrenzenden Stever gefüllt und Isvarn einen Ballen durchnässten Heus vor ihn gelegt, worüber sich das Tier umgehend hermachte.

«Tut mir leid wegen vorhin», sagte Huzon plötzlich.

Ich war überrascht, denn obwohl er ein aufbrausender Mensch war und häufiger in Konflikte geriet, tat sich Huzon meist schwer mit Entschuldigungen.

«Ist schon in Ordnung», antwortete ich.

«Vorhin bei dem Feuer, was ist da mit dir passiert?», schaltete Isvarn sich in das Gespräch ein.

Tief durchatmend blickte ich die beiden an.

«Ich habe meine Mutter in den Flammen gesehen. Sie hat mich gerufen, immer wieder. Dann erschien hinter ihr ein Rakkar-Krieger, der sie tiefer in die Flammen zog. Ich wollte sie befreien. Doran und Yda, meine Geschwister, waren auch da und riefen mich.»

Es regnete nicht mehr und es war schwierig, meine feuchten Augen zu verbergen. Ich hatte Snadr, Isvarn und Huzon von meiner Flucht aus Arwa erzählt, sodass sie wussten, was damals vorgefallen war.

«Kanntest du den Rakkar?», fragte Snadr, der gerade eine Decke zum Trocknen auf einem flachen Felsen ausgebreitet hatte.

«Ja, er hat meine Mutter und meinen Onkel getötet. Ich werde dieses Gesicht niemals vergessen. Mein Bruder und ich haben mit ihm gekämpft, kurz bevor die brennende Hütte über dem Bastard zusammenbrach.»

Snadr kam zu mir und legte eine Hand auf meine Schulter.

«Du hast einen guten Grund Respekt vor dem Feuer zu haben, aber versuche seiner Macht zu widerstehen. Lass dich nicht davon lenken. Respekt vor dem Feuer zu haben ist keine Schande, aber lasse diesen Respekt niemals zu Angst werden. Deine Familie wird in deinen Erinnerungen weiterleben, nicht aber in Tagträumen.»

Ich nickte und eine Träne fiel aus meinen Augenwinkel. Die Gedanken an Doran, Yda und meine Eltern geisterten fast andauernd durch meinen Kopf, aber Snadr hatte recht. Meine Familie war immer bei mir. Ich dachte häufig an sie, an die unbekümmerte Zeit, in der ich mit Doran und Yda spielte, mit meinem Vater angelte oder meiner Mutter in der Küche half. Das waren die Erinnerungen, die ein Lächeln auf mein Gesicht zauberten. Ihr Verlust war an einem einzigen

Tag geschehen und wir hatten so viele mehr zusammen erlebt.

Plötzlich hörte ich ein Klatschen, gefolgt von einem leisen Wimmern. Ich drehte mich zu Isvarn, der sich mit schmerzverzerrtem Gesicht die Backe hielt. Huzon stand mit verschränkten Armen vor ihm und blickte grimmig drein.

«Warum hast du ihn geschlagen?», fragte Snadr verwirrt an Huzon gerichtet.

«Wegen vorhin, vor dem Lagerhaus», antwortete dieser trotzig.

Ich erinnerte mich, dass eine der beiden grauen Gestalten, der anderen eine schallende Ohrfeige verpasst hatte und musste augenblicklich lachen. Auch Snadr stimmte in mein Gelächter ein und letztendlich auch Huzon und Isvarn. Die Anspannung, die unsere Flucht uns beschert hatte, schien in diesem Moment von uns abzufallen.

«Blödmann», sagte Isvarn nach einer Weile und grinste.

«Zeig mir mal deine Hände», sagte Snadr plötzlich zu mir, denn er hatte nicht vergessen, dass sie mit Brandblasen übersäht waren.

«Halb so wild», sagte er, als er meine ausgestreckten Hände betrachtete und kramte eine getrocknete Pflanze aus einer Tasche auf dem Wagen. Dann zerkaute er das trockene Kraut und schmierte die Masse auf meine Handflächen. Es brannte und ich zuckte zurück.

«Halt still, das wird deine Hände schnell heilen lassen», sagte er beruhigend.

Geschwind wickelte er zwei Leinenstreifen um meine Hände, um die Wunden damit zu verbinden.

«Es brennt nur am Anfang», dann beginnt die Heilung. Und er hatte recht, denn schon nach wenigen Augenblicken nahm das Brennen spürbar ab.

Huzon hatte derweil etwas Essbares von unserem Wagen geholt und verteilte ein paar Äpfel.

«Eine kleine Stärkung wird uns sicher gut tun», sagte er, während er bereits an seinem ersten Bissen kaute und wir gaben ihm allesamt recht.

20. Kapitel

Zwar wollten wir zuerst zeitig weiterreisen, um aus der Reichweite von Graufels zu kommen, doch nach reiflicher Überlegung machte es mehr Sinn abzuwarten, bis sich die größte Aufregung gelegt hatte. Und so zogen wir es vor, den Rest des Tages in unserem Versteck zwischen den Felsen zu verharren, um den feindlichen Reitern, die möglicherweise noch immer auf der Straße nach uns suchten, nicht erneut in die Arme zu laufen. Wir holten verlorenen Schlaf nach, schonten Neil und trockneten unsere Sachen. Zwar war die Stelle schwer einsehbar, auf ein Feuer verzichteten wir aber dennoch, da man den Rauch des nassen Holzes vermutlich über große Entfernungen hätte sehen können und so wurde es ein kühler Abend mit einem kalten Abendessen. Snadr hatte einen Laib Brot und etwas Pökelfleisch verteilt, aber während das Fleisch sehr gut schmeckte, war das Brot durch die Feuchtigkeit aufgeweicht worden und nicht sonderlich schmackhaft. Ich hatte mich in eine noch etwas klamme Decke gehüllt und lehnte an einem Felsbrocken.

«Wohin brechen wir morgen auf?», wollte ich wissen. Ich ging zwar davon aus, dass uns unser Weg nach Bren führt, aber wir hatten noch keine Gelegenheit gehabt, uns über unsere Route zu beraten.

«Unser Ziel liegt im Nordwesten. Wie hieß nochmal das Königreich?», fragte Isvarn.

«Bren», antwortete Snadr, «sobald wir die Grenze überschreiten, müssen wir sehen, wie wir uns zurechtfinden. Ich war seitdem nie wieder dort und meine Erinnerung ist sehr blass», ergänzte er.

Unsere Suche glich einer Nadel im Heuhaufen und Snadr machte keinen Hehl daraus, dass unsere Chance, den Mörder seiner Eltern zu finden, nicht sonderlich groß war. Dennoch war sie gleichzeitig aber auch noch nie zuvor so groß wie an diesem Tag.

Der Himmel war noch immer von Wolken übersäht, doch der Wind trieb sie eisern vor sich her und riss vereinzelt ein Loch, durch das der Mond ein fahles Licht schickte. Snadr saß unweit von mir entfernt und kratzte seinen Bart. Nach kurzem Schweigen fügte er hinzu: «Ich glaube, wir sollten nicht zur Kreuzung zurück. Dort werden wir am ehesten auf die Reiter stoßen, denn von uns ablassen werden sie so schnell nicht, vermute ich.»

«In Kieseck gibt es eine Abzweigung, die über Etwaldars Hauptstadt Talstein Richtung Nordwesten führt», wandte Isvarn ein.

«Das stimmt», sagte Snadr nachdenklich.

«Dann können wir Ricons Besitzer mal wieder einen Besuch abstatten», feixte Huzon und ich erschauerte, als ich an Utger und Bjern dachte. Dennoch hatte ich augenblicklich auch ein Bild von Kata vor Augen. Was wohl aus ihr geworden war? Seit ich davon gelaufen war, war nun etwa ein Dreivierteljahr vergangen. Der Herbst war angebrochen und der Winter würde nicht mehr allzu lange auf sich warten lassen. Eine gewisse Neugier keimte in mir auf, doch gleichzeitig überkam mich wieder das verletzende Gefühl, das mich aufgrund ihrer Zuneigung zu Bjern heimgesucht hatte. Es hatte sich wie ein Stich ins Herz angefühlt.

Snadr, Isvarn und Huzon wussten nichts von Kata, sodass es mir leichtgefallen war, die Geschichte mit ihr einfach zu verdrängen. Meine anfängliche Neugier wurde rasch von dem Entschluss überstimmt, sie nicht wiedersehen zu wollen. Abgesehen davon würde Utger darauf bestehen, dass ich in seinen Dienst zurückkehrte und mich für jeden einzelnen Tag meiner Abwesenheit mit heftigen Schlägen bestrafen.

«Darauf könnte ich ganz gut verzichten», warf ich wenig begeistert ein und verzog den Mund. Die anderen lachten.

«Ich denke, Utger wäre auch nicht erfreut einen von uns zu sehen», warf Snadr ein, «wir schulden ihm noch etwas Gold.»

Er grinste über beide Ohren.

«Dennoch hat Isvarn recht», fuhr Snadr fort, «in Kieseck gibt es eine Abzweigung nach Talstein. Von dort sind wir im Handumdrehen wieder auf dem rechten Weg.»

Er blickte zu mir herüber.

«Wir bringen dich nicht zurück zu Utger, keine Angst», fügte er lächelnd hinzu, als er mein Gesicht sah.

Ich hatte schon einmal jemandem vertraut, der mich am Ende an Utger verkauft hatte, aber Snadr war nicht Mort und ich glaubte jedem seiner Worte.

Am nächsten Morgen weckte Snadr uns sehr zeitig. Es war noch nicht mal richtig hell und die Glieder waren noch steif von der Kälte der Nacht.

«Los aufstehen, ihr Faulpelze. Ich will möglichst bald aus der Reichweite dieser verdammten Reiter sein.»

«Meinst du, sie verfolgen uns noch immer?», fragte Huzon, der sich gerade den Schlaf aus den Augen rieb.

«Natürlich tun sie das, aber ich hoffe, sie werden nicht das ganze Königreich nach uns durchkämmen. Solange wir nicht zu auffällig agieren, wird man uns schon nicht auf die Schliche kommen. Wir müssen nur weit genug von Graufels weg, dann haben wir erstmal unsere Ruhe.»

Ich faltete meine Decke zusammen und warf sie auf die Ladefläche des Karrens. Neil schien sich gut erholt zu haben, denn er wackelte schon freudig mit den Ohren, als er merkte, dass Aufbruchsstimmung herrschte.

Nach ein paar Streicheleinheiten für Neil hatte ich vorne bei Snadr Platz genommen und der Karren rumpelte zurück auf die Straße. Wir hatten noch keine große Strecke hinter uns gebracht, als Isvarn, der diesmal auf der Ladefläche saß, etwas auffiel.

«Wir hinterlassen Spuren.»

«Was?», fragte Snadr von vorne.

«Wir hinterlassen Spuren. Schaut doch!»

Isvarn deutete auf die tiefen Furchen, die der Karren in der weichen, durchnässten Straße hinterließ, denn der Weg wurde weniger steinig, je weiter wir uns von Graufels wegbewegten. Durch den Regen des letzten Tages war der Untergrund aufgeweicht und die Spuren der Wagenräder gut erkennbar.

«Hm», murmelte Snadr und blickte sich um, «dort hinten.»

Er zeigte mit dem Finger auf eine Gruppe Nadelbäume, die zwischen einigen flachen Felsen wuchsen.

«Brecht ein paar von den Ästen ab. Wir binden sie hinten an den Karren.»

Ich wurde währenddessen als Wache abgestellt, doch niemand war weit und breit zu sehen und wenig später setzten wir uns wieder in Bewegung.

Snadrs Idee war einfach und trotzdem genial. Wir hatten die Reisigruten hinten an den Wagen gebunden, sodass diese während der Fahrt unsere Spuren verwischten. Zwar konnte man die Furchen der Räder noch erkennen, doch durch die darüberschleifenden Zweige wirkten sie nicht mehr frisch.

Die Küstenstraße war einsam und verlassen und wir begegneten lediglich einem anderen Menschen, einem Steinmetz, der einige Felsen neben der Straße begutachtete. Er grüßte freundlich und beachtete uns nicht weiter.

Während wir am Morgen immer wieder nervös Ausschau nach den Reitern gehalten hatten, kehrte spätestens gegen Mittag die unbeschwerte Zuversicht zurück, die uns sonst begleitete.

Zwei Tage verstrichen ohne einen Zwischenfall, sodass wir am Abend des dritten Tages unser Schlafgemach unter freiem Himmel gegen ein bequemes Bett im Gasthaus eintauschten. Wir übernachteten im «Hasenstall», einer Taverne in Durnhagen. Es war ein prächtiges Gebäude mit einer breiten Eingangstür, einem gusseisernen Schild und großen Fenstern, durch die man das Treiben darin bereits von außen gut erkennen konnte. Wie die anderen auch, hatte ich mir einige Biere gegönnt und einen leichten Brummschädel, als die Fahrt am nächsten Morgen weiterging. Bier schmeckte mir nach wie vor nicht und so war der Grund für mein Trinken, im Gegensatz zu dem der anderen drei, nicht der Gleiche gewesen. Snadr, Huzon und Isvarn feierten diesen Abend ausgelassen und unbeschwert, doch ich versuchte meine Gedanken an Kata zu ertränken. Die Tage, an denen der Schmerz zurückkehrte, den mir ihre Liebelei mit Bjern zugefügt hatte, waren selten und die meiste Zeit dachte ich nicht mehr daran. An diesem Abend jedoch wurde mir bewusst, dass wir in Kürze durch Kieseck fahren würden und auch wenn Snadr mir versprochen hatte, dass wir Utgers

Pferdehof nicht zu Gesicht bekämen, suchten mich die unbequemen Erinnerungen heim.

Entsprechend mies war auch meine Laune am Morgen. Kieseck war nun zwangsläufig der nächste Ort, den wir auf unserer Reise zu passieren hatten. Gegen Mittag würden wir vermutlich den Ort bereits sehen können. Snadr, Huzon und Isvarn verzichteten darauf, ihre Witze zu machen oder mich überhaupt anzusprechen, als sie meine angespannte Stimmung bemerkten und ließen mich einfach in Ruhe. Der Karren holperte über die tief durchfurchte Straße. Zu unserer Rechten hatten wir die ferne Küstenlinie längst passiert und gegen den dichten Bewuchs des Luzariwalds getauscht. Ein kleiner Streifen mit Raureif bedeckter Wiese, trennte die hohen Bäume von der Straße.

Ich kniff die Augen zusammen, um meinen Kopfschmerz zu unterdrücken, als ich vor uns, aus einer Kurve kommend, Bewegungen ausmachte. Eine dunkle Masse bewegte sich wippend auf uns zu.

«Reiter! Direkt vor uns!»

Ich hätte Snadr fast vom Wagen geschubst, als ich ihn anrempelte, um ihn vor der drohenden Gefahr zu warnen. Fünf dunkel gekleidete Gestalten preschten in hohem Tempo auf ihren Pferden auf uns zu. Snadr riss an Neils Zügeln.

«Verdammt!», brüllte er hektisch, als er Neil nicht zügig genug zum Wenden bringen konnte.

«In den Wald, schnell!», rief Isvarn von hinten und sprang vom Wagen herunter. Sein Bruder Huzon tat es ihm gleich, denn die Reiter waren schnell, sehr schnell. Sie hatten uns sofort gesehen und waren direkt auf uns zugeprescht, sodass uns nur wenig Zeit blieb eine Entscheidung zu treffen.

Ich zerrte an Snadrs Ärmel.

«Zu spät, wir müssen uns verstecken!»

Wir gaben den Wagen auf und rannten Isvarn und Huzon hinterher auf den Waldrand zu. Kaum waren wir ins feuchte Gras gesprungen, hatten die Reiter den Karren auch schon erreicht. Es waren zweifelsfrei Yorliks Männer. Es handelte sich um einen Teil der Reiter, die uns hinter Graufels bereits verfolgt hatten. Das Unwetter hatte uns vorerst gerettet, doch sie hatten nicht aufgegeben, sich scheinbar aufgeteilt und weiter nach uns gesucht.

Ich rannte, so schnell ich konnte, durch das hohe Gras. Dicht hinter mir hörte ich das Getrampel der Pferde, die uns fast eingeholt hatten.

«Stehenbleiben!», brüllte einer der Männer mit tiefer Stimme, doch wir dachten nicht daran. Noch konnten wir ins dichte Unterholz entkommen, wo sie mit ihren Pferden keine Möglichkeit hatten uns zu verfolgen.

Doch als Isvarn und Huzon, die nur wenige Schritte vor uns liefen, den rettenden Waldrand erreichten, blieben sie wie angewurzelt davor stehen.

«Was ist? Lauft in den Wald!», brüllte ich verwundert hinter ihnen, als sie regungslos vor uns standen, doch dann erkannte ich den Grund für ihr Zögern.

Vier weitere dunkel gekleidete Männer traten mit gezogenen Schwertern aus dem Dickicht und versperrten unseren Fluchtweg. Hastig drehte ich mich um, doch die Pferde hatten uns bereits erreicht. Einer der Gäule stieg direkt vor mir auf, verfehlte mein Gesicht mit seinen Hufen um Haaresbreite, sodass ich rückwärts ins feuchte Gras fiel. Die dunkel gekleideten Männer sprangen von ihren Pferden und kreisten uns ein. Mit gezückten Waffen zogen sie den Kreis so eng, bis sie ihre Klingen dicht vor unseren Gesichtern schwenkten. Keiner von uns war bewaffnet, unsere Messer und Snadrs Sax lagen auf dem Karren, doch selbst wenn wir sie bei uns gehabt hätten, wären wir gegen diese Krieger chancenlos gewesen. Ich zählte neun der dunkel gekleideten Männer, als einer von ihnen, der bisher sein Schwert in der Scheide stecken gelassen hatte, das Wort ergriff. Sein Gesicht war von einem dichten, schwarzen Bart zur Hälfte bedeckt.

«Hector, der Statthalter von Graufels und Yorlik, haben ein nettes Kopfgeld auf euch Mistkerle ausgesetzt», sagte er und grinste.

«Ihr werdet wegen mehrfachen Mordes, Diebstahl und schwerer Brandstiftung gesucht!»

Keiner sprach ein Wort. Mein Herz schlug wie wild und jegliche Kopfschmerzen schienen in der Aufregung verschwunden zu sein. Ich versuchte einen Ausweg zu erkennen, doch die Männer standen dicht um uns herum und jeder Fluchtversuch wäre hoffnungslos gescheitert.

Auf einmal erhielten Snadr, Isvarn und Huzon einen Tritt in die Kniekehle und stürzten ebenfalls ins Gras. Kaum waren sie zu Boden gegangen, kniete sich einer der Männer auf ihren Rücken und fesselte ihre Hände.

«Lasst mich los, ihr Mistkerle!», fluchte Snadr, erfuhr dafür aber nur einen Tritt gegen die Schläfe, der ihn unweigerlich zum Schweigen brachte.

Auch ich wurde auf den Bauch geworfen und meine Arme fest auf meinem Rücken verschnürt.

«Das werdet ihr bereuen», fluchte Snadr und spuckte Blut aus dem Mund.

«Alle hinknien!», brüllte der Anführer der Männer.

«Wohin bringt ihr uns?», fragte Isvarn, der als erstes auf die Knie gezerrt wurde.

«Ins Jenseits», erwiderte der Bärtige, «Yorlik zahlt nur für eure Köpfe, daher brauchen wir den Rest von euch nicht. Eure Köpfe sind ohnehin leichter für unsere Pferde», lachte er. Die Männer stimmten in sein Gelächter ein. Dann wurde eine kühle, stählerne Klinge auf meinen Hals gedrückt.

«Der Alte kommt zum Schluss. Wir fangen mit dem hier an», befahl er, während er auf mich zeigte.

Doch das stimmte nicht, denn als ich im feuchten Gras kniete, entdeckte ich Neil, der leblos vor seinem Karren auf der Straße lag. Er hing noch in seinem Geschirr, was dem Wagen eine leichte Schieflage einbrachte. Eine große Blutlache hatte sich unter seinem Hals gebildet. Einer der Männer musste ihn einfach im Vorbeireiten mit dem Schwert erschlagen haben.

Neil war mein offenes Ohr gewesen, seit ich damals an Utger verkauft wurde. Tränen rannen über mein Gesicht. Neil war zwar ein Ochse, aber er war mein Freund. Er hatte nie einer Fliege etwas zu Leide getan, außer sie mit seinem Schwanz zur Seite zu wedeln. Er hatte mit all dem nichts zu tun, er war unschuldig und sie hatten ihn einfach grundlos niedergemetzelt. Fassungslos starrte ich zu ihm hinüber.

Der Mann, der seine Klinge an meinen Hals streckte, blickte mich finster an. Er holte mit dem Schwert aus, verharrte in dieser Position und wartete auf die Anweisung des Bärtigen.

«Irgendwelche letzten Worte, Heulsuse?», fragte dieser nüchtern. Ich wendete meinen Blick von Neil ab und starrte den Mann an. Ein Fluchtversuch war aussichtslos. Die Männer standen dicht um uns herum und jeder von uns kniete mit gefesselten Händen in ihrer Mitte. Doch meine Angst verschwand und schlug augenblicklich in Wut um.

«Ihr miesen Dreckschweine habt Neil getötet», schrie ich und die Tränen purzelten von meinen Wangen. Der Bärtige beantwortete meine Beschimpfung nur mit einem gesenkten Daumen, das Zeichen meinem Leben ein Ende zu setzen.

Der Mann ließ die Klinge auf mich niederfahren. Ein sirrendes Geräusch ertönte.

Plötzlich, wie aus dem Nichts, klappte der Kerl mit dem Schwert zusammen wie ein gefällter Baum. Leblos fiel sein Körper rückwärts ins feuchte Gras. Zwischen seinen Augen ragte ein Pfeil aus seinem Kopf. Er hatte sich in seinen Schädel gebohrt und das Leben aus ihm weichen lassen. Verdutzt starrte ich auf den Toten, doch ich hatte noch gar nicht erfasst, was gerade passiert war, da ertönte das sirrende Geräusch erneut und wieder und wieder. All das geschah innerhalb eines Wimpernschlags und ehe ich mich versah, lagen um uns herum neun tote Männer im Gras.

Ich riss meinen Kopf zur Seite und starrte Snadr, Isvarn und Huzon verdutzt an, die ebenfalls verwirrt um sich blickten. Einen Augenblick geschah nichts, dann knackte es und als ich mich umdrehte, sah ich eine Gestalt aus dem Wald treten. Snadr, Isvarn und Huzon waren aufgestanden und gingen vorsichtig rückwärts. Ich jedoch blieb stehen, denn vor mir erkannte ich keinen Unbekannten.

«Du solltest besser auf dich aufpassen, Ricon Bärentöter», sagte die Gestalt lächelnd, «du gerätst zu oft in Schwierigkeiten.»

Ich traute meinen Augen kaum. Mit einem Bogen bewaffnet, trat ein junger Mann auf mich zu. Ich erkannte ihn sofort.

«Nirtik? Du lebst!»

«Natürlich lebe ich. Glaubst du ein paar Rakkar würden mich so einfach verhauen?»

Er lachte, drückte mich an sich und umarmte mich herzlich. Hinter ihm traten einige weitere Dryadrim aus dem Wald und hängten sich ihre Bogen über den Rücken.

«Lass mich dir das abnehmen», sagte er und zog ein kleines Messer, mit dem er meine Fesseln durchtrennte.

«Sind das deine Freunde?», fragte Nirtik und deutete in die Richtung meiner drei Begleiter, die einige Schritte hinter mir standen.

Ich nickte.

«Kommt her, das ist Nirtik, er ist mein Freund, die Dryadrim werden euch nichts tun», rief ich Snadr, Isvarn und Huzon zu.

Nirtiks Krieger befreiten sie ebenfalls von ihren Fesseln, dennoch hielten sich meine Freunde etwas auf Abstand. Die scharfen Zähne der Dryadrim wirkten furchteinflößend.

«Nirtik, wie?», stammelte ich erstaunt und wusste gar nicht, welche Frage ich zuerst stellen sollte.

Nirtik lächelte.

«Wir haben diese Reiter schon seit gestern Nachmittag beobachtet. Es ist irgendwie verdächtig, wenn plötzlich eine Gruppe schwer bewaffneter Männer suchend über die Straßen reitet und sich in unserem Wald versteckt. Ich bin vorsichtiger geworden, wie du gesagt hast.»

Nirtik strahlte über das ganze Gesicht.

«Das heißt, ihr habt den Handel aufgegeben?»

«Keineswegs, wir handeln sehr viel mit den Bewohnern von Kieseck, dem Dorf dort hinten.»

Nirtik deutete die Straße hinunter.

«Kata hat uns geholfen mit ihnen ins Gespräch zu kommen und einige sind begeistert von unserer Schnitzkunst.»

«Kata? Wir geht es ihr?», fragte ich und versuchte gleichzeitig, mein Interesse an ihr zu überspielen.

«Ihr geht es gut. Sie lebt auf dem Pferdehof ganz in der Nähe.»

«Ich weiß», sagte ich knapp.

«Sie lebt mit einem etwas merkwürdigen, humpelnden Kerl zusammen und ich weiß beim besten Willen nicht was sie an ihm findet, aber sie scheint ihn zu mögen.»

«Bjern.»

Nirtik zuckte mit den Schultern, während ich das Gesicht verzog.

«Du scheinst diesen Bjern nicht sonderlich zu mögen», stellte Nirtik fest, der meinen Ausdruck zu deuten wusste.

«Nein, das tue ich nicht», erwiderte ich knapp.

«Kata hat mir erzählt, dass ihr euch von Anfang an spinnefeind wart. Zugegeben, überrascht war ich darüber nicht, mir wäre es an deiner Stelle genauso gegangen. Aber so ist das Leben.»

Er klopfte mir auf die Schulter.

«Lebt der Alte noch?», fragte ich, obwohl es mich eigentlich wenig kümmerte.

«Der Zahnlose?»

Ich nickte.

«Ja, der lebt noch, aber ich rede nicht mit ihm, verstehe kein Wort, wenn er den Mund aufmacht. Außerdem spuckt er so viel beim Reden, dass man sich fühlt, als würde man sich mit einem Wasserfall unterhalten.»

Nirtik begann zu lachen und ich glaube, er ahnte, dass ich hinter den Gebrechen der beiden Männer steckte. Zwar war mir bei der Erinnerung an diese zwei Bastarde nicht zum Lachen zumute, aber zumindest bei der Vorstellung, dass

Bjern humpelte und Utger beim Reden spuckte, musste ich grinsen. Dennoch überwogen die schlechten Erinnerungen und ich wechselte das Thema.

«Ihr habt die Rakkar also besiegt?»

«Wollen wir uns nicht bei einem kleinen Happen austauschen? Wir haben gerade ein paar Hasen geschossen, die reichen auch noch für eine handvoll Gäste. Deine Freunde sehen hungrig aus.»

Für mich sahen Snadr und Isvarn eher ängstlich aus, außer Huzon, der allerdings immer hungrig aussah. Dennoch willigte ich gern in Nirtiks Angebot ein.

Doch bevor ich dem Dryadrim folgte, fiel mir der arme Neil wieder ein. Ich blickte über meine Schulter und erkannte Neils toten Körper vor dem Karren liegend.

«Ich muss erst meinen Freund beerdigen», sagte ich zu Nirtik, drehte mich um und ging auf den Ochsen zu, der regungslos auf der Straße lag. Vor ihm fiel ich auf die Knie und streichelte seinen Kopf. Ein tiefer Schnitt in seinem Nacken hatte ihm das Leben ausgehaucht. Mit weit aufgerissenen Augen starrte Neil ins Leere. Sie verrieten den Todeskampf, den der hilflose Ochse durchlebt hatte. Ich berührte den weißen Fleck auf seiner Stirn. Sein Gesicht war noch warm. Traurig strich ich über seine Lider, die sich nun für immer schlossen.

«Mach's gut, mein Freund», sagte ich leise und eine Träne kullerte über meine Wange. Snadr, der inzwischen zu mir gekommen war, half mir beim Lösen des Geschirrs, sodass der Wagen wieder ins Gleichgewicht sackte.

«Wir sollten ihn zerlegen und etwas Fleisch mitnehmen», schlug Huzon vor. Er hatte das Einfühlungsvermögen eines Felsbrockens.

«Auf keinen Fall!», schrie ich ihn an, so dass er erschrocken zurückwich.

«Kein Grund zu schreien, ich meine ja nur etwas Proviant schadet nicht.»

«Aber Neil ist kein Proviant!»

«Schon gut, wir werden ihm ein Grab ausheben», wandte Snadr beruhigend ein.

Huzon kam einen Schritt auf mich zu. Er hatte erst jetzt verstanden, wie viel mir der Ochse bedeutete, und klopfte mir nun entschuldigend auf den Rücken.

«Ich hab's nicht böse gemeint.»

«Schon in Ordnung», schluchzte ich und wischte die Tränen aus meinen Augen.

Es dauerte eine ganze Weile bis wir mit Hilfe von Nirtiks Männern ein ausreichend großes Loch ausgehoben hatten, in das Neil hinein passte. Vorsichtig ließen wir ihn in seine letzte Ruhestätte hinab und bedeckten seinen Körper mit dem Aushub. Mit einigen Steinen markierte ich das Grab, sodass ich, wann immer ich in der Nähe war, meinen Freund besuchen konnte. Nirtiks Krieger hatten währenddessen die Leichen der neun toten Männer im Unterholz verschwinden lassen und unseren Wagen dicht an den Waldrand gezogen. Das einzige Pferd, das nicht in Panik geflohen war, als der Pfeilhagel seinen Besitzer niederstreckte, hatten sie an einen Baum gebunden.

Der Abschied fiel mir schwer und ich konnte nicht verhindern, dass ein weiteres Mal einige Tränen flossen, doch die anderen ließen mir Zeit. Nachdem ich Neil Lebewohl gesagt hatte, halfen mir Snadr, Isvarn und Huzon auf. Sie hatten die ganze Zeit wortlos bei mir gestanden. Nirtik und die übrigen Dryadrim waren ihnen nicht geheuer, sodass sie es vorzogen in meiner Nähe zu bleiben. Sie hatten noch nie zuvor solche Wesen gesehen, mit ihren grünlichen Haaren und ihren scharfen, bedrohlichen Zähnen. Meine Erzählungen allein waren alles, was sie von ihnen wussten.

Die Dryadrim hatten auf Nirtiks Anweisung bereits ein Feuer zwischen ein paar Bäumen entfacht. Die abgezogenen Hasen brutzelten darüber vor sich hin und verströmten einen leckeren Geruch.

«Wir haben die Rakkar nicht besiegt», griff Nirtik meine Frage von vorhin auf, «dafür sind sie einfach zu zahlreich, aber wir haben sie hart getroffen. Ich denke, sie haben vorerst das Interesse an uns verloren.»

Stirnrunzelnd blickte ich ihn an und setzte mich auf einen umgestürzten Baumstamm ihm gegenüber. Snadr, Isvarn und Huzon nahmen neben mir Platz und lauschten wortlos unserem Gespräch.

«Bist du jetzt ihr Anführer?», wollte ich wissen und nickte in Richtung der Krieger, die Nirtik begleiteten.

«Ja, das sind meine Leute.»

«Also ist dein Vater getötet worden?»

«Nein, ist er nicht. Mein Vater ist nach wie vor das Oberhaupt der Dryadrim. Aber eben nicht aller Dryadrim.»

«Wie meinst du das?»

«Nachdem wir die Rakkar zurückgeschlagen hatten, beschloss mein Vater mich für meine Fehleinschätzung zu verstoßen. Ich sei eine Gefahr für den Fortbestand meines Volkes und daher nicht länger geduldet. Also verbannte er mich und mit mir jeden, der meiner Idee folgte. Wie du siehst, waren das aber mehr Dryadrim, als er dachte.»

Nirtik lächelte, auch wenn ihn die Erinnerung an diesen Tag sichtlich quälte.

«Wir haben weiter westlich ein neues Dorf gegründet, viel näher am Waldrand und außer Reichweite der Augen meines Vaters.»

«Also wird Jorki auf seinen Thron folgen», stellte ich fest.

Nirtik nickte.

«Das ist in Ordnung. Wer weiß, vielleicht finden Jorki und ich eines Tages besser zueinander, als mein Vater und ich. Und wenn nicht, dann eben nicht. Ich habe nun ein eigenes Volk zu führen.»

Ich blickte in Nirtiks Gesicht und erkannte das Strahlen in seinen Augen. Er hatte seinen Weg gefunden und war glücklich mit der Fügung seines Lebens.

Einer der Krieger stand auf, nahm einen der Hasen vom Feuer und begann ihn zu zerlegen. Als er fertig war, reichte er jedem von uns einen provisorischen Teller aus Baumrinde mit dem saftigen Fleisch. Snadr, Isvarn und Huzon wirkten kleinlaut und ich spürte, dass sie sich etwas unwohl fühlten, doch auch sie bedankten sich höflich. Der Hase schmeckte köstlich und ich genoss jeden Bissen.

Plötzlich wurde Isvarn unruhig und stieß mir in die Seite. Ich blickte in die Richtung in die er deutete und machte im Augenwinkel eine kleine Gestalt aus. Als ich genauer hinsah, erkannte ich, wie sie ihren nackten Hintern am Baumstamm einer Kiefer kratzte, da scheinbar ihr Allerwertester juckte.

«Keine Angst, das ist ein Whiil», erklärte ich Isvarn, der das nackte, kniehohe Männlein anstarrte.

«Warum ist Mirk bei dir?», fragte ich verwundert an Nirtik gewandt, «ist Gulgar auch hier?»

Er wirkte aufgrund der Frage betrübt und genervt zugleich. Scheinbar störte ihn die Anwesenheit des Whiils.

«Gulgar hat die Schlacht gegen die Dryadrim leider nicht überlebt. Er wurde getötet, als er mein Leben rettete.»

Ich erinnerte mich an den Moment, in dem Gulgar, auf einem Baum stehend, den Befehl gab einen Pfeilregen auf die Rakkar niederzuschicken und so Nirtik vor dem sicheren Tod bewahrte.

«Er ist tot? Das tut mir leid», sagte ich und obwohl mir Gulgar nie ganz geheuer war, war ich betrübt.

Der alte Dryadrim war ein häufig missmutiger, aber, meinem Eindruck nach, dennoch gutherziger Mann gewesen, der Nirtik unterstützte, so gut er konnte. Mir tat sein Verlust für Nirtik leid. Trotzdem hatte ich das Gefühl, dass selbst Gulgars Tod kein unvorhergesehner Zufall war.

In mir war der Gedanke gereift, dass der alte Dryadrim zu Lebzeiten nichts ohne einen Grund getan hatte, vielleicht nicht einmal das Sterben. Auf mich wirkte es, als hätte er einen Plan verfolgt, den ich bis jetzt nicht durchschaute. Möglicherweise würde ich das auch nie tun und ich konnte mir selber nicht erklären, woher dieses Gefühl kam, es war einfach da.

«Gulgar hatte irgendeine Abmachung mit Mirk, sodass er ihm treu ergeben war. Weiß der Geier, was die beiden miteinander ausgeheckt hatten, wo er doch nicht mal redet. Aber jetzt, wo Gulgar tot ist, ist er frei. Er kann gehen wohin er will. Dennoch hängt der obszöne kleine Bastard ständig in meiner Nähe rum», beschwerte sich Nirtik.

Ich mochte die skurrile, zierliche Gestalt und seine ungenierte Art, aber eher, weil sie mich zum Lachen brachte. Nirtik dagegen konnte mit Mirks ungehobeltem Verhalten noch nie etwas anfangen.

«Wohin seid ihr unterwegs?», fragte Nirtik und blickte mich, Snadr, Isvarn und Huzon nacheinander an.

Wir hatten die Hasen mittlerweile bis auf die Knochen heruntergenagt, nur Huzon, der irgendwie an ein zweites Stück gekommen war, schmatzte noch genüsslich vor sich hin.

«Wir reisen nach Bren, ein Königreich im Nordosten», schaltete sich Snadr erstmals in das Gespräch ein.

Einer der Dryadrim löschte das Feuer, indem er feuchte Erde über die Glut warf.

«Ich habe noch nie von Bren gehört. Vermutlich liegt es daran, dass es weit weg liegt», mutmaßte Nirtik.

«Es ist tatsächlich ein langer Marsch, wir werden viele Tage brauchen, bis wir dort ankommen», sagte ich.

Nirtik rutschte von dem Baumstumpf, auf dem er gesessen hatte.

«Dann wünsche ich euch alles Gute für euren Weg.»

Er trat einige Schritte auf mich zu und drückte mich an sich.

«Es war schön dich wieder zu sehen, mein Freund», sagte er herzlich.

«Das war es in der Tat.»

«Es tut mir leid, dich schon wieder verlassen zu müssen, aber wir haben noch einen längeren Rückweg und wir müssen noch etwas Beute machen, bevor es dunkel wird.»

Die übrigen Dryadrim erhoben sich ebenfalls.

Nirtik hatte sein ansteckendes Lächeln aufgesetzt.

«Du bist immer willkommen, wenn du in der Nähe bist, aber halte dich westlich, mein Vater hält noch immer recht wenig von Menschen,» gab Nirtik schmunzelnd zu.

«Das werde ich.»

Nachdem wir uns ausgiebig verabschiedet und für das leckere Mahl bedankt hatten, gingen wir zurück auf die Wiese am Waldrand. Snadr löste die Zügel des Pferdes von dem Baumstamm, an dem es vertäut war und wollte es zu unserem Karren führen, doch der Hengst erwies sich als äußerst dickköpfig. Trotzig blieb er stehen und schnappte sogar nach Snadr.

«So ein Mistvieh», schimpfte er.

«Gib mir mal die Zügel», sagte ich und Snadr reicht mir die Lederriemen.

«Versuch dein Glück!», erwiderte er leicht angesäuert.

Die Zeit auf Utgers Hof hatte für mich auch positive Erfahrungen mit sich gebracht, denn mit Pferden kannte ich mich mittlerweile sehr gut aus. Ich trat vor den bockigen Hengst, breitete die Arme aus und machte mich groß, während ich beruhigend auf ihn einredete. Das nervöse Pferd wackelte mit den Ohren und beäugte mich einen Augenblick, schien mich aber zu respektieren. Langsam ging ich einen Schritt auf den Hengst zu, legte ihm die Hand in den Nacken und drückte ganz leicht nach unten. Nachgiebig senkte er den Kopf und ließ sich versöhnlich den Hals streicheln.

«Beeindruckend!», lobte Isvarn und Snadr und Huzon gaben ihm recht.

Ich führte das Pferd zum Wagen, wo wir ihm Neils Geschirr anlegten. Es war etwas zu groß, doch Isvarn legte ihm eine Decke auf den Rücken, sodass es einigermaßen passte, ohne die Haut des Rappen wund zu scheuern.

Mit seinen braunen Augen blickte mich das Pferd ruhig an, als ich ihm über die Nüstern streichelte, dann senkte es wieder vertrauensvoll den Kopf. Ich erinnerte mich an einen Gaul namens Baldur, den unser Nachbar in Arwa besessen hatte. Zwar war es ein Ackergaul gewesen und mit diesem edleren Tier wenig vergleichbar, doch ich mochte den Namen und er erinnerte mich an meine Heimat.

«Darf ich ihm einen Namen geben», fragte ich die anderen drei.

«Klar, tu das», sagte Snadr schulterzuckend, denn der Name des Pferdes war ihm ebenso egal wie Isvarn und Huzon, so lange es den Karren zog.

«Dann nenne ich dich Baldur», sagte ich und streichelte dem Hengst über die Nüstern, der daraufhin zufrieden schnaubte und seine Mähne schüttelte.

Ich führte Baldur zurück auf die Straße, dann sprang ich zu Snadr auf den Kutschbock. Dieser ruckte mit den Zügeln, der Karren setzte sich in Bewegung und die Hufe des schwarzen Pferdes klapperten gleichmäßig über den Weg. Eine Weile saßen wir schweigend auf dem Wagen.

Während wir wieder Kurs auf Kieseck nahmen, ergriff Isvarn das Wort.

«Waren das die Wesen, von denen du uns mal erzählt hast?», wollte er wissen.

«Du meinst die Dryadrim? Ja, das waren sie, zumindest die, zu denen ich ein gutes Verhältnis habe.»

«Dann lasst uns einfach froh sein, dass wir nicht die anderen von ihnen getroffen haben», sagte Snadr, der erleichtert wirkte und langsam seine Sprache wiederfand.

«Etwas Schiss hatte ich schon», gab Isvarn zu.

«Ich hatte keine Angst», prahlte Huzon, der neben seinem Bruder hockte.

«Blödsinn, du hast die ganze Zeit nicht ein Wort rausgekriegt», neckte ihn Isvarn.

«Weil ich den Mund voll hatte», erwiderte Huzon hitzig.

«Du hast immer den Mund voll!», sagte Isvarn mit der Schärfe einer Pfeilspitze.

Daraufhin mussten Snadr und ich herzhaft lachen und auch Isvarn konnte es nicht länger unterdrücken. Huzon wirkte erst beleidigt, stimmte dann aber in unser Lachen ein.

Kieseck geriet langsam in Sichtweite und der Karren holperte über den unebenen Weg stetig auf das kleine Städtchen zu. Isvarn und Huzon nutzten die eingekehrte Ruhe und legten sich auf der Ladefläche nieder, um ein Nickerchen zu machen.

Plötzlich ertönte ein lauter Schrei und ich schaute erschrocken nach hinten, wo Isvarn aufgesprungen war.

«Unter der Decke hat sich etwas bewegt!»

Wir blickten Isvarn ungläubig an.

«Bist du sicher? Vielleicht hast du etwas geträumt?», sagte ich.

Snadr hatte Baldurs Zügel gezogen und den Rappen zum Anhalten gezwungen.

«Nein! Da hat sich etwas bewegt!»

Mit aufgerissenen Augen zeigte Isvarn auf den Sack, der ihm als Kopfkissen gedient hatte.

«Vielleicht hat sich da eine Maus in den Sack verirrt», versuchte Huzon seinen Bruder zu beruhigen, «da ist doch nur Heu drin.»

«Das war keine Maus! Ich weiß wie sich eine Maus anfühlt! Das waren Hände!»

«Hände?»

Huzon kratzte sich seinen kurz geschorenen Kopf, machte aber keine Anstalten sich zu erheben. Isvarn dagegen drohte vom Wagen zu fallen, so panisch sprang er herum, darauf beharrend etwas wäre unter dem Sack. Um die Situation zu beruhigen, nahm ich meinen Mut zusammen und stieg nach hinten auf die Ladefläche. Snadr zog sein Sax aus einer Decke und trat neben mich. Auf sein Zeichen riss ich den Sack zur Seite.

Und Isvarn hatte recht! Das Wesen, das darunter zum Vorschein kam, war ganz sicher keine Maus. Es war deutlich größer und Hände hatte es auch.

Unter dem Sack lag Mirk, unbekleidet, die Beine von sich gestreckt, spendierte er uns einen gelangweilten Blick.

«Mirk? Was hast du hier zu suchen?», fragte ich verwirrt, doch Mirk zog es wie gewohnt vor nicht zu antworten. Stattdessen entfuhr ihm ein flatternder Furz, gefolgt von einem ekelerregenden Geruch. Mirk legte zufrieden die Arme in den Nacken und schloss die Augen.

Nirtik war sicher erleichtert Mirk endlich los zu sein, denn dieser hatte sich offensichtlich entschlossen sich uns anzuschließen.

Danksagung

Ein solches Projekt stemmt man natürlich nicht ganz alleine und so ist es das Mindeste, die kleinen Helferlein, die mir bei der Umsetzung meines Ziels geholfen haben, namentlich zu erwähnen.

Dieses Buch war eine Herzensangelegenheit und auch wenn ich es alleine geschrieben habe, so wäre es ohne die Hilfe folgender lieber Menschen nicht möglich gewesen:

Zuallererst möchte ich mich bei meiner Frau Ilka bedanken. Du hast mich während des Schreibens immer wieder bestärkt, auch wenn meine Zweifel noch so groß wurden. Darüber hinaus hast du mir, neben deiner Tätigkeit als Testleserin, den Rücken freigehalten und dein Bestes gegeben, den Alltag mit unseren Kindern zu meistern, wenn ich nicht verfügbar war. Ich danke dir von ganzem Herzen, denn ich weiß wie anstrengend das manchmal war.

Auch äußerst dankbar bin ich meinen Eltern Angelika und Matthias. Ihr habt mich immer wieder ermutigt, das Projekt anzugehen, dass ich seit etlichen Jahren vor mir hergeschoben habe. Auch für eure große Hilfe als Testleser und Feedbackgeber bin ich sehr dankbar.

Ein großer Dank geht natürlich auch an meinen Bruder und meine tollen Freunde, die mir als Testleser wertvolles Feedback gegeben haben. Namentlich sind das Max, Franca, Christiane, Nathalie und Frank. Danke euch, ich weiß euren Einsatz sehr zu schätzen.

Ein weiteres, besonderes Dankeschön geht an meinen guten Freund Thilo, der die Zeichnung der Karte und die Gestaltung des Covers übernommen hat. Du hast wirklich ein unglaubliches Talent und deine Arbeit ist absolut herausragend. Danke dir.

Und auch wenn ich nicht jedem vorab ein Exemplar zum Testlesen geben konnte, so waren da noch einige weitere nette Menschen, die mir ihre Hilfe angeboten haben. Auch euch gebührt ein großes Dankeschön. Und wer weiß, vielleicht müsst ihr ja auch noch ran, denn Ricons Reise ist noch lange nicht zu Ende.

Printed in Poland
by Amazon Fulfillment
Poland Sp. z o.o., Wrocław

76626733R00247